पृथ्वी मंथन

वैश्विक भारत बनने की कहानी

पृथ्वी मंथन

वैश्विक भारत बनने की कहानी

असीम श्रीवास्तव
अशीष कोठारी

हिंदी अनुवाद
योगेंद्र दत्त

राजकमल प्रकाशन

मूल कृति 'Churning the Earth : The Making of Global India' (2012) से अनूदित

ISBN : 978-81-267-2916-6

मूल्य : ₹ 499

पहला संस्करण : 2016

प्रकाशक : राजकमल प्रकाशन प्रा. लि.
1-बी, नेताजी सुभाष मार्ग, दरियागंज
नई दिल्ली-110 002

शाखाएँ : अशोक राजपथ, साइंस कॉलेज के सामने, पटना-800 006
पहली मंज़िल, दरबारी बिल्डिंग, महात्मा गांधी मार्ग, इलाहाबाद-211 001
36 ए, शेक्सपियर सरणी, कोलकाता-700 017

वेबसाइट : www.rajkamalprakashan.com
ई-मेल : info@rajkamalprakashan.com

मुद्रक : बी.के. ऑफसेट
नवीन शाहदरा, दिल्ली-110 032

PRITHVI MANTHAN
Vaishvik Bharat Banane Ki Kahani
by Aseem Shrivastava, Ashish Kothari
Translated by Yogendra Dutt

स्मितू कोठारी, एडवर्ड गोल्डस्मिथ, रवि शंकरन, नरेन्द्रनाथ गोर्रपति,
राजेन्द्र शाङ्गी, के. बालगोपाल, बाबा आम्टे और गिरिष संत की याद में।
इन सब में एक नई दुनिया की कल्पना करने का साहस था।
हमारे लिए ये प्रेरणा के स्त्रोत हैं। सर्वोपरि, यह पुस्तक उन पर्यावरण और
सामाजिक जनआन्दोलनों को समर्पित है जिनकी जीत पर भारत और दुनिया
का भविष्य ठहरा हुआ है।

मेरा ख़याल है कि एक दरख़्त के जैसा ख़ूबसूरत इश्तहार मुझे कभी देखने को नहीं मिलेगा। बल्कि अब मुझे लगता है कि जब तक इश्तहारों के ये खंभे गिरेंगे नहीं, तब तक मुझे कोई पेड़ दिखेगा ही नहीं।

—ऑग्डेन नैश

आमुख

समुद्र मंथन

कहते हैं कि प्राचीन काल में एक बार इतना बड़ा सैलाब आया था कि पूरी धरती उसमें डूब गई थी। उस सैलाब में अमृत भी समुद्र के पानी में बह गया था। तब, विष्णु के ललकारने पर देवताओं और असुरों ने अमृत वापस पाने के लिए समुद्र को मथने का संकल्प लिया था। विष्णु ने समुद्र में छलांग लगाई और एक कछुए का रूप धारण कर लिया जिसकी पीठ पर मंदार पर्वत स्थित था। इसी पर्वत को मथानी के रूप में इस्तेमाल किया गया। पर्वत पर रस्सी के रूप में वासुकि नाग लिपटे हुए थे।

जब देवता और असुर इस विशाल नाग के सहारे समुद्र को मथने लगे तो समुद्र से एक भयानक विष पैदा हुआ था। इस विष से बचने के लिए देवता और असुर, दोनों ही शिव की शरण में गए। शिव ने अपनी रहमदिली का परिचय देते हुए ख़ुद यह ज़हर पीना मंजूर कर लिया। कहते हैं कि विष इतना तीखा था कि शिव भी उसे पचा नहीं सकते थे। लिहाज़ा, उन्होंने उसे अपने गले में ही रोक लिया, आगे नहीं जाने दिया। इसी वजह से उनका चेहरा और गर्दन नीले पड़ गए और उन्हें नीलकंठ का नाम मिला। आगे चलकर इस मंथन में अमृत भी निकला। देवता और असुर इस अमृत के लिए एक-दूसरे को ख़त्म करने पर आमादा थे। तब विष्णु ने मोहिनी नामक अप्सरा का रूप धारण करके असुरों को अपनी माया से रिझा लिया और अमृत देवताओं को दिला दिया।[1]

हमने इस कहानी को उस भीषण मंथन के लिए एक रूपक के रूप में लिया है जिससे आज हमारा देश गुज़र रहा है। पिछले दो-ढाई दशकों के दौरान वैश्वीकृत 'विकास' ने हमारे देश और समाज में दूरगामी सामाजिक, सांस्कृतिक, राजनीतिक,

1. हमने उपमहाद्वीप में फैली असंख्य परंपराओं में से इस मिथक को चुना है। बेशक, हम इसकी जगह किसी और परंपरा की कोई और कहानी भी ले सकते थे। हमारी गुज़ारिश है कि पाठक हमारे इस चयन पर ज़्यादा ग़ौर न करें और यह तो बिल्कुल न समझें कि हम किसी ख़ास मज़हब या किसी ख़ास परंपरा के हिमायती है। हम किसी भी तरह के सांप्रदायिक या कट्टरतावादी विश्वासों व शक्तियों के सख़्त ख़िलाफ़ हैं और इन ताक़तों द्वारा अपनी स्वार्थपूर्ति के लिए पर्यावरणीय एवं सामाजिक मुद्दों को हथियाने के लिए की जा रही चेष्टाओं की भी कटु आलोचना करते हैं।

आर्थिक और पारिस्थितिकीय बदलावों का सूत्रपात कर दिया है। इनमें से कुछ बदलाव पहले से चली आ रही प्रक्रियाओं का परिणाम हैं मगर कुछ बिल्कुल नई परिघटनाएं हैं। इस मंथन के फलस्वरूप सामाजिक उथल-पुथल, बढ़ती ग़ैर-बराबरियों और पर्यावरणीय ध्वंस के रूप में बहुत सारा 'विष' पैदा हो रहा है। मगर दूसरी तरफ़, तरह-तरह की अभिनव पहलकदमियां, संघर्ष और आंदोलन भी पैदा हो रहे हैं जो इस विष के प्रभाव को नियंत्रित करने और मानव कल्याण का रास्ता ढूंढ़ने की कोशिश कर रहे हैं। यही वह 'अमृत' है जो एक अपरिमित ऊर्जा के साथ मथे जा रहे इस देश में संयम और समझदारी को बहाल कर सकता है।

इस किताब को पढ़ने के बाद पाठक ख़ुद यह तय कर सकते हैं कि वे आज हमारे देश में आ रहे बदलावों को किस तरह देखना चाहते हैं, एक रूपक के तौर पर—या इसके मुकाबले कोई और रूपक ज़्यादा सटीक हो सकता है? हमारी गुज़ारिश सिर्फ़ इतनी है कि अगर यह किताब पढ़नेवालों को इस भीषण मंथन, और यह हमें किस दिशा में ले जा रहा है, इसका कुछ अंदाज़ा करा पाती है तो हम अपनी चेष्टाओं को सफल समझेंगे।

किताब के बारे में

क्या इस मुल्क ने कभी इतने बढ़िया दिन देखे हैं? आज यह दुनिया के अहम मरकज़ों में से एक है। यह दुनिया की सबसे ज़्यादा तरक़्क़ीशुदा अर्थव्यवस्था है। बहुत सारे लोगों के दिलों में इस बात की बहुत ठोस उम्मीदें शक्ल ले रही हैं कि अब वो दिन दूर नहीं जब आख़िरकार हम सामंतवाद और विदेशी हुक्मरानों के हाथों शिकस्त की सदियों पुरानी विरासत से पीछा छुड़ा लेंगे और एक अपराजेय महाशक्ति भले न बन पाएं, एक ऐसा उन्नत औद्योगिक, विकसित देश ज़रूर बन जाएंगे जो अंतर्राष्ट्रीय बिरादरी में फ़ख़्र से अपना सिर ऊंचा करके खड़ा होगा। वैश्वीकरण का यह भरोसा बहुत ज़बर्दस्त है। इसके फल तोड़े जाने के लिए तैयार हैं और ऐसा लगता है मानो भारत अब उस मुकाम से सिर्फ़ कुछ क़दम के फ़ासले पर रह गया है जहां वह इसकी भरपूर फ़सल काट सकता है।

यह किताब ऐसे लोगों के लिए लिखी गई है जो उन लोगों और उन समुदायों के बारे में भी फ़िक्रमंद हैं जो वैश्वीकृत विकास के ज़रिए आनेवाली इस ख़ुशहाली की आपाधापी में पीछे छूट गए हैं, बेसहारा छोड़ दिए गए हैं। विशाल जनसंख्या वाले ये मुल्क वंचित—जो मुकम्मल और वाहक नागरिकों और विपुल संभावनाओं वाले समुदायों से बने हैं—एक के बाद एक आई सरकारों और ताक़तवर कंपनियों के भ्रष्टाचार और ग़ैर-ज़िम्मेदाराना बर्ताव और अक्सर रईसों की दिशाहीन महत्त्वाकांक्षाओं, बेवक़ूफ़ियों और बेइंतहाइयों की वजह से घुट-घुट कर जी रहे हैं।

यह किताब उन लोगों से भी मुख़ातिब है जो वैश्विक प्रतिस्पर्धा के शिकारी अंदाज और असरों की वजह से अभूतपूर्व ख़तरे में पड़ते जा रहे भारत के पर्यावरण की नियति के बारे में फ़िक्रमंद हैं। किताब यह दिखाने की कोशिश करती है कि अगर हमारे चारों तरफ़ पल-पल सामने आ रही चेतावनियों पर ग़ौर न किया गया तो एक समाज और एक सभ्यता के रूप में भी भारत का भविष्य ख़तरे में पड़ जाएगा। और, इसका असर देश के हर नागरिक पर होगा चाहे वह आज कितनी भी अकूत दौलत का मालिक क्यों न बना बैठा हो।

अगर इस 'इंडिया स्टोरी' को तेज़ी से तबाह होते जा रहे पर्यावरण और वैश्वीकृत अंतर्राष्ट्रीय अर्थव्यवस्था के व्यापक संदर्भ में न देखा जाए तो इसके बारे

में बहुत आसानी से ग़लतफ़हमियां पैदा हो सकती हैं और इसके बारे में हवाई क़यास लगाए जा सकते हैं। वैश्वीकृत प्रतिस्पर्धा ने ताश के पत्तों को एक बार फिर फेंट दिया है। भारत के भीतर आधी से ज़्यादा आबादी के लिए इसने नए मौक़ों की बजाय पहले से ज़्यादा ख़तरे पैदा कर दिए हैं।

अब वक़्त हमारे हक़ में नहीं है। हम एक बहुत लंबी, हर पल तेज़ होती जा रही आग-ग्रस्त ट्रेन के अलग-अलग कूपों में सवार हैं। सबसे आगे लगे थोड़े से वातानुकूलित कूपे मुसाफ़िरों की भीड़ से अटे आख़िरी कूपों से निकल रही लपटों से अभी आज़ाद और महफ़ूज़ लगते हैं। कुछ कूपे पहले ही जलकर पीछे छूट चुके हैं (ज़रा उन 2,00,000 किसानों को याद कीजिए जो ख़ुदकुशी करके रास्ते में ही विदा ले चुके हैं)। इस मारामारी से बेपरवाह, वातानुकूलित कूपों में बैठे रईस चाहते हैं कि रेलगाड़ी और तेज़ दौड़ाई जाए। रेलगाड़ी को चलानेवाले बख़ूबी जानते हैं कि अगर रफ़्तार बढ़ा दी गई तो हवा से लपटों को और ख़ुराक मिलेगी, और ज़्यादा कूपे रेलगाड़ी से छूट जाएंगे, और ज़्यादा लोग मौत के मुंह में चले जाएंगे। मगर या तो उन्हें ख़ुद ही रफ़्तार का चस्का लग चुका है या वे अय्याशी का अड्डा बने आगे वाले कूपों में सफ़र कर रहे देशी-विदेशी मुसाफ़िरों के दबाव के सामने लाचार हैं। दूसरी तरफ़ अंतर्राष्ट्रीय स्टेशन मास्टर (आईएमएफ़ और विश्व बैंक) का दबाव भी कम नहीं है जो वैश्वीकरण द्वारा मुल्कों के बीच शुरू कर दी गई इस बेरहम आर्थिक दौड़ में इन राष्ट्रीय रेलगाड़ियों को हरदम तेज़ रफ़्तार से चलने के लिए ललकारते चले जा रहे हैं।

इस बारे में शुबहे की अब ज़्यादा गुंजाइश नहीं है कि नब्बे के दशक की शुरुआत में सुधारों का जो सिलसिला शुरू हुआ था (जिसके कई नीतिगत रुझान अस्सी के दशक में ही दिखने लगे थे) उसने इस मुल्क के ऊपरी 10.25 फ़ीसदी तबक़े की आसाइशों में ज़बर्दस्त इज़ाफ़ा किया है। ना सिर्फ़ यह बात तक़रीबन यक़ीनी तौर पर सही है, बल्कि यह एक ऐसी हक़ीक़त भी है जिसका हमने इस किताब में बार-बार ज़िक्र करते हुए यह दलील दी है कि जिन नीतियों की बदौलत रईसों को ऐसे बेइंतहा फ़ायदे मिले हैं वही नीतियां ग़रीबों के लिए (और भी बड़ी) तबाहियों का सबब साबित हुई हैं। जैसा कि एक-दो दफ़े ख़ुद प्रधानमंत्री भी ख़ासी बेचैनी के साथ इस बात का ज़िक्र कर चुके हैं, ये सुधार समाज में दरारें पैदा करनेवाले साबित हुए हैं। मगर इन सुधारों के हिमायतियों का अभी यही दावा है कि सुधारों से न केवल अमीरों को फ़ायदा हुआ है, बल्कि उन्होंने ग़रीबों की ज़रूरतों को भी पूरा किया है या एक दिन उन्हें पूरा कर देंगे। इसी दावे से सुधारों की इस प्रक्रिया को इसकी नैतिक वैधता मिलती है।

इस किताब में हमने इसी दावे पर एतराज़ और सवाल उठाया है। हमारे पास इस तरह के दावों को ख़ारिज करने की बहुत ताक़तवर और ठोस वजहें मौजूद हैं। आनेवाला वक़्त इन सुधारकों के गुनाहों को माफ़ कर देगा, इस पर संदेह की भी

बहुत ठोस और सैद्धांतिक वजहें मौजूद हैं। हो सकता है, वक़्त के आनेवाले सफ़्हों पर यही इबारत लिखी मिले कि वे जो कुछ करना चाहते थे—बाज़ार के विनियमन, राज्य के पीछे हटने और कॉरपोरेट घरानों को और ज़्यादा ताक़तवर बनाने के ज़रिए सदियों पुरानी ग़रीबी को दूर करने की कोशिश—वह आर्थिक तरक़्क़ी के इस रास्ते पर चलते हुए सियासी और पर्यावरणीय, दोनों लिहाज़ से नामुमकिन था। इन रास्तों पर चलते हुए जो भी तरक़्क़ी हासिल होगी, वह दुनिया के बाक़ी हिस्सों की तरह यहां भी पारिस्थितिकीय ताने-बाने और इंसानी समाज, दोनों पर भयानक तबाही के दाग़ छोड़ती चली जाएगी।

क्या मौजूदा नीतिगत ताना-बाना उन करोड़ों लोगों की ज़रूरतों को वाकई पूरा कर रहा है जिनका हवाला देकर इन सुधारों को अमली जामा पहनाया गया है? या, क्या ये नीतियां विस्थापन, क़र्ज़ों, बेदख़लियों, खेती में गिरावट और रोज़गारविहीन विकास के ज़रिए ग़रीबी को नई-नई शक्लों में पैदा कर रही हैं? क़ुदरत और संसाधनों पर इनका क्या असर पड़ रहा है? इन नीतियों से दरअसल किसके हित सध रहे हैं?

यह बात शुरू से ही साफ़ है कि वैश्वीकृत विकास के मौजूदा मॉडल ने विकास की जिन प्रक्रियाओं को शुरू किया है, उनके बारे में ज़ाहिर की गई उम्मीदें और नतीजे, दोनों ही अर्थशास्त्र के सामान्य दायरे से बहुत ज़्यादा व्यापक हैं। वे न केवल समूची धरती की तमाम चीज़ों पर असर डाल रहे हैं बल्कि उन चीज़ों के बारे में हमारी सोच और हमारी फ़िक्रों को भी बदलते जा रहे हैं। इन्हीं ताक़तों की बदौलत जीने के ढंग, संस्कृतियां और सोचने के तौर-तरीके तबाह होते जा रहे हैं जबकि मुख्यधारा के अर्थशास्त्र से बाहर इन ताक़तों की बौद्धिक हिमायत कहीं नहीं मिलती। उनके दावों को धता बतानेवाले सबूतों का ढेर बढ़ता जा रहा है मगर आज भी ज़्यादातर अर्थशास्त्री इंसानी मामलों में बाज़ारों की सबसे केंद्रीय भूमिका के सवाल पर अपनी राय बदलने को तैयार नहीं हैं। बेशक, थोड़े-बहुत लोग इस दकियानूसी सोच से अलग भी रहे हैं मगर वे बस कुछ ही रहे हैं।

बेइंतेहा ताक़तवर तकनीकियों (खनन, उत्पादन, वितरण, उपभोग और निश्चय ही प्रोपेगेंडा और निगरानी की तकनीकें भी) की मेहरबानी से यह जो वैचारिक संकट पैदा हुआ है, उसकी आज तक की इंसानी तारीख़ में कोई मिसाल नहीं मिलती। वैश्वीकरण की ताक़तें आज हमारी मूल्य-मान्यताओं, हमारी संस्कृति, हमारे सियासी रद्दअमल, सामुदायिक संबंधों और सबसे बढ़कर पारिस्थितिकीय तंत्रों पर भी बहुत ज़बर्दस्त असर डाल रही हैं। इनकी एक मुकम्मल तफ़्तीश के लिए तमाम विषयों के बहुत सारे लोगों को और अलग-अलग किस्म के पेशों और काम-धंधों में लगे लाखों नागरिकों को मिलकर कोशिश करनी होगी। इस किताब की एक दलील यह है कि ज़्यादातर अर्थशास्त्री और दूसरे 'माहिर' वैश्वीकरण के प्रभावों का विश्लेषण करने के लिए जो माहिराना, टुकड़ा-टुकड़ा और ख़ानाबंद

तरीक़े अपना रहे हैं वे सवालों का जवाब देने की बजाय ख़ुद एक समस्या हैं।

इस किताब के लेखकों को ऐसी कोई ग़लतफ़हमी नहीं है कि वे इंसानी कल्पनाशीलता के सामने मुंह बाये खड़ी इतनी बड़ी बौद्धिक चुनौती का जवाब दे सकते हैं। हम तो सिर्फ़ इतनी उम्मीद और वादा करते हैं कि उन तमाम मुद्दों पर नए सिरे से खुली बहस के लिए ज़मीन तैयार करने में हमारा भी एक योगदान है जिनको महज़ कुछ समय पहले तक हल हो चुका मान लिया गया था। जब तक यह संवाद नए सिरे से नहीं शुरू होगा और बिल्कुल नई गुंजाइशों और आज़माइशों के लिए जगह पैदा नहीं की जाएगी, तब तक इस बारे में शुबहा बना रहेगा कि हमारी ख़तरे में पड़ती जा रही नस्ल अगली कुछ पीढ़ियों के बाद क़ायम रह पाएगी या नहीं। तरक़्क़ी के इस रास्ते पर अपनी पूरी ताक़त झोंक चुके बहुत सारे क़ाबिल और ईमानदार लोगों के प्रति गहरी इज़्ज़त और पूरी विनम्रता के साथ हम नाना प्रकार के समकालीन आनुभविक शोधों और रिपोर्ताज के सहारे यह गुज़ारिश करना चाहते हैं कि आज उठाया गया हमारा एक-एक ग़लत क़दम आनेवाली पीढ़ियों की मुश्किलों को कई गुना बढ़ा देगा।

किताब का ताना-बाना

यह किताब दो हिस्सों में लिखी गई है। एक बड़ा और एक छोटा। पहले हिस्से में पांच अध्याय हैं। यहां सुधारों के दौर में वैश्वीकरण के प्रभावों का जायज़ा लिया गया है। आर्थिक, पर्यावरणीय, राजनीतिक और दूसरे पहलुओं का जायज़ा लेते हुए यहां हमने पहले से चली आ रही प्रक्रियाओं और नए बदलावों, दोनों को समझने की कोशिश की है। दूसरे हिस्से में दो अध्याय हैं जिनमें पूरे देश में संकट को रोकने के लिए की जा रही आज़माइशों और कोशिशों का लेखा-जोखा लिया गया है। ये ऐसी कोशिशें हैं जिनसे आनेवाले वक़्त में हरित स्वराज की एक नई नज़र और सोच पैदा हो सकती है। कुछ नीतिगत विकल्प लाज़मी तौर पर धुंधले और ऊबड़-खाबड़ हैं मगर हमने जॉन मेनार्ड कीन्स की सलाह मानते हुए 'सौ फ़ीसदी ग़लत होने की बजाय मोटा-मोटी सही' बात कहने की कोशिश की है।

पाठक वर्ग

यह किताब ऐसे लोगों के लिए लिखी गई है जिनके लिए ये नए विषय हैं मगर साथ ही इसमें मौजूदा नीतियों और अहम बहसों को छूने की भी कोशिश की गई है। इस तरह, हो सकता है कि आम पाठकों को किताब के कुछ हिस्सों (ख़ासतौर से अध्याय 2, 3 और 4 के कुछ हिस्से) को समझने में मुश्किल हो। दूसरी तरफ़, जो लोग समाज विज्ञानों (ख़ासतौर से अर्थशास्त्र) से वाफ़िफ़ हैं उन्हें इसके कुछ हिस्से घिसे-पिटे तो नहीं मगर शायद सुने-सुनाए महसूस हो सकते हैं। हमें उम्मीद है कि उत्सुक नौसिखियों को आमंत्रित करने और तजुर्बेकार पेशेवरों को चुनौती देने की

ऐसी ही कोशिशों के बीच जो फ़ासला है, उसी से ये मसले और साफ़ होंगे और आमूल नीतिगत बदलावों का फ़ौरीपन सामने आएगा।

वैश्वीकरण के इस गुच्छे में जो तमाम तरह की थीम्स गुंथी हुई हैं, उनको देखते हुए यह किताब दूसरे देशों के पाठकों के लिए भी उतनी ही दिलचस्प और मददगार होगी जितना हिंदुस्तान के पाठकों के लिए है।

एक कैफ़ियत

इस किताब की पांडुलिपि अगस्त 2010 में पूरी कर ली गई थी। कई अध्याय तो उससे भी महीनों पहले लिख लिये गए थे। नतीजा, हम बाद के सालों में सामने आए बहुत सारे आंकड़ों और जानकारियों (मसलन, भारत की जनगणना, 2010) का इस्तेमाल नहीं कर पाए हैं। हालांकि आमतौर पर इससे किताब में पेश की गई दलीलों पर बहुत गहरा असर नहीं पड़ता मगर यहां-वहां इन कमियों की वजह से कोई दलील कमज़ोर या ताक़तवर ज़रूर महसूस हो सकती है।

आभार

इस किताब को लिखने के दौरान हमारा सबसे बड़ा सबक़ यह रहा कि इस क़द-काठी का काम महज़ दो लोगों के बस की बात नहीं है। इस सफ़र में हमें बहुत सारे लोग लगातार मदद देते रहे और अपनी पैनी नज़र से हमें रास्ता दिखाते रहे। उनके बिना यह किताब कभी आप तक नहीं पहुंच पाती। हम इनमें से कुछ का ज़िक्र नीचे कर रहे हैं।

थॉमस मैथ्यू ने पांडुलिपि के ज़्यादातर हिस्सों को पढ़ा, बहुत सटीक संपादकीय और बौद्धिक सलाहें दीं। इसके अलावा पांडुलिपि के कई अहम हिस्सों पर अपनी राय और टिप्पणियां देने, बहुत सारी ख़ामियों को दुरुस्त करने और कई बहुत क़ीमती सुझाव देने के लिए आनंद स्वामी, सनी नारंग, ज्यां द्रेज़, सुनंदा सेन, एलेहांद्रो नदाल, कवलजीत सिंह, रोहन डिसूज़ा, दिलीप सीमियन, रवि अग्रवाल, के.जे. जॉय, श्रीपद धर्माधिकारी, मिलिंद वाणी और तेजस्विनी आप्टे का खासतौर से ज़िक्र करना चाहेंगे। इनके अलावा इन लोगों ने भी बहुत सारे मौक़ों पर हमें मदद दी, हमारी हौसला अफ़ज़ाई की और हमें सहारा दिया : जयावती और उमेश श्रीवास्तव, सुमंत श्रीवास्तव, लक्ष्मीनारायण और ललिता रामदास, एन मधुसूदन, सागरी रामदास, सुधीर पटनायक, प्रफुल्ल सामंतरा, भास्कर गोस्वामी, मनाली चक्रवर्ती, राहुल वर्मन, राजेंद्र सिंह, प्रियंका शेषाद्री, नेंसी सेबेस्टियन, रीना सिंह, अर्चना अग्रवाल, बुद्धादित्य दास, स्वर्गीय के. बालगोपाल, वी.एस. कृष्णा, राजेंद्र कुमार, दिव्यज्योति घोष, सतवीर सिंह गुलिया, प्रेम पी. वर्मा, स्वर्गीय बनवारी लाल शर्मा, मनोज त्यागी, स्वप्निल श्रीवास्तव, माइक लेवियन, मानशी अशेर, पेट्रिक ऑस्कार्सन, मंजू मेनन, कांची कोहली, ललित बत्रा, सुनील, कविता कुरूगंती, उत्कर्ष घाटे, अवनी मोहन सिंह, एच. हरीश पांडे, सुरेश कुमार छल्ला, नंदिनी ओज़ा, रवींद्रनाथ, अर्शिया उरविजा बोस, अमित श्रीवास्तव, कैरेन कोइल्हो, शालिनी भूटानी, पी.वी. सतीश, मैरी-हेलेन ज़ेरा, लक्ष्मी नारायण, बबलू गांगुली, दिनेश अबरोल, सुजाता पद्मनाभन, हिमांशु ठक्कर, सतीश सिन्हा, रवि रेबाप्रागदा, संस्कृति मेनन, प्रशांत पस्तोरे, प्रशांत भूषण, उज़रम्मा, केरीन लुंडमार्क, एस. फ़ैज़ी, नीरज वाघोलीकर, सुहास परांजपे, नीमा पाठक, विकल समदारिया, रोज़मैरी विश्वनाथ, आरती श्रीधर, सेबेस्टियन मैथ्यू, विलियम लॉकहार्ट, प्रार्थना बनिक्या, बेनी कुरविला, नित्यानंद जयरामन,

अफ़सर एच. जाफ़री और मिहिर शाह। इस किताब के कवर के लिए हम वेंकट रमन सिंह, श्याम और एस. आनंद का शुक्रिया अदा करना चाहेंगे। योगेंद्र दत्त को बेहतरीन अनुवाद के लिए धन्यवाद और प्रकाशन के लिए सुमन परमार और राजकमल के प्रति आभार। इन सभी लोगों के प्रति हम अपना गहरा आभार व्यक्त करते हैं। इनके अलावा भी बहुत सारे ऐसे हमदर्द और हमसफर रहे जिन्होंने अलग-अलग मौक़ों पर इस परियोजना में अपना योगदान दिया मगर जगह की कमी के कारण उनके नाम यहां नहीं आ पाए हैं। हम उनसे हार्दिक क्षमा मांगते हैं।

प्रस्तुत हिंदी संस्करण के प्रसंग में हम अनुवाद के लिए योगेंद्र दत्त और संपादन सहयोग के लिए अंकुर से पुष्पा राय और जयावती श्रीवास्तव के तहेदिल से आभारी हैं। हिंदी संस्करण में हमने संदर्भ और एंडनोट छोड़ दिए हैं। उनको मूल, अंग्रेजी संस्करण में देखा जा सकता है।

हममें से एक (असीम श्रीवास्तव) को जनवरी/फरवरी 2009 में संगम हाउस राइटर फ़ेलोशिप से भी मदद मिली। हम इसके लिए उनका गहरा आभार प्रकट करते हैं।

इस किताब में जैसे विवादास्पद और ज्वलंत विषयों को उठाया गया है, उन पर लिखी जानेवाली किसी भी किताब में बहुत सारी ख़ामियां छूट जाना स्वाभाविक है। यह किताब भी इस नियम का अपवाद नहीं है। इसमें ऐसी सारी कमियां हमारी अज्ञानता और हमारी सीमाओं का नतीजा हैं न कि उनकी, जिन्होंने हमें अलग-अलग मौक़ों पर मदद और सहारा दिया। अगर पढ़नेवाले किताब में किसी भी तरह की ख़ामी की तरफ़ हमारा ध्यान दिलाएं और अपनी तरफ़ से नई जानकारियां, नई अंतर्दृष्टि और नए विचार सुझाएं तो हम उनके तहेदिल से आभारी रहेंगे।

अनुक्रम

भाग-I : सांझ
यहाँ कोई विकल्प नहीं है

भाग-II : भोर की किरणें
विकल्पों की कमी नहीं है

भाग-I

सांझ

यहाँ कोई विकल्प नहीं है

भूमिका I

'भारत' का वैश्वीकरण से आमना-सामना

'इस पैसे का क्या मोल है?'

अर्थशास्त्री और मनोवैज्ञानिक कार्ल पॉलान्यी ने 1940 के दशक में लिखा था :

> *'एक बाज़ार अर्थव्यवस्था सिर्फ़ एक बाज़ार समाज के वजूद में ही रह सकती है... । बाज़ार अर्थव्यवस्था में श्रम, ज़मीन और धन सहित उद्योग के सारे तत्त्वों का समावेश अनिवार्य है। लेकिन श्रम और ज़मीन तो किसी भी समाज को रचनेवाले मनुष्यों और उस प्राकृतिक परिवेश का ही हिस्सा होते हैं जिसमें वह समाज जीवित रहता है। उन्हें बाज़ार की प्रणाली में समाहित करने का मतलब है स्वयं समाज की अंतर्वस्तु को बाज़ार के नियमों के अधीन ले आना।'*

बाज़ार-हितैषी आर्थिक नीतियों के अंतर्गत भारत के औद्योगिकीकरण का अनुभव पॉलान्यी की इस बेचैन करनेवाली अंतर्दृष्टि की पुष्टि करता है। आधुनिक बाज़ार रईसों के लिए तो बहुत बढ़िया काम करते हैं मगर ग़रीबों को बाज़ार की ऐसी कृपा नहीं मिलती। लिहाज़ा, समूचा समाज उन लोगों की आकांक्षाओं और ज़रूरतों के अधीन चला जाता है जिनका बाज़ार पर नियंत्रण है।

हमारे नगरीय और औद्योगिक प्रभु वर्ग चाहते हैं कि किसानी में खप रहे करोड़ों लोग खेती और परंपरागत व्यवसाय छोड़ दें, अपने खेतों-गांवों, जंगलों को ख़ाली कर दें और आधुनिक बुनियादी ढांचे, कल-कारख़ानों और खानों-खदानों के लिए रास्ता साफ़ करें। इन वर्गों के हिसाब से, हर हाथ में मोबाइल फ़ोन का होना 'विकास' और 'उन्नति' का प्रतीक है। मगर 10 में से 7 हिन्दुस्तानी गांवों में ही बसते हैं। और चूंकि अभी उनको और कहीं अपने लिए बेहतर संभावनाएं दिखाई नहीं दे रही हैं इसलिए वे गांव छोड़नेवाले नहीं हैं।

ग्रामीण भारत का औद्योगिकीकरण से सामना

हम हरियाणा के झज्जर जिले में पड़नेवाले पेलपा नाम के गांव में हैं। नई दिल्ली के

अंतर्राष्ट्रीय हवाई अड्डे से गाड़ी में बैठकर आने पर यहां तक एक घंटे का वक़्त लगता है। यह गांव एक विशेष आर्थिक क्षेत्र (स्पेशल इकोनॉमिक जोन—सेज़) के लिए तय किए गए इलाक़े में पड़ता है। यह आर्थिक क्षेत्र एक पीपीपी यानी 'सार्वजनिक-निजी साझेदारी' का क्षेत्र है।

रिलायंस इंडस्ट्रीज़ इसका मुख्य डेवलपर है और इस परियोजना में उसका हिस्सा 90 प्रतिशत है। 10 प्रतिशत हिस्सा हरियाणा सरकार का है। रिलायंस इंडस्ट्रीज़ इस परियोजना के लिए विशाल भूक्षेत्र—कुल मिलाकर 25,000 एकड़ ज़मीन—पर क़ब्ज़ा (एक्वायर) करना चाहता है। इस महाकाय योजना की वजह से झज्जर जिले के 22 और गुड़गांव के 18 गांवों के सामने विस्थापन का ख़तरा पैदा हो गया है। यह रक़बा इतना बड़ा है कि तक़रीबन पूरा चंडीगढ़ शहर इस सेज़ में समा सकता है। रिलायंस और सरकार जिस ज़मीन पर क़ब्ज़ा (एक्वायर) करना चाहते हैं वह तक़रीबन सारी की सारी खेतिहर ज़मीन है। हरित क्रांति के इस क्षेत्र में (मुख्य रूप से गेहूं की ज़्यादा पैदावार वाली प्रजातियों की खेती के लिए भारी पैमाने पर पानी के दोहन की वजह से) भूमिगत जल-स्तर तेज़ी से गिरता जा रहा है। फिर भी, ज़्यादातर किसानों का मानना है कि अगर सरकार इस सेज़ पर हो रहे खर्चे का मामूली हिस्सा भी यहां की सिंचाई सुविधाएं बढ़ाने पर ख़र्च कर देती तो ये खेत फिर से सोना उगलने लगते। तक़रीबन पूरे हरियाणा की ज़मीन उपजाऊ है। हमने जिन लोगों से बातें कीं उनमें से, नवयुवकों के अलावा, कोई भी अभी खेती छोड़ने को तैयार नहीं है।

इस किताब के लिखे जाने के समय तक रिलायंस अपने तय लक्ष्य के मुक़ाबले एक-तिहाई से ज़्यादा ज़मीन ख़रीद नहीं पाया है (समझौते पर 2005 में दस्तख़त हुए थे और क़ानूनन उन्हें सारी ज़मीन दो साल में ख़रीद लेनी चाहिए थी)। अब तो ज़्यादातर किसान 22 लाख रुपए प्रति एकड़ की दर से दिए जा रहे मुआवज़े को भी लेने को तैयार नहीं हैं।

बेशक, कुछ किसानों ने (आसन्न संकट की आशंका को देखते हुए) अपनी ज़मीन का कुछ हिस्सा बेच भी दिया है। कइयों ने मुश्किल आर्थिक हालात से तंग आकर भी ज़मीन बेची है। मगर ऐसे लोगों की हालत तो इतनी खस्ता है कि वे मुआवज़े की रक़म का भी फ़ायदा उठाने की हालत में नहीं हैं। पेलपा में ताउओं की बैठक में हिस्सा लेने आए पेलपा के ही एक किसान से हमने पूछा कि उन्होंने रिलायंस से मिले पैसे का क्या किया है। उन्होंने बताया कि उनको तो वो पैसा ठीक से देखने को भी नहीं मिला! 'पर हां, लड़के उसे ज़रूर ले उड़े', उन्होंने आह भरकर कहा।

हमने उनसे पूछा कि आपने लड़कों को पैसा क्यों दे दिया? तो उनके जवाब ने हमें सकते में डाल दिया :

'मेरे ही लड़के ने मेरी कनपटी पर पिस्तौल तान दी और पैसा लेकर चंपत हो गया।

...यह तो यहां अब आम बात है। उनकी (लड़कों और युवकों की) सिर्फ़ तीन ही दिलचस्पियां रह गई हैं : गाड़ी, दारू और बंदूक। किसी रोज़ दिन-ढले सेज़ इलाक़े के बीच से गुज़रनेवाली सड़क पर चलना। मैं तुम्हें वहां नई-नई जीपों की धज दिखाऊंगा। इन गाड़ियों में कानफाड़ू डिस्को बाजा बजता रहता है। लड़के सवेरे तक दारू पीकर झूमते-नाचते रहते हैं। अब तो शाम को हमारी बहू-बेटियों ने भी घर से निकलना छोड़ दिया है। पहले यहां का माहौल बहुत सुरक्षित था। अब वो बात नहीं रही। लड़के दिन निकलने से पहले घर लौटते हैं, दोपहर तक सोये पड़े रहते हैं और शाम को फिर उसी रूटीन को दोहराने निकल पड़ते हैं। अगर इसी तरह ये पैसा उड़ाते रहे तो 22 लाख भी भला कितने दिन चलेगा?'

इसी दौरान किसान की पत्नी भी बातचीत में शामिल हो गईं। उन्होंने कहा :

'जब बदन हिलाए बिना ही पैसा मिलने लगे तो भला कोई खेतों में क्यों खटेगा? यहां के लड़के गाड़ियों में चढ़कर गुड़गांव जाते हैं और पानी की तरह पैसा बहाकर आते हैं। अब यहां के लड़के खेती करना नहीं चाहते। इसमें पैसा ही नहीं है। खेती करके पेट पालना बड़ा भारी हो गया है। सरकार ने भी हाथ खींच लिये हैं, इसलिए अब खेती और भी मुश्किल हो गई है। लगता है सरकार ने तय कर दिया है कि हमें कैसे जीना है। वे मुआवज़े के तौर पर पैसा देने को तो तैयार हैं मगर क्या उनको अंदाज़ा भी है कि ये हमारे पुरखों की ज़मीन है, यहां हमारे बड़े-बूढ़ों ने हल चलाया है, यही हमारी रोज़ी-रोटी का बारहमासी ज़रिया है? पैसे का हम क्या करें? कितने दिन चलेगा ये पैसा? अभी तो लड़के नादान हैं। उनको क्या पता पैसा कैसे संभाला जाता है।'

वो कहती रहीं :

'ये सिर्फ़ ज़बर्दस्ती हमारी ज़मीन और पुरखों का गांव छीन लेने की बात नहीं है, यह हमारे रहन-सहन के ढंग और हमारी जड़ों को तहस-नहस करने का तरीक़ा है। दारू तो इन गांवों में सदा ही एक समस्या थी। अब हराम के इस पैसे से दारूबाज़ी रोज़ की ही मुसीबत हो गई है। मर्द तो क़ाबू से बाहर जा चुके हैं। घरों में मारपीट रोज़ की बात बन गई है। हम शहर वाले नहीं हैं। पर अब तो अपना ही गांव हमें पराया लगने लगा है। हम तो कहीं के नहीं रहे...।'

हरियाणा का ग्रामीण समाज नैतिक ध्वंस के कगार पर पहुंच चुका है। यहां के लोगों में एक ख़ास तरह की हताशा फैलती जा रही है। राजनीतिक-मनोवैज्ञानिक आशीष नंदी के शब्दों में कहें तो यह 'अपनी नियति पर नियंत्रण खो चुके सदमाग्रस्त समुदायों' की हताशा है।

हरियाणा के इन इलाक़ों में नौजवान पुरुषों और पिछली पीढ़ी (ख़ासतौर से औरतों) की खेती के भविष्य को लेकर राय में फ़र्क़ उस दिन बहुत साफ़ दिखाई

दिया जब एक सुबह हम झज्जर के पास बादली गांव में आयोजित महापंचायत में शिरकत करने गए।

इस महापंचायत में लगभग 20 गांवों के कई सौ किसान आए हुए थे। माहौल में तनाव साफ़ दिखाई दे रहा था। कुछ लोगों ने हमें बताया कि आज यहां स्थानीय बाहुबलियों की तरफ़ से बवाल भी हो सकता है क्योंकि उन्हें पंचायत को तितर-बितर करने के लिए पैसे दिए गए हैं।

ख़ैर, मीटिंग शुरू हुई और एक पड़ोसी गांव के प्रधान ने सभा की शुरुआत करते हुए सरकार की सेज़ नीति की पांच मिनट तक आलोचना की। ख़ासतौर से उन्होंने इस बात पर अफ़सोस व ग़ुस्सा जताया कि सरकार निजी कंपनियों के बिचौलिए की तरह काम कर रही है। सरकार कभी किसानों को ललचाती है तो कभी उन्हें डराती है ताकि वे औद्योगिक विकास के लिए अपनी ज़मीन बेच दें।

अभी प्रधान की बात पूरी भी नहीं हुई थी कि इलाक़े के क़रीब 20 युवाओं का झुंड मौक़े पर आ धमका। बिल्कुल अलग तरह के कपड़े (रंग-बिरंगी कमीज़-पैंट आदि) पहने ये लोग अचानक हमारे नज़दीक आए और बताने लगे की यहां के ज़्यादातर किसान ख़ुशी-ख़ुशी अपनी ज़मीन बेचना चाहते हैं, जिन लोगों ने यह मीटिंग बुलाई है वे ख़ुद भी अपनी ज़मीनें बेच चुके हैं और अब रिलायंस से और ज़्यादा मुआवज़ा ऐंठना चाहते हैं। जब अगले वक्ता ने बोलना शुरू किया तो ये लोग खड़े हो गए और वहीं से शोर-शराबा मचाने लगे। आख़िरकार उन्होंने वक्ता को बोलने नहीं दिया। इन युवाओं ने लोगों को मारपीट के लिए उकसाने की भरसक कोशिश की। मगर शुक्र है कि दूसरी तरफ़ से मुनासिब प्रतिक्रिया न मिलने के कारण उनके मंसूबे कामयाब नहीं हो पाए।

बड़े-बुज़ुर्गों ने ख़ास मारपीट से बचने के लिए मीटिंग ही रद्द करना बेहतर समझा। जब हमने जानना चाहा कि ये गुंडे कौन थे तो पता चला कि वे भी इसी इलाक़े के हैं और उनमें से ज़्यादातर लड़के बादली के ही हैं। रिलायंस ने ऐसे बहुत सारे नौजवानों और असंतुष्ट किसानों को अपना दलाल बना लिया है। ऐसा लगता था कि ताउओं की बैठक को तहस-नहस करने के लिए पिछली रात को उन्हें काफ़ी पैसा और शराब दी गई थी।

उनको यह भी भरोसा दिलाया गया है कि जैसे ही सेज़ चालू होगा उन्हें 'जॉब' मिलेगा। ना उनका कोई इंटरव्यू होगा, ना कौशल या योग्यता देखी जाएगी। ऐसा लगता है कि थोड़े-बहुत पैसे के सहारे उछाले गए ये वादे शहरी गहमागहमी का हिस्सेदार बनने को बेचैन और उतावले इन नौजवानों को ख़रीदने के लिए काफ़ी हैं।

बादली के बुज़ुर्ग किसान आज़ाद सिंह ने हमें बताया :

> *'रिलायंस के दलाल ये कहकर किसानों से झूठे हलफ़नामे लिखवा रहे हैं कि उन्हें अपने बच्चों की तालीम के लिए पैसों की ज़रूरत है, या उनकी ज़मीन बंजर है,*

इसलिए वे मर्ज़ी से अपना खेत बेचने को तैयार हैं। मज़े की बात है कि जिसे वे बंजर ज़मीन कह रहे हैं, उसी पर पिछले साल प्रति एकड़ 15-20 क्विंटल गेहूं पैदा हुआ था! आप ख़ुद राजस्व कार्यालय जाकर रिकॉर्ड चेक कर सकते हैं।'

आज़ाद सिंह को यह भी भरोसा नहीं था कि मुआवज़े के पैसे से उनके जैसे लोग क्या करेंगे :

'हम तो पीढ़ियों से बस खेती ही करते आए हैं और यही जानते हैं। वे हमसे इस उम्र में अपना कारोबार बदलकर कोई ऐसा-वैसा कारोबार शुरू करने की उम्मीद कैसे करने लगते हैं? वैसे भी यह फ़ैसला तो हमें लेना है, वो कौन होते हैं हमारे लिए फ़ैसला लेनेवाले। हम ऐसे लोगों के रहम-ओ-करम पर क्यों जिएं जो हमारी जेबों में पैसा ठूंस देना चाहते हैं? अगर एक भूखे इंसान को दौलत के ढेर और एक थाली भोजन में से एक को चुनना हो तो वो किसको चुनेगा?'

और हां, उनका क्या होगा जिनके नाम कोई ज़मीन नहीं है, जो आपके खेतों में दिहाड़ी मज़दूरी करते हैं? हमने आज़ाद सिंह से पूछा। उन्होंने कहा, 'कौन जाने उनका क्या होगा? वे तो सबसे ज़्यादा असहाय हैं।'

मई दिवस पर हुई इस महापंचायत के एक महीने बाद ख़बर मिली कि बादली की चौपाल के अहाते में एक नौजवान को बिल्कुल सिर से पिस्तौल सटाकर गोली मार दी गई। ज़ाहिर है कि जब सरकारी नीतियां ग्रामीण समुदायों को भगवान भरोसे छोड़ देती हैं तो रंजिश का बदला लेने की पुरानी रीत ही समीकरणों को तय करने लगती है।

रायगड़, महाराष्ट्र की अपनी दूसरी महाकाय परियोजना की तरह यहां भी किसानों के सख़्त विरोध की वजह से रिलायंस की सेज़ परियोजना भूमि अधिग्रहण के अपने लक्ष्य से बहुत दूर है। ज़मीन का खुला बाज़ार इन बड़ी कंपनियों को रास नहीं आ रहा है। लिहाज़ा, सरकारी दख़ल की गुहार लगाई जाती है।

इस बीच सामाजिक तनाव और टकराव दिन-दूनी, रात-चौगुनी रफ़्तार से बढ़ते चले जा रहे हैं।

शहरी ग़रीबों का वैश्वीकरण से आमना-सामना

पिछले दो दशकों के दौरान राष्ट्रीय राजधानी दिल्ली में ही न जाने कितनी झुग्गी-बस्तियों को उजाड़ा जा चुका है। इस शहर के कर्ताधर्ता दिल्ली को एक 'विश्वस्तरीय शहर' बनाने पर आमादा हैं। मिसाल के तौर पर, सन् 2000 में यहां के 75,000 लोगों की झुग्गियां सरकारी बुलडोज़रों द्वारा रौंद दी गईं। इनमें से ज़्यादातर लोगों को कहीं पुनर्वास नहीं मिला। 2004 में यमुना पुश्ते पर बनी दिल्ली की सबसे बड़ी

झुग्गी-बस्ती को ढहा दिया गया। इस हमले ने एक ही रात में डेढ़ लाख लोगों को बेघर-बार कर दिया। इस क्रूर अभियान के पीछे 2010 के राष्ट्रमंडल खेलों को मुख्य वजह बताया जा रहा था जिसके लिए ज़मीन को साफ़ करना ज़रूरी था। उजाड़े गए परिवारों में से सिर्फ़ एक-चौथाई को ही शहर के उत्तरी छोर पर पुनर्वास मिला। उनकी ज़िंदगियां और जीविकाएं तहस-नहस हो गईं। 2006 में मंडावली के 7,500 लोगों और भाटी माइंस के पास रहनेवाले 3,000 लोगों के घर भी आलमी शहर बनने के इसी ख़्वाब की भेंट चढ़ गए। यह फ़ेहरिस्त आप जहां तक चाहें बढ़ा सकते हैं।

राष्ट्रमंडल खेलों के नाम पर अपना घर गंवानेवाले हज़ारों लोगों में से एक का बयान यह था :

> *'हमारे नेता ग़रीबी नहीं हटाना चाहते। वे सिर्फ़ ग़रीबों को हटाना चाहते और जानते हैं...। हमीं उनकी आंखों में खटकते हैं। हमारी रोज़ी, हमारे पूजा-पाठ, हमारे बच्चों की तालीम, सब तो यहीं पर है। हमारी ज़िंदगी तबाह करके वो हमें ऐसे बियाबान में क्यों धकेल रहे हैं जहां न तो रोज़गार है, न तालीम है, और न दवा-इलाज के साधन हैं? ...वे बस अपनी आंखों के सामने से ग़रीबों को हटा देना चाहते हैं...।'* (सादिक ढोलकवाला)

* * *

एनएसएस के 2008-09 के ताज़ा सर्वेक्षण के मुताबिक़ पूरे भारत में तक़रीबन 49,000 झुग्गी-बस्तियां हैं। जब गांवों में लोगों से उनकी ज़मीन और आजीविका छिन जाती है या उन्हें गांव के हालात बहुत दमनकारी लगने लगते हैं तो वे काम-धंधे और बेहतर ज़िंदगी की उम्मीद में शहरों की तरफ़ रुख़ करते हैं। यहां आने पर उन्हें फैलती झुग्गी-बस्तियों में ही पनाह मिल पाती है। इनमें से ज़्यादातर बस्तियां क़ानूनी मान्यता प्राप्त नहीं होतीं। शहरी भूमि क़ानून और ज़मीन की क़ीमतें शहरों में ग़रीबों को बा-हक प्रवेश नहीं करने देतीं। ऐसे में झुग्गियों में रहनेवालों को वोट बैंक फैलाने की होड़ में लगे राजनीतिक दलों या राजनेताओं का ही संरक्षण मिलता है।

भारत के बहुत सारे राज्यों में विकास प्राधिकरणों के साथ-साथ सरकारी स्लम क्लियरेंस बोर्ड भी मौजूद हैं। आर्थिक सुधारों से ठीक पहले के सालों में झुग्गियों को कभी-कभार ही गिराया जाता था और उस पर भी ख़ासा सार्वजनिक बवाल मच जाया करता था। सत्तर के दशक में आपातकाल यानी इमरजेंसी के समय दिल्ली में इसी तरह के हालात देखने में आए थे। हाल के दशकों में रीयल एस्टेट (क़ीमती ज़मीन), औद्योगिक या खुदरा परियोजनाओं के लिए अथवा बुनियादी ढांचे (अलबत्ता खेल आयोजनों के वास्ते) के निर्माण के लिए शहरी ज़मीनों पर क़ब्ज़े और उनके सौंदर्यीकरण के अभियानों ने झुग्गियों के सफ़ाए को और हवा दी है।

आज भारतीय महानगरों को वैश्विक पूंजी व वित्त के हाथों 'बेचना' सबसे अव्वल प्राथमिकता बन गई है। इसका मतलब यह है कि हर हिंदुस्तानी शहर से 'आंखों में खटकनेवालों' को साफ़ किया जाए। झुग्गी-बस्तियों का ढहाना अब एक दैनंदिन और बेहद नैदानिक यानी क्लिनिकल मसला बन गया है जिसे अक्सर अभूतपूर्व धूर्तता के साथ, बिना नोटिस दिए, पुलिस की देखरेख में अंजाम दिया जाता है। तमाम राजनीतिक-अराजनीतिक विरोधों के बावजूद मीडिया तक में इन घटनाओं पर कोई ख़ास चर्चा नहीं होती।

प्रभावित लोगों को अक्सर अदालतों में अपील करके भी इंसाफ़ नहीं मिल पाता। जो फ़ैसले नब्बे के दशक तक ग़रीबों के हित में हुआ करते थे, अब उनकी भी दिशा उलट गई है। यह स्थिति जीवन की सुरक्षा और निजी स्वतंत्रता का आश्वासन देनेवाली संविधान की धारा 21 की सर्वोच्च न्यायालय द्वारा की गई व्याख्या को धता बताते हुए शहरी आबादी के बड़े हिस्से के आवास अधिकार का स्पष्ट निषेध है।

पिछले दो दशकों के दौरान कितने लोगों को उजाड़ा गया है? विस्थापन की सामान्य घटनाओं की भांति जबरन बेदख़ली के बारे में भी सरकार कोई रिकॉर्ड नहीं रखती। संयुक्त राष्ट्र आवास अधिकार संवीक्षक के मुताबिक़ नवंबर 2004 से जनवरी 2005 के बीच केवल मुंबई में ही 80,000 झोपड़ियों को मिट्टी में मिला दिया गया था। ये हमले अक्सर रात के समय हुए। जब महाराष्ट्र के मुख्यमंत्री गर्वपूर्वक मुंबई को भारत का शांघाई बनाने के दावे कर रहे थे, उसी समय '1995 के बाद हुए क़ब्ज़ों' को ख़त्म करने के नाम पर चली इस मुहिम में तीन लाख लोगों को घर से बेघर कर दिया गया था।

मध्यवर्गीय ख़ौफ़-कथाओं में झुग्गी-बस्तियां केवल अपराधों के अड्डे और गंदगी का महासागर दिखाई देती हैं। इन कहानियों के मुताबिक़, उनका वजूद सामाजिक अमन-चैन और जनता की ख़ुशहाली, दोनों के लिए ख़तरा है। ग़ौर करने की बात यह है कि इन गाथाओं में केवल अपराधों के क़िस्सों को ही बढ़ा-चढ़ाकर पेश किया जाता है। मगर सच्चाई यह है कि पश्चिमी जगत् के ज़्यादातर बड़े महानगरों के बिल्कुल विपरीत, इन बस्तियों में अपराध लगभग नगण्य दिखाई देता है। और जहां तक इनके ग़ैरक़ानूनी अस्तित्व का सवाल है तो ये झुग्गी-बस्तियां भी ठीक वैसे ही ग़ैरक़ानूनी होती हैं जिस तरह अमीरों की बहुत सारी बस्तियां हैं। और यह भी सच है कि उनमें गंदगी ज़्यादा दिखती है क्योंकि वहां सार्वजनिक सुविधाएं हों भी तो बस कहने भर को होती हैं। वहां पीने के पानी और शौच आदि की प्रायः कोई व्यवस्था नहीं होती। ऊपर से सितमज़रीफ़ी यह है कि ग़रीबों से जो हक़ और मौक़े छीन लिये जाते हैं उनका इल्ज़ाम भी अक्सर उन्हीं के सिर मढ़ दिया जाता है। इस बात को देखने की ज़रूरत किसी को नहीं लगती कि लोग मर्ज़ी से नहीं बल्कि

मजबूरी के चलते ऐसे हालात में रहने को तैयार होते हैं। और यह लाचारी (जैसा कि हम आगे देखेंगे) भी उसी विकास के तर्क से पैदा होती है जो भारत के आभिजात्य और मध्यवर्ग की जेबें भर रहा है। गांवों से होनेवाले विस्थापन की तरह इन बस्तियों में रहनेवाले भी सबसे ज़्यादा उन्हीं सामाजिक समूहों से होते हैं जिनके साथ पग-पग पर भेदभाव होता रहा है—दलित, आदिवासी और ओबीसी (अन्य पिछड़ी जातियां)।

असल में यह बेदख़ली नहीं है। यह तो सीधे-सीधे बहिष्करण वाली, रिजेक्ट कर देने या दुत्कार देनेवाली वही प्रक्रिया है जिसका जंगलों में रहनेवाली आदिवासी आबादियां शिकार होती रही हैं। यह एक ऐसी प्रक्रिया है जो तक़रीबन तयशुदा ढंग से लोगों का अमानवीयकरण कर देती है, ख़ासतौर से युवकों का। और इसी से यदा-कदा हिंसा और उन अपराधों का जन्म होने लगता है जिनको ख़त्म करने के नाम पर झुग्गियों की तबाही को वाजिब ठहराया जाता रहा है।

जब मध्यवर्गीय रेज़ीडेंट्स वेलफ़ेयर एसोसिएशनें झुग्गी-बस्तियों को निशाना बनाती हैं तो वह इन बस्तियों से शहर की ज़िंदगी को मिलनेवाले बेहिसाब और अपरिहार्य योगदान को सुविधापूर्वक भुला देती हैं। सड़कों की साफ़-सफ़ाई और रईसों के पार्कों व बगीचों में पानी छिड़कने से लेकर तमाम तरह की घरेलू मज़दूरी और रोज़मर्रा की तकनीकी मदद (नलसाज़ी, बिजली मरम्मत, बढ़ईगिरी आदि) तक को पलक झपकते भुला दिया जाता है। भारत को 'आलमी शहरों' वाला मुल्क बनते देखने के लिए उतावला यही मध्यवर्ग शहरों को 'साफ़' और 'सुंदर' बनाने के लिए पुलिस या न्यायपालिका का इस्तेमाल करने में भी कभी नहीं चूकता। दिल्ली में झुग्गी-बस्तियों का क्षेत्रफल 2 प्रतिशत से भी कम है मगर सरकारी ज़मीन हथियाने का इल्ज़ाम सबसे ज़्यादा उन्हीं पर लगाया जाता है।

दिल्ली में अनधिकृत निर्माण और ज़मीन के दुरुपयोग की जांच करने के लिए 2006 में गठित खन्ना कमेटी ने पाया था कि उस समय शहर के 75 प्रतिशत लोग अनधिकृत इलाक़ों में ही रह रहे थे। उनमें से आधे लोग पुनर्वास कॉलोनियों और झुग्गी-बस्तियों के बाशिंदे थे। कमेटी ने 'अल्प-आय समुदायों के लिए पर्याप्त संख्या में मकान न बना पाने को' डीडीए की एक अहम नाकामयाबी क़रार दिया था।

बिल्कुल इसी तरह की कहानियां देश के दूसरे शहरों में भी आए दिन लिखी जा रही हैं।

दस से पंद्रह हज़ार की औसत आबादी वाली 800 अधिसूचित झुग्गी-बस्तियों वाले हैदराबाद शहर में तेलगू देशम् सरकार ने चंद्रबाबू नायडू के नेतृत्व में 2003-04 के दौरान कई बस्तियों को उजाड़ा था। नायडू के बाद आई कांग्रेस सरकार ने भी इसी आक्रामक नीति पर चलना जारी रखा।

तथाकथित 'वामपंथी' सरकारों का रिकॉर्ड भी कोई अलग नहीं रहा है। कोलकाता में 2002 के मानवाधिकार दिवस (10 दिसंबर) को सत्ताधारी सीपीएम गठबंधन ने

4,000 परिवारों को बर्बरता से बेलियाघाटा से उजाड़ दिया था जबकि इन लोगों के पास अपनी रिहायशी सबूत के तौर पर राशन कार्ड भी मौजूद थे। ग़ौरतलब है कि इन लोगों को अस्सी के दशक की शुरुआत में इसी सरकार ने बसाया था। 2002 की बेदख़ली के बाद अभी तक इनमें से एक भी परिवार को पुनर्वास नहीं मिला है। बंगाल में इस घटना को '10 दिसंबर के जनसंहार' के नाम से याद किया जाता है।

जैसे-जैसे जवाहरलाल नेहरू राष्ट्रीय शहरी पुनर्नवीकरण मिशन (जेएनएनयूआरएम) साठ से भी ज़्यादा शहरों में लागू होता जा रहा है, इस बात की आशंका बढ़ती जा रही है कि अब झुग्गी-बस्तियों को और तेज़ी व बर्बरता से उजाड़ा जाएगा। आवास अधिकारों की जानकार कल्याणी मेनन सेन के मुताबिक़ 'जेएनएनयूआरएम के फलस्वरूप झुग्गी-बस्तियों को तोड़ने की घटनाओं में और तेज़ी आई है। विदेशी सहायता से चलाए जा रहे इस महत्त्वाकांक्षी कार्यक्रम में राज्य सरकारों को शहरी विकास के लिए इसी शर्त पर सहायता मिलती है कि वे भूमि एवं आवास बाज़ारों को खोलें और उनका निजीकरण करें। अभी जिन 64 शहरों में जेएनएनयूआरएम को लागू किया जा रहा है वहां, कार्यकर्ताओं के अनुमानों के अनुसार, प्रभावित होनेवाले परिवारों की संख्या दस लाख से भी ज़्यादा बैठेगी।' इतने ही लोग पिछले एक दशक के दौरान अपने घरों से बेघर किए जा चुके हैं।

बहुत सारे देशों में जनता को आवास देने का इंतज़ाम सरकार के जिम्मे रहता है। सिंगापुर जैसे देश में 85 प्रतिशत आबादी सरकारी मकानों में रहती है और बहुत सारे लोग तो अब आंशिक रूप से अपने घरों के मालिक भी बन चुके हैं। इसके विपरीत, भारत के ज़्यादातर शहरों में ग़रीबों के लिए सरकारी आवास व्यवस्था पूरी तरह नदारद है। यह एक ऐसा क्षेत्र है जहां निजी निवेश की भी ज़्यादा गुंजाइश नहीं है क्योंकि ग़रीबों से मुनाफ़े की ख़ास उम्मीद नहीं रहती और इसी के कारण बहुत सारे देशों में (पश्चिम के ज़्यादातर देशों सहित) सरकारें ग़रीबों के लिए आवास पर सब्सिडी देती हैं।

अध्याय 1

वैश्वीकरण

'मेरे हिसाब से 'वैश्वीकरण' का मतलब यह है कि मेरी कंपनी को जहां चाहे वहां, जब तक चाहे तब तक, जो चाहे वो पैदा करने, जहां से चाहे कच्चा माल मंगाने और जहां चाहे तैयार माल बेचने की पूरी आज़ादी मिले और श्रम क़ानूनों व सामूहिक समझौतों के नाम पर उसके सामने रुकावटें न हों।'

—पर्सी बार्नविक, स्विस-स्वीडिश ग्रुप एबीबी के अध्यक्ष, 1995

इंडिया और भारत

यह कहने में अब कोई नयापन नहीं बचा है कि हम इंडिया और भारत, दो देशों में रहते हैं। इस बात को बहुत पहले ही रेखांकित किया जा चुका था। फिर भी, यह एक ऐसी हक़ीक़त है जिसके नतीजों की मुकम्मल तफ़्तीश अभी बाक़ी है क्योंकि बीते दशकों की नीतियों के फलस्वरूप इन दोनों के बीच खाई बढ़ती ही जा रही है। ये दोनों देश सियामी जुड़वाओं की तरह शरीर के मध्य भाग पर तो एक-दूसरे से जुड़े हुए हैं मगर वे दो अलग-अलग मुंह से ख़ुराक लेते हैं। एक मोटापे से जूझ रहा है और दूसरा कुपोषित है। एक चौंधियाते मॉल्स में ख़रीदारी करता है और दूसरे को लोकल बाज़ारों में मिलनेवाली मामूली रसद ख़रीदने में भी पसीने छूट रहे हैं। अगर एक तेज़ रफ़्तार एक्सप्रेसवेज़ पर आलीशान कारों में दौड़ रहा है तो दूसरा अलग-अलग मंज़िलों की तरफ़ बढ़ी जा रही जर्जर बसों में घुसा-ठुंसा पड़ा है।

और हां, एक तीसरा देश भी है, जिसे उन लोगों ने लगभग पूरी तरह भुला दिया है जिनके पास चीज़ों को तय करने और बदलने की ताक़त है। यह ग़ैर-मानवीय प्रकृति का जगत् है। देश के जंगलों में मौजूद नाना प्रकार के पेड़-पौधे, जानवर, फ़सलें और मवेशी तेज़ी से इंसानी हमलों की चपेट में आते जा रहे हैं। प्राकृतिक तंत्र और पर्यावास बेतहाशा तहस-नहस होते जा रहे हैं। वायुमंडलीय परिवर्तन के चलते इस तबाही में अभी और तेज़ी ही आनेवाली है। हज़ारों प्रजातियों पर हमेशा

के लिए ख़त्म हो जाने का बहुत ठोस ख़तरा पैदा हो चुका है और आर्थिक उन्नति का मौजूदा दौर इस ख़तरे को और तीखा बनाता जा रहा है।

यह किताब एक ऐसे समाज के टिकाऊपन पर सवाल खड़ा करने की कोशिश करती है जो दिन-पर-दिन आर्थिक हैसियत की विभाजन रेखा से बंटता, बिखरता जा रहा है और अपने प्राकृतिक वातावरण से लगातार एक जंग में मुब्तिला है। यह समझने-समझाने की एक कोशिश है। जिसे हमारे जनसंचार माध्यम 'दुनिया' कहते हैं, उसने 'यथार्थ' के उसी संस्करण को स्वीकार करने और फैलाने को मंज़ूरी दे दी है जो आज इंसानियत के सामने खड़े विशाल ख़तरों की बुनियादी जड़ है। यह किताब इसी नज़र को एक ऐसे देश में चुनौती देने का प्रयास करती है जिसकी विपुल जैविक, आर्थिक एवं सांस्कृतिक विविधता और एक सभ्यता के रूप में जिसका अस्तित्व ही बेतुके वैश्विक 'विकास' की आपाधापी से ख़तरे में पड़ते जा रहे हैं। हम यह दिखाने की कोशिश कर रहे हैं कि कैसे यह प्रक्रिया इंसानी ख़ुशहाली के ज़्यादा नाज़ुक मगर टिकाऊ रास्तों पर चलने की संभावना को तेज़ी से ख़त्म करती जा रही है।

इस वैश्वीकरण में नया क्या है?

वैश्वीकरण की अवधारणा के इर्द-गिर्द सबसे भ्रामक कल्पना यह है कि एक दिन 'दुनिया' एक जगह जमा हुई, उसने वैश्वीकरण की लागतों और फ़ायदों का हिसाब लगाया और पाया कि फ़ायदे सारी लागतों से कहीं ज़्यादा हैं और लिहाज़ा इस रास्ते पर आगे बढ़ चली। इस तरह के आर्थिक अवसरों को नज़रअंदाज़ नहीं किया जा सकता था इसलिए वैश्वीकरण 'मुक्त बाज़ारों' के एक स्वाभाविक परिणाम के रूप में सामने आया। ऐतिहासिक सत्य इस मासूम सी तस्वीर के ख़िलाफ़ पड़ता है।

आइए, सबसे पहले यह समझ लें कि वैश्वीकरण क्या-क्या नहीं है। बहुत सारे लोग हैं जो मानते हैं कि समकालीन वैश्वीकरण के बारे में कुछ भी बुनियादी तौर पर नई बात नहीं है, ख़ासतौर से हिंदुस्तान में, क्योंकि हमारी संस्कृति और सभ्यता तो प्राचीन काल से ही नाना अंतर्राष्ट्रीय प्रभावों और घुसपैठों से तय होती रही है। और इसीलिए भारत का भी औरों पर बहुत भारी असर रहा है : मसलन, इतिहास के लंबे फ़लक पर इसने भी चीन, जापान, दक्षिण-पूर्व एशिया, इस्लामिक जगत्, अफ़्रीका और जी हां, ख़ुद यूरोप की संस्कृतियों को प्रभावित किया है।

बौद्ध धर्म से लेकर अंकगणित और बीजगणित के आदि सूत्रों तक भारत इंसानी ज्ञान और संस्कृति में अपने योगदान के लिए जायज़ फ़ख़्र महसूस कर सकता है। इन्हीं आदान-प्रदानों की बिनाह पर कुछ टीकाकार आज के वैश्वीकरण को पीछे की तरफ़ देखते हुए मानव जीवन का सतत स्वभाव दिखाने की कोशिश करते रहे हैं।

ऐसा सोचना सिरे से नादानी है। दुनिया के अलग-अलग समाजों के बीच सांस्कृतिक आदान-प्रदान की संभावनाओं का जश्न मनाने के अपने उत्साह में यह खेमा एक ज़्यादा बड़ी हक़ीक़त को सिरे से नज़रअंदाज़ कर देता है और वो यह है कि हाल ही में जो वित्तीय एकीकरण हुआ है, वह संपन्न देशों और संपन्न वर्गों के लिए अनुकूल शर्तों पर हुआ है। कीन्स जैसे अर्थशास्त्रियों ने तीस के दशक में ही इस अन्तर्राष्ट्रीय आर्थिक जंजाल के ख़िलाफ़ आगाह कर दिया था जबकि उस समय तक यह दुनिया आर्थिक तौर पर बहुत कम एकीकृत थी। मौजूदा वैश्विक संकट ने कीन्स की आशंकाओं को और पुख़्ता कर दिया है।

वैश्वीकरण के हिमायती इस एकीकरण के पारिस्थितिकीय, वैचारिक, भूराजनीतिक एवं सैनिक निहितार्थों को भी रेखांकित करने में चूक जाते हैं। इसी तरह, वे वैश्वीकरण के ताज़ा अवतार की सबसे बड़ी ख़ासियत—कॉरपोरेट और राज्यनीत प्रक्रिया—को भी समझने में चूक जाते हैं जिसने केवल हमारे उपमहाद्वीप के स्तर पर ही नहीं बल्कि पूरी पृथ्वी पर ऐसे ऐतिहासिक बदलावों का सूत्रपात कर दिया है जो धरती पर सभ्यता और जीवन की संभावनाओं को ही ख़तरे में डालते जा रहे हैं। जो हम देख रहे हैं वह एक ऐसा वैश्वीकरण है जिसकी इतिहास में और कोई मिसाल नहीं मिलती, जो मानवता के लिए अभूतपूर्व, अतिशक्तिशाली उन्नत प्रौद्योगिकियों की बुनियाद पर खड़ा है।

समकालीन वैश्वीकरण की जड़ें कारोबार, व्यापार, वित्त, मीडिया और टेक्नोलॉजी के जगत से ख़ुराक ले रही हैं। इसका जन्म पश्चिम में हुआ और भारतीय व अन्य शासक वर्गों ने इसको उत्साह से अपनाया। औरों की तरह भारतीय समाज के लिए भी इसके बहुत दूरगामी परिणाम रहे हैं। आज का वैश्वीकरण सिर्फ़ ख़ास तरह के आर्थिक तंत्र का एक निश्चित नुस्ख़ा ही नहीं है बल्कि यह एक नए क़िस्म के जीवन का भी नुस्ख़ा है जिसकी जड़ों पर दुनिया के आभिजात्य वर्गों की नियंत्रण व प्रभुत्व की अपरिमित चाह छुपाए नहीं छुप रही है।

इसका संस्कृतियों के सुंदर, सुखद आदान-प्रदान से कोई लेना-देना नहीं है। इसका आवेग वित्तीय पूंजी की ज़रूरतों से पैदा होता है। आज अंतर्राष्ट्रीय वित्तीय प्रवाहों की मात्रा अंतर्राष्ट्रीय व्यापार और समूचे विश्व के सकल उत्पाद (वैश्विक जीडीपी) से भी आगे जा चुकी है। आज तो हालत ऐसी है कि वित्तीय पूंजी की पूंछ ही वास्तविक अर्थव्यवस्था के कुत्ते को हिला रही है। और तो और, इस तरह के वित्तीय प्रवाह—जिनमें तीसरी दुनिया को बेचे गए क़र्ज़ भी शामिल हैं—ग़रीब, विकासशील देशों के तेज़ी से बढ़ते जा रहे क़र्ज़ भुगतानों पर गहरा असर डाल रहे हैं। एक अनुमान के मुताबिक़ इस तरह के देशों ने 2006 में केवल ऐसे क़र्ज़ों के एवज में सम्पन्न दुनिया को 550 अरब डॉलर का फ़ायदा पहुंचाया था। इसके विपरीत, उसी साल संपन्न देशों से मध्य एवं अल्प आय वाले देशों को मिली कुल

सहायता केवल 160 अरब डॉलर थी। यानी 434 अरब डॉलर ग़रीब देशों से अमीर (ओईसीडी) देशों की जेब में चले गए!

वैश्वीकरण का ढांचा

मौजूदा वैश्वीकरण का एकतरफ़ा ढांचा शक्तिशाली विचारधाराओं, संस्थानों, नीतियों व हितों की बुनियाद पर खड़ा है।

विचारधाराएं

श्रीमती मार्ग्रेट थैचर ने अस्सी के दशक में प्रधानमंत्री के पद पर रहते हुए ऐलान कर दिया था कि अब 'कोई और रास्ता नहीं बचा है।' यह बात उन्होंने अर्थव्यवस्था को चलाने के प्रचलित हो चुके नुस्ख़े की हिमायत में कही थी। नुस्ख़ा यह था कि अर्थव्यवस्था को समाज के ख़र्चे पर चलाया जाए और राज्य ख़ुद को अर्थव्यवस्था के झमेलों से बाहर रखे, ताकि, कथित तौर पर व्यक्तिगत आज़ादी को ठेस न पहुंचे। (वैसे भी, उन्होंने कहा था कि 'समाज जैसी कोई चीज़ नहीं हुआ करती। मर्द होते हैं, औरतें होती हैं और उनके परिवार होते हैं। बस्स!')

वैश्वीकरण की विचारधारा को नव-उदारवाद के नाम से जाना जाता है क्योंकि शास्त्रीय उदारवादी विचारधारा की तरह इसमें भी आर्थिक प्रक्रियाओं से राज्य के पूरी तरह न सही मगर धीरे-धीरे निकलते जाने और आर्थिक उन्नति व प्रगति के लिए 'मुक्त बाज़ारों' को ही श्रेष्ठतम मार्ग मानने की आस्था दिखाई देती है। नव-उदारवाद का केंद्रीय मूल्य है प्रतिस्पर्धा—देशों के बीच प्रतिस्पर्धा और देश के लोगों के बीच प्रतिस्पर्धा (लेकिन इसका मतलब यह नहीं है कि विशाल व्यावसायिक कंपनियां विभिन्न बाज़ारों को मिल-बांटकर नहीं खा सकतीं!)। अक्सर दलील दी जाती है कि किसी चीज़ की क़ीमत को कम से कम (और गुणवत्ता को बेहतर से बेहतर) रखने के लिए प्रतिस्पर्धा सबसे कुशल साधन है। 'मुक्त' बाज़ारों में आस्था इसी वैश्विक कुशलता के दर्शन का आधार है। मुख्यधारा का सिद्धांत कहता है कि स्वायत्त आर्थिक इकाइयों के बीच स्वैच्छिक रूप से होनेवाला आदान-प्रदान प्रत्येक व्यक्ति के लिए सबसे 'कुशल' परिणामों को जन्म देता है। अपने हितों को साधने की चेष्टा में किसी भी विनिमय में शामिल हर पक्ष दूसरे को लाभ पहुंचाता जाता है—लगभग एक सहउत्पाद की तरह। इस तरह समाज—जो कि इस सोच के हिसाब से व्यक्तियों के एक ढीले-ढाले समूह से ज़्यादा नहीं है—का सबसे ज़्यादा हित मुक्त बाज़ारों से ही सध सकता है।

सबसे हास्यास्पद बात यह है कि व्यक्तियों के बीच स्वैच्छिक आदान-प्रदान की इस दलील को बड़ी आसानी से लोग राष्ट्रों के बीच मुक्त व्यापार के सिद्धांत का जामा पहना देते हैं!

संस्थान, नीतियां और हित

पिछले कई दशकों से नव-उदारवाद का जगन्नाथ रथ तीन बेहद शक्तिशाली संस्थाओं—आईएमएफ़, विश्व बैंक और विश्व व्यापार संगठन (डब्ल्यूटीओ)—के नेतृत्व में आगे बढ़ रहा है। मनीला स्थित एशियाई विकास बैंक (एडीबी) भी इन्हीं के साथ तालमेल में काम करता है। अंतर्राष्ट्रीय मुद्रा कोष (आईएमएफ़) और विश्व बैंक के मुख्यालय वॉशिंगटन डीसी में स्थित हैं। इसीलिए नव-उदारवादी नीतियों को 'वॉशिंगटन सहमति' के नाम से भी जाना जाने लगा है। कॉरपोरेट वैश्वीकरण के इस युग में दुनिया की अर्थव्यवस्था, ख़ासतौर से ग़रीब देशों की अर्थव्यवस्थाओं, को संचालित करनेवाले 'गुप्त राज्य' के मुख्य स्तंभ यही अंतर्राष्ट्रीय वित्तीय संस्थान हैं।

इन संस्थानों के नीति संबंधी नुस्ख़े क्या हैं? उनका कहना है कि जो अर्थव्यवस्थाएं शेष दुनिया के साथ व्यापार, पूंजी और निवेश प्रवाहों के लिए खुली होती हैं वे ज़्यादा तेज़ी से बढ़ती, पनपती हैं और उन देशों में 'ट्रिकल डाउन इफ़ेक्ट' (बूंद-बूंद प्रभाव) से ग़रीबी में ज़्यादा तेज़ गिरावट आती है। इसी निष्कर्ष का दूसरा पहलू यह है कि क्योंकि अंततः यह प्रक्रिया ग़रीबी को कम करने में कामयाब हो ही जाती है इसलिए अंतरिम काल में असमानताएं बढ़ भी जाएं तो ज़्यादा हो-हल्ला नहीं करना चाहिए क्योंकि संपन्न वर्ग भी अपने धन का निवेश करके और नौकरियां पैदा करके समाज की अमूल्य सेवा ही करता है और इस तरह वह भी ग़रीबी पर अंकुश लगाने में बहुत भारी मदद करता है। यह भी कहा जाता है कि इस तरह के विकास (नव-उदारवादी नीतियों के फलस्वरूप होनेवाले विकास) से सरकार की कर वसूली में इज़ाफ़ा होता है और इस तरह उसके पास लोक स्वास्थ्य जैसे सामाजिक मुद्दों के लिए पैसे का बंदोबस्त हो जाता है।

नव-उदारवादी नीतियां अर्थव्यवस्थाओं को खोलते जाने के साथ-साथ जलापूर्ति, स्वास्थ्य और शिक्षा जैसे बेहद संवेदनशील क्षेत्रों और तमाम दूसरे सरकारी या राजकीय उद्यमों के निजीकरण की भी हिमायती हैं। इस काम को अक्सर सरकारी खर्चे में कटौती या बजट को संतुलित करने की आड़ में अंजाम दिया जाता है। नव-उदारवादी नीतियों को दुनिया भर में लागू करनेवाली संस्थाएं आमतौर पर ग़रीब, क़र्ज़ लेनेवाले देशों की मुद्राओं का जबरन अवमूल्यन भी करती हैं और 'श्रम बाज़ारों को लचीला' बनाने के लिए दबाव भी डालती हैं (जिसका सीधा मतलब है कि मज़दूरों को कोई रोज़गार सुरक्षा न मिले, उनको जब चाहे नौकरी पर रखा और निकाला जा सके)।

तो आख़िरकार वैश्वीकरण से किसके हित सध रहे हैं? औद्योगिकीकरण के रास्ते पर चल रही (या 'उभरती') अर्थव्यवस्थाओं में बाज़ारों को खोलने की प्रक्रिया रईस उपभोक्ताओं और ट्रांसनेशनल यानी कई राष्ट्रों में कारोबार करनेवाली कम्पनियों (टीएनसी) की मांग से संचालित होती है। इन आवाज़ों को संबंधित देशों

की घरेलू कंपनियों का भी समर्थन हासिल होता है। टीएनसी कंपनियों का साबक़ा संपन्न देशों के 'परिपक्व' बाज़ारों से पड़ता है और लिहाज़ा वे अपने आपको तब तक नहीं फैला सकतीं जब तक तीसरी दुनिया में उन्हें जगह नहीं मिलती। सरकारी कंपनियों और संपदाओं के निजीकरण से वैश्विक कॉरपोरेट सेक्टर को विकासशील अर्थव्यवस्थाओं पर और ज़्यादा नियंत्रण मिल जाता है और बड़ी घरेलू कंपनियों और टीएनसी कंपनियों को नए कारोबार के मौक़े मिलते हैं।

सरकारी ख़र्चे में कटौती का एक और मक़सद यह है कि ग़रीबों के लिए उपलब्ध सहायता साधनों—जैसे खाद्य सब्सिडी—को ख़त्म किया जाए या उनमें भारी कटौती की जाए। दूसरी तरफ़, अर्थव्यवस्था में राज्य की सीमित सहभागिता का एक नतीजा यह होता है कि बड़ी कंपनियों को करों में भारी रियायतें मिलने लगती हैं। (अगर सरकारी ख़र्चे में कमी आ गई है तो इतना सारा टैक्स वसूलने की ज़रूरत क्या है?) इन रियायतों को इस आधार पर जायज़ ठहराया जाता है कि वे निजी निवेश को आकर्षित करेंगी और नए रोज़गार पैदा करेंगी—लिहाज़ा, अर्थव्यवस्था को बढ़ाने के लिए ये छूटें ज़रूरी हैं।

तीसरी दुनिया के देशों में मालिकाने व टैक्स क़ानूनों में ढिलाई से पहली दुनिया के निगमों को इस तरह के स्थानों पर ज़्यादा (विदेशी) प्रत्यक्ष निवेश (एफडीआई) का खुला मौक़ा मिलता है। टीएनसी कंपनियां विलय और अधिग्रहण के लिए तथा पोर्टफ़ोलियो निवेश के लिए और ज़्यादा पैसा ख़र्च करने लगती हैं। इससे उत्पादन क्षमता में तो कोई इज़ाफ़ा नहीं होता मगर मौजूदा वास्तविक संपदाओं का स्वामित्व ज़रूर बदल जाता है। इस तरह के निवेश (विदेशी संस्थागत निवेश—एफआईआई) से न तो रोज़गारों में इज़ाफ़ा होता है और न ही सुरक्षित विकास होता है। इससे सिर्फ़ टीएनसी कंपनियों का मुनाफ़ा बढ़ जाता है।

मुद्राओं के अवमूल्यन का नतीजा यह होता है कि संपन्न राष्ट्रों को विकासशील देशों से जो कच्चा माल मंगाना होता है, उसकी लागत कम हो जाती है। इसी तरह, लचीले श्रम बाज़ारों से तीसरी दुनिया में कारोबार फैलाने की इच्छुक टीएनसी (और घरेलू कंपनियों) के लिए श्रम की लागत में कटौती का रास्ता खुल जाता है। भारत जैसे ग़रीब देशों में इसका मतलब है मज़दूरी का दिहाड़ीकरण। इसके लिए अक्सर अनौपचारिक अर्थव्यवस्था में आउटसोर्सिंग और उपठेकेदारी का रास्ता अपनाया जाता है क्योंकि अनौपचारिक अर्थव्यवस्थाओं में तनख़्वाहें और भी कम होती हैं तथा शोषण की तो कोई सीमा ही नहीं होती।

जब ये सारे उपाय मिलकर वास्तविक अर्थव्यवस्था की विकास दर को बढ़ा देते हैं तो 'उभरते बाज़ारों' का वित्तीय क्षेत्र पहले के मुक़ाबले ज़्यादा मोटा मुनाफ़ा अर्जित करने लगता है। संपन्न और ग़रीब, दोनों देशों के निवेशक—अक्सर म्यूचुअल, पेंशन या हैज फंड्स के ज़रिए—ऐसे 'उभरते' वित्तीय बाज़ारों की संपदाओं में

निवेश करने लगते हैं जहां मुनाफ़ा तथाकथित 'परिपक्व बाज़ारों' में मिलनेवाले मुनाफ़े से काफ़ी ज़्यादा होता है।

सबसे उल्लेखनीय बात यह है कि क़र्ज़ लेनेवाले देश जो क़र्ज़ा लेते हैं उससे अंतर्राष्ट्रीय वित्तीय संस्थानों को क़र्ज़दार देशों की नीतियों में अंतर्राष्ट्रीय कंपनियों के हितों को समाहित करने की और ज़्यादा गुंजाइश मिल जाती है। क़र्ज़ के दम पर चलनेवाला यह साम्राज्यवाद अब काफ़ी फल-फूल चुका है।

इतिहास हमें कई कड़वे सबक़ सिखाता है। इतिहास हमें बताता है कि मुक्त व्यापार की व्यवस्था के तहत सापेक्ष लाभ का दावा बहुधा खोखला साबित हुआ है। अठारहवीं शताब्दी में जब ब्रिटेन का औद्योगिकीकरण हो रहा था तो उसने कपास की खेती कभी नहीं की। इसके बावजूद वह दुनिया के सबसे अगुवा कपड़ा उत्पादकों में से एक था। रिकॉर्ड्र्स को खंगालने पर पता चलता है कि ब्रिटिश कपड़ा उद्योग को भारतीय हथकरघों पर लगाई गई पाबंदियों और व्यापारिक पाबंदियों से बेहिसाब फ़ायदा हुआ था। औपनिवेशिक राज्य अपने लिए बाज़ारों की रचना करने में एक अहम भूमिका निभा रहा था। मैनचेस्टर के कपड़ा कारखानों के सामने मलमल उत्पादन अंतर्राष्ट्रीय प्रतिस्पर्धा पेश कर रहा था इसलिए उसे ख़त्म करने के लिए बंगाल के बुनकरों पर अकल्पनीय अत्याचार किए गए थे।

आर्थिक इतिहास का सबसे कठोर सच यह है—जिस पर ज़्यादातर अर्थशास्त्री ध्यान नहीं देना चाहते—कि उल्लेखनीय आकार का कोई भी देश मुक्त व्यापार के हालात में सफलतापूर्वक औद्योगिकीकरण के रास्ते पर नहीं बढ़ पाया। मशहूर शिशु-उद्योग दलील का यही तर्क है कि औद्योगिकीकरण के प्रारंभिक चरण में सभी देशों को व्यापारिक सीमाओं की सुरक्षा चाहिए होती है। मगर अब दुनिया भर के नीति निर्माता इसी दलील को बेकार मानने लगे हैं और आयात प्रतिस्थापन (सब्सीट्यूशन) की जगह आयात उदारीकरण ने ले ली है। प्रसंगवश, व्यापक मान्यता के विपरीत, विकासशील जगत् की वृद्धि दर भी 1980-2000 के मुक़ाबले 1960-80 के बीच ज़्यादा तेज़ थी जब वहां भी संरक्षणवाद का ही बोलबाला था। बाद में उसे भी अंतर्राष्ट्रीय वित्तीय संस्थानों द्वारा मुक्त व्यापार की नीतियां अपनाने के लिए बाध्य कर दिया गया।

अगर हम इस रूढ़िवादी सोच से चलें कि पश्चिम द्वारा निर्धारित संसाधन सघन क़िस्म का औद्योगिकीकरण ही पारस्थितिकीय संकट से जूझ रहे इस युग में भी किसी देश के 'विकसित' होने का सबसे बढ़िया रास्ता है तो उपरोक्त ब्योरों का मतलब यह निकलता है कि अंतर्राष्ट्रीय वित्तीय संस्थान जिन मुक्त व्यापार के नुस्ख़ों की घुट्टी पिला रहे हैं उनका सिद्धांत या तथ्यों के धरातल पर कोई आधार नहीं है। इनका औचित्य असल में दो ऐसी बुनियादी बातों में है जिन पर अक्सर चर्चा नहीं होती। पहली बात, संपन्न राष्ट्र अब अंतर्राष्ट्रीय व्यापार के बिना आगे नहीं बढ़

सकते क्योंकि वे विशेषज्ञीकरण पर आधारित आर्थिक उन्नति के निर्भरता के जाल में फंस चुके हैं। और दूसरी बात यह है कि वैश्विक मोबाइल बैंक और टीएनसी कंपनियां अब अपनी राष्ट्रीय सीमाओं के बाहर नए बाज़ारों और मुनाफ़ों की भूख से तड़प रही हैं क्योंकि उनके अपने संपन्न देशों के बाज़ारों में अब उनके फैलने की कोई गुंजाइश बाक़ी नहीं बची है।

ख़ैर, व्यवहार के धरातल पर मुक्त बाज़ार भी नियममुक्त—यानी सार्वजनिक लोकतांत्रिक नियंत्रण के बाहर—नहीं हैं। आज हमारी वैश्विक दुनिया जिस तरह चल रही है, उसको व्यक्त करने का ज़्यादा बेहतर तरीक़ा यह है कि यह दुनिया मुक्त व्यापार पर नहीं बल्कि नियममुक्त अंतर्राष्ट्रीय कॉरपोरेट वाणिज्य की बुनियाद पर खड़ी है। (अब अंतर्राष्ट्रीय व्यापार का एक बहुत बड़ा हिस्सा ख़ुद टीएनसी कंपनियों की अपनी ही शाखाओं और सहायक कंपनियों के बीच चलता है)। राजनीतिक-आर्थिक प्रभुत्व की यह संरचना लंबे समय से विकसित हो रही थी।

आज के वैश्वीकरण की जड़ें

आज के वैश्वीकरण को समझने के लिए इस बात को ध्यान में रखना ज़रूरी है कि इसकी पैदाइश यूरो-अमेरिकी जगत् की ज़रूरतों से हुई है। अलग-अलग रूपों में यह प्रक्रिया कम से कम यूरोपीय उपनिवेशवाद के ज़माने से तो चली ही आ रही थी। अठारहवीं शताब्दी से शुरू हुई औद्योगिक क्रांति ने परिवहन, नौसंचार एवं संचार और निश्चय ही हथियारों के क्षेत्र में आए बदलावों से वैश्वीकरण के प्रौद्योगिकीय क्षितिज को बहुत फैला दिया था। इन्हीं बदलावों से आधुनिक साम्राज्यों का जन्म हुआ था। यूरोपीय देशों ने क्रिश्चियन मिशन, 'तरक़्क़ी', 'सभ्यता' और निश्चय ही मुक्त व्यापार की दुहाई दे देकर विशाल औपनिवेशिक साम्राज्यों की स्थापना की थी। बहुत हद तक ये सभी साम्राज्य व्यापारिक साम्राज्य थे। यह हक़ीक़त आज भी हम पर हावी है और 2008 से शुरू हुए विश्वव्यापी वित्तीय संकट के फलस्वरूप बाज़ारों के अभूतपूर्व ढंग से ढहते चले जाने के बाद भी 'मुक्त व्यापार' के इस शब्दाडंबर का जादू कम होने का नाम नहीं ले रहा है।

जिसे अर्थशास्त्री ब्रिटिश साम्राज्य के नेतृत्व में 'वैश्वीकरण की पहली लहर' (1870-1914) कहते हैं (पैक्स ब्रिटेनिका) उस दौरान लगभग पूरी दुनिया को व्यापक अंतर्राष्ट्रीय व्यापारिक संबंधों में खींच लिया गया था। पहले विश्व युद्ध ने इस प्रक्रिया पर अचानक विराम लगा दिया था। ग़ौर करने की बात है कि तब तक वित्तीय पूंजी किसी भी अर्थव्यवस्था का बहुत विकसित हिस्सा नहीं थी। लिहाज़ा, वैश्वीकरण मोटे तौर पर (हालांकि पूरी तरह नहीं) ब्रिटेन तथा अन्य यूरोपीय शक्तियों द्वारा प्रत्यक्ष निवेश और उनके बीच होनेवाले व्यापार तक ही सीमित था। चीन और (ब्रिटिश) भारत जैसे विकसित देशों को जबरन एक 'मुक्त व्यापार' व्यवस्था में खींच लिया गया था

और उन्हें अनौद्योगिकीकरण व अविकास के अनुभव से गुज़रना पड़ा।

प्रसंगवश, यहां इस बात का उल्लेख किया जा सकता है कि आज के मुक़ाबले तब के अंतर्राष्ट्रीय श्रम बाज़ार कहीं ज़्यादा मुक्त थे, घरेलू श्रम बाज़ार की ज़रूरतों के चलते अमेरिका में लोगों का आना काफ़ी आसान था। उस वक़्त बहुत सारे देशों में प्रवेश के लिए पासपोर्ट जांच और वीज़ा दस्तावेज़ों की भी ज़रूरत नहीं पड़ती थी। अगर ख़ालिस इंसानी आवाजाही के हिसाब से देखा जाए तो आज के मुक़ाबले उस ज़माने की दुनिया ज़्यादा मुक्त थी। लोगों की आवाजाही पर लगी बेहिसाब पाबंदियों के हमारे दौर के मुक़ाबले वो दौर ऐडम स्मिथ के 'मुक्त बाज़ार' की कल्पना के बहुत ज़्यादा निकट था। अपनी मशहूर किताब दि वेल्थ ऑफ़ नेशंस में ऐडम स्थिम लगातार श्रम की बेरोक-टोक आवाजाही की हिमायत करते हैं। हमारे दौर का बहुत सटीक अनुमान लगाते हुए उन्होंने स्पष्ट कहा है कि समाज के नियम 'श्रम के मुक़ाबले स्टॉक (पूंजी) के एक जगह से दूसरी जगह स्वच्छंद संचरण के लिए कम रुकावट पैदा करते हैं।'

वैश्वीकरण की दूसरी लहर द्वितीय महायुद्ध के बाद अमेरिकी नेतृत्व में सामने आई (पैक्स अमेरिकाना) जिसे आर्थिक इतिहासकार 'पूंजीवाद का स्वर्ण युग' (1945-71) कहते हैं। उस दौरान ज़्यादातर दुनिया (चीन और सोवियत प्रभुत्व वाले विशाल भूभाग के अलावा) को एक बार फिर आर्थिक संबंधों के पुराने सर्वव्यापी छाते के नीचे घसीट लिया गया था। यूरोप और जापान ने भी अमेरिका की आर्थिक सहायता से ही युद्ध के बाद अपनी अर्थव्यवस्थाओं को नए सिरे से खड़ा किया था।

एशिया, अफ़्रीका और लैटिन अमेरिका के बहुत सारे मुक्त उपनिवेश अपनी सारी कोशिशों के बावजूद पश्चिमी अर्थव्यवस्थाओं के प्रभुत्वशाली प्रभाव से आज़ाद नहीं हो पाए। यही उपनिवेश इन अर्थव्यवस्थाओं की तरक़्क़ी के लिए सस्ता कच्चा माल और संसाधन भेजने का ज़रिया थे। बाद के सालों में इन्हीं देशों को पश्चिमी बैंकों से भारी-भरकम क़र्ज़े लेने के लिए बुलाया जाने लगा। ये क़र्ज़े उनकी तरक़्क़ी और विकास के नाम पर दिए जा रहे थे। मगर वास्तव में यह भी तीसरी दुनिया के संसाधनों पर पहली दुनिया का नियंत्रण स्थापित करने का ही एक नया तरीक़ा था। यह एक ऐसी परिघटना है जो समय के साथ फैलती गई है और जिसे कुछ विशेषज्ञों ने 'नव-उपनिवेशवाद' का नाम दिया है।

यह विडंबना ही कही जाएगी कि वैश्वीकरण शब्द को काफ़ी हाल में जाकर ही पहचान मिल पाई है। यहां तक कि पश्चिम में भी महज़ एक पीढ़ी पहले (यानी 1980 के आसपास तक) किसी ने वैश्वीकरण का नाम नहीं सुना था। सत्तर और अस्सी के दशकों में जब प्रस्तुत किताब के लेखक उत्तर भारत में पल-बढ़ रहे थे तो यह शब्द उनके लिए बिल्कुल अनजाना था। विश्वविद्यालय में पांच साल तक

अर्थशास्त्र का अध्ययन करने के बावजूद वे इस शब्द से टकराए बिना बाहर निकल आए थे। कोई पेशेवर अर्थशास्त्री तरक़्क़ी या ग़रीबी उन्मूलन के साधन के रूप में वैश्वीकरण की हिमायत नहीं कर रहा था—कम से कम भारत में तो कतई नहीं।

तो फिर यह समीकरण कब बदलना शुरू हुआ ? इस शब्द को आर्थिक शब्दावली में पहली बार 1980 के दशक में जगह मिली। इस दशक में यह धीरे-धीरे आम आर्थिक बोलचाल का हिस्सा बनता गया और 1990 में बर्लिन की दीवार ढहने के बाद यही सबसे लोकप्रिय शब्द बन गया। जैसे-जैसे वॉशिंगटन को अपनी बहुराष्ट्रीय कंपनियों के लिए एक ऐतिहासिक अवसर की संभावनाएं दिखाई देने लगीं, वह अर्थव्यवस्थाओं को चलाने के लिए वैश्वीकरण को एक नए सिद्धांत व दर्शन के रूप में पेश करने लगा। पूंजीवाद को शीतयुद्ध में साम्यवाद पर विजयी घोषित कर दिया गया जिसके साथ ये बहुत सारे लोगों के हिसाब से लगभग पौना सदी से एक प्रतिस्पर्धा में मुब्तिला था। अब, अपने प्रतिस्पर्धी से आगे निकल जाने का दावा करते हुए दुनिया की बची-खुची महाशक्तियों ने पूंजीवाद को एक उच्चतर, बेहतर आर्थिक प्रणाली के रूप में दुनिया को सिखाना शुरू किया। और उसी मुहिम में पूरी दुनिया पर यह दबाव बनाया गया कि वो बिना कोई सवाल उठाए इसे अपना ले।

वैश्वीकरण की मौजूदा शक्ल-सूरत को जॉर्ज बुश सीनियर के नेतृत्व में अमेरिका ने दुनिया पर थोपा था। 1991 में हुए पहले खाड़ी युद्ध के बाद इसे 'नई विश्वव्यवस्था' के अविभाज्य हिस्से के तौर पर सारी दुनिया में फैलाया जाने लगा।

वैश्वीकरण का मुक्त व्यापार से उतना लेना-देना नहीं है जितना कि अमेरिकी साम्राज्य के व्यापक चौखटे के भीतर बाज़ारों के विस्तार और सुदृढ़ीकरण से है—भले ही इसके लिए शेष दुनिया और आम अमेरिकियों को कोई भी क़ीमत क्यों न चुकानी पड़े। पश्चिमी जगत् में फैलने के दो सदी लंबे इतिहास के बाद अस्सी के दशक तक आते-आते पूंजीवाद यूरोप, अमेरिका और जापान के संपृक्त बाज़ारों से आगे बढ़ने के लिए छटपटाने लगा था। 1970 का दशक पूंजीवादी व्यवस्था के लिए संकटों का दशक था। उसे तेल संकट, भारी मंदी और मुद्रास्फीति जैसे कई मोर्चों पर जूझना पड़ा। इसी दशक में ओपेक यानी तेल उत्पादक देशों के गिरोह ने दो बार—1973 और 1979 में—तेल की क़ीमतों में भारी इज़ाफ़ा किया था।

1979-82 के बीच पश्चिमी अर्थव्यवस्थाओं को तीस के दशक के बाद की सबसे भारी मंदी का सामना करना पड़ा। इसी दौरान ब्रेटन-वुड्स मुद्रा विनिमय दर की व्यवस्था को समाप्त कर दिया गया था जब 1971 में अमेरिका ने विदेशियों के पास रखे डॉलरों को सोने में तब्दील करने से इनकार कर दिया था। तब तक स्वर्ण विनिमय मानक—जिसमें डॉलर का मूल्य सोने की एक निश्चित मात्रा के साथ बंधा हुआ था—किसी भी अंतर्राष्ट्रीय मुद्रा को दूसरी अंतर्राष्ट्रीय मुद्रा में बदलने का एक निर्णायक आधार था। 1971 के बाद डॉलर ही दुनिया की स्वाभाविक आरक्षित मुद्रा

बन गया। यानी एक तरह से हम डॉलर मानक के तहत जीने लगे जो आज के वैश्विक संकट का एक बहुत गहरा कारण है।

जब 1989 में सोवियत साम्यवाद का पटाक्षेप हुआ तो टीएनसी कंपनियों ने पहली बार रूस, पूर्वी यूरोप और दक्षिण-पूर्वी एशिया की तरफ़ उम्मीद भरी नज़रों से देखा। अधिकाधिक विस्तार के लिए वे चीन और भारत में भी दिलचस्पी लेने लगीं। 1997 में दक्षिण-पूर्वी एशिया और 1998 में रूस में आए वित्तीय संकट से इन इलाक़ों में इनकी उम्मीदों को भारी धक्का पहुंचा था और उनकी काफ़ी संपदा छू-मंतर हो गई थी। इसी वजह से चीन और भारत उनके लिए महत्त्वपूर्ण नए विकल्प थे। चीन सत्तर के दशक के आख़िर से ही 'सुधारों' के रास्ते पर चल रहा था इसलिए अस्सी के दशक के मध्य तक आते-आते वह ख़ुद टीएनसी कंपनियों से निवेश आकर्षित करने के लिए हाथ-पांव मारने लगा था। नब्बे के दशक में दुनिया की एक बहुत बड़ी आबादी—पहले चीन, और बाद में भारत—पश्चिमी कंपनियों के बोर्ड रूम्स में 'भावी बाज़ारों' के रूप में चर्चा का विषय बनने लगी। बड़े-बड़े मध्य आय एवं निम्न आय देशों—ब्राजील, रूस, भारत, चीन, दक्षिण अफ़्रीका (ब्रिक्स समूह के देश)—को 'उभरते बाज़ारों' के ख़ाने में रखा जाने लगा। (पूर्वी और दक्षिण-पूर्वी एशिया पहले ही 'उभर चुके' थे—और 1997 में धराशायी भी हो चुके थे)।

पश्चिमी जगत् और जापान के 'परिपक्व बाज़ारों' के मुक़ाबले इन बाज़ारों की एक अलग ख़ासियत थी—यहां विदेशी निवेश के लिए सुगम या प्रतिकूल वातावरण रचने में राजनीति की बहुत ज़बर्दस्त भूमिका थी। इन देशों में विशाल ग़रीब आबादी थी जिसके लिए वैश्वीकरण के ज़रिए पैदा होनेवाले अवसरों तक पहुंच पाना मुश्किल था। लिहाज़ा, यह ग़ौर करने की बात है कि पश्चिमी जगत् के प्रेक्षक संस्थानों ने किस तरह यहां के राजनीतिक वातावरण को अपने प्रभाव में समेट लिया : अंतर्राष्ट्रीय वित्तीय संस्थान यहां के राजनीतिक तंत्र से अपेक्षा रखने लगे कि वे विदेशी निवेश के लिए एक शांतिपूर्ण वातावरण बनाए रखें। उन्हें संकेत दे दिया गया था कि अगर निजी पूंजी को लाभ पहुंचानेवाली सरकारी नीतियों की वजह से जनता में कोई अस्थिरता या बड़े पैमाने की उथल-पुथल पैदा होती है तो इससे अंतर्राष्ट्रीय व्यवसाय को चलाने में मुश्किल पैदा हो जाएगी।

वैश्वीकरण का एक मतलब यह था कि टीएनसी कंपनियों के नेतृत्व में उत्पादन और आपूर्ति की अंतर्राष्ट्रीय श्रृंखलाएं स्थापित की जाएं। आज आपके सामने जो उत्पाद दिखाई दे रहा है उसमें लगे साजो-सामान का उत्पादन और प्रक्रियाएं न जाने कितने सागरों और महाद्वीपों तक फैली हुई हैं। आप जो रबड़ इस्तेमाल कर रहे हैं, हो सकता है उसका कच्चा माल मलेशिया में इकट्ठा हुआ हो, थाइलैंड में उसकी प्रोसेसिंग हुई हो, चीन में उसका उपचार हुआ हो, दक्षिण कोरिया

में उसको वल्कनाइज़ किया गया हो और मैक्सिको में उसके टायर बनाकर उसे जापान या यूरोपीय संघ में वाहन निर्माताओं को बेचा गया हो। इस फैलाव की एक वजह यह है कि अंतर्राष्ट्रीय स्तर पर एक ही कंपनी के भीतर (टीएनसी कंपनियों की अलग-अलग देशों में स्थित सहायक या शाखा कंपनियों के बीच) चलनेवाले व्यापार में ज़बर्दस्त इज़ाफ़ा हुआ है। यह परिघटना काफ़ी हद तक टैक्सों से बचने की चाह का नतीजा है। जैसा कि हम आगे देखेंगे, इस तरह की वैश्विक आपूर्ति शृंखला से पारिस्थितिकी तंत्र पर ज़बर्दस्त असर पड़ते हैं।

दुनिया का आर्थिक एकीकरण सबसे तेज़ी से वित्तीय बाज़ारों में जारी रहा है। उत्पादन, व्यापार और प्रत्यक्ष निवेश के वैश्वीकरण की रफ़्तार धीमी रही है। इसकी वजह स्वाभाविक है : आज पैसे को तो आप कंप्यूटर माउस को एक बार क्लिक करके यहां से वहां पहुंचा सकते हैं मगर वस्तुओं और मशीनरी को दूर देशों तक पहुंचाने के लिए लंबे-लंबे समंदरों से गुज़रना पड़ता है। आज की वित्तीय पूंजी बेहद गतिशील हो गई है और इसी से एक हद तक यह भी स्पष्ट हो जाता है कि वैश्विक पूंजीवादी व्यवस्था धराशायी होने की इतनी सघन आशंका से बचने का रास्ता क्यों नहीं ढूंढ़ पा रही है।

मौजूदा संकट के बहुत पहले से ही अनुभवी प्रेक्षकों और वित्तीय नियामकों ने आसमान छूती, दिनोदिन फैलती और स्वायत्त होती जा रही नियमन मुक्त वैश्विक वित्तीय पूंजी के दिन दूने, रात चौगुने फैलाव को लेकर चिंताएं ज़ाहिर कर दी थीं। इस सदी की शुरुआत से ही फैलती जा रही हैज फंड परिघटना इसका एक शुरुआती उदाहरण रही है। अधिकाधिक सरकारी कंपनियों को निजी निकायों को बेचा गया है जिससे उन पर निगरानी और भी मुश्किल हो गई है।

वैश्विक वित्तीय बाज़ारों में सट्टेबाज़ी एक नियम बन चुकी है। मुद्राओं, कंपनियों और रीयल एस्टेट से लेकर प्राकृतिक आपदाओं, पेंशन फंड तक, हर चीज़ वित्तीय सट्टेबाजों की चपेट में है। इसने पूंजीवाद को उस स्थिति में पहुंचा दिया है जिससे परंपरागत आर्थिक बुद्धि सदा डरी रहती थी : एक कैसिनो टेबल की स्थिति में। इसका एक मतलब यह भी है कि भौतिक पूंजी में निवेश के लिए धन उतनी आसानी से उपलब्ध नहीं हो पाता क्योंकि उस पर होनेवाला मुनाफ़ा तुलनात्मक रूप से धीमा और कम रहता है।

वैश्वीकरण और सत्ता

समकालीन वैश्वीकरण सबसे पहले दुनिया भर में और इस वैश्वीकरण को अपना चुके देशों में फैले असमान सत्ता संबंधों का परिणाम है। ऐतिहासिक रूप से इसे उपनिवेशवाद के युग से अलग करके नहीं देखा जा सकता क्योंकि यह वैश्वीकरण सत्ता और संपदा की वैसी ही असमानताओं पर आश्रित है जिसकी शुरुआत

उपनिवेशवाद के ज़माने में हुई थी। तब की तरह आज भी यह सैनिक धौंस और प्रभुत्व के दम पर ही सांस ले रहा है। जैसा कि न्यूयॉर्क टाइम्स के टीकाकार टॉमस फ़्रीडमैन ने कुछ साल पहले कहा था—

'बाज़ार का गुप्त हाथ कभी भी एक गुप्त घूंसे के बिना काम नहीं करता। मैक्डॉनल्ड्स एफ-15 के डिज़ाइनर मैक्डॉनल्ड डगलस के बिना नहीं पनप सकता और जो छिपा हुआ घूंसा सिलिकॉन वैली की तकनीकियों को पनपने के लिए एक सुरक्षित जगत् प्रदान करता है, उसे अमेरिका सेना, वायु सेना, नौसेना और मरीन फोर्स कहा जाता है।'

आज डॉलर दुनिया की आरक्षित मुद्रा का काम कर रहा है, यह इसी प्रभुत्व की देन है। अपने अन्यायपूर्ण आर्थिक परिणामों के आधार पर वैश्वीकरण को बहुत सारे लोग एक नए नाम से फैल रहा साम्राज्यवाद कहने लगे हैं। इस तरह के 'बाध्यकारी', जबरिया वैश्वीकरण में आज़ादी और इंसानी प्रतिष्ठा का नाश और इंसानी संस्कृतियों पर हमला लाज़िमी है।

इस प्रकार का वैश्वीकरण उन हित समूहों, कंपनियों, संस्थानों और सरकारों की सत्ता से ज़्यादा अपरिहार्य नहीं है जिन्होंने पिछली एक पीढ़ी के दौरान इसको साकार करने के लिए एड़ी-चोटी का ज़ोर लगाया है। बल्कि, अगर 1971 में स्थिर ब्रेटन-वुड्स विनिमय दर व्यवस्था को न तोड़ा जाता और फलस्वरूप परिवर्तनशील विनिमय दर की व्यवस्था पैदा न होती (जिसने विनिमय दरों में नई अस्थिरताओं के चलते वित्तीय बाज़ारों में सट्टेबाज़ी का रास्ता खोल दिया था) तो इसमें संदेह है कि आज जैसा वैश्वीकरण—जिसमें इतने विशाल, अस्थिरताकारी अंतर्राष्ट्रीय पूंजी प्रवाह निहित हैं—कभी उभर भी पाता।

आज की दुनिया में अंतिम या असली ताक़त कॉरपोरेशंस यानी कंपनियों के पास है। सरकारों को वही चुनती हैं और अक्सर धूल भी चटा देती हैं, भले ही ऊपरी तौर पर यह लगता हो कि जनता ही उन्हें चुनती और हटाती है। कहने की ज़रूरत नहीं कि इन चुनावों में दमदार उम्मीदवारों की फ़ेहरिस्त इन्हीं कंपनियों के नियंत्रण में चलती है (क्योंकि अभियान का ख़र्चा इन्हीं के पैसे की ताक़त से तय होता है) और यही कंपनियां उन लॉबीज़ को पैसा देती हैं जो कि भारत और अमेरिका जैसे कथित लोकतांत्रिक देशों में अपने लिए अनुकूल आर्थिक नीतियों के लिए पैरवी कर रही हैं। देशव्यापी मौद्रिक नियमन का अधिकार और मुद्रा तथा स्टॉक बाज़ार के नियमन की ताक़त रखनेवाले राष्ट्रीय केंद्रीय बैंकों की नीतियों और कार्रवाइयों पर भी इन कॉरपोरेशंस का ज़बर्दस्त दबदबा रहता है। ऐसा इसलिए होता है क्योंकि इस तरह के निकायों को हमेशा यह ध्यान में रखकर चलना होता है कि उनके फ़ैसलों से बड़े कारोबार पर क्या असर पड़नेवाले हैं और इससे बाज़ारों पर क्या प्रभाव पड़नेवाले हैं। संप्रभु देशों के राजनीतिक एवं नीति संस्थानों पर टीएनसी कंपनियों

और अंतर्राष्ट्रीय वित्तीय संस्थानों के इस अभूतपूर्व नियंत्रण के बावजूद बाज़ार के अंतर्विरोधों का ही नतीजा है कि वैश्विक पूंजीवाद रह-रहकर लौटनेवाले और हर बार पहले से ज़्यादा कठिन संकटों से जूझने को लाचार हो जाता है। 2007-08 से जो हम देख रहे हैं वह इसी का नया संस्करण है।

उभरती-डूबती अर्थव्यवस्थाएं : एक उलझा हिंदुस्तान

पूंजीवाद के इतिहास में समय-समय पर संकट आते रहे हैं मगर इस बार हम एक बिल्कुल नए मुकाम पर पहुंच गए हैं। इतिहास में ऐसे मौक़े बहुत कम रहे हैं जब आज जैसी अप्रतिम अनिश्चितता और अस्थिरता रही हो। सघन वैश्विक मंदी छंटने का नाम नहीं ले रही है और रोज़गार, घर, कारोबार दुनिया भर में इसकी भेंट चढ़ते जा रहे हैं। एक के बाद एक संकटों से जूझ रहे आज जैसे दौरों में यथार्थ की हमारी दृष्टि दिन-पर-दिन बदलती जाती है। जो ख़याल आज वाहियात लगता है वही कल अपरिहार्य लगने लगता है। इस तरह की अभूतपूर्व परिस्थितियां हमें समान सोच रखनेवाले संस्थानों व विशेषज्ञों के अंतर्राष्ट्रीय समुदाय द्वारा सुनाई जा रही सतत विकास की दकियानूसी भविष्यवाणियों में पनाह लेने के लिए मजबूर कर देती हैं।

अगस्त 2007 तक वैश्विक 'मुक्त बाज़ार' पूंजीवाद अप्रतिम तरक़्क़ी और ख़ुशहाली की तरफ़ बढ़ता दिखाई दे रहा था लेकिन उसी समय अमेरिकी आवास बाज़ार का वो बुलबुला फूट गया जो लंबे समय से किसी तरह क़ायम था। और इसी बुलबुले की छपाक ने विश्व अर्थव्यवस्था के एक बहुत बड़े हिस्से को गंभीर संकट की गर्त में ढकेल दिया। 1930 के दशक के बाद पूंजीवाद के सामने आए सबसे गहरे संकट ने लेहमेन ब्रदर्स, मेरिल लिंच, जनरल मोटर्स और क्राइस्लर जैसे महाकाय बैंकों और कॉरपोरेशंस को तो पहले ही निगल लिया है।

एक बड़े दायरे में यह विश्वास व्यक्त किया जा रहा था कि 'उभरती' अर्थव्यवस्थाओं को संपन्न देशों के वित्तीय बाज़ारों की मरणांतक दशा से बचाया जा सकता है, या कम से कम उन्हें मंदी के प्रभावों से बचे रहने के लिए कुछ मदद दी जा सकती है। अब तो इस सोच से चिपके रहने का ज़माना भी लद चुका है। हालांकि भारतीय और चीनी अर्थव्यवस्थाएं 2009 के बाद एक हद तक पटरी पर लौट आई हैं मगर एशियाई बाज़ारों की तरफ़ आनेवाले पूंजी प्रवाह कमज़ोर पड़ गए हैं और पश्चिमी बाज़ारों में एशियाई निर्यात की मांग महामंदी शुरू होने के बाद बहुत बुरी तरह गिर चुकी है।

भारत भी दूसरे देशों में आए इन संकटों से भला अछूता कैसे रह सकता था! सच्चाई यह है कि इस दौरान जो नीतियां अपनाई गई हैं, वे सारी बहिर्मुखी रही हैं। विदेशी निवेशकों के लिए अनुकूल नीतियां तो भारतीय अर्थव्यवस्था को विश्व

अर्थव्यवस्था के साथ और ज़्यादा 'नज़दीकी' से जोड़नेवाली थीं। बेतहाशा वैश्वीकरण की नीतियों—जिसमें भारतीय बाज़ारों, संसाधनों और निवेश अवसरों को वैश्विक, गतिशील टीएनसी कंपनियों के लिए खोलना शामिल था—ने घरेलू बाज़ार को सिरे से नज़रअंदाज़ किया है।

ताक़तवर कृषि एवं ग्रामीण अर्थव्यवस्था की आधारशिला पर खड़ा शक्तिशाली घरेलू बाज़ार निश्चय ही हमें दुनिया के दूसरे कोनों में पैदा हो रही उथल-पुथल से बचा सकता था। मगर खेती और दूसरे ग्रामीण क्षेत्रों—जैसे ग्रामीण उद्योग—की व्यवस्थागत उपेक्षा के चलते ठीक यही नहीं हो पाया है। आज भी हमारे कृषि क्षेत्र में देश की आधी से ज़्यादा आबादी को रोज़गार मिलता है मगर जीडीपी में इसका हिस्सा केवल 17 प्रतिशत है। एक हद तक इसका कारण यह है कि किसानों को उनकी मेहनत का बहुत कम मोल मिल पाता है। इसका मतलब यह है कि अगर कृषि क्षेत्र की विकास दर 2.5 प्रतिशत से 5 प्रतिशत तक पहुंच जाए तो भी व्यापक वृद्धि दर में सिर्फ़ 0.4 प्रतिशत का इज़ाफ़ा हो सकता है। कृषि क्षेत्र की लंबे समय से चली आ रही नीतिगत उपेक्षा के चलते ग्रामीण आबादी की मांग भी शेष अर्थव्यवस्था में प्राण नहीं फूंक सकती थी।

कम से कम यह बात तो बिल्कुल साफ़ है कि विश्व अर्थव्यवस्था की अंतर्निर्भरता को देखते हुए भारत जैसे देशों के नीति-निर्माताओं के सामने मौजूद विकल्प तब तक बहुत सीमित ही रहेंगे जब तक कि वे वैश्विक अर्थव्यवस्था के बुनियादी उसूल (यानी बाज़ारों को बेलगाम खुला छोड़ देने) से बचने का कोई विकल्प नहीं ढूंढ़ लेते। अगर इस बारे में कभी भी कोई शुबहा रहा हो कि आर्थिक नीतियों पर राष्ट्रीय संप्रभुता पिछले दो दशकों के दौरान वैश्विक वित्तीय बाज़ारों के हवाले कर दी गई है तो मौजूदा संकट इस शुबहे को पूरी तरह दूर कर देता है। भारत ही नहीं बल्कि आर्थिक रूप से काफ़ी ताक़तवर देशों में भी मौजूदा संकट से निपटने के लिए बहुत सारे नीतिगत नुस्ख़े पेश किए जा चुके हैं। सभी जगह बाज़ार की रीत ने राजकाज के दैनिक संचालन से संबंधित तमाम दूसरे सरोकारों को गौण कर दिया है। लेहमेन ब्रदर्स के धराशायी होने के कुछ ही समय बाद हमारे प्रधानमंत्री को भी यह मानना पड़ा कि 'हमारा नियंत्रण डगमगा रहा है। चारों तरफ़ बड़े-बड़े खिलाड़ियों की भरमार है और हम उनके शिकार बन रहे हैं। यह संकट हमारा पैदा किया हुआ नहीं है।'

मुक्त बाज़ार की विचारधारा अपनी पहली ही अग्निपरीक्षा में नाटकीय रूप से विफल हो चुकी है। संकट शुरू होने के फ़ौरन बाद अमेरिका के यूएस फेडरल रिज़र्व के भूतपूर्व अध्यक्ष एलन ग्रीनस्पैन का यह इकबाल ग़ौर करने लायक है : 'मैंने एक ख़ामी ढूंढ़ ली है...। हममें से जो लोग शेयरधारकों की इक्विटी की हिफ़ाज़त में ऋणदाता संस्थानों के स्वार्थों को समझते हैं, जिनमें मैं भी हूं, वे सदमे और अविश्वास की दशा में हैं।'

दुनिया भर के राजनीतिक और कारोबारी मुखियाओं के श्रीमुख से निकले ऐसे हज़ारों बयान पेश किए जा सकते हैं जिनमें इस संकट के सामने गहरी लाचारी दिखाई देती है। इस तरह के बयानों की कसौटी पर देखें तो क्या हम अपने मौजूदा नेताओं को एक अप्रतिम अज्ञानता का शिकार मान सकते हैं? डोनाल्ड रम्सफेल्ड की कुख़्यात भाषा में कहें तो दुनिया में ऐसी बहुत सारी चीज़ें हैं जिनको ये नेता नहीं जानते कि वे नहीं जानते! अक्सर उन्हें यह तक ज्ञान नहीं होता कि उन्हें क्या ढूंढ़ना है या उन्हें क्या सवाल पूछने चाहिए ताकि उन समस्याओं को हल कर सकें जिनसे वे जूझ रहे हैं। किंतु अगर वे इतना जानते तो भी क्या वे इस हालत में हैं कि प्रभावी नीतियां बना सकें, ख़तरे में घिरती जा रही जनता को गंभीर संकटों से बचा सकें? समकालीन अर्थव्यवस्थाएं किस तरह चलती हैं, इसके बारे में बहुत-कुछ अपारदर्शी और अज्ञात है (यहां तक कि तथाकथित 'विशेषज्ञों के लिए भी') जिसकी वजह से नीति निर्धारण—जो अच्छे वक़्तों में भी एक ख़ासा ख़तरनाक काम होता है आज के वैश्विक रूप से अंतर्संबद्ध माहौल में और भी ज़्यादा जोखिम का काम हो गया है।

अगर 1989 में बर्लिन की दीवार के ध्वंस ने राजकीय समाजवाद की आर्थिक विफलता को सिद्ध कर दिया था तो सितंबर 2008 में लेहमेन ब्रदर्स के ध्वंस ने नियममुक्त यानी खुला खेल फर्रूखाबादी पूंजीवाद की विफलता को भी साबित कर दिया है। जहां तक व्यापक समाज का सवाल है तो अब यह बात पहले से और ज़्यादा साफ़ हो गई है कि न तो बाज़ार और न ही राज्य उन समस्याओं को हल कर सकते हैं जिन्हें वे ख़ुद पैदा करते हैं। दुनिया भर की सरकारों ने व्यवस्थाओं को बचाने की कोशिश की है, उन लोगों को बचाने की नहीं जो कि इन व्यवस्थाओं की विफलता की मार झेल रहे हैं।

एक नई दुनिया की पगध्वनि

समाज के सामने पैदा हो रही चुनौतियों को संबोधित करने के लिए चली पिछले कुछ दशकों की नीतिगत बहसों में नागरिकों, समुदायों और उनके संस्थानों की भूमिका को सिरे से नज़रअंदाज़ किया जाता रहा है। हम सरकारों और कंपनियों द्वारा लिये गए फ़ैसलों के सिर्फ़ ग्राहक रहे हैं—और वे अधिकांशतः जनता के प्रति जवाबदेह नहीं होतीं। अब जबकि सरकारें और बाज़ार, दोनों ही नाटकीय ढंग से विफल होते जा रहे हैं तो सवाल यह है कि क्या मानव समाज को सामूहिक लोकतांत्रिक कार्रवाइयों के लिए ध्रुवीकृत किया जा सकता है ताकि सामाजिक और पारिस्थितिकीय रूप से अक्लमंदी के फ़ैसले लिये जा सकें? इसी अर्थ में मौजूदा व्यवस्थागत संकट इस बात का एक द्योतक हो सकता है कि हम एक बहुत महत्त्वपूर्ण राजनीतिक चौराहे पर आ पहुंचे हैं। इस मुकाम पर सवाल यह है कि भविष्य में और भविष्य के बारे में

फ़ैसले किस तरह लिये जाएंगे और उनको लेनेवाले कौन होंगे।

अगर हमारा मुल्क और बाक़ी दुनिया एक ऐसी कल्पनाशीलता के साथ भविष्य का सामना करना चाहती है जो कि आज के नाना संकटों से पैदा हुई चुनौतियों का मुक़ाबला कर सके तो यह लाज़िमी हो जाता है कि हम 1980 के दशक से शुरू हुए कॉरपोरेट-नीत, राज्य प्रायोजित वैश्वीकरण के व्यापक प्रभावों का मुकम्मल आकलन करें। भाग 2 में हम दुनिया को कगार पर धकेल चुके मौजूदा आर्थिक मॉडल के विकल्पों पर विचार करेंगे।

अध्याय 2

नशे में धुत्त बौना कुत्ता और उसकी भूख

भारत में वित्तीयकरण और रोज़गारविहीन विकास

'अगर खाते-पीते तबक़ों के लोग सामाजिक रूप से ज़िम्मेदारी भरा बर्ताव नहीं करेंगे तो हमारी विकास प्रक्रिया ख़तरे में पड़ सकती है, हमारा राजनय अराजकता की भेंट चढ़ जाएगा और हमारा समाज खंड-खंड हो जाएगा। हम ऐसी विलासिता को वहन नहीं कर सकते...। इलेक्ट्रॉनिक मीडिया ने अमीरों और मशहूरों की जीवनशैली को हर गांव और हर बस्ती के घर-घर में पहुंचा दिया है। मीडिया अक्सर उनके धन-ऐश्वर्य का भोंड़ा प्रदर्शन दिखाता है...। इस तरह का भोंडापन कम संपन्न तबक़े की निर्धनता का अपमान है, इस तरह का आचरण सामाजिक रूप से फ़िज़ूलख़र्ची है और उन लोगों के दिल-ओ-ज़ेहन में असंतोष के बीज बोता है जिनके पास कुछ नहीं है...। आडंबरपूर्ण उपभोग में कटौती लाज़िमी है-सिर्फ़ इसलिए नहीं कि विकास की हमारी मौजूदा दशा में इस तरह का आचरण सामाजिक रूप से अवांछनीय है बल्कि इसलिए भी कि हमारा पर्यावरण इसका बोझ बर्दाश्त नहीं कर सकता।'

—प्रधानमंत्री मनमोहन सिंह, भारतीय उद्योग परिसंघ में दिया गया भाषण, मई 2007

नब्बे के दशक के साथ शुरू हुए आर्थिक सुधारों की भारतीय ख्यातिगाथा अब एक अजीबोग़रीब और बेचैन दानव का रूप लेने लगी है। जब भारत की यात्रा पर आए एक विदेशी अर्थशास्त्री से भारतीय अर्थव्यवस्था के बारे में व्यक्त किए जा रहे इस अहसास के बारे में पूछा गया तो उनका जवाब कुछ यों था : *'आप एक ऐसे पिल्ले की कल्पना कीजिए जिसे एक ख़ास तरह की ख़ुराक खिलाई जा रही है। इस ख़ुराक की वजह से उसके शरीर की बढ़त इस तरह विकृत हो जाती है कि उसकी एक टांग तो बहुत तेज़ी से बढ़ती है और बाक़ी तीन टांगें छोटी-बड़ी रह जाती हैं। और ऐसे में,'* उन्होंने आगे कहा, *'कल्पना कीजिए कि यही पिल्ला एक तरह का मुकम्मल कुत्ता बन गया है, पीकर धुत्त हो चुका है और पूरे घर में मदमाता चक्कर लगाता घूम*

रहा है–उसकी ख़ुमारी और उसकी बीमारियां उसे नचा रही हैं... ।' पहले हिस्से को समझना ज़्यादा मुश्किल नहीं था। यह कहानी विभिन्न स्रोतों से इकट्ठा किए गए ग़रीबी और कुपोषण के भारतीय आंकड़ों से काफ़ी मेल खाती है। मगर वो ख़ास ख़ुराक कौन सी है जिसका अर्थशास्त्री ने ज़िक्र किया था? *'अच्छा! वो विश्व बैंक और आईएमएफ़ द्वारा उसके गले में ठूंसी गई नीतियों का पैकेज है,'* अर्थशास्त्री महोदय ने जवाब दिया था। और कुत्ते का नशे में धुत्त होना, ये क्या बला है? उन्होंने जवाब दिया, *'यह मदमत्त स्टॉक बाज़ार है।'* तो फिर यह ख़ुमारी और बीमारियां क्या हैं? *'वे अगले बड़े ध्वंस के बाद आपको ख़ुद दिख जाएंगी।'*

1991 से औपचारिक रूप से शुरू हुई नव–उदारवादी आर्थिक नीति ने हमारे देश के पर्यावरण और करोड़ों लोगों की आजीविका व भविष्य की उनकी संभावनाओं पर बहुत नाटकीय असर डाले हैं। इस प्रक्रिया में न केवल भुखमरी, कुपोषण और ग़रीबी कमोबेश वहीं की वहीं रह गई है जहां वह दो दशक पहले थी, बल्कि अब हम लोगों के ग़रीब और ग़रीबतर होते जाने के नए–नए तरीक़ों के भी गवाह हैं। पारिस्थितिकीय निर्धनता में इज़ाफ़ा कंगाली की इस नवगाथा का केंद्र है जो पारिस्थितिकीय शरणार्थियों की घटना को जन्म दे रहा है। ये ऐसे लोग हैं जो हमारे उपमहाद्वीप में आ रहे वायुमंडलीय परिवर्तनों से पैदा होनेवाली आपदाओं के चलते और बढ़ते जाएंगे। तथाकथित 'आर्थिक सुधारों' (उदारीकरण, निजीकरण और वैश्वीकरण पर आधारित) ने सामाजिक रूप से सर्वाधिक विभाजनकारी प्रक्रिया को बढ़ावा दिया है, एक ऐसी प्रक्रिया जिसने पारिस्थितिकीय कठिनाइयों को नए पर दे दिए हैं।

'मुक्त व्यापार' के अंतर्गत विकास और तरक़्क़ी की आड़ में हो रहा नियमनमुक्त अंतर्राष्ट्रीय कॉरपोरेट वाणिज्य एवं निवेश अपने नाना विध्वंसक सामाजिक–आर्थिक, राजनीतिक एवं पारिस्थितिकीय निहितार्थों के साथ हमारी ज़िंदगी का अभिन्न हिस्सा बना रहनेवाला है।

इन बदलावों को निम्नलिखित मदों में ज़्यादा बेहतर समझा जा सकता है :

1. *नीतियों और उनके नतीजों का दिनोदिन बहिर्मुखी होते जाना*
   - सुधार युग में भारतीय अर्थव्यवस्था का अधिकाधिक वित्तीयकरण और माइक्रोइकोनॉमिक (व्यष्टिगत अर्थशास्त्रीय) नीतियों एवं नीति की संप्रभुता के लिए उसके निहितार्थ
   - असंतुलित, रोज़गारविहीन विकास और ठहरावग्रस्त वास्तविक वेतन
2. *वैश्वीकरण के अंतर्गत उन्नति और 'विकास' पर माइक्रोइकोनॉमिक और अन्य नीतियों की 'समानांतर' क्षतियां*
   - कृषि क्षेत्र का भीषण संकट से जूझना
   - 'हर हाल में तरक़्क़ी' की चाह के चलते ज़मीन पर क़ब्ज़े और ज़मीन की लड़ाइयां

- असमानता आधारित उन्नति की बढ़ती पारिस्थितिकीय छाप
- विकास के नाम पर पर्यावरणीय अभिशासन का दिन-पर-दिन कमज़ोर होते जाना

पहले चार दुष्परिणामों पर हम इस अध्याय में और बाद वाले दो पर अगले अध्याय में बात करेंगे।

1. नीतियों और उनके नतीजों का दिनोदिन बहिर्मुखी होते जाना

सुधार युग में भारतीय अर्थव्यवस्था का अधिकाधिक वित्तीयकरण और माइक्रोइकोनॉमिक व्यष्टिगत अर्थशास्त्रीय नीतियों एवं नीतिगत संप्रभुता के लिए उसके निहितार्थ

2008 के धड़ाम के बाद भी दुनिया भर के ज़्यादातर अर्थशास्त्री और नीति-निर्माता तरक़्क़ी और विकास के लिए अर्थव्यवस्थाओं के खुलेपन को ही सबसे कामयाब नुस्ख़ा मानते चले जा रहे हैं। पिछले दो दशक के दौरान भारतीय विकास प्रक्रिया का संभवत: सबसे ग़ौरतलब पहलू यही है कि यह प्रक्रिया अधिकाधिक अंतर्राष्ट्रीय रुझान ग्रहण करती गई है। अस्सी के दशक की शुरुआत तक ऐसा नहीं था। तब आयात स्थानापन्न नीतियों का पालन किया जा रहा था। अब हालात आमूल रूप से बदल चुके हैं। अब दो दशक से भी ज़्यादा समय से हमारी नीतियां अंतर्राष्ट्रीय व्यवसाय जगत् (भारतीय और विदेशी, दोनों) की ज़रूरतों को सींचनेवाले राजनीतिक विवेक से निर्धारित हो रही हैं जो सैद्धांतिक समर्थन के लिए मुख्यधारा के आर्थिक सिद्धांतों पर आश्रित हैं।

1980 और '90 के दशकों में सामने आई भारत की बहिर्मुखी विकास रणनीति घरेलू बाज़ार की क्रय शक्ति को बहुत हेठी की नज़र से देखती थी। उस ज़माने में यह दलील दी जाती थी कि भारत अपने आप कुछ भी पैदा करने के लायक नहीं है। बचत की अपनी सीमित क्षमता के चलते इसे न केवल बाहर से पूंजी की ज़रूरत थी, बल्कि यह भी महसूस किया गया कि उसे अपने निर्यातों को बेचने के लिए पश्चिमी बाज़ारों की भी ज़रूरत है। पूर्वी एशिया की सफलता गाथाओं का हवाला देकर भारतीय अर्थव्यवस्था को अंतर्राष्ट्रीय कारोबार के लिए खोलने की पैरवी की जाने लगी। इस बात को नज़रअंदाज़ कर दिया गया कि पूर्वी एशियाई अर्थव्यवस्थाओं का विकास आर्थिक खुलेपन का परिणाम नहीं था बल्कि विकासवादी राज्यों के चुनिंदा हस्तक्षेपों का परिणाम था जिनकी वजह से इन देशों में विकास दर ऊपर उठी और एक हद तक ख़ुशहाली आई। सुधार शुरू होने के बाद भारतीय विकास प्रकिया बाहर की तरफ़ केंद्रित रही है—सेवा क्षेत्र निर्यात के ज़रिए और आनेवाले पूंजी प्रवाहों की मेहरबानी से।

यह तर्क तथ्यात्मक रूप से ग़लत होगा कि भारतीय बचत दर और हमारे घरेलू

बाज़ार का सीमित आकार हमारे विकास के लिए रुकावट बन रहा था। 1974 से 1990 के बीच भारत की विकास दर 5–6 प्रतिशत के बीच रही। आर्थिक सुधार शुरू होने के बाद भी इससे ऊंची विकास दर केवल 2003–08 में ही दर्ज की गई है जब अर्थव्यवस्था की विकास दर 6–9 प्रतिशत तक पहुंच गई थी और स्टॉक बाज़ार उन्माद की स्थिति में पहुंच गए थे।

जहां तक बचत तथा निवेश के लिए पूंजी का सवाल है तो हमें इस बात को भूलना नहीं चाहिए कि हमारी घरेलू बचत और निवेश में आज भी बहुत ज़्यादा फ़ासला नहीं है। यह बात अब तक के विकास में विदेशी पूंजी की निरर्थकता का द्योतक है। बहुत सारे सालों के दौरान तो हमारी बचत निवेश से कहीं ज़्यादा रही है। 1991 में जब आर्थिक सुधारों का सूत्रपात हुआ तो हम अपनी जीडीपी के 23 प्रतिशत तक बचत दर हासिल कर चुके थे। एक ग़रीब देश के लिए यह काफ़ी ऊंची बचत दर थी और पश्चिमी जगत्, विशेष रूप से अमेरिका (जहां 2008 के धमाके से पहले भी बचत दर लगातार नकारात्मक ही चली आ रही थी) से तो इसका मुक़ाबला ही नहीं किया जा सकता था। असल में, सुधारों के बाद भी 2002–03 तक हमारी बचत 23 प्रतिशत के आसपास ही बनी हुई थी और पहली बार 2004–05 में 30 प्रतिशत के पार पहुंची थी। 2006–07 के दौरान राष्ट्रीय बचत दर तो जीडीपी के 35.7 प्रतिशत पर थी मगर निवेश की दर इससे बस आंशिक रूप से ही ऊपर थी—36.9 प्रतिशत। इसका मतलब है कि जो विदेशी पूंजी आ रही थी वह अर्थव्यवस्था में कोई बिल्कुल ही जुदा भूमिका निभा रही थी।

जनवरी 2008 में प्रधानमंत्री की आर्थिक परामर्श परिषद (ईएसी) ने भी अपने निम्नलिखित वक्तव्य में घरेलू निवेश के लिए विदेशी पूंजी प्रवाहों की निरर्थकता को मान लिया था :

> *'निवेश में जो इज़ाफ़ा हुआ है, वह घरेलू स्रोतों से ही आया है–इसमें उच्चतर व्यावसायिक आय और सरकार के बेहतर राजकोषीय संतुलन का मिश्रण है। सकल विदेशी बचतों का समावेश बहुत कम हुआ है... । इस तरह, चालू खाता घाटे से ज़्यादा जो पूंजी प्रवाह आया है वह लेखांकन की दृष्टि से केंद्रीय बैंक के विदेशी मुद्रा भंडार का हिस्सा बन गया है और विदेशों को 'पुन:निर्यात' किया जाता रहा है।'*

जब विदेशी मुद्रा भंडार का सवाल आता है तो भारत और चीन के बीच बहुत भारी फ़र्क़ दिखता है। चीन का विपुल विदेशी मुद्रा भंडार अधिशेष निर्यात पर आधारित है और इससे वहां के नीति निर्माताओं को ज़बर्दस्त सुविधा मिल जाती है। इसके विपरीत भारतीय विदेशी मुद्रा भंडार पूरी तरह विदेशियों, अनिवासी भारतीयों के सट्टा पूंजी प्रवाहों पर आश्रित है। ये लोग वक़्ती तौर पर भारत को अपने निवेश के लिए एक वांछनीय ठीया मानते हैं। वे भारतीय वित्तीय बाज़ारों में अपनी पूंजी को

'पार्क' कर देते हैं क्योंकि यहां उस पर उन्हें दुनिया के तक़रीबन किसी भी बाज़ार से बहुत ज़्यादा मुनाफ़ा मिलता है। खरी बात यह है कि यह पैसा भारत में रहनेवाले भारतीयों का नहीं है। जब पश्चिम के 'परिपक्व' बाज़ार प्रायः नकारात्मक लाभ ही दे पा रहे थे तब 2007 की केवल एक तिमाही में ही भारतीय बाज़ारों ने अपने निवेशकों को 33 प्रतिशत का लार टपकाऊ मुनाफ़ा दिया था (और इस तरह निवेशकों की जेब में 400 अरब डॉलर और जुड़ गए थे)।

आईटी सफलता गाथाओं के सारे महिमागान के बावजूद सच्चाई यह है कि भारतीय निर्यात हद से हद औसत रहा है और उसका स्तर इतना तो बिल्कुल नहीं रहा है कि वैश्विक वित्तीय हितों से स्वायत्त नीति निर्धारण के लिए कोई गुंजाइश पैदा कर सके। निर्यात आय में धीमा इज़ाफ़ा और लगातार चला आ रहा बाहरी व्यापार घाटा हमारे सार्वजनिक रहस्य हैं और हमारे विशेषज्ञ भी इनके बारे में बहुत कम ही बात करना चाहते हैं। इसका मतलब यह है कि भारतीय अर्थव्यवस्था में विदेशी व्यापार का कुल योगदान लगातार नकारात्मक रहा है, बल्कि वास्तव में घटता गया है। 1947 के बाद के दशकों में भारतीय निर्यात केवल दो बार ही हमारे आयात से ऊपर गया है—'उदारीकरण' के बाद नहीं बल्कि सत्तर के दशक में। आयात के मुक़ाबले हमारा निर्यात 1976-77 में आख़िरी बार ऊपर गया था। जब से सुधार शुरू हुए हैं तब से भारत का वाणिज्यिक/मर्केंडाइज व्यापार घाटा (स्थिर मूल्यों के हिसाब से) 1991 के 6 अरब डॉलर से बढ़कर 2007-08 में 57 अरब डॉलर तक पहुंच गया था (जीडीपी के पांच प्रतिशत से भी ज़्यादा)। 2007-08 में सेवाओं—जिनमें आईटी भी शामिल है—के व्यापार का अधिशेष (37.6 अरब डॉलर यानी जीडीपी का 3.5 प्रतिशत) भी इस घाटे की भरपाई करने के लिए पर्याप्त नहीं था। आयात उदारीकरण ने बहुत सारी मांग को भी भारतीय अर्थव्यवस्था से बाहर ढकेल दिया है। महामंदी शुरू होने से पहले के पांच सालों में व्यापार घाटा जीडीपी के 2.3 प्रतिशत से बढ़कर 7.8 प्रतिशत तक पहुंच गया था। अगर 1991 में हम अपने जीडीपी के हर 100 रुपए पर 8 रुपए निर्यात पर ख़र्च कर रहे थे तो सन् 2000 तक यह अनुपात 14 रुपए और 2008 में 30 रुपए हो चुका था। इन आंकड़ों के आधार पर हम यह देख सकते हैं कि वैश्वीकरण के तहत हुए सुधारों का सबसे ज़्यादा फ़ायदा किसको हुआ है।

इक्कीसवीं सदी की पहली दहाई के दौरान भारत का विदेशी मुद्रा भंडार 200-300 अरब डॉलर के बीच झूलता रहा है। निवेशकों को भारी-भरकम मुनाफ़ा देने के अलावा इस पूंजी ने शेष दुनिया के साथ भारत के स्थायी और बढ़ते व्यापार घाटे की पूर्ति में ही योगदान दिया है। यह तथ्य भारतीय राज्य के नीति निर्धारण व स्वायत्तता को शिथिल बनाने की दृष्टि से काफ़ी महत्त्वपूर्ण है। इसका सीधा मतलब यह है कि भारतीय राज्य को दूसरे देशों के समृद्ध निवेशकों के लिए अपनी अर्थव्यवस्था को आकर्षक बनाए रखना होगा। उसे अपनी ब्याज दर ऊंची और

विनिमय दर स्थिर रखनी होगी। विनिमय दर को स्थिर रखना इसलिए ज़रूरी है क्योंकि रुपए के मूल्य से बंधी संपदाओं में निवेश करनेवाले विदेशी निवेशक कोई जोखिम नहीं लेना चाहते।

इन्हीं हालात ने भारत सरकार को स्टॉक बाज़ार की 'भावनाओं' और मूड के प्रति बेहद संवेदनशील बना दिया है क्योंकि सरकार अधिशेष आयात (इनमें से बहुत सारी तेल और पूंजीगत वस्तुओं जैसी अत्यावश्यक चीज़ें हैं) का ख़र्च जुटाने के लिए पूंजी आप्रवाहों पर आश्रित है। पिछले कुछ सालों के दौरान मुंबई स्टॉक बाज़ार का सूचकांक—सेंसेक्स—तेज़ी से ऊपर जाता रहा है और इस पर पहला अंकुश 2008 में ही लगा जब वैश्विक संकट शुरू हुआ था। 1990 में यह सूचकांक 1000 के अंक पर था और 2007 में, महामंदी का क्रूर झटका लगने पर यह 2000 के अंक से फिर नीचे आ गया था। बहरहाल, बाद के सालों में यह एक हद तक अपने पुराने मूल्य पर लौट आया है।

सरकार के लिए लगातार इस बात का डर बना हुआ है कि अगर उसकी नीतियां विदेशी और एनआरआई (विदेश में रहनेवाले भारतीय) निवेशकों को अतुलनीय रूप से लाभदायक दिखाई नहीं देंगी तो उसके पास आ रहा सट्टा निवेश (जिसे विदेशी संस्थागत निवेश, एफआईआई भी कहा जाता है) पलक झपकते लौट जाएगा। वैश्विक वित्त के लिए होड़ कर रहे देश—रूस, चीन, ब्राज़ील, दक्षिण अफ़्रीका, इंडोनेशिया—भारत से इस तरह की पूंजी को बड़ी आसानी से छीन सकते हैं। अगर इस तरह की अनहोनी घटती है तो भारत एक बार फिर उसी स्थिति में पहुंच जाएगा जो 1991 में उसके सामने थी। तब उसके पास एक बिंदु पर केवल दो हफ़्तों के आयात के लिए ही नक़द भंडार बचा था। किसी भी भारतीय नीति निर्माता के लिए यही सबसे बड़ी चिंता और एक अहम वजह है जिसके चलते हमारा मीडिया बीते सालों के दौरान भारी-भरकम विकास दर का ढिंढोरा पीटने लगा है। जैसा कि 1997-98 के एशियाई वित्तीय संकट ने बहुत विस्फोटक ढंग से और मौजूदा वैश्विक संकट ने मर्मांतक ढंग से हमें अहसास करा दिया है, सरकार की नीतियों में 'भरोसा' बहुत कमज़ोर बुनियाद वाला होता है। वैश्विक निवेशकों के भरोसे को बनाए रखने का एक तरीक़ा यह है कि आप अंतर्राष्ट्रीय वित्तीय निवेश के अनंतिम कथाकार बन चुके अंतर्राष्ट्रीय वित्तीय संस्थानों के चहेते और कृपापात्र बने रहें। ये संस्थाएं 'उभरती' अर्थव्यवस्थाओं के बारे में वैश्विक शक्तिशाली बैंकों, संस्थागत निवेशकों और ऋण रेटिंग एजेंसियों की सोच को बहुत निर्णायक रूप से प्रभावित करती हैं। व्यवहार के धरातल पर इसका मतलब यह है कि आप उनके बताए 'दिशा-निर्देशों' और 'शर्तों' पर खरे उतरते रहें।

यहां कहानी के दूसरे पहलुओं को बताना भी ज़रूरी है। सवाल यह है कि संपन्न राष्ट्रों के निवेशक उभरते बाज़ारों में निवेश करने के लिए इतने उतावले क्यों हैं? सट्टेबाज जिन्हें 'परिपक्व बाज़ार' कहते हैं, क्या वहां आकर्षक निवेश के बहुत

सारे विकल्प नहीं हैं? इसका संक्षिप्त उत्तर है 'नहीं'।

पूंजीवाद एक बहुत बेचैन आत्मा वाली आर्थिक व्यवस्था है। अंतर्राष्ट्रीय पूंजी नए निवेश अवसरों के लिए एक अथक चाह से प्राण प्राप्त करती है। वित्त व्यवस्था का उद्‌देश्य विभिन्न निवेशों में पूंजी और जोखिमों का आवंटन करना होता है। 1971 में अमेरिका द्वारा ब्रेटन वुड्स मौद्रिक व्यवस्था (जो दूसरे विश्वयुद्ध के बाद अंतर्राष्ट्रीय व्यापार और वित्त को संचालित करती थी) को एकतरफ़ा तौर पर ख़त्म कर दिए जाने से पहले विकसित पूंजीवादी अर्थव्यवस्थाओं का वित्तीय क्षेत्र आर्थिक गतिविधियों के फलक का बहुत बड़ा हिस्सा नहीं था और सभी जगह इस पर कड़े अंकुश थे। सत्तर के दशक की शुरुआत से एक नया अतिवित्तीय यथार्थ हमारे सामने अवतरित हुआ है। परिवर्तनशील विनिमय दरों के युग में अंतर्राष्ट्रीय मुद्रा बाज़ारों में होनेवाली सट्टेबाज़ी बहुत आकर्षक हो गई है और लिहाज़ा दिन-दूनी, रात-चौगुनी रफ़्तार से बढ़ी है। इन्हीं मुनाफ़ों को और बढ़ाने के लिए नए-नए वित्तीय 'उत्पाद' रचे गए हैं।

नब्बे के दशक में हालात ने एक नई छलांग लगाई। 'वॉशिंगटन सहमति' का नेतृत्व संभाल रहे अंतर्राष्ट्रीय वित्तीय संस्थानों की देखरेख में वैश्वीकरण के साथ-साथ एशिया और लैटिन अमेरिका (चीन आंशिक रूप से एक उल्लेखनीय अपवाद रहा) की उभरती अर्थव्यवस्थाओं पर वित्तीय उदारीकरण भी थोप दिया गया। पूंजी को नियंत्रणों से मुक्त कर दिया गया और समृद्ध देशों की सट्टा पूंजी को ऐसे बढ़ते बाज़ारों में निवेश की छूट दे दी गई।

वित्तीय रूप से वैश्वीकृत दुनिया में ज़्यादा से ज़्यादा और तीव्र से तीव्र मुनाफ़े की खोज पनपती अर्थव्यवस्थाओं में आक्रामक निवेश का रूप ले लेती है। निवेशक के लिए अपने मुनाफ़े में इज़ाफ़ा ही सबसे केंद्रीय सवाल बन जाता है, उसका कुल स्तर गौण हो जाता है। अगर वास्तविक अर्थव्यवस्था केवल 1-2 प्रतिशत की वार्षिक दर से बढ़ रही है तो स्वाभाविक है कि वित्तीय बाज़ार (बांड और स्टॉक बाज़ार) भी बहुत भारी मुनाफ़ा नहीं दे सकते। हाल के दशकों के दौरान विकसित अर्थव्यवस्थाओं की यही कथा रही है। 'परिपक्व बाज़ार' होने के नाते न केवल वे अपने लोगों के लिए ज़रूरत से ज़्यादा वस्तुएं और सेवाएं पैदा करने के वास्तविक अर्थ में संपृक्त हो चुके हैं बल्कि उनके पास अपने वित्तीय क्षेत्र को भी एक हद से आगे फैलाने की कोई ख़ास गुंजाइश नहीं बची है।

अमीर देशों के निवेशक ग़रीब और विकासशील देशों की अर्थव्यवस्थाओं में जो सनकी/आग्रही दिलचस्पी दिखाते हैं, उसकी वजह यह है कि ये अर्थव्यवस्थाएं बहुत पिछड़े स्तर से शुरुआत कर रही हैं और लिहाज़ा उनके पास बहुत तेज़ी से बढ़ने की भारी संभावनाएं हैं। पश्चिमी बाज़ारों के मुक़ाबले इन अर्थव्यवस्थाओं में वित्तीय निवेशकों के पास ज़्यादा मुनाफ़े की संभावना है। हमारे जैसे देशों में वित्तीय संपदा

कहीं ज़्यादा तेज़ी से बढ़ सकती है। ब्रिक्स देशों के 'उभरते बाज़ार' शीत युद्ध की समाप्ति के बाद तेज़ी से सुर्ख़ियों में आए थे क्योंकि वे अपने आर्थिक पिछड़ेपन की वजह से विकसित होने की ज़्यादा संभावनाएं लिये हुए थे और विकसित देशों के निवेशकों की संपदा को फटाफट बढ़ाने के लिए ऊंची विकास दर सुनिश्चित करने का माद्दा रखते थे।

इस प्रकार, 'निवेश के लिए अनुकूल माहौल' बनाने का सवाल महत्त्वपूर्ण होता चला गया और तीसरी दुनिया की सरकारों को लगातार इस बात के लिए कोंधा जाने लगा कि वे अपने अधिकार क्षेत्र में आनेवाले इलाक़ों को इस तरह के व्यवसाय के लिए सुरक्षित बनाएं। आज वैश्वीकृत चीन और भारत उन शक्तिशाली निवेशकों द्वारा प्रायोजित व्यावसायिक मीडिया तंत्र की ही रचनाएं हैं जिनका वॉल स्ट्रीट और सिटी ऑफ़ लंदन पर सिक्का चलता है। इन उभरते बाज़ारों में 50 प्रतिशत से भी ज़्यादा सालाना लाभ दर आम बात है और कई ऐसे फंड्स भी हैं जिनमें 100 प्रतिशत से भी ज़्यादा मुनाफ़ा हुआ है। अगर आप वित्तीय काग़ज़ों की दुनिया के बाहर सुरक्षित संपदा नहीं चाहते हैं तो ऐसी दुनिया में भला कोई भी वास्तविक आर्थिक गतिविधि में निवेश क्यों करना चाहेगा जहां रिटर्न कम और बहुत धीमी है? नतीजतन, अमीर से अमीर देशों में भी वास्तविक आर्थिक गतिविधि औंधे मुंह गिरती जा रही है।

दुनिया भर के स्टॉक बाज़ारों में सबसे अव्वल दस मुनाफ़ेदार स्टॉक बाज़ार 'विकासशील' देशों के हैं। इनमें ब्रिक्स देश भी शामिल हैं। 2009 के पहले पांच महीनों में इन दस देशों के बाज़ारों का औसत रिटर्न 37 से 72 प्रतिशत के बीच था। इस फ़ेहरिस्त में भारत 48 प्रतिशत रिटर्न के साथ तीसरे नंबर पर था जबकि उसी समय फ़ोर्ब्स पत्रिका ने व्यवसाय करने की अनुकूलता की दृष्टि से इसे 75वां स्थान दिया था (जो इस बात का द्योतक है कि भारतीय अर्थव्यवस्था वास्तविक भौतिक उत्पादन की ठोस व्यवस्था में काम करने के लिए भले ही बहुत अनुकूल जगह न हो मगर वह भारी-भरकम वित्तीय रिटर्न ज़रूर दे सकती है)। इसके विपरीत, इसी दौरान जी-7 देशों (कनाडा के अलावा) की औसत रिटर्न महज़ 1-5 प्रतिशत के बीच थी हालांकि भौतिक व्यवस्था में काम करने के लिए यही अनुकूल जगहें बताई जा रही थीं।

आइए, इस बात को ज़रा साफ़-साफ़ समझें कि इसका मतलब क्या है। 30, 50 या 100 प्रतिशत सालाना रिटर्न इतनी ज़्यादा होती है कि वास्तविक अर्थव्यवस्था कभी भी ऐसा मुनाफ़ा आपको नहीं दे सकती। लिहाज़ा, अगर कोई व्यक्ति किसी बाज़ार या देश से इस तरह का रिटर्न हासिल करने में कामयाब हो जाता है तो इसका सीधा मतलब यह है कि वहां उन लोगों का प्रच्छन्न शोषण हो रहा है जो उस देश या बाज़ार की संपदा का उत्पादन कर रहे हैं क्योंकि सट्टा पूंजी बाज़ार में जीतनेवाले खिलाड़ियों की जेब में जो पैसा जाता है वो तो फिर भी असली ही होता है। वह

असली चीज़ों, सेवाओं और संसाधनों पर नियंत्रण का द्योतक होता है। यह दिनोदिन अपारदर्शी होते जा रहे वित्त के ज़रिए वैश्विक पूंजीवादी शोषण का इक्कीसवीं सदी का नवीनतम संस्करण है। उन्नीसवीं शताब्दी के यूरोप के लिए यह ईर्ष्या का विषय हो सकता था।

यहां एक ज़बर्दस्त फ़रेब काम कर रहा है। वित्त क्षेत्र के नेतृत्व में होनेवाले वैश्वीकरण के तहत अंतर्राष्ट्रीय सीमाओं के आर-पार होनेवाले पूंजी प्रवाहों में ज़बर्दस्त विस्फोट हुआ है और दुनिया भर के विदेशी मुद्रा बाज़ारों में होनेवाली मुद्राओं की दैनिक ख़रीद और बिक्री नाटकीय रूप से बढ़ गई है। वास्तविक संपदा की तुलनात्मक रूप से बहुत विरल धारा के ऊपर वित्तीय पूंजी का एक गगनचुंबी बुलबुला तैर रहा है। दरहक़ीक़त दुनिया में उतनी वास्तविक संपदा नहीं है जितना बहुत सारे लोग कल्पना करते हैं। बैंक फॉर इंटरनेशनल सेटलमेंट के आंकड़ों के मुताबिक़, अब विशुद्ध वित्तीय पूंजी की आवाजाही इस कदर बढ़ चुकी है कि 2007 में विदेशी मुद्रा का निजी व्यापार दैनिक 3.2 ट्रिलियन डॉलर (यानी पूरे साल में 1171 ट्रिलियन) से भी ऊपर जा चुका था जबकि दुनिया का कुल जीडीपी महज़ 66 ट्रिलियन डॉलर था, यानी महज़ 20वां हिस्सा! विदेशी मुद्रा बाज़ारों में निजी ख़रीद-फ़रोख़्त की ताक़त आज इतनी बढ़ चुकी है कि वह पूरी दुनिया के केंद्रीय बैंकों के सारे भंडारों को केवल कुछ दिन के निजी व्यापार के ज़रिए ख़ाली कर सकता है। भीड़ की मनोदशा से चलनेवाले औसत निवेशकों को इस बात का अहसास हो जाना ही 2008 के भयानक वित्तीय संकट की काफ़ी बड़ी वजह थी। अपने स्वेच्छाचारी, रह-रहकर आनेवाले उतार-चढ़ावों से लैस स्टॉक बाज़ारों का सतही डेटा किसी अर्थव्यवस्था की मज़बूती का भ्रामक साक्ष्य है।

भारतीय प्रगति की इस गाथा के मूल में भी आईटी क्षेत्र से ज़्यादा वित्त क्षेत्र का ही हाथ है। भारतीय स्टॉक बाज़ारों में एफआईआई मानो विस्फोट की दर से छाते जा रहे हैं। एफआईआई आप्रवाह हमेशा बहुत वाष्पशील होते हैं। किसी भी देश में इस रास्ते से आनेवाली बहुत सारी पूंजी कभी भी पलक झपकते ग़ायब हो जाती है। लिहाज़ा, इस पूंजी को लगातार अपने पास रखने की भारत सरकार की स्थायी असुरक्षा समझी जा सकती है। जैसे-जैसे वैश्विक वित्तीय वातावरण अधिकाधिक अस्थिर होता जा रहा है, इस तरह की वाष्पशीलता और असुरक्षा भी संभवत: बढ़ती ही जाएगी। अगर भारत के विदेशी मुद्रा भंडार अधिशेष निर्यात से आए होते तो ऐसी कोई चिंता की बात नहीं हो सकती थी।

अंतर्राष्ट्रीय पूंजी बाज़ारों में 'खेलने' वाले बहुत तरह के निवेशक होते हैं। आमतौर पर वे व्यक्ति नहीं होते बल्कि बैंकों, कॉरपोरेशनों और विभिन्न 'फंड्स'—म्यूचुअल फंड्स, पेंशन फंड्स आदि—के मैनेजर या रईस निवेशकों के पैसे को संभालनेवाले संस्थान होते हैं। हाल के सालों में 'हैज फंड्स'—जो बहुत बड़े

निवेशकों के धन का निवेश करते हैं—बाज़ार में काफ़ी दिखाई देने लगे हैं। ये निवेशक बहुत भारी मुनाफ़ा चाहते हैं। स्टॉक निवेश से मिलनेवाले औसत मुनाफ़े से बहुत ज़्यादा मुनाफ़ा। लिहाज़ा हैज फंड मैनेजरों के पास क़र्ज़ा लेने (अक्सर अपनी पूंजी से 30 गुना तक) और भारी-भरकम धनराशियों के साथ खेलने की छूट होती है। वे विश्व बाज़ारों में तरह-तरह की संपदाओं में निवेश करते हैं। 2008 की मार पड़ने के बावजूद, बताया जाता है कि दुनिया भर में एक ट्रिलियन डॉलर से ज़्यादा फंड इन्हीं के पास है। यह राशि भारत के कुल स्टॉक बाज़ार पूंजीकरण (सारी सूचीबद्ध कंपनियों के वित्तीय मूल्य का योग) और उसके जीडीपी, दोनों के योग के बराबर बैठती है।

हैज फंड्स से उभरती बाज़ार अर्थव्यवस्थाओं के सामने अस्थिरता का जो भयानक जोखिम खड़ा होता है, उसको देखते हुए भारत सरकार ने उन्हें अपने स्टॉक बाज़ारों से लगातार दूर ही रखा है। मगर अब बिचौलिया प्रक्रियाओं के ज़रिए वे भारत में एफआईआई में निवेश करने में सफल रहे हैं। इसी घटनाक्रम को देखते हुए 2007 में भारतीय स्टॉक बाज़ारों को संचालित करनेवाली संस्था सेबी ने उन्हें क़ानूनी मान्यता भी दे ही दी। विश्व बाज़ारों के ढहने से पहले दलाल स्ट्रीट में उनका मूल्य निवेशित मूल्य से पांच गुना बढ़ चुका था। बहुत सारे एनआरआई निवेश मॉरिशस के रास्ते आते हैं क्योंकि मॉरिशस की भारत के साथ 'दोहरी कर-वंचन संधि' (tax avoidance) है। लिहाज़ा, दिलचस्प बात है कि भारतीय स्टॉक बाज़ार में निवेश करनेवाले देशों की सूची में मॉरिशस सबसे ऊपर आता है—अमेरिका से भी ऊपर।

यहां भारत में आनेवाले ज़्यादातर पूंजी आप्रवाहों के परजीवी चरित्र पर ग़ौर करना ज़रूरी है। इसमें से ज़्यादातर पूंजी का भारतीय अर्थव्यवस्था में वास्तविक निवेश के लिए इस्तेमाल नहीं होता। भारत सरकार के आर्थिक सर्वेक्षण के मुताबिक़ 2002 से 2008 के बीच घरेलू बचत और घरेलू निवेश का फ़ासला शून्य के आसपास था। यानी, भारत का निवेश लगभग पूरा का पूरा घरेलू स्रोतों से ही आ रहा था। इसका अर्थ है कि इन पांच सालों के दौरान विदेशों से जो कुल पूंजी प्रवाह आया था—जो लगभग 120 अरब डॉलर था—उसने भारत में नई उत्पादक क्षमता या रोजगार गढ़ने में कोई योगदान तो नहीं दिया मगर भारतीय बाज़ारों से बेहिसाब रिटर्न ज़रूर कमा लिया था। तो फिर ये अधिशेष विदेशी निधियां किस काम के लिए इस्तेमाल हुईं? उन्होंने भारतीय रिज़र्व बैंक के डॉलर भंडार में इज़ाफ़ा किया और फलस्वरूप वित्तीय अधिशेष आयात को बढ़ावा दिया। इस प्रकार, भारत को अपने साधनों से ज़्यादा ख़र्च करने के लिए फुसलाया गया। भारतीय रिजर्व बैंक के ज़रिए यह पैसा भारतीय बैंक व्यवस्था में भी दाख़िल हुआ और इसका आवास एवं उपभोक्ता वस्तुओं के आभिजात्य उपभोग के लिए जारी किए जानेवाले क़र्ज़ों में इस्तेमाल किया गया जिससे अंततः महंगाई और मुद्रास्फीति को नए शिखर मिले।

अपने सतत और भारी-भरकम बाहरी घाटे, ऊंचे सरकारी बजट घाटे और ऊंची उपभोक्ता मूल्य मुद्रास्फीति के फलस्वरूप बहुत सारे प्रेक्षक—जैसे दि इकोनॉमिस्ट पत्रिका—भारत को 'सबसे जोखिम भरे उभरते बाज़ारों' में गिनने लगे हैं। लिहाज़ा, इस बात की बहुत ठोस आशंका पैदा हो गई है कि अगर संकट की घड़ी आई तो पोर्टफ़ोलियो निवेश पलक झपकते भारत के तटों को छोड़कर छूमंतर हो जाएगा और हमारे नीति निर्माता 1991 के दुःस्वप्न को जीने के लिए फिर से विवश होंगे।

अगर हम याद करें तो अर्थव्यवस्था को खोलने के लिए 1991 में जो दो मुख्य औचित्य बताए गए थे, वे इस प्रकार थे : (1) विदेशी व्यापार बढ़ेगा जिससे भारतीय बाज़ारों में ताक़त आएगी, और (2) विदेशी पूंजी के प्रवेश से घरेलू निवेश और रोज़गारों में इज़ाफ़ा होगा। साक्ष्यों की कठोर सतह पर ये दोनों ही दावे निराधार साबित हुए हैं। विदेशी व्यापार में इज़ाफ़े से निर्यातों में कम वृद्धि हुई है और आयात उदारीकरण ज़्यादा हुआ है। इसकी वजह से विदेशी घाटा और गंभीर हो गया है तथा अर्थव्यवस्था खोखली हुई है। पूंजी आप्रवाहों ने निवेश और रोज़गार में भी योगदान नहीं दिया। इसकी बजाय उन्होंने भारी-भरकम व शोषणपरक मुनाफ़ा वसूल किया है—जिस पर औपनिवेशिक ब्रिटेन भी रश्क खा बैठता—और आभिजात्य वर्ग के उपभोग को नए पर लग गए हैं। दोनों ही सूरतों में संपन्न देशों के निवेशक भारत की दिनोदिन खुली और संवेदनशील होती जा रही अर्थव्यवस्था से ज़बर्दस्त फ़ायदा उठाने में कामयाब रहे हैं।

भारत में एफ़आईआई के प्रवेश का एक और नतीजा यह हुआ है कि अब भारतीय कंपनियों का एक अच्छा-ख़ासा हिस्सा उनके हाथ में आ गया है। 1993 से 2007 के बीच भारत में सकल एफआईआई आप्रवाहों में 70.8 अरब डॉलर का इज़ाफ़ा हुआ था और दिसंबर 2007 तक आते-आते उनका बाज़ार मूल्य 251.5 अरब डॉलर हो चुका था। दिसंबर 2007 में मुंबई स्टॉक एक्सचेंज में सूचीबद्ध शीर्षस्थ 1000 कंपनियों में फ़्री-फ़्लोट शेयर्स में से 37 प्रतिशत एफ़आईआई के पास जा चुके थे। अमीर देशों के वित्तीय हितों का तीसरी दुनिया की कॉरपोरेशंस पर बढ़ता नियंत्रण दक्षिण कोरिया जैसी दूसरी एशियाई अर्थव्यवस्थाओं में भी साफ़ दिखाई देता है। 2004 में ह्यूंडई, सेमसंग और पॉस्को सहित कोरिया की दस शीर्षस्थ कंपनियों के आधे से ज़्यादा शेयरों का मालिकाना हक़ अमीर देशों के विदेशी निवेशकों के पास जा चुका था।

लुब्बोलुबाब यह कि वैश्विक वित्त का वास्तविक घरेलू अर्थव्यवस्था (जो सचमुच की चीज़ें और सेवाएं मुहैया कराती हैं) पर अकल्पनीय प्रभाव है और इसके चलते वास्तविक घरेलू अर्थव्यवस्था की गतिविधियां बहुत निचली प्राथमिकता में चली जाती हैं। यह रुझान दुनिया भर में देखा जा सकता है जहां समग्र रूप में

अर्थव्यवस्था का गुरुत्व केंद्र वास्तविक उत्पादन की जगह वित्तीय प्रवाहों की ओर चला गया है।

यहां ग़ौर करनेवाली एक और बात यह है कि कुछ बड़े भारतीय व्यावसायिक घरानों द्वारा दूसरे देशों की कंपनियों के अधिग्रहण—मसलन टाटा द्वारा कोरस का अधिग्रहण—का वास्तव में वह मतलब नहीं है जो ऊपरी तौर पर दिखाई देता है। जब औद्योगिक अर्थव्यवस्थाओं की बड़ी कंपनियां अपना ध्यान भारी कारोबार वाले वित्तीय क्षेत्रों की तरफ़ केंद्रित कर लेती हैं तो यह स्वाभाविक ही है कि वे औद्योगिक उत्पादन के क्षेत्र में अपनी हिस्सेदारी ऐसी कंपनियों को बेचना चाहेंगी जो अभी भी उनकी बागडोर संभालने की इच्छा और साहस रखती हैं। इस तरह के स्रोतों से होनेवाला लाभ कम व धीमा होता है और उसमें मज़दूर यूनियनों तथा पर्यावरणीय निहितार्थों को लेकर तरह-तरह के झंझट रहते हैं।

जो लोग भारतीय जनता की आर्थिक बेहतरी के लिए वाकई संजीदा हैं, उनके लिए समझनेवाली सबसे ज़रूरी बात यह है कि विशुद्ध वित्तीय लेन-देन से सिर्फ़ मालिकाना हक़ बदलता है। इससे किसी अर्थव्यवस्था की उत्पादक या रोज़गार पैदा करने की क्षमता पर शायद ही कोई असर पड़ता है। जब सेकंडरी मार्केट में शेयर एक हाथ से दूसरे हाथ में जाते हैं तो इस लेन-देन में कोई वास्तविक संपदा पैदा नहीं होती।

लिहाज़ा, भारतीय अर्थव्यवस्था जिस तरह के वित्त-केंद्रित उछाह के अनुभव से गुज़री है, उससे वैश्विक और भारतीय बड़े निवेशकों के लिए तो छप्पर-फाड़ मुनाफ़ा हुआ है मगर अर्थव्यवस्था के बहुत सारे ऐसे क्षेत्र निवेश से बुरी तरह वंचित हो गए हैं जिनको पूंजी की सख़्त ज़रूरत थी क्योंकि पूंजी उनकी तरफ़ आने की बजाय वित्तीय क्षेत्र में जाती रही है। वित्तीय निवेश के लिए 'उत्प्रेरकों' के रूप में रची गई उदारीकृत कर व्यवस्था में वित्तीय संपदाओं पर मिलनेवाले न तो पूंजीगत लाभ (यानी संपदाओं की बिक्री से आनेवाली आय) और न ही वित्तीय संपदाओं पर मिलनेवाले डिविडेंड्स (मुनाफ़े) कर के दायरे में आते हैं। यह आग में घी डालनेवाली बात है क्योंकि प्राथमिक विनिमय के मुक़ाबले (दोयम दर्ज़े के) सेकंडरी बाज़ार में होनेवाले विनिमय की मात्रा बढ़ती चली जाती है।

वित्तीय निवेशों पर भारी-भरकम मार्जिन के चलते फंड मैनेजर्स भी अपने लिए भारी-भरकम बोनस और दूसरे वित्तकर्मियों के लिए ऊंची-ऊंची तनख़्वाहों का भुगतान करने लगते हैं। आईआईटी और आईआईएम जैसे भारत के शीर्षस्थ संस्थानों से निकले सक्षम और शिक्षित युवाओं को वित्त क्षेत्र में ऐसी नौकरियों में खींच लिया जाता है जहां उन्हें माहवार छह या सात अंकों वाली तनख़्वाह मिलती है। उनकी तनख़्वाह का सौदा अक्सर स्टॉक ऑप्शंस (कंपनी के शेयरों में आंशिक स्वामित्व) के रूप में होता है। स्टॉक मार्केट में उछाल के समय उनका मूल्य ऊपर चला जाता

है। स्वाभाविक है कि ऐसे में कर्मचारी नौकरी पाते ही अपनी कंपनी के बाज़ार मूल्य को बढ़ाने में जुट जाते हैं। वे कंपनी की गतिविधियों को वास्तविक उत्पादनशील दिशा में मोड़ने की ज़रूरत महसूस नहीं करते। यानी, बहुत सारे दूसरे प्रसंगों की तरह इस प्रसंग में भी लालच ही औद्योगिक पूंजीवाद की जड़ों को सींचता है।

कुल मिलाकर, भारत में वित्त क्षेत्र के उभार से क्या असर पड़े हैं, इसका सार-संकलन अंतर्राष्ट्रीय अर्थशास्त्र की विशेषज्ञ सुनंदा सेन के शब्दों में यह है :

> *'भारत में हुए वित्तीय सुधारों से विकास को न तो भौतिक संपदाओं की रचनाओं के रूप में लाभ मिला है और न ही वित्तीय प्रवाहों का ऐसा सम्यक् वितरण हुआ है कि वे समतापरक ही नहीं बल्कि उत्पादनशील भी हों। इसकी बजाय हमारे देश ने वित्तीय संपदाओं की सट्टेबाज़ी के ऐसे अप्रतिम अवसर उपलब्ध कराए हैं जो पहले कभी नहीं देखे गए थे। इसको काफ़ी हद तक संचार प्रौद्योगिकी से सुगमता मिली है क्योंकि इसकी मार्फ़त निवेशकों के पास एक बटन दबाकर अपने पोर्टफ़ोलियोज़ को संभालने की सहूलियत आ गई है।'*

ऐसे में क्या यह हैरानी की बात है कि सुधारों के इस युग ने राज्य की भूमिका को नाटकीय रूप से बदल डाला है? पुनः सुनंदा सेन की बात पर ग़ौर करें :

> *'आज पूंजीवाद का तर्क राज्य तंत्र की प्राथमिकताओं को पुनर्परिभाषित कर रहा है, उसे बाज़ार के सूत्रधार की भूमिका में सीमित कर रहा है। अनिवार्य रूप से इस प्रक्रिया से उन उन्नत देशों के हित बंधे हुए हैं जहां से अंतर्राष्ट्रीय पूंजी आ रही है। कुछ दशक पहले के मुक़ाबले आज विकासशील देशों के बाज़ारों में उन्नत देशों का बहुत कुछ दांव पर लगा हुआ है। अंतर्राष्ट्रीय वित्तीय संस्थान अथवा डब्ल्यूटीओ, जो आमतौर पर एक ही समूह के समृद्ध औद्योगिक देशों के हित साधने का साधन हैं, आमतौर पर विकसित और विकासशील देशों के बीच बिचौलियों की तरह काम करते हैं। ऐसे में विकसित देशों के लिए विकासशील देशों की नीतियों पर कड़ी नज़र रखना और उन्हें अपने हितों के अनुसार वांछित दिशा में मोड़ना और भी आसान हो जाता है।'*

दुनिया के दूसरे भागों की जनता के लिए नई समस्याएं गढ़कर अपनी समस्याओं को 'हल' करने की पश्चिमी जगत् की पुरानी कहानी का ही यह अगला अध्याय है।

भारत में वैश्विक वित्तीय पूंजी का राजनीतिक प्रभाव जनवरी 2005 की एक घटना में साफ़ दिखाई दिया जब रिज़र्व बैंक के गवर्नर ने संकेत दिया कि एफ़आईआई प्रवाहों की गुणवत्ता में 'सुधार' लाने के लिए उन पर आंशिक कर भी लगाया जा सकता है। विदेशी निवेशकों ने वित्त मंत्री पर दबाव डाला कि इस बयान को अधिकृत रूप से 'खारिज' घोषित किया जाए। मौद्रिक नीति पर भारतीय रिजर्व बैंक का सिकुड़ता नियंत्रण 2007 में रुपए की बढ़ती कीमतों (एफ़आईआई प्रवाहों में इज़ाफ़े के फलस्वरूप) और उसके पश्चात् निर्यात क्षेत्र में रोज़गारों में कटौती को

रोक पाने में आरबीआई की अक्षमता से साफ़ हो जाता है। ज़ाहिर है कि रोज़गार बनाए रखना और नए रोज़गार पैदा करना हमारे नीति निर्माताओं के एजेंडे की बहुत महत्त्वपूर्ण प्राथमिकता नहीं रही है। हमारे नीति निर्माता जिन अंतर्राष्ट्रीय वित्तीय संस्थानों के प्रति जवाबदेह हैं, उन्होंने इनके लिए दूसरी प्राथमिकताएं तय कर दी हैं।

यहां ग़ौर करनेवाली बात यह है कि विदेशी पूंजी प्रवाहों से ज़्यादातर भारतीय आबादी को ख़ास फ़ायदा भले न हुआ हो मगर उनके अचानक बहकर निकल जाने से हमें काफ़ी नुक़सान ज़रूर हो सकता है। अस्सी और नब्बे के दशकों में लैटिन अमेरिका, 1997-98 में पूर्वी एवं दक्षिण-पूर्वी एशिया, 1998 में रूस और 2001 में अर्जेंटीना के अनुभव इस बात का स्पष्ट संकेत हैं कि विदेशी पूंजी की रवानगी बहुत तेज़ी से आपकी मुद्रा का अवमूल्यन कर सकती है, महंगाई और बेरोज़गारी बढ़ा सकती है। भारत के नाजुक बाहरी खाता संतुलन को देखते हुए भारतीय नीति निर्माताओं के लिए यह निश्चय ही एक गंभीर विषय है।

नीतिगत क्षेत्र अर्थव्यवस्थाओं को विदेशी वस्तुओं, सेवाओं और पूंजी के लिए खोलनेवाले उपायों तक ही सीमित नहीं हैं। आईएफ़आई संस्थानों द्वारा थोपी गई शर्तें ऐसी राजकोषीय और मौद्रिक नीतियों के लिए भी दबाव डालती हैं जो कि वित्तीय बाज़ारों के हितों को साधती हैं। मिसाल के तौर पर, यही वजह है कि भारतीय सरकारों को भी एफ़आरबीएम ऐक्ट (2003) को मानना पड़ा जिसका मक़सद घाटा बढ़ानेवाले व्यय पर अंकुश लगाना है। फलस्वरूप स्वास्थ्य, शिक्षा, सार्वजनिक आवास, पर्यावरण सुरक्षा (जिसमें पिछले एक दशक के दौरान सरकारी ख़र्चे में लगातार आनुपातिक गिरावट आई है) और अन्य सेवाओं पर सरकारी व्यय की ऊपरी सीमा तय कर दी गई है (हालांकि 2008 की तबाही ने सरकार को एक अपवाद पर ध्यान देने के लिए ज़रूर बाध्य कर दिया—व्यावसायिक गतिविधि को बढ़ावा दिया जाए, भले ही उससे रोज़गार पैदा न हों)। इसी तरह, टर्नओवर टैक्स या पूंजी लाभ कर या प्रतिभूतियों के विनिमय जैसी ऐसी किसी नीति को भी एजेंडे में नहीं आने दिया जाता है जो वित्तीय विनिमयों को धीमा कर सकती है। (प्रसंगवश, भारत में कर वसूली अभी भी जीडीपी का केवल 10-11 प्रतिशत ही है जबकि औद्योगिक देशों में यह आंकड़ा 30-50 प्रतिशत तक बैठता है।) दलील यह दी जाती है कि इस तरह के क़दम 'निवेशकों की भावना' को ठेस पहुंचाएंगे और विदेशी पूंजी आप्रवाहों को दूसरे देशों की तरफ़ मोड़ देंगे। साथ में यह भी कहा जाता है कि रुपए की परिवर्तनीयता (पूंजी खाते पर, जिससे बड़े पैमाने के पूंजीबध्य प्रवाह पैदा होते हैं) जैसे उपाय इन भावनाओं को बहुत संतोष देते हैं।

भारत अतिसक्रिय वित्तीय प्रवाहों के युग में वैश्विक अर्थव्यवस्था में समेकित हुआ है, इसका सबसे गहरा परिणाम यह हुआ है कि भारत को दिन-रात एक करके अपने आपको दुनिया के सबसे समृद्ध निवेशकों की शर्तों के हिसाब से

ढालना पड़ा जो फंड्स की एक लंबी शृंखला, ऋण रेटिंग एजेंसियों और बहुत सारे आईएफ़आई के ज़रिए काम करते हैं। इस पूरी प्रक्रिया के वित्तीय दांव बहुत बड़े हैं। बड़े फंड्स अब ऐसी स्थिति में हैं कि वे खुली अर्थव्यवस्था वाली दुनिया की किसी भी सरकार को अपनी उंगलियों पर नचा सकते हैं। जैसा कि 2008 के धमाके ने ज़ाहिर कर दिया है, वैश्विक वित्तीय पूंजी की निरंकुशता के सामने भारत के मुक़ाबले बहुत ज़्यादा ताक़तवर सरकारें भी लाचार खड़ी रह जाती हैं। हमारे 'लोकतांत्रिक ढंग से' जवाबदेह नेताओं के हाथ तो यूं भी उनकी पीठ पर बंधे हुए हैं—यही वजह है कि 1991 के बाद कोई भी सरकार नव-उदारवाद (यानी 'निवेश के लिए अनुकूल वातावरण') के नाम से पहचानी जानेवाली नीति व्यवस्था के साथ कोई छेड़छाड़ करने का माद्दा नहीं दिखा पाई है।

2004 के आम चुनावों के बाद हमें इस बात का पहली बार अनुभव हुआ कि अधिकृत रूप से संप्रभु कहे जानेवाले देश की नीतियों का बहुत दूर से पॉलिसी लीवरों के रिमोट कंट्रोल द्वारा संचालित होने का क्या मतलब होता है। जब कांग्रेस के नेतृत्व में संयुक्त प्रगतिशील गठबंधन की जीत हुई तो स्टॉक मार्केट चारों खाने चित्त हो गया (हालांकि चुनाव परिणामों से वास्तविक आर्थिक हक़ीक़त में कोई बुनियादी बदलाव नहीं आया था) क्योंकि इन बाज़ारों में यह डर फैल गया था कि अब देश की आर्थिक नीतियों में आमूल बदलाव आ जाएंगे। तरह-तरह के फंड्स भारतीय बाज़ारों को छोड़कर जाने लगे। मगर जब एक बार प्रधानमंत्री, वित्त मंत्री और योजना आयोग के उपाध्यक्ष यानी शीर्षस्थ आर्थिक टीम—जिसके कॉरपोरेट हितैषी और बाज़ार समर्थक विचार जगज़ाहिर हैं—ने सार्वजनिक रूप से आश्वासन दे दिया कि ऐसा नहीं होगा तब जाकर स्टॉक बाज़ार फिर एक बार पहले की तरह शांत और सहज काम करने लगा। निवेश के लिए अनुकूल माहौल का अंतिम जमानती राज्य ही है। और इस भूमिका को निभाते हुए राज्य ने राष्ट्र की आर्थिक नीतियों पर अपनी स्वायत्तता सहज ही गंवा दी है।

जैसा कि पीछे हमने ज़िक्र किया था, नब्बे के दशक की शुरुआत में वैश्वीकरण के पक्ष में एक महत्त्वपूर्ण दलील यह दी गई थी कि इससे घरेलू निवेश के लिए उपलब्ध पूंजी का भंडार फैल जाएगा। वास्तव में इस उम्मीद के ठीक विपरीत नतीजे सामने आए हैं। या तो विदेशी सट्टा पूंजी ने सकल लाभ के लिए भारत में निवेश किए हैं या भारतीय पूंजी को तमाम अधिग्रहणों और नए उद्यमों में दूसरे देशों में निवेश करते पाया गया है। एक भारतीय टीएनसी के लिए 'वैश्विक हो जाने' का कभी-कभी यही मतलब होता है।

आरबीआई के मुताबिक़ 2007-08 में विदेश में भारत का एफ़डीआई निवेश 17.4 अरब डॉलर था जो 2005-06 में केवल 4.5 अरब डॉलर हुआ करता था (इसकी तुलना 2007-08 के दौरान भारत में आए एफ़डीआई निवेश के साथ की

जा सकती है जो कि 34.8 अरब डॉलर था)। विदेशों में हमारे निवेश का ज़्यादातर हिस्सा टाटा द्वारा कोरस और जेएलआर के अधिग्रहण या हिंडाल्को द्वारा विशाल बॉक्साइट कंपनी नोवेलिस की ख़रीद आदि के रूप में रहा है।

कुछ भारतीय कंपनियों और बड़े कारोबारियों के लिए वैश्विक स्तर पर सफल होना एक बात है मगर उससे भारतीय अर्थव्यवस्था और जनता को लाभ पहुंचाना अलग बात है। भारतीय मूल के अरबपतियों में लक्ष्मी मित्तल का नाम सबसे ऊपर आता है। वह दुनिया की सबसे बड़ी स्टील कंपनी के मालिक हैं। मगर भारतीय अर्थव्यवस्था और भारतीय युवाओं के लिए रोज़गार पैदा करने में उनका योगदान नगण्य है क्योंकि उनका ज़्यादातर कारोबार अभी भी कज़ाकिस्तान जैसे दूसरे देशों या यूरोपीय संघ तक ही सीमित है।

भारत के बड़े कारोबारी ब्रिटेन (जहां अब भारतीय कंपनियां अमेरिका के बाद दूसरी बड़ी विदेशी नियोक्ता बन चुकी हैं) और अमेरिका ही नहीं, चीन में भी नौकरियां पैदा कर रहे हैं। 2004-07 के दौरान अमेरिका में भारतीय व्यवसायियों के ज़रिए 3 लाख से भी ज़्यादा नौकरियां पैदा हुई हैं। यह ख़ुद हमारे वाणिज्य मंत्री का बयान है। लेकिन इसका यह मतलब नहीं है कि ऐसे सभी व्यवसायी भारत में भी आम हिंदुस्तानियों के लिए नौकरियां और संपदा पैदा कर पा रहे हैं।

बड़े भारतीय कारोबारी घराने ज़ांबिया में तांबे की खदानों और ऑस्ट्रेलिया में बॉक्साइट की खदानों का अधिग्रहण कर सकते हैं; इक्वेटोरियल गिनी में तेल के कुएं ख़रीद सकते हैं और पश्चिम में बोतलबंद पानी बेच सकते हैं; यूरोपीय संघ के बाज़ारों के नज़दीक पूर्वी यूरोप में सॉफ़्टवेयर उत्पादन इकाइयां लगा सकते हैं; ब्रिटिश वैज्ञानिकों के सहारे ब्रिटेन में शोध एवं विकास संस्थान स्थापित कर सकते हैं; चीन में सैकड़ों करोड़ डॉलर मूल्य के जूते बनाकर उन्हें यूरोप में बेच सकते हैं और फलस्वरूप दोनों जगह कर चुका सकते हैं—मगर सवाल यह है कि क्या इन सारे कारनामों से भारत में भी नए अवसर और रोज़गार पैदा होते हैं? जब तक यह मुनाफ़ा भारत आकर यहां निवेश नहीं होता तब तक तो वे भारत में नए अवसर और रोज़गार पैदा नहीं कर सकते। और इस बात की गारंटी बहुत कम है कि वे ऐसा करेंगे क्योंकि जिन हालात के चलते ये कंपनियां कारोबार के लिए दूसरे देशों में गई हैं वे हालात आज भी जस के तस हैं।

पूर्वी अफ़्रीका में भारतीय, चीनी और मध्य-पूर्वी कंपनियों द्वारा विशाल कृषि भूमियों का अधिग्रहण कारोबारी जगत् की सबसे ताज़ा सुर्ख़ी है। इथियोपिया, कीनिया और मेडागास्कर जैसे देशों में खेतिहर ज़मीनें ख़रीदने की खाद्य नीति विशेषज्ञ बहुत सख़्त आलोचना करते रहे हैं। उनका कहना है कि निवेशक देश की खाद्य सुरक्षा मेज़बान देश की खाद्य सुरक्षा की क़ीमत पर सुनिश्चित नहीं की जानी चाहिए क्योंकि उपरोक्त देश तो ख़ुद ही अक्सर सूखे और भुखमरी से जूझते रहे हैं।

न ही इन निवेशकों को इस बात का हक़ है कि वे औद्योगिक कृषि के ज़रिए मेज़बान देशों के पारिस्थितिकीय सुरक्षा और संतुलन को तहस–नहस करें। 2008 में अकेले इथियोपिया में ज़मीन ख़रीदने के नाम पर 80 से ज़्यादा भारतीय कंपनियों ने चार अरब डॉलर से ज़्यादा ख़र्चा किया है। कहने को तो इन देशों से भोजन और फूलों का निर्यात घोषित लक्ष्य बताया जाता है मगर लगता यही है कि बढ़ते वैश्विक कॉमोडिटी मूल्यों के दौर में कृषि भूमि की सट्टेबाज़ी ही शायद असली मक़सद है। स्थानीय राजनीतिक जोखिमों को नज़रअंदाज़ करते हुए भारतीय सत्ता भी अंतर्राष्ट्रीय बाज़ार में भोजन ख़रीदने के एक विकल्प के तौर पर दूसरे देशों में भारतीयों द्वारा कृषि भूमि की ख़रीद और अधिग्रहण को बढ़ावा देती दिखाई दे रही है। सवाल यह है कि अगर सरकारी नीति सही ढंग से बनाई और लागू की जाए तो क्या ख़ुद हमारे देश में भोजन के इससे ज़्यादा आसान विकल्प उपलब्ध नहीं होंगे?

ये वैश्वीकरण के ऐसे आयाम हैं जिनकी पहले शायद ही किसी ने कल्पना की होगी। इससे दुनिया भर में कुछ भारतीयों के मशहूर और अमीर होने का रास्ता तो खुल जाता है लेकिन भारतीय अर्थव्यवस्था के लिए प्रबंधकीय कौशल (एक नए तरह का ब्रेन ड्रेन), वित्तीय और दूसरे दुर्लभ संसाधनों का अभाव भी पैदा होगा।

मौजूदा वैश्विक संकट का एक अहम सबक़ यह है कि भारत और चीन जैसे विशाल देशों के लिए बहिर्मुखी विकास रणनीति क़तई कारगर नहीं होती है। सबसे पहली बात यह है कि समृद्ध देशों के बाज़ार संपृक्त हो चुके हैं जबकि भारत जैसे देशों में बेरोज़गारों की फ़ौज बहुत बड़ी है। दूसरी बात, अमीर देशों को जो निर्यात किया जा रहा है वह आमतौर पर पूंजी सघन होता है (जब तक आप अतिशोषणकारी कारख़ानों की बात न करें) और इसलिए उसमें रोज़गार संवर्धन की ज़्यादा गुंजाइश नहीं होती। तीसरी बात यह है कि ऐसे में उन्हें दूसरे ग़रीब देशों की सख़्त प्रतिस्पर्धा का सामना करना पड़ता है क्योंकि वे भी अमीर देशों के उन्हीं बाज़ारों में अपना माल बेचने की कोशिश कर रहे होते हैं। ग़ौरतलब है कि चीन और पूर्वी एशिया के देशों ने पश्चिमी बाज़ारों का एक बड़ा हिस्सा पहले ही हथिया लिया है। चौथी बात, जब भारतीय अर्थव्यवस्था विदेशी पूंजी को बड़ी मात्रा में आकर्षित करती है तो इससे रुपए का मूल्य बढ़ जाता है और फलस्वरूप वैश्विक बाज़ार में भारतीय निर्यातों की प्रतिस्पर्धी क्षमता घट जाती है। इसकी भरपाई करने के लिए सप्लायर अक्सर मज़दूरों को कम तनख़्वाह देने लगते हैं या मज़दूरों की छंटनी करने लगते हैं। और अंत में, बहुत ज़्यादा पोर्टफ़ोलियो निवेश (एफ़आईआई) से विकासशील देशों में विनिमय दर की अस्थिरता पैदा हो जाती है जिससे निर्यातकों और आयातकों के लिए नई समस्या पैदा होती है और इससे एक बार फिर तनख़्वाहों और/या रोज़गारों पर नकारात्मक असर पड़ता है।

असंतुलित, रोज़गारविहीन विकास और वास्तविक वेतनों में ठहराव

भारत जैसे विशाल देश के लिए लोगों की ख़ुशहाली व्यापक आर्थिक विकास के आंकड़ों की बजाय उत्पादनशील और लाभदायक रोज़गार अवसरों में इज़ाफ़े की संभावनाओं पर ज़्यादा निर्णायक रूप से आश्रित रहती है। भले ही आर्थिक विकास दर औसत क़िस्म की हो मगर यदि रोज़गारों और तनख़्वाहों में इज़ाफ़ा हो रहा है तो आम आदमी की हालत में ज़्यादा सुधार आता है बामुक़ाबले उस स्थिति के जहां विकास दर तो शानदार होती है मगर तनख़्वाहें और रोज़गार अवसर ठहराव का शिकार हो चुके हैं।

नब्बे के दशक की शुरुआत में जब भारतीय आर्थिक नीतियों को एक ज़्यादा खुली अर्थव्यवस्था की दिशा में मोड़ा गया था तो यह उम्मीद जताई जा रही थी कि उत्पादन में इज़ाफ़े से ग़रीबों को भी फ़ायदा होगा, यानी, उम्मीद यह थी कि रोज़गारों में इज़ाफ़ा होगा। क्या बाद का घटनाक्रम वाक़ई उम्मीदों के मुताबिक़ रहा है?

1983 से 1994 के बीच आर्थिक विकास दर 4–5 प्रतिशत सालाना के बीच थी और संगठित क्षेत्र की रोज़गार वृद्धि दर 1.2 प्रतिशत थी। 1994 से 2005 के बीच आर्थिक विकास दर बढ़कर 5–6 प्रतिशत तक रही (और कभी–कभी 7 प्रतिशत से ऊपर भी जा पहुंची), मगर रोज़गार वृद्धि दर नकारात्मक रही (–0.3 प्रतिशत)। 2006 तक आते–आते इसमें बहुत लामालूम सुधार हुआ (0.12 प्रतिशत)। इसका मतलब है कि जब मंदी के मौजूदा दौर में बेरोज़गार हुए हज़ारों मज़दूरों के आंकड़े सामने आ जाएंगे तो रोज़गार वृद्धि दर एक बार फिर संभवत: नकारात्मक ही दिखाई देगी। महत्त्वपूर्ण बात यह है कि सुधारों से पहले के दौर में रोज़गार वृद्धि दर जनसंख्या वृद्धि दर से बहुत ज़्यादा थी। सुधारों के दौर में स्थिति इससे विपरीत रही है।

1991 में जब सुधारों का सिलसिला शुरू हुआ तो मुख्यधारा की अर्थव्यवस्था (संगठित क्षेत्र) में 2.67 करोड़ लोग काम कर रहे थे जिनमें से 77 लाख लोग निजी कॉरपोरेट क्षेत्र में थे। 2006 में भी यह संख्या लगभग वहीं की वहीं है (संगठित क्षेत्र में कुल रोज़गार 2.7 करोड़ हैं और उनमें से 88 लाख निजी कॉरपोरेट क्षेत्र में हैं जिनमें आईटी क्षेत्र का उछाल भी शामिल है)। इतना ही नहीं, जैसा कि राष्ट्रीय संगठित क्षेत्र रोज़गार समिति (एनसीईयूएस, जिसे अर्जुन सेनगुप्ता कमेटी के नाम से भी जाना जाता है) ने अपनी रिपोर्टों में रेखांकित किया है, संगठित क्षेत्र के रोज़गारों में लगभग सारी सकल वृद्धि दिहाड़ी क़िस्म की है जिसमें रोज़गार सुरक्षा या सामाजिक सुरक्षा नहीं होती। लचीले श्रम बाज़ारों के नव–उदारवादी नुस्ख़ों पर चलते हुए श्रम शक्ति के अनौपचारीकरण का रुझान बहुत साफ़ दिखाई देता है। दूसरी तरफ़ 1991 से 2006 के बीच भारत की श्रम शक्ति 32.5 करोड़ से बढ़कर 44.0 करोड़ तक पहुंच गई है।

इस कमेटी का एक महत्त्वपूर्ण निष्कर्ष यह था कि नव-उदारवादी सोच के हिसाब से श्रम बाज़ारों को और ज़्यादा लचीला बनाने से भी रोज़गार बढ़ने की संभावना नहीं है : 'अनुभवजन्य साक्ष्यों से पता चलता है कि कथित श्रम बाज़ार लचीलेपन से संगठित मैन्यूफ़ैक्चरिंग उद्योग में रोज़गार या श्रम सघनता को निर्धारित करने पर कोई ख़ास असर नहीं पड़ा है।' एनसीईयूएस ने आनेवाले सालों के लिए अनुमान व्यक्त किया कि 2017 में औपचारिक क्षेत्र में नौकरी करनेवाले 13-14 प्रतिशत मज़दूरों में से लगभग आधे मज़दूर अनौपचारिक स्तर पर (यानी बिना लाभों के) काम कर रहे होंगे—जो कि लगभग आज जैसी स्थिति है।

संगठित क्षेत्र के रोज़गारों में ठहराव का मुख्य कारण यह है कि आधुनिक उद्योग एवं सेवा क्षेत्र में बेहद पूंजी सघन प्रौद्योगिकी का इस्तेमाल किया जा रहा है। इसके पीछे मशीनीकरण और ऑटोमेशन का बहुत बड़ा हाथ है। 1990 के मुक़ाबले आज भारत का औद्योगिक उत्पादन तीन गुना ज़्यादा है मगर संगठित क्षेत्र में काम करनेवाले लोगों की संख्या उतनी ही है जितनी तब थी। इस बात की विभिन्न कंपनियों के आंकड़ों से भी पुष्टि हो चुकी है। बहुत सारे उदाहरणों में से कुछ ये हैं—

लंदन से निकलनेवाले फाइनेंशियल टाइम्स में एडवर्ड ल्यूस ने बताया है कि 1991 में जमशेदपुर स्थित टाटा स्टील प्लांट—जो भारत की सबसे बड़ी निजी स्टील कंपनी है—में 85,000 मज़दूर काम किया करते थे। उस समय कंपनी 10 लाख टन स्टील का उत्पादन करती थी जिसकी क़ीमत अंतर्राष्ट्रीय बाज़ार में 80 करोड़ डॉलर थी। 2005 में कंपनी का उत्पादन 50 लाख टन हो चुका था और इसकी क़ीमत 4 अरब डॉलर थी। लेकिन, उस साल इस कंपनी के कर्मचारियों की संख्या घटकर केवल 44,000 रह गई थी। यानी उत्पादन में पांच गुना इज़ाफ़ा और रोज़गार केवल आधे।

मॉर्गन स्टेनली के मुख्य अर्थशास्त्री स्टीफन रोश भी कुछ इसी तरह की जानकारी देते हैं। उनके मुताबिक़, 2004 में पुणे स्थित बजाज मोटरसाइकिल कंपनी हर साल 24 लाख दुपहिया वाहन बनाती थी। कंपनी में भारतीय सूचना प्रौद्योगिकी की मदद से चलनेवाले जापानी रॉबोटिक्स का इस्तेमाल किया जाता था। उस समय इस कंपनी में लगभग 10,500 मज़दूर थे। नब्बे के दशक में इसी फ़ैक्टरी में केवल 10 लाख मोटरसाइकिलें बनाने के लिए 24,000 मज़दूरों की ज़रूरत पड़ती थी। यानी उत्पादन में दोगुने से भी ज़्यादा इज़ाफ़ा और मज़दूरों की संख्या आधी से भी कम।

भारतीय उद्योग के कुछ परंपरागत रूप से श्रम सघन क्षेत्रों (जैसे परिधान, चमड़ा, हीरे-जवाहरात, खेल वस्तुएं और साइकिल उद्योग) का विस्तृत अध्ययन करने पर पता चलता है कि उत्पादन की श्रम सघनता (यानी प्रति इकाई उत्पादन के लिए आवश्यक प्रति इकाई श्रम) का अनुपात 1990-91 में 0.72 प्रतिशत था जो 2003-04 में गिरकर केवल 0.30 प्रतिशत रह गया था।

जब सरकार या कॉरपोरेट क्षेत्र किसी परियोजना के लिए बहुत आक्रामक ढंग से ज़ोर लगाते हैं (जैसे सेज़ परियोजनाओं के लिए ज़मीन का अधिग्रहण और ख़रीदारी) तो पैदा होनेवाले रोज़गारों के बारे में बड़े-बड़े दावे किए जाते हैं। मगर आधुनिक व्यवसाय का सबसे पहला मक़सद रोज़गार पैदा करना नहीं है, उसका मक़सद है मुनाफ़ा कमाना। लिहाज़ा, मुनाफ़े को ज़्यादा से ज़्यादा बढ़ाने की होड़ में कंपनियां मज़दूरों की छंटनी करती हैं और मशीनीकरण के रास्ते पर बढ़ती जाती हैं। कारोबारी दिनेश हिंदूजा ने एक पत्रकार से बात करते हुए कहा था, 'मैं जब विस्तार के बारे में सोचता हूं तो मैं सिर्फ़ पूंजी सघन विकल्पों की दिशा में सोचता हूं, न कि श्रम सघन दिशा में।'

रोज़गारविहीन विकास सिर्फ़ भारतीय परिघटना नहीं है। पश्चिमी राष्ट्रों ने भी अक्सर बढ़ते स्वचालन की वजह से मज़दूरों की छंटनी का रास्ता अपनाया है। औद्योगिकीकरण के रास्ते पर तेज़ी से बढ़ रहे चीन और पूर्वी एशिया के देश भी रोज़गारविहीन विकास की गंभीर समस्या से जूझ रहे हैं। चीन में लगभग आधा जीडीपी औद्योगिक क्षेत्र से आता है। वहां, मैन्यूफ़ैक्चरिंग क्षेत्र में कार्यरत मज़दूरों की संख्या 1995 में 9.8 करोड़ थी जो 2002 में घटकर 8.3 करोड़ रह गई थी। यह संख्या चीन की कुल श्रम शक्ति का केवल 12 प्रतिशत थी। अगर सभी जी-7 देशों के मैन्यूफ़ैक्चरिंग व्यवसाय में कार्यरत मज़दूरों की कुल संख्या देखी जाए तो वह आज पांच करोड़ से सिर्फ़ कुछ ही अधिक है।

दुनिया भर में शोषण से भी ज़्यादा अतिरिक्तता या अनावश्यकता अब मज़दूरी के हालात तय कर रही है। अर्थशास्त्री जॉन रॉबिन्सन ने आधुनिक मज़दूर के हालात का जो ब्योरा कुछ दशक पहले दिया था वह आज और भी ज़्यादा सच्चा मालूम पड़ने लगा है : 'एक पूंजीपति के हाथों शोषित होने से भी बदतर चीज़ यह है कि आपके शोषण में भी किसी की खींच न हो।'

अक्सर दलील दी जाती है कि रोज़गार संवर्धन की तस्वीर को समझने के लिए केवल संगठित क्षेत्र का अध्ययन भ्रामक है क्योंकि औपचारिक क्षेत्र में जितनी नौकरियां पैदा होती हैं उनके मुक़ाबले असंगठित मैन्यूफ़ैक्चरिंग क्षेत्र में कहीं ज़्यादा नौकरियां पैदा हो रही हैं। अफ़सोस, यह दावा भी तथ्यों की कसौटी पर धराशायी हो जाता है। संगठित और असंगठित क्षेत्र का आपसी संबंध इतना सीधा नहीं है कि संगठित क्षेत्र की बढ़ती संपदा सीधे असंगठित क्षेत्र में विकास और ख़ुशहाली का रास्ता खोल सके।

आमतौर पर एक की तरक़्क़ी दूसरे की लागत पर ही हो पाती है। गलाकाट प्रतिस्पर्धा के ज़माने में उद्योगपति या तो मज़दूरी में कटौती करके या मज़दूरों की छंटनी करके अपनी प्रतिस्पर्धी क्षमता को बढ़ाते हैं। संगठित क्षेत्र भी आउटसोर्सिंग और उप-ठेकेदारी जैसी प्रक्रियाओं के ज़रिए असंगठित क्षेत्र का एकतरफ़ा शोषण

ही कर रहा है। इसके अलावा, असंगठित क्षेत्र में सबसे ज़्यादा नौकरियां देनेवाली छोटी इकाइयां भी न केवल बड़ी कंपनियों के साथ प्रतिस्पर्धा के चलते टिकने में कठिनाई महसूस कर रही हैं बल्कि उन्हें नीतिगत उपेक्षा और बैंकों से क़र्ज़ा पाने के लिए भी एड़ी-चोटी का ज़ोर लगाना पड़ता है क्योंकि सरकारी नीति और बैंक, दोनों ही बड़ी कंपनियों और उपभोक्ता ऋणों को ज़्यादा प्राथमिकता देते हैं।

ओईसीडी द्वारा किए गए भारतीय अर्थव्यवस्था के एक अध्ययन में पाया गया है कि 100 से ज़्यादा कामगारों वाले प्रत्येक उद्यम में कार्यरत प्रत्येक मज़दूर के लिए उपलब्ध पूंजी में 1998 से 2004 के बीच इज़ाफ़ा हुआ है और आज यह 1993 का तीन गुना हो चुकी है मगर 100 से कम मज़दूरों वाली छोटी इकाइयों की यह पूंजी वास्तव में 14 प्रतिशत घट गई है। यह इस बात का साक्ष्य है कि छोटे उद्योगों में निवेश ठहर चुका है। इसके अलावा, दूसरे देशों से आ रही बड़ी पूंजी के कारण विदेशी मुद्राओं के मुक़ाबले रुपए के मूल्य में इज़ाफ़ा हुआ है जिससे भारतीय निर्यात खर्चीले साबित होने लगे हैं और फलस्वरूप निर्यात बाज़ार में छोटे उद्योगों का हिस्सा भी बहुत घट गया है। इन सारी प्रक्रियाओं का कुल नतीजा यह है कि असंगठित मैन्यूफ़ैक्चरिंग क्षेत्र—जिसमें मैन्यूफ़ैक्चरिंग क्षेत्र के हर 6 में से 5 मज़दूर काम करते हैं—में रोज़गार बढ़ नहीं पा रहे हैं। 2000-01 और 2005-06 के बीच इस क्षेत्र में कार्यरत श्रमिकों की संख्या में वास्तव में गिरावट ही आई है—3.71 करोड़ के स्थान पर 3.64 करोड़।

तो इस तरह, अगर भारत की श्रम शक्ति नब्बे के दशक के शुरुआती सालों के मुक़ाबले फैलकर 10 करोड़ से भी ऊपर जा चुकी है तो सवाल यह है कि इन नए लोगों को रोज़गार कहां मिला होगा? इसका जवाब 'स्वरोज़गार तथा असंगठित सेवाओं' के रोज़गारों में हुई नाटकीय वृद्धि में ढूंढ़ा जा सकता है। 1993 से अब तक इन क्षेत्रों में कार्यरत लोगों की संख्या 6 करोड़ से ऊपर जा चुकी है। इनमें से ज़्यादातर लोग अत्यंत अल्परोज़गार और अमानवीय रूप से मामूली तनख़्वाहों पर काम कर रहे हैं। बाक़ी लोग—अधिकृत रूप से भी—बेरोज़गार ही हैं।

मौजूदा रुझानों को देखते हुए ख़ुद कॉरपोरेट जगत् में भी इस आशय की ठोस आशंका सिर उठाने लगी है कि निकट भविष्य में भारत एक 'बेरोज़गारी विस्फोट' से छटपटा रहा होगा। भारत की प्रमुख स्टाफ़िंग कंपनियों में से एक टीमलीज़ का अनुमान है कि 2020 तक भारत में बेरोज़गारी 20 करोड़ या श्रम शक्ति के 30 प्रतिशत तक पहुंच चुकी होगी। बेरोज़गारों में से 90 प्रतिशत 15-29 वर्ष आयु वर्ग के होंगे। आप ऐसे हालात के सामाजिक-राजनीतिक निहितार्थों की आसानी से कल्पना कर सकते हैं। ज़ाहिर है कि श्रम जगत् के प्रति संवेदनशील नीतियां न बनाई गईं तो भारत का कथित जनसांख्यिकीय लाभ उसका सबसे विनाशकारी अभिशाप बन जाएगा। यही कारण है कि एनआरईजीएस जैसी योजनाएं आज इतनी महत्त्वपूर्ण हो उठी हैं।

यहां इस बात पर टिप्पणी करना ज़रूरी है कि खनन परियोजनाओं, उद्योगों या बुनियादी ढांचा परियोजनाओं को लागू करने के लिए कामकाजी समुदायों के जबरिया विस्थापन और बेदख़ली के माध्यम से असंख्य ग्रामीण इलाक़ों में प्रचलित परंपरागत आजीविकाओं—जो सिर्फ़ नौकरियां नहीं होतीं—को किस-किस तरह तबाह और ख़त्म किया जा रहा है। इन प्रसंगों में कितने रोज़गार नष्ट हुए हैं या हो रहे हैं इसका कोई आधिकारिक आंकड़ा मौजूद नहीं है। सरकार योजना बनाते समय सिर्फ़ इस बात का हिसाब लगाती है कि खनन परियोजनाओं, उद्योगों या बुनियादी ढांचा परियोजनाओं से कितनी नौकरियों की संभावना पैदा हो रही है। जनता के सामने इन ख़ूबसूरत आंकड़ों को ऐसे पेश कर दिया जाता है मानो सिक्के का कोई दूसरा पहलू न हो, मानो इन परियोजनाओं से किसी को नुक़सान न पहुंचता हो। इस मुद्दे पर हम अगले भाग में फिर चर्चा करेंगे।

आइए, पहले नव-उदारवादी सुधारों के युग में विकास के क्षेत्रीय विन्यास को देखें। सफल आर्थिक वृद्धि और विकास की गाथाएं आमतौर पर अर्थव्यवस्था के विभिन्न क्षेत्रों के बीच तुलनात्मक रूप से संतुलित विकास से पैदा होती हैं। जैसे-जैसे अर्थव्यवस्था मज़बूत होती है, अर्थव्यवस्था के विभिन्न क्षेत्रों के बीच संपर्क भी और सघन होते जाते हैं। अर्थव्यवस्था बेहद असमान रफ़्तार से बढ़ रहे अलग-अलग क्षेत्रों के बिखराव और उनके बीच पैदा होनेवाले टकराव के स्थान पर दिनोदिन एकीकृत होती जाती है।

विकास अर्थव्यवस्था के विशेषज्ञों को संरचनात्मक रूप से संतुलित वृद्धि के महत्त्व पर ज़ोर देते हुए उद्योग और सेवाओं के बरक्स कृषि क्षेत्र के सापेक्ष विस्तार के बारे में बेहद गंभीरता से पढ़ाया जाता है। उदाहरण के लिए, अगर उद्योग और सेवा क्षेत्र पर्याप्त तेज़ी से नहीं बढ़ रहे हैं तो वे कृषि क्षेत्र से पैदा होनेवाली अधिशेष श्रम शक्ति को खपाने की क्षमता हासिल नहीं कर पाएंगे। इसके विपरीत, अगर कृषि क्षेत्र उद्योग और सेवा जगत् की रफ़्तार से आगे नहीं बढ़ पाता है तो खाद्य पदार्थों का अभाव पैदा हो जाएगा और संभवतः उद्योग जगत् के लिए कृषि से उत्पादित कच्चे माल की भी कमी पैदा हो जाएगी।

बढ़ते औद्योगिकीकरण और मशीनीकरण के चलते पिछले डेढ़ सौ साल के दौरान औद्योगिक अर्थव्यवस्थाओं में प्रति कृषि श्रमिक उत्पादन में इज़ाफ़ा हुआ है। इस क्रम में बहुत सारे मज़दूरों को खेती से उद्योग एवं सेवा क्षेत्रों की ओर धकेल दिया गया है। इसी कारण सर्वाधिक औद्योगिक देशों के कृषि क्षेत्र में काम करनेवाले मज़दूरों की संख्या उनके कुल मज़दूरों की संख्या का बहुत ही मामूली हिस्सा रह गई है—अक्सर 2-3 प्रतिशत से भी कम। इन देशों में भी एक ज़माने में आधी से ज़्यादा श्रम शक्ति कृषि एवं परंपरागत गतिविधियों में ही सक्रिय थी। तीव्र ऑटोमेशन की मेहरबानी से इन देशों में भी मैन्यूफ़ैक्चरिंग क्षेत्र अब 10-20 प्रतिशत श्रम शक्ति को

भी खपा नहीं पाता है और लिहाज़ा ज़्यादातर लोगों को आधुनिक सेवा क्षेत्रों में नौकरी ढूंढ़नी पड़ती है।

पश्चिमी जगत् और जापान के अनुभवों से सबक़ लेते हुए परंपरागत विकास अर्थशास्त्र का कहना है कि आर्थिक वृद्धि की प्रक्रिया में जीडीपी के भीतर उद्योग और सेवाओं का हिस्सा बढ़ने लगता है। कृषि एवं बड़े असंगठित क्षेत्रों का महत्त्व गिरने लगता है क्योंकि मज़दूर औपचारिक, अनुबंध आधारित अर्थव्यवस्था की अधिक 'उच्च मूल्य वाली' गतिविधियों में खपते चले जाते हैं।

चार्ट 1 : कृषि क्षेत्र–श्रम शक्ति एवं जीडीपी का हिस्सा, 1983 एवं 2004-05

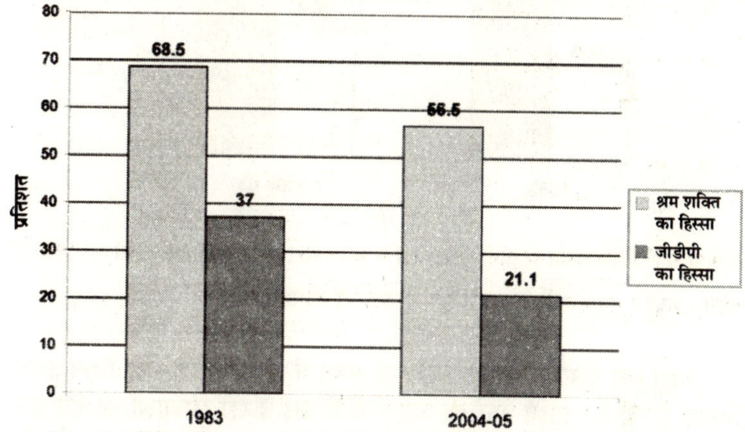

चार्ट 2 : मैन्यूफ़ैक्चरिंग क्षेत्र–श्रम शक्ति एवं जीडीपी का हिस्सा, 1983 एवं 2004-05

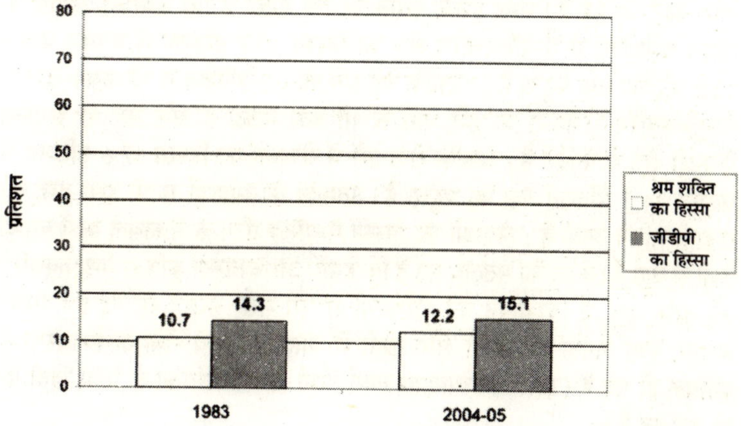

चार्ट 3 : सेवा क्षेत्र—श्रम शक्ति एवं जीडीपी का हिस्सा, 1983 एवं 2004-05

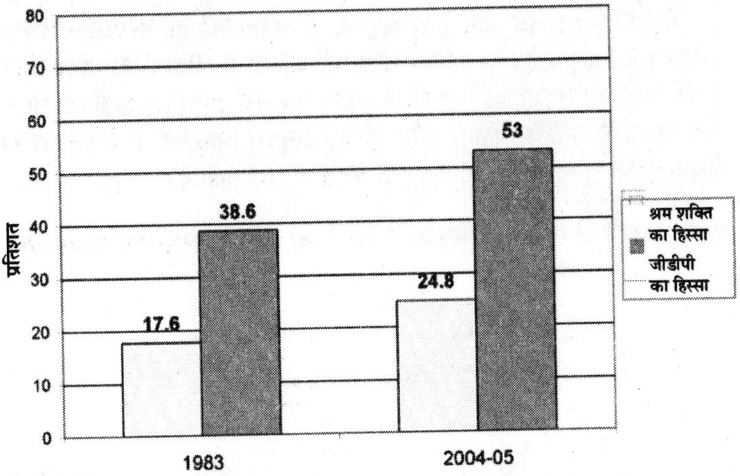

ये तीनों चार्ट अर्थव्यवस्था के तीनों मुख्य क्षेत्रों में श्रम शक्ति और जीडीपी के हिस्से को दर्शाते हैं।

स्रोत : राष्ट्रीय नमूना सर्वेक्षण (एनएसएस) डेटा पर आधारित।

बहुत सारे दूसरे ग़रीब देशों की तरह भारत में भी इससे बिल्कुल भिन्न तस्वीर दिखाई दे रही है। आइए उपरोक्त चार्ट्स में दिखाई दे रही संख्याओं पर ग़ौर करें। कायदे से हमें उम्मीद करनी चाहिए कि कृषि क्षेत्र की श्रम शक्ति में गिरावट के पीछे इस बात का हाथ रहा होगा कि कृषि क्षेत्र में काम करनेवाले मैन्यूफ़ैक्चरिंग क्षेत्र की ओर बढ़ते जा रहे हैं। मगर इसके स्थान पर हम देखते हैं कि संबंधित अवधि के दौरान श्रमशक्ति में मैन्यूफ़ैक्चरिंग क्षेत्र का हिस्सा 10.7 प्रतिशत से बढ़कर केवल 12.2 प्रतिशत तक पहुंचा है (हालांकि यह इज़ाफ़ा—2 प्रतिशत से भी कम—देश के मैन्यूफ़ैक्चरिंग रोज़गारों के छठे भाग से भी कम बैठता है और यह भी संगठित फ़ैक्टरी क्षेत्र में केंद्रित है) जबकि रोज़गारों में सेवाओं का हिस्सा 17.6 प्रतिशत से बढ़कर 24.8 प्रतिशत तक जा पहुंचा है। उत्पादन के आंकड़ों से भी इसी तरह की कहानी सामने आती है : सेवाओं का हिस्सा मैन्यूफ़ैक्चरिंग के मुक़ाबले कहीं ज़्यादा तेज़ी से बढ़ा है। कहने का मतलब यह है कि हमारी अर्थव्यवस्था कृषि से मैन्यूफ़ैक्चरिंग की तरफ़ श्रम के विस्थापन की परिघटना से पूरी तरह अछूती रह गई है। इसकी बजाय, ऐसा लगता है कि जो लोग खेती से बाहर हुए हैं वे सेवा अर्थव्यवस्था में दाख़िल हो गए हैं (हालांकि ज़्यादातर लोग अभी भी आजीविका के लिए खेती पर ही आश्रित हैं)।

क्या यह घटनाक्रम आधुनिक सेवा क्षेत्र (आईटी, आईटीईएस, बैंकिंग, वित्त, बीमा, रीयल एस्टेट, आधुनिक खुदरा व्यवसाय आदि) के विकास का नतीजा है? अगर आप सेवाओं के आउटपुट/उत्पादन की वृद्धि दर को देखें तो उत्तर यही दिखाई देता है। 1980 से 2000 के बीच बैंकिंग, वित्त, बीमा एवं रीयल एस्टेट का जीडीपी में हिस्सा 6.6 प्रतिशत से बढ़कर 12.6 प्रतिशत हो गया था। आईटी क्षेत्र का हिस्सा 1998 के 1.2 प्रतिशत से बढ़कर 2008 में 5.5 प्रतिशत तक पहुंच गया था।

भारतीय विकास गाथा के इस आयाम में अर्थव्यवस्था के विभिन्न क्षेत्रों की विकास दर में ज़बर्दस्त फ़र्क़ दिखाई देता है और इसको गंभीरता से रेखांकित किया जाना चाहिए। कृषि क्षेत्र की उपेक्षा का नतीजा यह हुआ है कि कृषि उत्पादन की वार्षिक वृद्धि दर 1981-91 के 3.3 प्रतिशत से घटकर 1992-2004 के बीच केवल 2.55 प्रतिशत रह गई थी। अस्सी के दशक के मध्य से उद्योग जगत् की वृद्धि दर 7-9 प्रतिशत के बीच रही है सिवाय 1997-2002 के बीच, नवीं योजना के दौरान इसकी वृद्धि दर केवल 5 प्रतिशत थी। सेवा क्षेत्र, जिसमें आईटी सबसे ऊपर है, की विकास दर पिछले एक दशक से भी ज़्यादा समय से दो अंकों में रही है। इसका नतीजा यह है कि देश की जीडीपी का लगभग 60 प्रतिशत अब सेवा क्षेत्र से ही आ रहा है।

यहां अक्सर सुनी जानेवाली इस शिकायत पर एक छोटी सी टिप्पणी की जा सकती है कि कृषि क्षेत्र की विकास दर उद्योग या सेवा क्षेत्र के जैसी नहीं है। (यहां इस बात को रेखांकित किया जा सकता है कि यह शिकायत कृषि क्षेत्र की वृद्धि दर के कम होने के बारे में उतनी नहीं है जितना कि यह हुआ करती थी या हो सकती थी)। अर्थव्यवस्था के बाक़ी दोनों क्षेत्रों की विकास दर के साथ कृषि क्षेत्र की विकास दर की तुलना करते हुए हमें इस तथ्य को ज़रूर ध्यान में रखना चाहिए कि कृषि क्षेत्र पानी की उपलब्धता और मौसमों के उतार-चढ़ाव जैसे प्राकृतिक चक्रों पर उद्योग और सेवाओं के मुक़ाबले बहुत अलग तरह से आश्रित रहता है। उद्योग और सेवा क्षेत्र में आप मज़दूरों की पालियों को बढ़ाकर विकास दर को 'कृत्रिम' रूप से बढ़ा सकते हैं, ख़ासतौर से अगर आपके पास ग़ैर-पुनर्नवीकरणीय ऊर्जा स्रोतों का 'विशाल' भंडार मौजूद हो। इसके विपरीत, कृषि क्षेत्र की उत्पादकता भी बढ़ाई तो जा सकती है मगर एक ख़ास प्रौद्योगिकीय अवस्था में इसकी एक प्राकृतिक सीमा भी रहती है। मिसाल के तौर पर, अगर आप खेती में काम की पालियां बढ़ा भी देते हैं तो भी उत्पादन में इज़ाफ़ा नहीं होगा (बल्कि यह घट भी सकता है)। लिहाज़ा कृषि और दूसरे क्षेत्रों की विकास दर की तुलना करने का कोई ख़ास तुक नहीं बनता। फिर भी, तमाम नीतिगत चर्चाओं और टीका-टिप्पणियों में इसकी तुलना पर ही सबसे ज़्यादा ज़ोर दिया जाता है।

रोज़गारों के क्षेत्रवार वितरण के सवाल पर लौटें तो अगला सवाल यह उठता है कि कुल रोज़गारों में सेवा क्षेत्र के हिस्से में इज़ाफ़े का क्या कारण है? 1991 के बाद

संगठित क्षेत्र में रोज़गार कुल मिलाकर ठहराव का शिकार रहे हैं। यहां तक कि अर्थव्यवस्था के पनपते भागों में सबसे आगे दिखाई देनेवाले आईटी क्षेत्र में भी पिछले एक दशक के दौरान सिर्फ़ कुछ मिलियन रोज़गारों का ही इज़ाफ़ा हुआ है। तो हमें अपने सवाल का जवाब असंगठित क्षेत्र में यानी 'शाइनिंग इंडिया' में नहीं बल्कि 'भारत' के हालात में ढूंढ़ना होगा। अनौपचारिक या असंगठित क्षेत्र हमारी अर्थव्यवस्था का वो हिस्सा है जहां अनइनकॉरपोरेटेड निजी उद्यम हैं। इनमें से ज़्यादातर व्यक्तिगत स्वामित्व या साझीदारियों में चल रहे हैं और उनमें अक्सर 10 से भी कम लोग काम करते हैं। इसे अक्सर 'ग़ैर-फ़ैक्टरी क्षेत्र' भी कहा जाता है क्योंकि अक्सर इन इकाइयों का काम घरों और दड़बेनुमा कार्यस्थलों में और अक्सर अमानवीय परिस्थितियों में संपन्न होता है। ऐसे ज़्यादातर 'उद्यम' आमतौर पर ग़ैर-पंजीकृत होते हैं।

सेवा क्षेत्र भी एक जैसा नहीं है—इसमें उच्च आय, निम्न रोज़गार क्षेत्र (जिसमें आईटी, आईटीईएस, वित्त, हॉस्पिटेलिटी, रीयल एस्टेट आदि आते हैं) भी हैं तथा निम्न आय और उच्च रोज़गार वाले क्षेत्र (जैसे रिक्शा चालक, चाय की दुकान चलानेवाले और छोटे खुदरा दुकानदार आदि) भी आते हैं। सरकार सेवा क्षेत्र के इन दोनों हिस्सों को एक ही ख़ाने में रख देती है मगर वास्तव में इन दोनों के बीच कोई संपर्क और संबंध नहीं है। जहां तक उच्च आय, निम्न रोज़गार वाले क्षेत्र का सवाल है तो संगठित सेवा अर्थव्यवस्था की मूल ज़रूरतें घरेलू अर्थव्यवस्था की बजाय शेष विश्व से ज़्यादा जुड़ी हुई हैं। उदाहरण के लिए, बैंकिंग और फाइनेंस क्षेत्र का फैलाव आमतौर पर घरेलू कारकों की बजाय वैश्विक बाज़ार शक्तियों से ज़्यादा संचालित होता है। इस तरह का आर्थिक रुझान अर्थव्यवस्था के अंतर्निहित दोहरेपन को और ज़्यादा पुष्ट करता है।

जिन करोड़ों लोगों के लिए संगठित मुख्यधारा की अर्थव्यवस्था में जगह नहीं है, उनके लिए यह बचा हुआ असंगठित क्षेत्र ही संभवत: स्वभाविक विकल्प बन जाता है। असंगठित क्षेत्र में रोज़गार 'वृद्धि' वास्तव में सिर्फ़ एक भ्रम है। मोटे तौर पर यह ऐसे असंख्य लोगों के लिए जबरिया अल्परोज़गार का विकल्प है जिनके पास आभिजात्य और मध्य वर्गों के समान शिक्षा और रोज़गार अवसर नहीं हैं। इसके बावजूद, असंगठित क्षेत्र देश के उत्पादन में आधा योगदान देता है जबकि हर 10 में से 9 हिंदुस्तानी उसी में काम करते हैं। शहरी और ग्रामीण, दोनों क्षेत्रों में अनौपचारिक अर्थव्यवस्था का विकास इस बात की पुष्टि कर रहा है कि विकास का मौजूदा मॉडल रोज़गार पैदा करने में नाकामयाब रहा है।

भारतीय अर्थव्यवस्था और समाज की संरचना में निहित विभाजन (जो मोटे तौर पर इंडिया और भारत के विभाजन का द्योतक है), बीते दो दशकों की विकास प्रक्रिया से और बढ़ गया है।

भारत की सबसे प्रचलित छवियों में से एक वह है जिसमें यह देश रंग-बिरंगा, नाना प्रकार के कामों में लगे जनसमूह जैसा दिखाई देता है। इसमें किसान हैं, छोटे दुकानदार हैं, चाय बेचनेवाले, सड़क बनानेवाले, निर्माण मज़दूर, रेहड़ी खींचनेवाले, सिर पर बोझ ढोनेवाले, टोकरियां बुननेवाले, पशु चरानेवाले, रिक्शा खींचनेवाले और मछुवारे हैं। ये सब इस तरह के लोग हैं जिनमें से ज़्यादातर हमारे शहरों और क़स्बों की सड़कों पर दिखाई नहीं देते। इसी विशाल बहुसंख्या से हमारी अनौपचारिक अर्थव्यवस्था बनी है जो रोज़गार एवं सामाजिक सुरक्षा के दायरे से बाहर है। ये वो लोग हैं जो रोज़ कुआं खोदते हैं और रोज़ पानी पीते हैं।

जब हम असंगठित क्षेत्र की बात करते हैं तो हम कितने लोगों की बात कर रहे हैं? 2004-05 में सरकार द्वारा गठित किए गए एनसीईयूएस ने अनुमान लगाया था कि इस श्रेणी में 42 करोड़ लोग आते हैं। इनमें से लगभग 2.9 करोड़ लोग संगठित क्षेत्र में अनौपचारिक मज़दूर थे और उनकी तनख़्वाह असंगठित क्षेत्र के मज़दूरों के मुक़ाबले औसतन 40 प्रतिशत ज़्यादा थी। 42 करोड़ में से एक-तिहाई से भी ज़्यादा यानी 14 करोड़ महिलाएं थीं। दूसरी तरफ़, एनसीईयूएस ने अर्थव्यवस्था के औपचारिक, संगठित क्षेत्र में केवल 3.5 करोड़ लोगों को पाया था। यानी देश की 92 प्रतिशत श्रम शक्ति अनौपचारिक मज़दूर हैं।

कृषि अभी भी अनौपचारिक अर्थव्यवस्था का मूल आधार है जिसमें 23 से 26 करोड़ लोग काम करते हैं और इनमें महिलाओं का अनुपात बढ़ता जा रहा है। अनौपचारिक अर्थव्यवस्था में सबसे ग़ौर करनेवाली बात है उसमें सक्रिय उद्यमों की महाकाय संख्या। औपचारिक क्षेत्र के उद्यमों के मुक़ाबले अनौपचारिक अर्थव्यवस्था में 15 गुना ज़्यादा उद्यम हैं। इन उद्यमों में निवेश का स्तर बहुत ही कम है इसलिए औपचारिक अर्थव्यवस्था की तुलना में यहां प्रत्येक मज़दूर के लिए उपलब्ध भौतिक पूंजी भी बहुत छोटी है। फलस्वरूप, श्रम की उत्पादकता सीमित है। ऐतिहासिक, संरचनात्मक वंचनाओं की वजह से इन मज़दूरों का शैक्षिक स्तर भी औपचारिक क्षेत्र के कामगारों के मुक़ाबले बहुत कम है। इन्हीं पहलुओं की वजह से अगर ये लोग कठिन परिश्रम करें—औपचारिक क्षेत्र के मज़दूरों के मुक़ाबले प्रायः बहुत ज़्यादा कठोर परिश्रम—तो भी उनको बहुत कम मेहनताना मिलता है और उनमें से ज़्यादातर भयानक विपन्नता का जीवन जीने के लिए अभिशप्त रहते हैं।

यहां इस बात को रेखांकित करना बहुत ज़रूरी है कि भारत की अनौपचारिक श्रम शक्ति के केवल एक बहुत छोटे हिस्से को ही 'मज़दूरों की आरक्षित सेना' के रूप में देखा जा सकता है—मज़दूरों का वह हिस्सा जिसके पास औपचारिक अर्थव्यवस्था में नौकरी पाने की थोड़ी-बहुत संभावना है। 'मज़दूरों की आरक्षित सेना' की यह मार्क्सवादी अवधारणा इस मान्यता पर आधारित है कि कुछ मज़दूरों

को बाज़ार में श्रम की मांग के हिसाब से समय-समय पर रोज़गार मिलता रहता है। मगर भारत के अनौपचारिक मज़दूरों के बारे में सबसे कड़वी सच्चाई यह है कि उनमें से ज़्यादातर लोग हमेशा औपचारिक रोज़गारों से 'बाहर' ही रहते हैं। मशीनीकरण की वजह से और अपने पास पर्याप्त कौशल (शिक्षा तथा आधुनिक क्षेत्र की नौकरियों के लिए आवश्यक कौशल के संरचनात्मक एवं त्रासद बेमेलपन की वजह से) न होने की वजह से उनके पास औपचारिक अर्थव्यवस्था में नियमित (या यहां तक कि दिहाड़ी) मज़दूरी पाने का भी बहुत मामूली मौक़ा रहता है। इस अर्थ में हमारे यहां अधिकांशत: संरचनात्मक बेरोज़गारी की समस्या दिखाई देती है जबकि पश्चिमी देशों में यह प्राय: चक्रीय (यानी जैसे-जैसे अर्थव्यवस्थाएं मंदी से बाहर आने लगती हैं, वे बेरोज़गारों को काम देने लगती हैं) रही है।

अर्थव्यवस्था के इस हिस्से में कार्यस्थितियां आधुनिक, संगठित क्षेत्र की कार्यस्थितियों से बिल्कुल अलग होती हैं। अगर आधुनिक, संगठित क्षेत्र का कार्यस्थल एयर कंडीशंड, क्रोम प्लेटेड ख़ूबसूरत इमारतों में चलता है तो असंगठित क्षेत्र की दुनिया घुटन भरे दड़बों या तार-तार हो चुकी झुग्गियों में चलती है। इन असंगठित क्षेत्र इकाइयों में न तो स्वास्थ्य बीमे की सुविधा होती है, न पेंशन-फंड जैसे सामाजिक लाभ होते हैं और न ही रोज़गार सुरक्षा होती है। ये मज़दूर औपचारिक क्षेत्र के मुक़ाबले हमेशा ही कहीं ज़्यादा लंबी पालियों में काम करते हैं और प्राय: उन्हें ओवरटाइम के एवज में कोई तनख़्वाह भी नहीं मिलती। जब उनके पास नियमित रोज़गार होता है तो उन्हें काम से छुट्टी लेने की न तो फ़ुर्सत मिलती है और न इजाज़त। तक़रीबन हमेशा ही उन्हें निर्धारित मासिक या साप्ताहिक मज़दूरी की बजाय इकाई दर पर मज़दूरी मिलती है। इन दोनों ही सूरतों में उनका शोषण ज़रूर होता है।

उम्र, जाति या लिंग पर आधारित सामाजिक भेदभाव और ऊंच-नीच की वजह से यह शोषण और भी आसान हो जाता है। अनौपचारिक अर्थव्यवस्था के कुछ भागों में ज़्यादातर मज़दूरी बच्चों के हिस्से में आती है। अगर वे निर्माण स्थलों पर छोटे भाई-बहनों को नहीं संभाल रहे होते हैं तो संभवत: कहीं कूड़ा बीन रहे होते हैं, हाइवे पर ट्रक ड्राइवरों को चाय पिला रहे होते हैं, मिर्ज़ापुर में क़ालीन बुन रहे होंगे या गुजरात में ज़री का बारीक़ काम कर रहे होंगे। क़ालीन या ज़री जैसे कामों में बालिग़ों के मुक़ाबले उनकी नाज़ुक उंगलियों को ज़्यादा बेहतर माना जाता है। यूनिसेफ सर्वेक्षणों के मुताबिक़, 14 साल से कम उम्र के हर पांच बच्चों में से एक घरेलू मज़दूरी कर रहा/रही है। अनौपचारिक अर्थव्यवस्था में बच्चों को बालिग़ों से भी ज़्यादा ख़तरनाक और घुटन भरे माहौल में काम करना पड़ता है। वाराणसी के क़ालीन उद्योग के यूनिसेफ द्वारा किए गए अध्ययन

में पाया गया कि बच्चों को बहुत ही अमानवीय परिस्थितियों में काम करना पड़ता है :

> *'इनमें से ज़्यादातर को नज़रबंदी में रखा जाता है, उनको यातनाएं दी जाती हैं और उनसे 20-20 घंटे तक बिना किसी ब्रेक के काम कराया जाता है। छोटे-छोटे बच्चों को रोज़ सुबह से रात तक पंजों पर उकड़ूं बैठकर काम करना पड़ता है। इसी वजह से शारीरिक बढ़त के इन सालों में उनका शरीर बढ़ नहीं पाता। इलाक़े के सामाजिक कार्यकर्ताओं के लिए भी इन बच्चों के बीच काम करना मुश्किल होता जा रहा है क्योंकि यहां के क़ालीन करघा मालिकों का पूरे इलाक़े पर माफ़िया गिरोहों जैसा नियंत्रण है।'*

अनौपचारिक क्षेत्र को अर्थव्यवस्था के आधुनिक, संगठित हिस्से से अलग-थलग हिस्से के रूप में देखना नादानी होगा। आज जो अनौपचारिक अर्थव्यवस्था हमारे सामने फैल रही है वह एक गहन सामंती समाज और एक उन्नत, वैश्विक पूंजीवादी अर्थव्यवस्था, दोनों के सुविधाजनक मेल का नतीजा है। यह इस बात का सुबूत है कि कैसे पुरातन भारत आर्थिक विकास की मुख्यधारा और वैश्विक एकीकरण के तीखे प्रभावों और प्रवाहों से तालमेल बिठाने की कोशिश कर रहा है। अनौपचारिक क्षेत्र को बिचौलियों और औपचारिक अर्थव्यवस्था के लिए मुनासिब पड़नेवाली शर्तों पर वैश्विक पूंजीवादी अर्थव्यवस्था में समाहित किया गया है। ये बिचौलिए और औपचारिक अर्थव्यवस्था अनौपचारिक क्षेत्र से भारी फ़ायदा कमाते हैं क्योंकि यह क्षेत्र बहुत कम लागत पर तैयार या अर्द्ध-तैयार माल मुहैया करा सकता है। यह क्षेत्र हमेशा इसी भूमिका को अंजाम देता रहा है। इस किताब के पाठकों में शायद ही कोई ऐसा होगा जो भारतीय अनौपचारिक अर्थव्यवस्था के शोषणपरक हालात का लाभ न ले रहा हो।

चौतरफ़ा बढ़ता यह अनौपचारीकरण (एवं श्रम का नारीकरण) वास्तव में वैश्वीकरण तथा दुनिया भर में फैली उसकी उत्पादन और मूल्य शृंखलाओं का अभिन्न हिस्सा है। इसे महज़ वैश्विक पूंजीवादी अर्थव्यवस्था की गतिशीलता का इत्तेफ़ाक़ या नतीजा नहीं माना जा सकता। असली बात यह है कि सस्ते, असुरक्षित श्रम और कच्चे माल के दोहन की समस्याओं की वजह से ही टीएनसी कंपनियां अपनी उत्पादन प्रक्रियाओं को मैक्सिको, चीन और भारत लेकर आती हैं।

पश्चिम के आभिजात्य श्रमिक वर्ग और एशिया या लैटिन मज़दूरी दड़बों में काम करनेवाले मज़दूरों की तनख़्वाहों में ज़मीन-आसमान का जो फ़र्क़ है, वह संपन्न देशों से नौकरियों के निर्यात के लिए अपरिहार्य था। आईएलओ रिपोर्ट्स में वैश्वीकरण की शुरुआत से ही श्रम के अनौपचारीकरण की बार-बार पुष्टि हुई है। वैश्वीकरण ने वॉलमार्ट या नाइके जैसे वैश्विक ब्रांड्स की उत्पादन लागतों पर अंकुश लगा दिया है। संपन्न देशों के उपभोक्ता और बहुराष्ट्रीय कंपनियां, दोनों ही

इस बंदोबस्त से फ़ायदे में हैं। भारतीय आंकड़ों से पता चलता है कि फ़ैक्टरी उद्योग के कुल रोज़गारों में ठेका मज़दूरी का हिस्सा 1990 में 13.5 प्रतिशत था जो 2002 में बढ़कर 23 प्रतिशत हो गया था। लचीले श्रम बाज़ारों के हिमायती भी इस बात की पुष्टि करते हैं।

वैश्वीकरण के साथ शुरू हुई गलाकाट प्रतिस्पर्धा और बेरहमी की हद तक शोषक 'चाइना प्राइस' ने आउटसोर्सिंग या उप-ठेकेदारी की इस परिघटना को नए पर लगा दिए हैं। इस नए अंतर्राष्ट्रीय श्रम विभाजन की व्यवस्था में संपन्न देशों की कंपनियां तीसरी दुनिया के ठेकेदारों से काम कराती हैं जो मुट्‌ठी भर तनख़्वाह पर मज़दूरों से काम कराते हैं। इस पेचीदा, परतबद्ध व्यवस्था में इन ठेकेदारों को रोज़गार एवं सामाजिक सुरक्षा की लागतों को वहन नहीं करना पड़ता। दूसरी तरफ़, अनौपचारिक इकाइयों में इस काम के लिए भी एक-दूसरे के साथ ज़बर्दस्त होड़ रहती है और वे सस्ती से सस्ती दर पर उत्पादन करने-कराने के लिए तैयार हो जाते हैं। अंतर्राष्ट्रीय बाज़ारों में भारतीय उत्पादों को जो प्रतिस्पर्धी धार मिली है, वह मुख्य रूप से लागतों पर इसी तरह अंकुश लगाने का नतीजा है। औपचारिक आईटी क्षेत्र के प्रतिस्पर्धी लाभ की भी यही कहानी रही है। विशाल वैश्विक खुदरा कंपनियों एवं ब्रांड्स ने लंबी-लंबी वैश्विक उत्पादन एवं आपूर्ति शृंखलाएं स्थापित कर दी हैं जो उनकी ख़रीद लागतों को कम कर देती हैं। इस प्रकार, निर्भरता की एक लंबी शृंखला अस्तित्व में आ जाती है जो तीसरी दुनिया के बेहद मुफ़लिस शहरी वर्गों के दड़बेनुमा कार्यस्थलों और झुग्गीनुमा घरों से शुरू होकर अटलांटा या न्यूयॉर्क में आला ब्रांड्स की मालिक एमएनसी कंपनियों के कॉरपोरेट बोर्डरूम्स में जाकर मुकम्मल हो जाती है।

लंदन से निकलनेवाले ऑब्ज़र्वर ने 2010 में की गई एक तफ़्तीश के आधार पर बताया है कि नई दिल्ली की ऐसी फ़ैक्टरियों में लोग कितने भीषण हालात में काम कर रहे हैं। इन फ़ैक्टरियों में पश्चिमी जगत् के कुछ सबसे आलातरीन ब्रांड्स बनते हैं—गेप, नेक्स्ट, मार्क्स एंड स्पेंसर्स आदि। बिचौलियों के ज़रिए मज़दूरी पर रखे गए इन फ़ैक्टरियों के मज़दूर रोज़ 16-16 घंटे तक काम करते हैं। 'मज़दूरों का यह भी कहना है कि अगर वे अतिरिक्त काम न करना चाहें तो उन्हें नई नौकरी ढूंढ़ने के लिए कह दिया जाता है। गेप और नेक्स्ट के उत्पादन बनानेवाली फ़ैक्टरियों में काम करनेवालों का भी दावा है कि जो मज़दूर अतिरिक्त घंटे काम नहीं करना चाहते उनको डरा-धमकाकर काम कराया जाता है या नौकरी से निकाल दिया जाता है। अंतर्राष्ट्रीय क़ानून के तहत इस तरह के व्यवहार को जबरिया मज़दूरी कहा जाता है और दुनिया भर में इसे ग़ैरक़ानूनी घोषित किया जा चुका है। मज़दूर... कहते हैं कि उन्हें रोज़ 8-8 घंटे तक ओवरटाइम करना पड़ता है। इस अतिरिक्त श्रम के लिए उन्हें एथिकल ट्रेडिंग इनीशिएटिव द्वारा और भारतीय क़ानून के तहत निर्धारित

न्यूनतम क़ानूनी वेतन का केवल आधा वेतन मिलता है। इसी फ़ैक्टरी में काम करनेवाले कुछ मज़दूरों ने कहा कि उन्हें हफ़्ते में सातों दिन काम करना पड़ता है। ट्रेड यूनियनें इन हालात को 'दासतापूर्ण श्रम' कहकर उनका सख़्त विरोध करती रही हैं।'

गेप के कर्ता-धर्ता भले ही इन हालात के बारे में अपनी अनभिज्ञता ज़ाहिर करें मगर यह भारत में मिट्टी के मोल मिलनेवाली मज़दूरी का फ़ायदा उठाने का कोई नया खेल नहीं है। 2007 में नई दिल्ली में गेप का एक सप्लायर बेहद अमानवीय और उत्पीड़क हालात में बच्चों से मज़दूरी करवाता पाया गया था। इस आदमी की फ़ैक्टरी में बच्चों को मज़दूरी न देने से लेकर उनको डराने-धमकाने और उनके साथ खुलेआम हिंसा की असंख्य घटनाएं सामने आई थीं। बड़े कपड़ा निर्यातक वैश्विक बाज़ार में अपनी जगह बनाने और बचाए रखने के लिए तीसरी दुनिया के सस्ते कपड़ों पर ही आश्रित रहते हैं। यही कहानी चमड़े के उत्पादों, गहनों और हीरे-जवाहरात उद्योग की है। प्रसंगवश, हमारा 30 प्रतिशत भारतीय वाणिज्यिक निर्यात हिकारत की नज़र से देखे जानेवाले लघु उद्योग क्षेत्र से आता है। यह क्षेत्र न तो मीडिया और न ही सरकार की नज़र में कोई हैसियत रखता है।

कानपुर के चमड़ा उत्पादकों के एक अध्ययन में पाया गया था कि यहां से निर्यात होनेवाले जूतों की अंतिम क़ीमत में से 80 प्रतिशत रक़म उन असंख्य बिचौलियों की जेब में जाती है जो उत्पादन के बाद इस श्रृंखला में हिस्सेदार बनते जाते हैं। जूते के निर्यात मूल्य का सिर्फ़ 2 प्रतिशत ही वास्तव में उन मज़दूरों के हाथ में पहुंचता है जिन्होंने उसे बनाया होता है। बिचौलियों की जेब में जानेवाले इस बेहिसाब मुनाफ़े पर कोई सवाल खड़ा करना नहीं चाहता।

1999-2000 से 2004-05 के बीच भारतीय अर्थव्यवस्था में अनौपचारिक मज़दूरों की संख्या—जिनमें संगठित क्षेत्र में काम करनेवाले अनौपचारिक मज़दूर भी शामिल हैं—में 5.8 करोड़ (1999-2000 की कुल श्रम शक्ति का 15 प्रतिशत) का इज़ाफ़ा हुआ था। मगर इन्हीं पांच सालों में औपचारिक क्षेत्र मज़दूरों की संख्या में केवल 14 लाख का इज़ाफ़ा हुआ था। एनसीईयूएस का यह निष्कर्ष बिल्कुल वाजिब मालूम पड़ता है कि इस दौरान रोज़गारों में हुआ तक़रीबन सारा इज़ाफ़ा अनौपचारिक क्षेत्र में सीमित रहा है।

इसके अलावा, 1993-94 और 2004-05 के बीच बेरोज़गारी में भी ज़बर्दस्त इज़ाफ़ा हुआ है। एनएसएस डेटा से पता चलता है कि वार्षिक रोज़गार वृद्धि दर 1983 से 1993-94 के बीच 2.34 प्रतिशत थी जो 1993-94 से 1999-2000 के बीच गिरकर मात्र 0.86 प्रतिशत रह गई थी जबकि नब्बे के दशक में श्रम शक्ति वार्षिक 2 प्रतिशत से भी ज़्यादा दर से बढ़ रही थी। 2004-05 के एनएसएस डेटा से यह भी पता चलता है कि कामकाजी आयु वर्ग (15-64 वर्ष) की केवल 60 प्रतिशत आबादी ही 'सामान्य रूप से रोज़गारशुदा' थी।

भारत के आधा अरब मज़दूरों में से 50 प्रतिशत से ज़्यादा स्वरोज़गार में हैं। भारत के लगभग 90 प्रतिशत ग़ैर-कृषि उद्यम असंगठित क्षेत्र में हैं और ग़ैर-कृषि उत्पादन का 30 प्रतिशत इसी क्षेत्र में पैदा होता है। देश की जीडीपी का आधा यहीं पैदा होता है जिसमें खेती का जीडीपी भी शामिल है। एनसीईयूएस के मुताबिक़, 'अगर नीति निर्माता यह देखें कि ज़्यादातर भारतीय अपनी आजीविका के लिए अर्थव्यवस्था के जिस विशाल भाग पर आश्रित हैं उसकी बेहतरी के लिए कितना सार्वजनिक व्यय, सार्वजनिक व्यवस्था और लोकनीति समर्पित है तो वे निश्चय ही अचंभे में पड़ जाएंगे।'

आईएलओ-डब्ल्यूटीओ के एक ताज़ा अध्ययन में दलील दी गई है कि खुले व्यापार के वैश्विक जगत् में किसी भी तरह का लाभ पाने के लिए अनौपचारिक क्षेत्र मज़दूरों के लिए 'सामाजिक सुरक्षा बहुत महत्त्वपूर्ण' है। इसमें यह दिखाया गया है कि 'अनौपचारिकता का स्तर जितना ज़्यादा होगा, विकासशील देशों के सामने वर्तमान वैश्विक संकट जैसी आशंकाएं उतनी ही घनी होंगी। जिन देशों में अनौपचारिक अर्थव्यवस्था ज़्यादा बड़ी है, वे ज़्यादा जल्दी-जल्दी इस तरह के झटकों के शिकार होते हैं और उन्हें कमज़ोर विकास दर के सहारे चलना पड़ता है।' असंगठित क्षेत्र के मज़दूर बेहद असुरक्षित होते हैं और बाज़ार के मूड में मामूली सा बदलाव उनकी नौकरी छीन सकता है।

जहां एक तरफ़ औपचारिक अर्थव्यवस्था—जिसमें सघन उत्पादन के लिए बेहद सुविकसित और पूंजी सघन प्रौद्योगिकी का इस्तेमाल किया जाता है—को कम से कम (वैश्विक) मध्य वर्ग के उपभोक्ताओं, सस्ते संसाधनों और बेहद कुशल व प्रशिक्षित मज़दूरों की सीमित आपूर्ति की ज़रूरत होती है वहीं दूसरी तरफ़ अनौपचारिक अर्थव्यवस्था की ज़रूरतें बिल्कुल अलग तरह की होती हैं। पिछले कुछ दशकों के घटनाक्रम के दौरान अनौपचारिक अर्थव्यवस्थाओं को दुनिया भर में साधारण आजीविका स्तरीय अर्थव्यवस्था से अस्तित्व स्तरीय अर्थव्यवस्था के स्तर पर धकेल दिया गया है। उनके पास हों भी तो बहुत सीमित संपदाएं होती हैं। अगर उनके लिए संभव हो पाता है तो वे आर्थिक सिद्धांत के मुक्त बाज़ार मॉडल के सबसे नज़दीक दिखाई देती हैं जबकि बड़ा व्यवसाय इस सिद्धांत से दूर दिखाई देता है जिसे अपरिहार्य रूप से राजकीय समर्थन और सहारा मिला हुआ है।

समकालीन पूंजीवाद की आधुनिक राज्य के बिना कल्पना नहीं की जा सकती। अनौपचारिक बाज़ार अर्थव्यवस्थाएं, जिनमें कुटीर कारोबार, सूक्ष्म उद्यम और पारिवारिक खेत आते हैं, वे राजकीय सहायता के बिना ही अस्तित्व में रहते हैं। विशाल कॉरपोरेट पूंजी के साथ इस क्षेत्र का एक उभयचर संबंध रहता है। वैश्विक ब्रांड्स की आपूर्ति शृंखला के लिए अपरिहार्य प्रस्थानबिंदु का काम करनेवाले उद्यम औपचारिक क्षेत्र के लिए अपरिहार्य होते हैं। मगर, जो उद्यम औपचारिक क्षेत्र के साथ प्रतिस्पर्धा करते हैं, भले ही वे बहुत भिन्न क़िस्म की आय और जनसांख्यिकीय

विशिष्टताओं वाले बाज़ारों में काम करते हों, उन्हें औपचारिक क्षेत्र के लिए रुकावट की तरह ही देखा जाता है। आप ख़ुद समझ सकते हैं जब तक छोटे-छोटे पारिवारिक कारोबार और किराना स्टोर ही हमारी सारी दैनिक ज़रूरतों की पूर्ति करते रहेंगे, तब तक विशालकाय कॉरपोरेट रिटेल स्टोर कैसे अपनी जगह बना पाएंगे? जब तक बाज़ार में ज़्यादातर अनाज छोटे और सीमांत किसानों से ही आता रहेगा तब तक वैश्विक कृषि व्यवसाय कंपनियां अपनी सीमाओं को कैसे फैला पाएंगी? इस तरह के आप और भी बहुत सारे उदाहरण ले सकते हैं।

आधुनिक जगत् में श्रम की अतिरिक्तता पर कृषक समाजों के एक विशेषज्ञ थ्योडोर शनिन ने बहुत पते की बात कही है :

> *'आधुनिक औपचारिक अर्थव्यवस्था को दुनिया की लगभग एक-चौथाई श्रम शक्ति की ज़रूरत है। बाक़ी तीन-चौथाई कामगार अनौपचारिक अर्थव्यवस्था में जीवनयापन के लिए विवश हैं। अनौपचारिक अर्थव्यवस्था के केंद्र में काश्तकार नहीं हैं। इसके केंद्र में पारस्परिक सहायता के पारिवारिक और मोहल्ला आधारित संबंध हैं। इस प्रकार, भले ही अनौपचारिक अर्थव्यवस्था को सीमांतों की राजनीतिक अर्थव्यवस्था माना जाता हो, जब आप इसको समुच्चय के रूप में देखते हैं तो यह क़तई भी सीमांत या हाशियाई नहीं दिखाई देती।'*

महाकाय एनसीईयूएस अध्ययन से पहले की गई भारत की 2005 की आर्थिक जनगणना हमारे देश में एकमात्र नियमित प्रक्रिया है जिसमें अनौपचारिक अर्थव्यवस्था के बारे में भी डेटा इकट्ठा किए गए। इस जनगणना में पाया गया था कि पूरे देश में ग़ैर-कृषि उत्पादन में लगभग 4.2 करोड़ उद्यम हैं (जिनमें से 61 प्रतिशत ग्रामीण उद्यम हैं)। 2005 में इन उद्यमों में 9.9 करोड़ लोगों को रोज़गार मिला हुआ था। इसका मतलब है कि प्रति उद्यम काम करनेवालों की औसत संख्या 2.35 थी। इसकी तुलना आप औपचारिक क्षेत्र से करें जहां एक ही फ़ैक्टरी की छत तले सैकड़ों, अक्सर हज़ारों या दसियों हज़ार मज़दूर काम करते हैं। इस क्षेत्र का अध्ययन करने पर पता चला कि दस से ज़्यादा लोगों को काम पर रखनेवाले औपचारिक क्षेत्र उद्यमों की संख्या केवल 1.5 प्रतिशत थी। जिन इकाइयों का सर्वेक्षण किया गया उनमें 73 प्रतिशत श्रम शक्ति ग्रामीण क्षेत्रों में थी। 1998 से 2005 के बीच इन उद्यमों की वार्षिक विकास दर ग्रामीण भारत में 5.5 प्रतिशत और कुल मिलाकर 4.8 प्रतिशत थी।

इन संख्याओं को कैसे समझा जाए? इसका एक मतलब तो यह हो सकता है कि आर्थिक सुधारों ने देश भर में उद्यमशीलता को एक नया बल दिया है। मगर, यदि इस बात को ध्यान में रखा जाए कि ज़्यादातर उद्यमों में महज़ 2.3 प्रतिशत लोग ही काम कर रहे हैं तो ज़्यादा संभावित व्याख्या यह दिखाई देती है कि इन उद्यमों में निवेश का भयानक अभाव है और उनके पास ऋण तक पहुंच नहीं है। देश के आधे से ज़्यादा मज़दूर स्वरोज़गारों में संलग्न हैं, यह इस बात का संकेत है कि कामकाजी

लोगों की विशाल बहुसंख्या—या तो औपचारिक अर्थव्यवस्था में काम से बाहर कर दिए जाने के कारण या मुख्यधारा की विकास प्रक्रिया से बाहर छूट जाने के कारण या औपचारिक अर्थव्यवस्था की मेहरबानी से अपनी ज़मीन अथवा अन्य संसाधन गंवा देने (ज़मीन के अधिग्रहण, क़र्ज़े, सख़्त प्रतिस्पर्धा, पर्यावरण ध्वंस आदि की वजह से) के कारण—को किसी भी सूरत में स्वरोज़गार का विकल्प अपनाना पड़ता है चाहे उसमें कमाई बेहद कम क्यों न हो। अगर कोई व्यक्ति अपने परिवार की दो जून की रोटी चलाने के लिए दिन भर घूम-घूमकर सब्ज़ियां बेच रहा है या कोई औरत निर्माण स्थल पर 12 घंटे हाड़-तोड़ मेहनत कर रही है तो उसे 'कर्मचारी' कहना मुश्किल है। ऐसे लोगों को भारत के विशाल और बढ़ते अधिशेष अंत:वर्ग या निम्न वर्ग के रूप में देखना ज़्यादा सटीक होगा।

अनौपचारिक क्षेत्र मज़दूरों को किस तरह की तनख़्वाहें मिल रही है? एनएसएस डेटा के आधार पर तैयार की गई निम्नलिखित टेबलें इस कहानी का बहुत स्पष्ट शब्दों में बयान करती हैं :

टेबल 1 : नियमित कामगारों का औसत वास्तविक दैनिक वेतन संपूर्ण भारत, 15-59 वर्ष, 1993-94 के मूल्यों पर रुपए/दिन

	1993-94	1999-2000	2004-05
ग्रामीण पुरुष	58.5	80.2	83.8
ग्रामीण महिला	34.9	71.8	49.4
शहरी पुरुष	78.1	102.3	101.0
शहरी महिला	62.3	84.6	76.1

टेबल 2 : दिहाड़ी कामगारों का औसत वास्तविक दैनिक वेतन संपूर्ण भारत, 15-59 वर्ष, 1993-94 के मूल्यों पर रुपए/दिन

	1993-94	1999-2000	2004-05
ग्रामीण पुरुष	23.2	28.6	31.1
ग्रामीण महिला	15.3	18.5	20.2
शहरी पुरुष	32.4	38.1	37.3
शहरी महिला	18.5	23.0	21.8

स्रोत : जे. उन्नी एवं जी. रवींद्रन, 'ग्रोथ ऑफ़ एंप्लॉयमेंट (1993-94 टू 2002-05): इल्यूज़न ऑफ़ इनक्लूसिवनेस? ईपीडब्ल्यू, 20 जनवरी, 2007, इन आंकड़ों में कृषि मज़दूरों से संबंधित आंकड़े भी शामिल हैं।

1999–2000 से 2004–05 के दौरान ज़्यादातर श्रेणियों के मज़दूरों का वास्तविक वेतन या तो गिरा है या अपनी जगह ठहरा हुआ है। इन आंकड़ों का क्या मतलब निकलता है ? इसका मतलब यह है कि अगर हम प्रत्येक परिवार में पांच सदस्य मानें और उनमें दो लोग कमानेवाले हों (एक महिला और एक पुरुष) तो हम यह स्पष्ट देख सकते हैं कि 2004–05 में दिहाड़ी मज़दूरों—जो कि बहुमत में हैं—की शहरी इलाक़ों में दैनिक प्रति व्यक्ति आय 1993–94 के मूल्यों पर प्रतिदिन 12 रुपए से भी कम थी। ग्रामीण क्षेत्रों में उनकी दैनिक प्रति व्यक्ति आय 10 रुपए से कुछ पैसे ज़्यादा थी। ग़ौर करें कि ये दोनों ही संख्याएं अधिकृत ग़रीबी रेखा से नीचे हैं। और यह गणना साल के सिर्फ़ उन दिनों के बारे में है जब घर के दोनों सदस्यों को काम मिला हो। दूसरी ग़ौर करनेवाली बात यह है कि यह औसत आमदनी है। इसका मतलब है कि बहुत सारे लोग ऐसे भी हैं जिनकी इतनी भी आमदनी नहीं है। ऐसे में हैरानी की बात नहीं है कि हाल के सालों की भारी–भरकम आर्थिक वृद्धि ने ग़रीबों के जीवनस्तर पर कोई असर नहीं डाला है।

उत्तरी गुजरात के ग़रीबों की ज़िंदगी पर आधी सदी तक शोध कर चुके वयोवृद्ध मानवशास्त्री जॉन ब्रेमन के मुताबिक़ :

> *'इस पर यक़ीन करना मुश्किल है कि बाज़ार को खुली छूट देने और अनौपचारिक श्रम व्यवस्था की तरफ़ बढ़ने की वकालत करनेवाली नव–उदारवादी लॉबी ने कितनी आसानी से एक ऐसा वैचारिक माहौल रच दिया है जिसमें इस बात को बहुत व्यवस्थित ढंग से नज़रअंदाज़ किया जा सकता है कि अर्थव्यवस्था की सबसे निचली पायदान पर खड़े मर्द, औरतें और बच्चे किन हालात से जूझ रहे हैं। आज रोज़गार स्थायित्व और सुरक्षा तथा न्यूनतम मज़दूरी और सम्मानजनक रोज़गार जैसे शब्द वर्जित शब्द बन गए हैं। इन्हें राजनीतिक रूप से मूर्खतापूर्ण सोच का द्योतक माना जाने लगा है।'*

साल 2005 में दो महत्त्वपूर्ण क़ानून तैयार किए गए जो असंगठित क्षेत्र मज़दूरों के कल्याण से संबंधित हैं। इनमें एक असंगठित क्षेत्र श्रमिक सामाजिक सुरक्षा विधेयक (जिसमें थोड़े प्रीमियम के भुगतान पर मज़दूरों को स्वास्थ्य बीमा, प्रसूति लाभ, जीवन बीमा और वृद्धावस्था पेंशन देने का प्रावधान किया गया) था और दूसरा असंगठित क्षेत्र श्रमिक (श्रमिकों की परिस्थितियां एवं आजीविका प्रोत्साहन) विधेयक था। दूसरे विधेयक का उद्देश्य रोज़गार की स्थितियों में सुधार लाना है, जैसे पाली के घंटे तय करना और बाल एवं बंधुआ मज़दूरी पर क़ानूनी पाबंदी को लागू करना। न केवल इन विधेयकों को पारित होने में कई साल लगे (आख़िरकार दिसंबर 2008 में इन्हें पारित किया गया); बल्कि ग़ौर करनेवाली बात यह भी है कि दोनों को मिलाकर एक ही समेकित क़ानून पारित किया गया और उसमें भी दूसरे

वाले क़ानून (जिसे एनसीईयूएस की सिफ़ारिशों के आधार पर तैयार किया गया था) के ज़्यादातर प्रावधानों को तिलांजलि दे दी गई थी। नव-उदारवादी ख़ाके में 'लचीले श्रम बाज़ारों' के प्रति जो आग्रह दिखाई देता है, उसको देखते हुए यह घटनाक्रम किसी के लिए भी हैरानी का सबब नहीं होना चाहिए।

इन सारे ब्योरों से एक बार फिर यह साफ़ हो जाता है कि आज भारतीय राज्य की नीतिगत प्राथमिकताएं क्या हैं। (ग़ौर करें कि 2005 में सेज़ अधिनियम को संसद में महज़ कुछ महीनों में ही पारित कर दिया गया था।) असंगठित क्षेत्र में क़ानूनी हस्तक्षेप की फ़ौरन ज़रूरत को रेखांकित करते हुए ब्रेमन ने 'प्रस्तावों के तर्क तथा भारत की मौजूदा आर्थिक नीति के बीच मौजूद भयानक फ़ासले' को भी रेखांकित किया है। उनके मुताबिक़, 'इसके लिए एक ऐसे सार्वजनिक परिक्षेत्र को बहाल करना होगा जो निजीकरण की बेतहाशा दौड़ में सिरे से ग़ायब हो चुका है।' अब सवाल यह रह जाता है कि असंगठित क्षेत्र के लिए बनाया गया यह आधा-अधूरा क़ानून भी किस तरह लागू किया गया है।

1. वैश्वीकरण के अंतर्गत 'विकास' की आर्थिक एवं अन्य नीतियों की 'सांयोगिक क्षतियां'

कौन बोता है? कौन काटता है? : अस्त-व्यस्त भारतीय खेती

'बाज़ारों तक पहुंच! जी हां, हम अपने बाज़ारों तक पहुंचना चाहते हैं।'

—वाया कैम्पेसीना, लैटिन अमेरिकी किसान संगठन

'और सब चीज़ें ठहर सकती हैं, खेती नहीं।'

—जवाहरलाल नेहरू

वैश्वीकृत होते भारत की सबसे त्रासद शर्मिंदगी यह है कि जो किसान औरों को ज़िंदा रखने के लिए दिन-रात खटते हैं, वही पिछले तीस साल में भारतीय सरकारों द्वारा अपनाई गई वैश्वीकरण केंद्रित नीतियों की मार झेलते-झेलते दम तोड़ते जा रहे हैं। कम से कम 1997 से तो यह बात पूरे देश में किसानों की आत्महत्याओं की भयावह परिघटना के रूप में साफ़ देखी जा सकती है। रोंगटे खड़े कर देनेवाली इस स्थिति के पीछे क्या कारण हैं, यह समझने के लिए थोड़ा पीछे जाकर उन शक्तिशाली दीर्घकालिक ताक़तों की पड़ताल करना ज़रूरी है जो भारतीय कृषि को प्रभावित कर रही हैं।

'विकास' और 'तरक़्क़ी' की लंबे समय से चली आ रही गाथाओं में हमें बताया जाता है कि आर्थिक उन्नति के रास्ते पर चलती अर्थव्यवस्थाओं में मज़दूर कमोबेश ख़ुद-ब-ख़ुद कृषि से उद्योग और सेवा क्षेत्र की तरफ़ बढ़ने लगते हैं।

खेती से निकलकर मज़दूर उद्योग और सेवा क्षेत्र में जाने लगते हैं क्योंकि ये क्षेत्र ज़्यादा उत्पादक होते जाते हैं। एक समय के बाद रोज़गारों के आंकड़ों में भी यह रुझान साफ़ दिखाई देने लगता है। औद्योगिक देशों के अनुभव ऐसे ही रहे हैं। लिहाज़ा, व्यापक मान्यता यही है कि भारत जैसे देशों की आर्थिक प्रगति का रास्ता भी कमोबेश इसी दिशा में बढ़ेगा। यह उम्मीद अब शायद तर्कों की कसौटी पर खरी नहीं उतरती।

व्यापक अर्थव्यवस्था की सेहत के लिए खेती का प्रदर्शन हमेशा ही बहुत महत्त्वपूर्ण रहा है। खेती बढ़ती शहरी आबादी को सस्ता भोजन मुहैया कराती है; दूसरे क्षेत्रों को सस्ते अकुशल श्रम का आरक्षित भंडार मुहैया कराती है; उद्योगों को कच्चा माल (जैसे कपड़ा मिलों के लिए कपास) भेजती है। फिर भी, अगर यह मान लें कि बढ़ते वैभव में उसका कोई ख़ास हिस्सा नहीं है तो भी कम से कम वह औद्योगिक उपभोक्ता सामानों के लिए एक विशाल बाज़ार तो मुहैया कराती ही है। और अंततः यह औद्योगिक पूंजी वस्तुओं (ट्रैक्टर, टरबाइन आदि) के लिए मांग पैदा करती है जो खेती के ख़ास औद्योगिक मॉडलों में उत्पादकता बढ़ाने के लिए ज़रूरी होते हैं।

भारत जैसे देश में जहां आधी से काफ़ी ज़्यादा आबादी अभी भी मुख्य रूप से खेती पर ही आश्रित है, वहां खेती का प्रदर्शन और भी ज़्यादा दिलचस्पी का सबब बन जाता है। हमारे सामने जो संख्याएं हैं, वे अपनी कहानी ख़ुद कह रही हैं। सरकारी आंकड़ों के मुताबिक़, 1983 से 2005 के बीच खेती में सक्रिय श्रम शक्ति 68 प्रतिशत से घटकर 56 प्रतिशत रह गई थी जबकि खेती से पैदा होनेवाले जीडीपी का हिस्सा और भी तेज़ी से गिरकर 37 प्रतिशत से केवल 21 प्रतिशत रह गया था। इसका मतलब है कि यह क्षेत्र लगातार कमज़ोर पड़ रहा है और इसमें श्रम की उत्पादकता बढ़ने की बजाय ठहर गई है।

यह दिखाने के लिए और भी बहुत सारे आंकड़े पेश किए जा सकते हैं कि भारतीय खेती लगातार कमज़ोर होती जा रही है और कम से कम डेढ़ दशक से एक बहुत गहरे संकट से जूझ रही है। अस्सी के दशक की शुरुआत में भारतीय कृषि समूची अर्थव्यवस्था के मुक़ाबले ज़्यादा तेज़ी से बढ़ रही थी। कृषि जीडीपी की वृद्धि दर 1980-95 के दौरान 3.3 प्रतिशत थी जो 1995-96 से 2004-05 के बीच केवल 2 प्रतिशत रह गई थी जबकि इस दौरान मानसून ने भी बारिश के भरोसे रहनेवाले किसानों का भरोसा नहीं तोड़ा था। अगर इन दोनों अवधियों की तुलना की जाए तो हर प्रमुख फ़सल की उत्पादकता में इज़ाफ़ा तेज़ी से कम होता गया है। चावल, गेहूं, मोटे अनाज और तिलहन जैसी महत्त्वपूर्ण खाद्य फ़सलों की उपज वृद्धि दर पहले वाली अवधि के मुक़ाबले बाद वाली अवधि में आधी से भी कम रह गई थी। दलहनों की उपज वृद्धि दर नकारात्मक हो चुकी है। अगर

चीन के साथ तुलना की जाए तो हमारी यह तस्वीर और भी चिंताजनक बन जाती है।

अस्सी के दशक के मध्य से आई सरकारों द्वारा छोटे किसानों और खेती की क्रूर उपेक्षा तथा गंभीर पारिस्थितिकीय क्षरण हमारी प्रमुख फ़सलों की उपज वृद्धि दर में ठहराव का मुख्य कारण है। खेती में निवेश के मद में होनेवाले सरकारी व्यय में गिरावट बहुत ज़बर्दस्त रही है। इस निवेश के बिना शुष्क भूमि और सिंचित कृषि, दोनों ही तबाह हुए हैं।

आइए, कुछ और संख्याओं पर ग़ौर करें। सत्तर के दशक में कृषि क्षेत्र में सरकारी निवेश सालाना 19 प्रतिशत की दर से बढ़ रहा था। अस्सी के दशक में इसमें 5 प्रतिशत सालाना की गिरावट आने लगी और 1986 से 1993 के बीच तो यह गिरावट 7 प्रतिशत वार्षिक थी! खेती के प्रति केंद्र सरकारों की उपेक्षा भरी नीतियों के फलस्वरूप अर्थव्यवस्था में होनेवाले कुल निवेश के अनुपात के रूप में इस क्षेत्र में होनेवाला निवेश सत्तर के दशक के 17 प्रतिशत से घटकर अस्सी के दशक में 12 प्रतिशत और 90 के दशक में केवल 9 प्रतिशत रह गया था। ताज़ा पंचवर्षीय योजनाओं में योजना व्यय का 5 प्रतिशत से भी कम हिस्सा खेती के लिए निर्धारित रहा है जबकि भारत की लगभग 60 प्रतिशत कामकाजी आबादी इसी पर आश्रित है। आज़ादी के छह दशक बाद आज भी ज़्यादातर भारतीय खेती (60 प्रतिशत) बारिश के भरोसे चलती है। विकेंद्रीकृत सिंचाई या शुष्क भूमि कृषि जैसे महत्त्वपूर्ण क्षेत्रों में सरकारी निवेश नाटकीय रूप से गिरता चला गया है। फलस्वरूप, एक ऐसी समस्या का 'समाधान' किसानों को ही ढूंढ़ना पड़ता है जो स्वभाव से ही एक सार्वजनिक समस्या है—और इसके भयानक दुष्परिणाम सामने आते हैं। कृषि अर्थशास्त्री मिहिर शाह का कहना है कि पिछले दो दशक के दौरान सिंचाई में 75 प्रतिशत इज़ाफ़ा ट्यूबवेलों के रूप में रहा है क्योंकि कोई और चारा न होने के कारण किसान ज़्यादा से ज़्यादा भूमिगत पानी निकालने के लिए विवश होते चले जाते हैं। इसकी वजह से सभी जगह जलस्तर नीचे जा रहा है और गंभीर जल संकट पैदा हो रहा है।

हरित क्रांति—जिसने साठ के दशक से चावल और गेहूं की उच्च्च उपज प्रजातियों का युग शुरू किया—भी फ़सलों की उपज में दीर्घकालिक गिरावट के लिए ज़िम्मेदार है, भले ही कुछ समय के लिए इसकी वजह से उत्पादन में इज़ाफ़ा दर्ज किया गया हो। सत्तर के दशक में हरित क्रांति की लहरों पर सवारी गांठ रहे पंजाब, हरियाणा और पश्चिमी उत्तर प्रदेश जैसे इलाक़े—जिन्होंने उच्च्च उपज बीजों की मदद से अपनी उपज में कई गुना इज़ाफ़ा दर्ज किया था—अब प्रसिद्ध कृषि वैज्ञानिक एम.एस. स्वामीनाथन के शब्दों में, 'तीखी पारिस्थितिकीय एवं आर्थिक तबाही' के चंगुल में फंस चुके हैं। विडंबना यह है कि यही स्वामीनाथन साहब हरित क्रांति को

हवा देनेवालों में सबसे प्रमुख व्यक्ति थे। इन इलाक़ों की मिट्टी में कृत्रिम रसायनों की भरमार हो गई है। भू-संसाधन विभाग के अनुसार, भारत की दो-तिहाई कृषि भूमि 'परती' या 'बीमार' है। औद्योगिक उर्वरकों ने मिट्टी में पोषक तत्त्वों का भारी असंतुलन पैदा कर दिया है। जहां भी भूमिगत पानी उपलब्ध है, वह या तो खारा हो गया है या उसमें नाइट्रेट्स यानी भारी मात्रा में तेज़ाबी प्रदूषण फैल चुका है जो विभिन्न प्रकार की बीमारियां पैदा करता है। लगभग पूरे पंजाब में गांववालों का यही कहना है कि 'हरित क्रांति से पहले खाना ज़ायकेदार होता था।'

खेती की यह उपेक्षा विभिन्न फ़सलों के क्षेत्रफल में आए बदलाव में भी दिखाई देती है। जब किसानों को सरकारी नीतियों से मदद नहीं मिलती तो वे या तो फ़सली तौर-तरीक़े बदल देते हैं या खेती ही छोड़ देते हैं, या फिर, जैसा कि हाल में दिखाई पड़ रहा है, वे अपनी ज़िंदगी ख़त्म कर लेते हैं। सरकार के आर्थिक सर्वेक्षण (2010) के मुताबिक़, 2008-09 में अनाजों की खेती का क्षेत्रफल 1990-91 के मुक़ाबले 3.5 प्रतिशत कम हो चुका था। मोटे अनाजों—जो देश के अनेक भागों में ग़रीबों के लिए मुख्य आहार हैं—के क्षेत्रफल में गिरावट रोंगटे खड़े करनेवाली है : 24 प्रतिशत! इसी बीच अखाद्य नक़दी फ़सलों और बाग़वानी खेती के क्षेत्रफल में इज़ाफ़ा 20 प्रतिशत रहा है। इनमें से ज़्यादातर उपज निर्यात के लिए होती है।

जब आप खाद्य फ़सलों के बुवाई क्षेत्रफल को उपज में ठहराव के साथ जोड़कर देखते हैं तो स्पष्ट हो जाता है कि चिंता की ज़रूरत क्यों है। प्रति व्यक्ति अनाज उपलब्धता का आंकड़ा संभवत: सबसे ज़्यादा सकते में डालनेवाला आंकड़ा है। सरकारी डेटा से पता चलता है कि तिलहन और दलहन, दोनों की प्रति व्यक्ति खाद्य उपलब्धता में तीखी गिरावट आई है। इसका मतलब है कि जनसंख्या वृद्धि दर के मुक़ाबले कम खाद्य उत्पादन दर की भरपाई आयात से भी नहीं हो पा रही है।

जब हमें जान देनेवाले ही दम तोड़ने लगें...

किसानों द्वारा आत्महत्या की परिघटना को इन्हीं दुखद आंकड़ों की रोशनी में समझा जा सकता है। 1997 से अब तक किसानों की आत्महत्या का बवंडर इतना ज़बर्दस्त रहा है कि अब लगभग पूरी दुनिया इस बात को अच्छी तरह जान चुकी है। इसके बावजूद, लगता यही है कि किसी के पास इस बात की समझ नहीं है कि खेती की तबाही और इन ख़ुदकुशियों को कैसे रोका जाए।

राष्ट्रीय अपराध रिकॉर्ड्स ब्यूरो के डेटा से पता चलता है कि 1997 के बाद से हर साल लगभग 17,000 किसान औसतन आत्महत्या करते रहे हैं। यानी औसतन हर घंटे में दो किसान आत्महत्या कर लेते हैं। कुल मिलाकर पिछले 13 साल के दौरान पूरे देश में कम से कम 2,00,000 किसान ख़ुदकुशी कर चुके हैं। दुनिया के इस हिस्से में इस तरह की घटना पहले कभी नहीं देखी गई थी। न तो औपनिवेशिक

काल में और न ही उससे पहले के दर्जशुदा इतिहास में कभी ऐसा हुआ था। जाने-माने पत्रकार पी. साईनाथ के हिसाब से समूचे मानव इतिहास में आत्महत्याओं की यह सबसे बड़ी लहर रही है। यहां इस बात का ज़िक्र करना ज़रूरी है कि भारत संभवत: एक वैश्विक रुझान को ही और तीखे ढंग से व्यक्त कर रहा है क्योंकि वैसे तो दुनिया के ज़्यादातर भागों में किसानों की आत्महत्या की दर शेष आबादी की आत्महत्या दरों से ऊपर ही जा चुकी है। इनमें अमेरिका, ब्रिटेन और ऑस्ट्रेलिया जैसे अमीर मुल्क भी शामिल हैं। इन देशों में भी बहुत सारे किसान अंतर्राष्ट्रीय कृषि व्यवसाय के निर्मम विस्तार की वजह से अपनी रोज़ी-रोटी से हाथ धो चुके हैं। हमारे मुल्क में किसानों की आत्महत्या की दर और शेष आबादी की आत्महत्या की दर में फ़र्क काफ़ी ज़्यादा है। नब्बे के दशक के मध्य से पहले और बाद की अवधियों में ख़ुद किसानों की आत्महत्या दर का फ़र्क़ भी बहुत ज़्यादा है।

किसानों की आत्महत्याएं तो भारतीय कृषि के स्थायी संकट का सिर्फ़ एक सतह पर दिखता पहलू है। सरकारी विशेषज्ञ और आला शख़्सियतें भी इस बात को मान चुकी हैं। ख़ुद एम.एस. स्वामीनाथन के मुताबिक़, 'हम एक तबाही की कगार पर खड़े हैं। अगर खाद्य उत्पादकता नहीं बढ़ी और खेती की उपेक्षा होती रही तो हम बहुत गंभीर मुश्किल में फंसने वाले हैं...। भविष्य उन्हीं राष्ट्रों का है जिनके पास बंदूक़ें हों न हों मगर जिनके पास अनाज होगा। अनाज का मौजूदा संकट रोंगटे खड़े कर देता है।'

सवाल यह है कि हर साल हज़ारों किसान ख़ुद को क़त्ल करने पर आमादा क्यों हो जाते हैं? इस बेइंतहा कृषि संकट की जड़ क्या है? हालांकि इस किताब में समस्या का पूरा विश्लेषण नहीं किया जा सकता मगर यदि हम भारत में वैश्वीकरण के प्रभावों का आकलन करें तो हमें सुधारों के दौरान खेती की तबाही के कारणों का काफ़ी हद तक ठीक-ठाक अंदाज़ा मिल जाएगा। भला इस बात को दोहराने की क्या ज़रूरत है कि सत्तर और अस्सी के दशकों में ऐसा कोई संकट नहीं था और निश्चय ही किसान आत्महत्या नहीं कर रहे थे। तो फिर उसके बाद क्या बदल गया?

नब्बे के दशक से शुरू हुए सुधारों के फलस्वरूप सबसे बुनियादी बदलाव यह आया है कि भारतीय खेती बहुत तेज़ी से देशी और विदेशी बहुराष्ट्रीय कंपनियों के नेतृत्व में वैश्विक अर्थव्यवस्था द्वारा थोप दी गई मांगों के अनुसार ढलती चली गई है। इसे 'कृषि का कॉरपोरेटीकरण' कहा जा सकता है। इसका मतलब क्या है? इसका मतलब यह है कि बहुराष्ट्रीय कृषि व्यवसाय कंपनियां तभी से भारतीय खाद्य बाज़ार पर नज़रें गड़ाए हुए हैं जब से अर्थव्यवस्था को इन महाकाय निगमों के लिए खोला गया था। और तभी से वे इसका अधिकाधिक बड़ा हिस्सा क़ब्ज़े में लेती जा रही हैं। इसके बहुत सारे निहितार्थ हैं। खेती का बहुत तेज़ी से

'औद्योगिकीकरण' होता जा रहा है और उसे ऐसे महंगे इनपुट्स पर आश्रित कर दिया गया है जो इन्हीं कंपनियों द्वारा बनाए जाते हैं। आजीविका स्तरीय छोटी खेती का अर्थशास्त्र सरकारी नीतियों की मदद से कुछ इस तरह बदल दिया गया है कि अब वह घाटे का सौदा बन गई है। जब एक बार किसान ज़मीन से बेदख़ल हो जाता है (या जब उसे उजाड़ दिया जाएगा) तभी बड़ी कंपनियां उसकी खेती योग्य ज़मीन पर क़ब्ज़ा जमा सकती हैं और पश्चिमी या कुछ लैटिन अमेरिकी देशों की तरह वहां मुनाफ़ेदार विशाल प्लांटेशन लगा सकती हैं (भारत में अभी यह सिलसिला सिर्फ़ शुरू हो रहा है)। बड़े कॉरपोरेट घराने खेत से लेकर थाली तक की पूरी उत्पादन और रिटेल शृंखला पर अपना क़ब्ज़ा जमाने को आमादा हैं। उसमें बीजों और दूसरी ज़रूरी चीज़ों की सप्लाई से लेकर ब्रांडेड महानगरीय आलीशान दुकानों के ज़रिए प्रसंस्करित सामानों की खुदरा बिक्री तक सब कुछ उन्हीं के नियंत्रण में होगा।

लगभग सभी यह मनवाने पर अड़ गए हैं कि छोटी किसानी में अब कोई मुनाफ़ा नहीं बचा है। सन् 2000 में ही राष्ट्रीय नीति में औपचारिक रूप से इस बात को रेखांकित किया गया था कि खेती 'एक तुलनात्मक रूप से बेफ़ायदे का सौदा' बन गई है। 2005 में सरकार द्वारा किए गए एक नमूना सर्वेक्षण में भी यही पाया गया कि 40 प्रतिशत किसान अब ख़ुद ही खेती से छुटकारा पाना चाहते हैं। यह पूछने का समय ज़्यादा लोगों के पास नहीं है कि ऐसी स्थिति पैदा क्यों हुई है और इसके पीछे सरकारी नीतियों का क्या हाथ रहा है? दरअसल, सरकारी नीतियां या तो छोटे किसानों के प्रति तटस्थ रही हैं या उनके हितों के लिए नुक़सानदायक साबित हुई हैं। ये नीतियां छोटे किसानों को सुरक्षा प्रदान करने की बजाय खेती में देशी और विदेशी बहुराष्ट्रीय कृषि व्यवसाय कंपनियों के मुनाफ़े का रास्ता साफ़ करनेवाली नीतियां साबित हुई हैं।

खेतिहर मज़दूरों और किसानों की आमदनी चार चीज़ों पर निर्भर करती है : प्रति श्रमिक ज़मीन का क्षेत्रफल, ज़मीन की उत्पादकता, लागतें और उत्पादन की क़ीमत। जैसे-जैसे जनसंख्या बढ़ी है, प्रति श्रमिक ज़मीन कम होती गई है। जैसा कि हम पीछे देख चुके हैं, उत्पादकता भी या तो ठहराव का शिकार है या बहुत मामूली रफ़्तार से बढ़ रही है। ऊपर से सरकार भी किसानों को न तो लाभदायक क़ीमत देने के लिए तैयार है और न ही उन्हें अपनी उपज की बिक्री में कोई मदद देना चाहती है। आईएमएफ़ और विश्व बैंक की यह महत्त्वपूर्ण शर्त है कि सरकार ऐसा कुछ न करे। यह सब कुछ एक ऐसे दौर में हो रहा है जब खेती की लागतें दिनोदिन बढ़ती जा रही हैं, ख़ासतौर से हरित क्रांति वाले कृषि मॉडल की चपेट में आ चुके किसानों के लिए, क्योंकि खेती का यह मॉडल औद्योगिक इनपुट्स पर आश्रित होता चला जाता है। इन चारों आयामों में आए बदलावों का असर मनमोहन सिंह के इस

वक्तव्य से समझा जा सकता है : 'पिछले एक दशक के दौरान कृषि क्षेत्र की विकास दर ख़राब रही है और यही गांवों में पैदा हो रहे संकट का मुख्य कारण है। खेती लगातार एक अव्यावहारिक गतिविधि बनती जा रही है।' कुछ साल पहले दक्षिण कोरिया में किसानों की ख़ुदकुशियों को 'आईएमएफ़ ख़ुदकुशी' कहा जाने लगा था। यह संज्ञा भारत और तीसरी दुनिया के अन्य देशों के लिए भी प्रासंगिक है क्योंकि इन देशों की आर्थिक नीतियों को तय करने में भी आईएमएफ़ ने एक निर्णायक भूमिका अदा की है।

2005 में सरकार द्वारा किए गए सिचुएशन असेसमेंट सर्वे ऑफ़ फार्मर्स (एसएएसएफ) यानी 'किसानों की स्थिति के आकलन के सर्वे' से कुछ सकते में डाल देनेवाले आंकड़े सामने आए। इससे पता चला कि ग्रामीण परिवारों को खेती से होनेवाली आमदनी उनके अपने उपभोग की ज़रूरतों को पूरा करने के लिए भी काफ़ी नहीं थी। औसत परिवारों के उपभोग का सिर्फ़ 35 प्रतिशत हिस्सा ही खेती की आमदनी से हासिल हो पा रहा था। लिहाज़ा, औसत किसान परिवार अपने खेतों पर काम करने के अलावा विभिन्न दूसरी आर्थिक गतिविधियों में भी हाथ आजमाते रहते हैं। वे दूसरों की डेयरी में काम करते हैं, दुग्ध व्यवसाय और छोटी-मोटी ख़रीद-बिक्री जैसे ग़ैर-कृषि कारोबार करते हैं। एसएएसएफ के मुताबिक, इन सारी गतिविधियों से एक सामान्य किसान को माहवार औसतन लगभग 2,115 रुपए की कमाई होती है जो उसके उपभोग व्यय (2,770 रुपए) से कम ही रह जाती है। इस सर्वे में प्रति व्यक्ति उपभोग व्यय केवल 503 रुपए माहवार यानी 17 रुपए प्रतिदिन से भी कम पाया गया था। इन आंकड़ों का मतलब यह है कि अब कृषक परिवारों को अपना पेट भरने के लिए भी क़र्ज़ों का सहारा लेना पड़ेगा।

इस तरह के भयावह आंकड़े सरकार के इस दावे की क़लई खोल देते हैं कि ग्रामीण ग़रीबी कम होती जा रही है। अगर वाकई ऐसा है तो भी ग़रीबी में इस गिरावट की रफ़्तार कुछ ख़ास तो बिल्कुल नहीं है। हाल ही में विश्व बैंक और आईएमएफ़, दोनों ने ही अपनी पुरानी राय छोड़कर इस बात को मानना शुरू कर दिया है कि भारत जैसे देशों में जब तक खेती पर ख़ास ध्यान नहीं दिया जाएगा तब तक ग़रीबी पर अंकुश लगाने की संभावना बहुत कम ही रहेगी।

यहां एक मिथक को बेपर्दा करना ज़रूरी है। अक्सर सुनने में आता है कि बड़े खेत ज़्यादा उत्पादन देते हैं क्योंकि उनमें इकोनॉमी ऑफ़ स्केल यानी बड़े स्तर की किफ़ायत का लाभ मिलता है (और लिहाज़ा बड़ी कृषि कंपनियों को खेती पर क़ब्ज़ा कर लेने देना चाहिए!)। यह दावा ग़लत है। यह साबित करने के लिए आंकड़ों की कोई कमी नहीं है कि छोटी जोतों में ज़मीन की उत्पादकता बड़े बागानों या जोतों की उत्पादकता के मुक़ाबले काफ़ी ज़्यादा रहती है (कुछ कृषि

विशेषज्ञों के अनुसार दक्षिणी गोलार्द्ध के विभिन्न भागों में यह फ़र्क़ 2–10 गुना तक पाया गया है)।

खेत से लेकर थाली तक की उत्पादन और विक्रय शृंखला को मुट्ठी भर बड़ी कंपनियों के हाथों में केंद्रित करने की दलील के जवाब में साईंनाथ बताते हैं : 'आपको याद होगा कि बड़ी रिटेल कंपनियों को कृषि उत्पादन बेचने की छूट देने के लिए क्या बहाना बनाया जा रहा था। कहा जा रहा था कि इससे 'बिचौलिए' ख़त्म हो जाएंगे तथा किसानों और उपभोक्ताओं, दोनों को ज़्यादा बेहतर दाम मिलेंगे। मगर सच्चाई यह है कि बड़ी खुदरा कंपनियों की दुकानों पर ताज़ा खाद्य उत्पादों की क़ीमतें पहले से भी ज़्यादा हो गई हैं। आज भी आपको ज़्यादा बेहतर दाम सड़कों पर फेरी लगानेवालों से ही मिल सकते हैं। जिस बेचारे 'बिचौलिए' को धराशायी करने का इतना ढोल पीटा जा रहा है, वो सड़कों पर घूम-घूमकर सब्ज़ियां बेचनेवाली ग़रीब औरतें हैं जो किसानों और जनता के बीच मौजूद मध्यस्थों की लंबी शृंखला में सबसे कमज़ोर कड़ी होती हैं। नए बिचौलिए तो सूट-बूट में दिखाई पड़ने लगे हैं।' पिछले कुछ साल से मीडिया बड़े उत्साह के साथ यह बताता रहा है कि खाद्य पदार्थों की क़ीमतों में इज़ाफ़े से किसानों को फ़ायदा हुआ है। सच्चाई कुछ और है। क़ीमतें बढ़ने से जो भी मुनाफ़ा हुआ है उसका ज़्यादातर हिस्सा ताक़तवर खुदरा कंपनियों की जेब में और कुछ हिस्सा थोक व्यापारियों की जेब में चला गया है। कृषि उपज की क़ीमतें और किसानों के हालात तो अब भी पहले जैसे ही हैं।

जब किसानों की आत्महत्याओं की बात आती है तो सबसे पहले यह बात ध्यान में आती है कि उनमें से ज़्यादातर किसान देश के सबसे निर्धन राज्यों (बिहार, उत्तर प्रदेश आदि) के नहीं थे। उनमें से ज़्यादातर तो देश के कुछ बेहद संपन्न इलाक़ों (महाराष्ट्र, आंध्र प्रदेश, कर्नाटक, पंजाब, केरल आदि) के किसान थे। असंख्य प्रेक्षक व्यवसायीकरण को अपरिहार्य रूप से किसानों के लिए लाभदायक बताते चले आ रहे हैं। हक़ीक़त यह है कि बढ़ते बाज़ारीकरण ने असुरक्षित किसानों को और भी ज़्यादा जोखिम में डाल दिया है और उन्हें पहले से भी ज़्यादा क़र्ज़ों के जाल में फंसा दिया है। खेती की अर्थव्यवस्था को छोटे किसानों के ख़िलाफ़ किस तरह मोड़ दिया गया है, यह देखने वाली बात है।

डब्ल्यूटीओ का गठन 1995 में किया गया और भारत इस पर दस्तख़त करनेवाले शुरुआती देशों में से एक था। इसके कुछ ही समय बाद भारत सरकार ने 'कृषि समझौते' (एग्रीमेंट ऑन एग्रीकल्चर—एओए) पर दस्तख़त किए। इस समझौते पर दस्तख़त करके भारत सरकार ने अपने उन किसानों को वैश्विक प्रतिस्पर्धा के अंधड़ में डाल दिया जिन्हें अभी तक थोड़ी-बहुत सुरक्षा मिली हुई थी। उन्हें अमीर देशों के भारी-भरकम सब्सिडी पर पैदा होनेवाले अनाज (और कपास) की क़ीमतों

से जूझने के लिए नि:सहाय छोड़ दिया गया। अमीर देशों की ढकोसलेबाज़ सरकारें अपने यहां तो खेती पर रोज़ाना एक अरब डॉलर से ज़्यादा सब्सिडी देती हैं मगर यही सरकारें विकासशील देशों को 'मुक्त व्यापार में आस्था' का पाठ पढ़ाती रहती हैं।

पाठकों को यह याद दिलाना वाजिब होगा कि सरकार के दस्तख़त करने से पहले भारत में कृषि समझौते का जमकर विरोध किया गया था। कर्नाटक राज्य रैयत संघ (केआरआरएस) जैसे किसान संगठनों के विरोध तो नब्बे के दशक की शुरुआत में ही सामने आने लगे थे। उन्होंने ग़रीब देशों के कृषि बाज़ारों को खोलने के पक्ष में डंकल ड्राफ़्ट के प्रस्तावों को खुली चुनौती दी थी क्योंकि इन प्रस्तावों से लाखों ग्रामीण रोज़गार ख़त्म होने की आशंका साफ़ दिखाई दे रही थी। 1993 की गांधी जयंती के दिन बंगलौर में पांच लाख किसानों ने अपनी बीज संप्रभुता को बचाए रखने का संकल्प लिया था। उन्होंने निजी बहुराष्ट्रीय कंपनियों द्वारा बीजों और पादप संसाधनों के पेटेंट का विरोध किया था, भारतीय खेती में उनकी घुसपैठ का विरोध किया था और कृषि विविधता को बचाए रखने की शपथ ली थी। पिछले डेढ़ दशक के दौरान किसानों का यह विरोध तो जारी रहा है मगर डब्ल्यूटीओ के प्रति 'प्रतिबद्धताओं' की कसौटी पर खरी उतरनेवाली सरकारी नीतियों में बदलाव की कोई संभावना दिखाई नहीं दे रही है जबकि देश के खाते-पीते राज्यों में आत्महत्याओं का एक अबाध सिलसिला जारी है।

पहले भारत सरकार भी किसानों की मदद के लिए उन्हें उपज का सही मूल्य देने के रास्ते पर चलती थी—कुछ उसी तरह जैसे औद्योगिक देशों में किसानों को मदद दी जाती है। विश्व बैंक और आईएमएफ़ (जो खाद्य एवं अन्य सब्सिडियां देने के लिए बार-बार भारत सरकार को लताड़ लगाते रहे हैं) के दबाव में शुरू किए गए सुधारों के बाद से सरकारी कृषि मूल्य महंगाई में इज़ाफ़े की रफ़्तार से बढ़ने की बजाय बहुत कम रफ़्तार से बढ़े हैं। यह स्थिति तब है जबकि मुक्त व्यापार के सापेक्ष लाभ के सिद्धांतों को खुलेआम चुनौती देते हुए भारतीय बाज़ारों में दुनिया भर का सब्सिडीयुक्त अनाज आ रहा है। आज हमारे किसान जिस दुर्दशा से गुज़र रहे हैं, उसका संकेत दो दशक पहले के एडम स्मिथ के इस बयान में मिलता है :

> *'अगर इन भारी-भरकम ड्यूटी और पाबंदियों को एक झटके में ख़त्म कर दिया जाए तो दूसरे देशों का सस्ता माल इतनी तेज़ी से घरेलू बाज़ार पर छा जाएगा कि हमारे हज़ारों लोग अपना रोज़गार और जीने के साधनों से हाथ धो बैठेंगे। इस सूरत में जो अस्त-व्यस्तता पैदा होगी, वह बहुत गंभीर होगी।'*

अस्सी के दशक की शुरुआत तक आते-आते हमारे किसानों ने कड़ी मेहनत करके खाद्यान्नों के मामले में जो आत्मनिर्भरता हासिल की थी (हालांकि इसके लिए

जो मॉडल बनाया गया था वह टिकाऊ नहीं था और हमारे पास ज़्यादा टिकाऊ विकल्प भी उपलब्ध थे) आज वह फिर हाथ से जा चुकी है। कृषि निर्यात बाज़ार में पहले से भी बड़ा हिस्सा मिलने की बजाय भारतीय किसानों को घरेलू बाज़ार में भी अपना रहा–सहा हिस्सा गंवाना पड़ा है क्योंकि कृषि उत्पादों का आयात कृषि उत्पादों के निर्यात से कहीं ज़्यादा तेज़ रहा है।

केरल के जनजातीय समुदायों पर वैश्वीकरण की नीतियों के प्रभावों का एक विस्तृत अध्ययन किया गया है। इस अध्ययन से पता चलता है कि कृषि उपज के सस्ते आयातों से यह समुदाय दिनोदिन दरिद्र और बेरोज़गार होता चला गया है। चाहे वे ख़ुद अपनी फ़सलें उगाएं या दूसरों के बागानों और खेतों में काम करें, ये आदिवासी चाय, कॉफ़ी, काली मिर्च और दूसरी फ़सलों के आयात उदारीकरण की वजह से बहुत बुरी मार झेल रहे हैं। राशन की दुकानों से बंटनेवाले अनाज की मात्रा में गिरावट से हालात और ख़राब हो गए हैं (1991–92 में 2.08 करोड़ टन अनाज राशन की दुकानों से बंटता था जो 2000–01 में घटकर 1.21 करोड़ रह गया था) जबकि सरकारी अनाज की ख़रीद और उसके भंडार बढ़ते जा रहे थे (1991–92 में 1.96 करोड़ टन से बढ़कर 2000–01 में 3.55 करोड़ टन)। राशन के अनाज की क़ीमतों में बार–बार हुए इज़ाफ़े ने रही–सही कसर भी पूरी कर दी है (मिसाल के तौर पर चावल की क़ीमत 1990 में 3.28 रुपए किलोग्राम थी जो 2001 में 9 रुपए प्रति किलोग्राम हो चुकी थी)। इस अध्ययन से यह भी पता चला कि इन बदलावों की सबसे बुरी मार पुरुषों की बजाय औरतों पर पड़ी है।

खेती के लिए औद्योगिक उत्पादों पर किसानों की निर्भरता बेहिसाब बढ़ गई है। बीज, उर्वरक, कीटनाशक, बिजली, खेती की मशीनें, इन सबकी लागत काफ़ी बढ़ चुकी है। इसकी वजह से किसान एक कठिन भंवर में फंस गए हैं और क़र्ज़ का शिकंजा तेज़ी से उन पर कसता जा रहा है। स्थानीय सूदख़ोर इसका जमकर फ़ायदा उठा रहे हैं। साईनाथ के मुताबिक़, 1991 में विदर्भ में एक एकड़ कपास की खेती पर 3500 रुपए की लागत आती थी। आज यह लागत 20000 रुपए प्रति एकड़ है। लागतों में इस इज़ाफ़े से जो फ़ायदा हुआ है वह बीज, उर्वरक और कीटनाशक कंपनियों की जेब में गया है। किसानों के दिवालिएपन, क़र्ज़ों और आत्महत्याओं के पीछे आसमान छूती लागतों का सबसे बड़ा हाथ है।' सुधार युग के पहले एक दशक के दौरान ही क़र्ज़मंद ग्रामीण परिवारों की संख्या 26 प्रतिशत से बढ़कर 48.6 प्रतिशत, यानी दोगुनी हो चुकी थी।

आत्महत्याओं की इस कहानी में एक फ़सल का नाकाम हो जाना या घर में किसी शादी का ख़र्चा या किसी के बीमार पड़ जाने का ख़र्चा (जो हम पीछे देख चुके हैं, लगातार बढ़ रहा है) ही अक्सर निर्णायक बिंदु साबित हो जाता है। किसानों की मुसीबत को हवा देने के लिए सरकार एक बार फिर आईएमएफ़ और

विश्व बैंक की 'सलाह' के तहत छोटे किसानों को क़र्ज़े देने से कतरा रही है। साईनाथ के मुताबिक़ 1993 से 2008 के बीच शहरी व्यावसायिक बैंक शाखाओं की संख्या दोगुनी हो गई थी जबकि गांवों में लगभग 5000 व्यावसायिक बैंक शाखाएं बंद हो चुकी थीं। यानी एक बार फिर किसान स्थानीय सूदख़ोरों के रहमोकरम पर आश्रित होते जा रहे थे। ऑल इंडिया बैंक एम्प्लॉयीज़ एसोसिएशन के आंकड़ों से पता चलता है कि 1991 से 2004 के बीच सामाजिक रूप से हाशियाई हर श्रेणी—दलित, महिला, छोटे किसान, आदिवासी—में बैंक खाताधारकों की संख्या का अनुपात उल्लेखनीय रूप से गिर गया है। 1992 से 2000 के बीच जब बैंक क़र्ज़ों में कारों और उपभोक्ता वस्तुओं आदि के लिए दिए जा रहे निजी क़र्ज़ों का हिस्सा 8 प्रतिशत से बढ़कर 23 प्रतिशत हो गया था, उसी दौरान कृषि क्षेत्र में दिए गए क़र्ज़ों का हिस्सा 15 प्रतिशत से घटकर 11 प्रतिशत रह गया था।

केंद्र सरकार के 2009 के बजट में किसानों के लिए ऋण सुविधा के सवाल को एक नया मोड़ दे दिया है। साईनाथ बताते हैं कि 'अब 'कृषि ऋण' का ज़्यादा से ज़्यादा हिस्सा किसानों की बजाय बड़ी-बड़ी कंपनियों को ही मिला करेगा।' बल्कि, 'अब बाहरी व्यावसायिक क़र्ज़े (ईसीडी) भी कोल्ड स्टोरेज या कोल्ड रूम फेसिलिटीज के लिए ही उपलब्ध होंगे।' 'कृषि ऋण' के रूप में जारी किए गए बहुत सारे क़र्ज़े 10 करोड़ से भी ज़्यादा रक़म वाले हैं और कुछ तो 25 करोड़ रुपए तक पहुंच चुके हैं। 2000 से 2006 के बीच ऐसे बड़े-बड़े क़र्ज़ों की संख्या लगातार बढ़ती रही जबकि 25,000 से कम रक़म वाले कृषि ऋणों की संख्या आधी से भी ज़्यादा गिर चुकी थी। खेती को ताक़तवर वैश्विक कंपनियों के हवाले कर देने के साक्ष्य हर साल और पुख़्ता होते जा रहे हैं। 2010 के केंद्रीय बजट के बारे में साईनाथ ने लिखा है कि 'यह बजट न केवल कॉरपोरेट किसानों और कृषि व्यवसाय कंपनियों के लिए तैयार किया गया है बल्कि शायद उन्होंने ही लिखा है।'

2009 के केंद्रीय बजट में सरकार ने किसानों के लिए 70,000 करोड़ रुपए के क़र्ज़े माफ़ किए थे। मुख्यधारा के इस फ़ैसले की मीडिया में काफ़ी आलोचना की गई थी। यह क़र्ज़ माफ़ी सिर्फ़ सरकारी बैंकों से लिये गए क़र्ज़ों तक सीमित थी। क़र्ज़ माफ़ी के इस फ़ैसले में इस बात पर ध्यान नहीं दिया गया था कि पूरे देश में किसानों पर जो क़र्ज़ा चढ़ा हुआ है उसमें से तक़रीबन दो तिहाई क़र्ज़ा तो स्थानीय महाजनों और अन्य अनौपचारिक स्रोतों से लिया गया है और ये महाजन बहुत ऊंची दर पर ब्याज वसूल करते हैं। दूसरी समस्या यह है कि क़र्ज़ माफ़ी एक बार ही हो सकती है और लिहाज़ा उसका असर सिर्फ़ अगले ब्याज चक्र के शुरू होने तक तक ही क़ायम रह सकता है। पी. साईनाथ का यह भी कहना है कि 1991 से अब तक कॉरपोरेट क्षेत्र के जितने क़र्ज़ माफ़ किए गए हैं वे किसानों की क़र्ज़ माफ़ी से भी 15 गुना ज़्यादा रहे हैं। अकेले 2010 में कॉरपोरेट क्षेत्र पर

बक़ाया 500,000 करोड़ के क़र्ज़े माफ़ कर दिए गए थे (अगर संगठित निजी क्षेत्र को दी गई प्रत्यक्ष और अप्रत्यक्ष राहतों को भी शामिल कर लिया जाए तो, जो 'डूब चुकी आय' के ब्योरे यानी स्टेटमेंट ऑफ़ रेवेन्यू फ़ोरगॉन जैसे मदों में छिपा रहता है)।

भारतीय खेती के चौतरफ़ा कॉरपोरेटीकरण की कहानी सिर्फ़ बजट रियायतों तक सीमित नहीं है। इसका मतलब यह भी है कि पहले से भी ज़्यादा खाद्य उत्पादक ज़मीनों को जैव ईंधनों के लिए इस्तेमाल किया जा रहा है जिसका कारों और एसयूवी के लिए इस्तेमाल किया जा सकता है (हालांकि आमतौर पर यह दावा किया जाता है कि इस काम के लिए सिर्फ़ 'परती ज़मीनों' का ही इस्तेमाल किया जा रहा है)। यह सब कुछ मुक्त बाज़ार सिद्धांतों के मुताबिक़ है जिसमें पैसे वाले उपभोक्ताओं को ही यह तय करने का हक़ होता है कि ज़मीन का इस्तेमाल कैसे किया जाएगा। इसका मतलब यह है कि भारत में आनुवंशिक रूप से संशोधित खाद्य फ़सलों के प्रसार के सवाल पर ताक़तवर महाकंपनियों को खुली छूट दे दी जाए (भले ही ज़बर्दस्त जनप्रतिरोध और पर्यावरण मंत्रालय की सकारात्मक प्रतिक्रिया के चलते फ़िलहाल के लिए बीटी बैंगन और एगप्लांट का हिंदुस्तान में आना रुक गया हो)। इसका मतलब है कि ज़मीन से संबंधित नीतियों को इस तरह बदल दिया जाए कि ज़मीन को आसानी से छोटे किसानों से बड़ी कंपनियों को सौंपा जा सके—और वो भी अक्सर ग़ैर-कृषि इस्तेमालों के लिए। और दूसरी तरफ़ घरेलू और बहुराष्ट्रीय कंपनियों को अपने बीजों, उर्वरकों, कीटनाशकों और कृषि उपकरणों के लिए एक बाज़ार तैयार करने में मदद दी जाए।

खेती के कॉरपोरेटीकरण की दिशा में उठाए गए ख़तरनाक क़दमों में से कुछ क़दम 2005-06 में भारतीय प्रधानमंत्री और अमेरिकी राष्ट्रपति द्वारा इंडिया-यूएस नॉलेज इनीशिएटिव इन एग्रीकल्चर (केएआई) पर किए गए हस्ताक्षर के फलस्वरूप सामने आए हैं। इस 'इनीशिएटिव' को जैव प्रौद्योगिकी के सहारे भारत में दूसरी हरित क्रांति का सूत्रपातकर्ता बताया जा रहा है। दावा यह किया जा रहा है कि इससे भारत में खेती के पतन पर अंकुश लगाने का रास्ता निकल आएगा। पिछले कई साल से अलग-अलग चरणों में यह सिलसिला जारी है और इसका मक़सद यह है कि देश की नियमन व्यवस्था में इस तरह के बदलाव किए जाएं कि उससे दुनिया की अगुवा बहुराष्ट्रीय कंपनियों के व्यावसायिक हितों की पूर्ति हो सके। यहां इस बात को रेखांकित करना ज़रूरी है कि केआईए बोर्ड के प्रमुख सदस्यों में मोन्सांटो, आरचर्र डेनियल मिडलैंड और वॉलमार्ट जैसी आला कृषि व्यवसाय और बहुराष्ट्रीय कंपनियों के प्रतिनिधि भी शामिल हैं। अंदाज़ा लगाना मुश्किल नहीं है कि जब भोजन और खुदरा व्यापार के सवाल उठेंगे तो यह बोर्ड किस तबक़े के हितों की नुमाइंदगी करेगा। सरकारी नियमों को बदलने में मुब्तिला किसी संस्था में विशाल

निजी कंपनियों (जो आमतौर पर नियमन का निशाना होती हैं) के प्रतिनिधियों की मौजूदगी सिर्फ़ एक विडंबना का विषय नहीं है।

नियमों में बदलाव के लिए चार मुख्य विषय चुने गए हैं : (1) आनुवंशिक रूप से संशोधित जीव (जीएमओ), (2) कॉन्ट्रैक्ट फ़ार्मिंग, (3) बीज नियमन तथा (4) बौद्धिक संपदा अधिकार (आईपीआर)। सख़्त नियमन की वजह से पश्चिमी जगत में आनुवंशिक रूप से संशोधित फ़सलों के उत्पादकों को अपने उत्पादों को बेचने में भारी मुश्किलें पेश आ रही हैं। इन कंपनियों (जो सारी की सारी बहुराष्ट्रीय कंपनियां हैं) को भारत (और चीन) के बाज़ार इसी वजह से आकर्षक दिखाई दे रहे हैं क्योंकि यहां उन्हें अपनी फ़सलों के लिए बहुत विशाल संभावित बाज़ार दिखाई दे रहा है। केआईए लागू होने के बाद 2007 में जेनेटिक इंजीनियरिंग अप्रूवल कमेटी ने एक बयान जारी किया था जिसका लुब्बेलुबाब यह था कि आनुवंशिक रूप से संशोधित खाद्य उत्पादों के आयात के लिए कमेटी से कोई मंजूरी लेने की ज़रूरत नहीं है! यह बयान आनुवंशिक रूप से संशोधित फ़सलों के व्यापार पर लगी पाबंदियां हटाने के लिए डब्ल्यूटीओ में अमेरिका द्वारा बनाए गए दबाव के जवाब में जारी किया गया था।

इस किताब के लिखे जाने के समय भारतीय जैव प्रौद्योगिकी नियमन प्राधिकरण (वीआरएआई) विधेयक मंजूरी के लिए संसद के सामने पेश होने वाला था। कृषि वैज्ञानिक इस विधेयक को बार-बार 'दानवी' विधेयक बता चुके हैं क्योंकि इसमें ऐसे प्रावधान दिए गए हैं जिनकी बदौलत आनुवंशिक रूप से संशोधित फ़सलों के सुरक्षा संबंधी पहलुओं पर सवाल उठाना ग़ैरक़ानूनी मान लिया जाएगा। आनुवंशिक रूप से संशोधित फ़सलों से संबंधित सूचना को भी आरटीआई क़ानून के दायरे से बाहर रखा गया है। और यहां तक कि राज्य सरकारों (जिनमें से 10 से ज़्यादा सरकारें बीटी बैंगन का विरोध कर चुकी हैं) को भी उनके उत्पादन और मार्केटिंग में दख़ल देने का अधिकार नहीं होगा। सितमज़रीफ़ी यह है कि भारतीय संविधान के मुताबिक़ ज़मीन और खेती राज्य सूची के विषय हैं यानी वे केंद्र सरकार के सीधे अधिकार क्षेत्र में आते ही नहीं हैं।

दूसरी तरफ़, केआईए की ओर से किसानों पर इस बात के लिए भी दबाव डाला जा रहा है कि वे कॉन्ट्रैक्ट फ़ार्मिंग के लिए ऐसी फ़सलों और प्रजातियों का इस्तेमाल करें (खाद्य प्रसंस्करण एवं खुदरा उद्योग की ज़रूरतों के हिसाब से) जिनका प्रसंस्करण ज़्यादा आसानी से किया जा सकता है। जिस अमेरिका की नियमन व्यवस्था को भारतीय परिस्थितियों में लागू करने की कोशिश की जा रही है, उसकी अपनी कंपनियां वहां के किसानों के साथ मार्केटिंग के ऐसे समझौते करती हैं जिनके तहत किसानों के पास बीज आदि इनपुट्स के चुनाव का ज़्यादा अधिकार नहीं बचता। न ही किसान इस बारे में तय कर सकते हैं कि वे बड़ी कंपनियों को

अपनी उपज किस दाम पर बेचेंगे। इसी तरह की रिपोर्टें भारत के उन हिस्सों से भी आ रही हैं जो पहले ही कॉन्ट्रैक्ट फ़ार्मिंग की चपेट में आ चुके हैं।

इस तरह के क़ानूनी बदलाव—मसलन, बीज विधेयक—भी किए जा रहे हैं जिनसे निजी उद्योगों को फ़ायदा होगा और किसानों के लिए बीजों पर अपनी सदियों पुरानी संप्रभुता बनाए रखने में मुश्किल पैदा हो जाएगी। बहुत सालों से इस बात के लिए दबाव डाला जा रहा है कि किसान परंपरागत रूप से बीजों की जो रीसाइक्लिंग करते आ रहे हैं, उसको अपराध घोषित किया जाए। सौभाग्य से अभी तक ऐसा नहीं हुआ है। मगर अब राज्य सरकारों के लिए भी बीजों की क़ीमतों पर नियंत्रण रखना मुश्किल साबित हो रहा है। केआईए उनके हस्तक्षेपों को 'ग़ैरज़रूरी' दख़लंदाजी के रूप में देखता है। कृषि विशेषज्ञ कविता कुरूंगती का कहना है कि 'अमेरिका की नज़र से जो 'ग़ैरज़रूरी' है वही खेती पर राज्य सरकारों का संवैधानिक अधिकार है... ।' उनकी यह दलील वाजिब है कि 'किसानों के अधिकार तथा एक व्यवसाय के रूप में खेती के टिकाऊपन के सवाल कृषि क्षेत्र में बौद्धिक संपदा अधिकारों की व्यवस्था के साथ गहरे तौर पर जुड़े हुए हैं।' केआईए जैव विविधता अधिनियम (2002) जैसी पर्यावरण नीतियों व क़ानूनों को भी कमज़ोर करने पर आमादा है।

कुल मिलाकर खेती और छोटे किसानों के प्रति सरकार का रवैया आनेवाले दौर की तरफ़ संकेत कर रहा है। लाखों देशी छोटे किसानों के मुक़ाबले मुट्ठी भर कंपनियों को तरजीह देकर सरकार संविधान के प्रति अपनी ज़िम्मेदारी से पल्ला झाड़ती जा रही है। अगर घरेलू और बहुराष्ट्रीय कंपनियां अंततः इस मुक़ाबले में जीत जाती हैं तो हमारे देश के छोटे किसान महज़ कुछ दशकों में लगभग पूरी तरह तबाह हो चुके होंगे। करोड़ों किसान ज़मीन से बेदख़ल और विस्थापित होकर ऐसे मज़दूरों की जमात में शामिल हो जाएंगे जिनके पास न तो कोई घर-बार होगा और न ही रोज़गार। अगर उन्हें साल में 6 महीने भी काम मिल जाएगा तो वे ख़ुद को ख़ुशनसीब समझेंगे। हो सकता है कि आंकड़ों में खेती की विकास दर परंपरागत आजीविका पद्धतियों की इस बेइंतहा तबाही के बाद मज़बूत दिखाई देने लगे। वैश्विक स्तर पर फैली बहुराष्ट्रीय कंपनियों में से मुट्ठी भर कंपनियां हिंदुस्तानियों की खाद्य शृंखला पर नियंत्रण और दबदबा क़ायम कर लेंगी। बीजों व खाद-पानी की सप्लाई और खेत-खलिहानों से लेकर सुपर मार्केट्स में खाद्य पदार्थों की थोक और खुदरा बिक्री तक उन्हीं का दबदबा रह जाएगा।

बहरहाल, खेती में संलग्न आबादी की विशालता—70 करोड़ से भी ज़्यादा—की वजह से मुमकिन है ऐसी स्थिति बहुत जल्दी पैदा न हो। वैसे भी ज़मीन पर आबादी का दबाव घटने की बजाय बढ़ता जा रहा है। इसकी वजह यह भी है कि अर्थव्यवस्था के दूसरे क्षेत्रों में रोज़गार ज़रूरत के मुक़ाबले बहुत कम रफ़्तार से बढ़

रहे हैं। लोग अपने हालात में इस तेज़ गिरावट को चुपचाप बर्दाश्त करनेवाले नहीं हैं। ज़्यादा संभावना इसी बात की है कि परंपरागत भारतीय खेती लंबे समय तक एक स्थायी टकराव और हिंसा का मंच बनी रहेगी क्योंकि ताक़तवर बहुराष्ट्रीय कंपनियां भारतीय खेती की सदियों पुरानी बुनियाद को चुनौती देती रहेंगी—कभी खुलेआम तो कभी सरकारी नीतियों की आड़ में।

जब से आर्थिक सुधार शुरू हुए हैं तब से खेती की उपेक्षा न केवल ग्रामीण आबादी के हितों के लिए बल्कि पूरे देश के आर्थिक हितों के ख़िलाफ़ जा रही है। खेती किसी भी ग़रीब देश की ख़ुशहाली के लिए सबसे पहली जमानत होती है। एक मज़बूत विकासशील अर्थव्यवस्था का आधार उसकी खेती ही होती है। यह बात अब विश्व बैंक और आईएमएफ़ को भी समझ में आ चुकी है जो पहले आमतौर पर इस तरह की दलीलों को स्वीकार नहीं किया करते थे। लेकिन कम प्रत्यक्ष बात यह है कि खेती की ख़ुशहाली से उद्योग और अर्थव्यवस्था के दूसरे क्षेत्रों, ख़ासतौर से गांव की अर्थव्यवस्था पर बहुत गहरे असर पड़ते हैं। विकास अर्थशास्त्री इन संबंधों को भली-भांति जानते हैं। यह हैरानी की बात है कि वैश्वीकरण और सुधारों के नाम पर जो गहमागहमी और उत्साह दिखाई दे रहा है, उसके चक्कर में इन बुनियादी सबक़ों को भी भुला दिया गया है। आइए, ज़रा इन पर भी एक उड़ती नज़र डाल लें।

अगर सरकार खेती ख़ासतौर से ज़मीन और जल संवर्धन, विकेंद्रीकृत सिंचाई और शुष्क भूमि कृषि में निवेश करती है (रोज़गारों में इसके महत्त्व के आधार पर भले ही न सही, राष्ट्रीय अर्थव्यवस्था में इसके महत्त्व के आधार पर ही सही) और भारतीय रिजर्व बैंक किसानों को सस्ती ब्याज दरों पर क़र्ज़ा मुहैया कराने को तैयार हो जाता है तो ज़मीन की उत्पादकता और खाद्य उत्पादन में इज़ाफ़ा होने लगेगा (बशर्ते भारी-भरकम क़ीमतों पर खेती की ज़मीन को किसानों से न छीन लिया जाए)। अगर किसानों को उनकी फ़सल का जायज़ मोल मिलता है (जो कुछ हद तक जैविक खेती के मामले में दिखाई देने लगा है) तो किसानों की आमदनी में भी इज़ाफ़ा होगा। जैसे-जैसे किसानों की माली हालत सुधरेगी, वे अपनी आमदनी का पहले से ज़्यादा बड़ा हिस्सा ग़ैर-कृषि वस्तुओं पर ख़र्च करेंगे। इससे उद्योग और सेवा क्षेत्र के उत्पादों की मांग में इज़ाफ़ा होगा। इनमें से बहुत सारी चीज़ें ख़ुद ग्रामीण इलाक़ों में ही बनने लगेंगी। उपभोक्ता वस्तु बाज़ार और छोटे खुदरा व्यापार को इस प्रक्रिया से सबसे ज़्यादा लाभ मिलेगा। जैसे-जैसे गांवों में ग़ैर-कृषि उत्पादों की मांग बढ़ेगी, गांवों में ग़ैर-कृषि रोज़गार भी बढ़ने लगेंगे। ऐसी संभावना इसलिए ख़ासतौर से दिखाई देती है क्योंकि उद्योग व सेवा क्षेत्र के दूसरे ज़्यादा आधुनिक क्षेत्रों के मुक़ाबले उपभोक्ता वस्तु, खुदरा व्यापार और अन्य क्षेत्र ज़्यादा श्रम सघन क्षेत्र हैं।

ग़ैर-कृषि रोज़गारों में इज़ाफ़े से स्थानीय खाद्य उत्पादन को भी बढ़ावा मिलेगा क्योंकि खाद्य पदार्थों की मांग बढ़ जाएगी। इससे भी स्थानीय ग्रामीण अर्थव्यवस्थाओं को बल मिलेगा। यह चक्र ऐसे ही आगे जारी रह सकता है। एनआरईजीएस (राष्ट्रीय ग्रामीण रोज़गार सुरक्षा योजना) जैसे संभावनाशील और सफल सरकारी कार्यक्रमों के साथ मिलकर यह प्रक्रिया गांव-देहात की सामाजिक-आर्थिक शक्ल-सूरत को बदल सकती है।

खेती में इस पद्धति के साथ केवल एक समस्या है। इससे विशालकाय खाद्य कंपनियों (देशी और विदेशी, दोनों) तथा बीज कंपनियों को भारत की खाद्य श्रृंखला पर क़ब्ज़ा करके बेहिसाब मुनाफ़े का अवसर नहीं मिल पाएगा। न ही भ्रष्ट राजनेताओं और नौकरशाहों को कमाई के पहले जैसे मौक़े मिल पाएंगे। इसके विपरीत, जैसे-जैसे ग्रामीण अर्थव्यवस्था में जान पैदा होगी, वह भारतीय किसानों को बाहरी जगत् के उतार-चढ़ावों से काफ़ी हद तक स्वायत्त बना देगी। हमारे देश के किसान नेता किसी भी तरह की बाहरी मदद पर निर्भरता नहीं चाहते। जैसा कि कर्नाटक के एक किसान का कहना है, 'हम किसान तो बस अपने पैरों पर खड़े होना चाहते हैं। हमें किसी से आर्थिक मदद नहीं चाहिए... । हम डब्ल्यूटीओ, आईएमएफ़ और विश्व बैंक पर निर्भर नहीं होना चाहते।' ये सारे संस्थान और इनसे ख़ुराक लेनेवाली कंपनियां सबसे ज़्यादा इसी आज़ादी से डरती हैं।

ज़मीन की लड़ाई

> *'अगर आप उन इलाक़ों को देखें जहां सबसे ज़्यादा अरबपति रहते हैं तो आपको पता चलेगा कि उनमें से बहुत सारे सॉफ़्टवेयर व्यवसायी नहीं हैं। लाइसेंस की ज़रूरत तो ज़मीन, रीयल एस्टेट, प्राकृतिक संसाधनों और ऐसे ही क्षेत्रों में पड़ती है... । इनके अलावा भी कई क्षेत्र हैं जहां प्रतिस्पर्धा कम है और सरकारी अमले के साथ आपकी नज़दीकी आपके लिए मददगार साबित होती है। यही ख़तरा है... अगर हम राजनेताओं और व्यवसायियों के इस गठजोड़ को मज़बूत होने देंगे।'*
>
> —रघुराम राजन, पूर्व प्रमुख आर्थिक सलाहकार, भारत सरकार।

भारतीय किसानों द्वारा किए जा रहे विरोधों की बारंबारता और सघनता हाल के सालों में तेज़ी से बढ़ गई है। जैसा कि हम देख रहे हैं, उनके सामने कम से कम दर्जन भर चीज़ें हैं जिन पर उनका जायज़ ग़ुस्सा फूट रहा है। लेकिन आज हमारे देश में सबसे विस्फोटक सवाल ज़मीन के अधिग्रहण का है। किसानों का पारा सबसे ज़्यादा इसी सवाल पर चढ़ता है। जब महानगरीय भारत ग्रामीण जगत् की क़ीमत पर ही फल-फूल रहा है तो ग्रामीणों का रह-रहकर बग़ावत करना स्वाभाविक है।

आज़ादी के वक़्त देश की जनता से जो बुनियादी वायदे किए गए थे, उनमें से एक वायदा यह था कि सरकार ग्रामीण ग़रीबों और सीमांत किसानों को ज़मीन मुहैया कराने के लिए व्यापक पैमाने पर भूमि सुधार कार्यक्रम चलाएगी। इस आश्वासन की जड़ें स्वतंत्रता संघर्ष में कई दशक पुरानी थीं। वितरणात्मक न्याय सुनिश्चित करने के लिए इसे एक बुनियादी शर्त मान लिया गया था। इस मक़सद की पूर्ति के लिए, मिसाल के तौर पर, ज़मींदारी को क़ानूनन ख़त्म कर दिया गया। आज़ादी के बाद वाले दशकों में तो 'ज़मीन जोतनेवाले को' का नारा कई पार्टियों का एक अहम चुनावी मुद्दा हुआ करता था। किसानों के लिए उपजाऊ ज़मीन की उपलब्धता को खाद्य सुरक्षा तथा ग्रामीण ग़रीबी के ख़ात्मे के लिए एक अनिवार्य पूर्वशर्त के रूप में देखा जाता था। अफ़सोस, देश के ज़्यादातर भागों में भूमि सुधारों को बहुत गंभीरता से लागू नहीं किया गया। इसके बावजूद, इस प्रतिबद्धता के पीछे जो मंशा थी, वह महत्त्वपूर्ण है लिहाज़ा कुछ राज्यों में भूमि सुधार के सवाल पर ठीक-ठाक प्रगति भी हुई है।

जब से आर्थिक सुधारों का दौर शुरू हुआ है, नीति निर्माता इस सोच को पूरी तरह घूरे पर फेंक चुके हैं। जब आप राजनीतिक दलों के शब्दाडंबर और उनके वास्तविक कामकाज की तुलना करते हैं तो बहुत भौंडा पाखंड सामने आता है। मिसाल के तौर पर, संप्रग सरकार ने 2004 के चुनावों से पहले अपने साझा न्यूनतम कार्यक्रम में ऐलान किया था कि 'भूमिहीन परिवारों को ज़मीन की हदबंदी और भूमि पुनर्वितरण क़ानून के क्रियान्वयन के ज़रिए ज़मीन मुहैया कराई जाएगी। भूमि हदबंदी को क़तई पलटा नहीं जाएगा।' उसके बाद के सालों में देश भर में भूमि क़ानूनों में आमूल बदलाव लाए जा रहे हैं ताकि भूमि हदबंदी के प्रावधान ख़त्म कर दिए जाएं और खेती की ज़मीन को उद्योग, बुनियादी ढांचा, खनन, विशेष आर्थिक क्षेत्र (सेज़) आदि परियोजनाओं के लिए आसानी से मुहैया कराया जा सके। ग्रामीण विकास मंत्रालय की एक रिपोर्ट में सरकार ख़ुद मान चुकी है कि 'भूमि सुधार एजेंडा के उलटी दिशा में मुड़ जाने का ख़तरा साफ़ दिखाई दे रहा है।'

विकास अर्थशास्त्र की पाठ्यपुस्तकों में इंसानी समुदायों और संस्कृतियों को उजाड़ने की परिघटना पर बिरले ही कभी ध्यान दिया जाता है। इस तरह की घटनाओं को 'विकास के चलते विस्थापन' की संज्ञा दी जाती है। इन किताबों में विकास का ख़ाका कुछ यों दिखाई देता है : किसी विकासशील देश के ज़्यादातर लोग एक 'कोरे काग़ज़' जैसी ज़िंदगी जी रहे हैं। वे पूरी तरह बेसहारा हैं। खुले आसमान के तले बमुश्किल सांस ले पा रहे हैं। उनके पास ज़िंदा रहने के साधनों तक कोई पहुंच नहीं है। ऐसी स्थिति में देश की सरकार अपने बाज़ारों को 'दुनिया' के लिए खोल देती है। जब प्रतिस्पर्धा शुरू होती है तो निवेश आने लगता है।

उत्पादक नौकरियां पैदा होने लगती हैं। आमदनी बढ़ती है और अंततः चारों तरफ़ ख़ुशहाली का साम्राज्य स्थापित हो जाता है। इस प्रक्रिया में कुछ समय लगता है। कुछ लोगों को कठिन क़ीमत भी चुकानी पड़ती है लेकिन कमोबेश यह सिलसिला कुछ यूं ही आगे बढ़ता है।

बहरहाल, अगर दिमाग़ ठिकाने पर हो कोई भी समझ सकता है कि विकासशील दुनिया 'कोरी तख़्ती' नहीं होती। यहां ग़रीब से ग़रीब परिवार भी ज़मीन, पानी, जंगलों, चरागाहों, नदियों या समुद्र तटों के सहारे गुज़र-बसर की कोशिश करता रहता है और ज़िंदा रहने के बुनियादी साधन जुटाने में लगा रहता है। हिंदुस्तान जैसे मुल्क में तो मामूली से मामूली चीज़—तेज़ हवाओं के कारण टूटी टहनियों से लेकर जंगली घास और गोबर तक—लोगों के दैनिक आर्थिक जीवन में कहीं न कहीं जगह ढूंढ़ ही लेती है। 'विकास' की आमद से पहले ही उनके पास प्राकृतिक संसाधनों तक पहुंच होती है। यह पहुंच अक्सर साझा साधनों के रूप में होती है और अगर इस पहुंच से उनकी सारी बुनियादी ज़रूरतों की पूर्ति हो जाती है तो ऐसे लोगों को 'ग़रीबों' में गिनने की भी कोई ज़रूरत नहीं है। (अफ़सोस, अब ग़रीबी को इन कसौटियों पर मापने के दिन लद चुके!) लेकिन आधुनिक व्यवस्था में अगर किसी व्यक्ति के पास ज़मीन का पट्टा होता है तभी सरकार उसे निजी ज़मीन के रूप में मान्यता देती है बाक़ी सारे मामलों (पूर्वोत्तर भारत के बड़े भागों को छोड़कर) में ज़मीन को सरकार की संपत्ति मान लिया गया है। ख़ैर, व्यवहार के धरातल पर इस तरह की ज़मीन भी अक्सर साझा संपत्ति होती है। हो सकता है वह गांव की साझा चरागाह हो, गांव के इस्तेमाल का जंगल हो या परंपरागत रूप से बहुत सारे मछुवारों द्वारा इस्तेमाल की जा रही कोई तटीय पट्टी हो। ये अक्सर ऐसे इलाक़े होते हैं जिनको स्थानीय समुदाय पीढ़ी-दर-पीढ़ी इस्तेमाल करते आ रहे हैं और सरकार ने उन्हें कभी इस पर क़ानूनी मालिकाना या हक़ नहीं दिए हैं।

आज मुख्यधारा की अर्थव्यवस्था की ज़रूरतों की कोई सीमा नहीं रह गई है। वैश्विक अर्थव्यवस्था (और राष्ट्रीय आभिजात्य वर्ग) की शर्तों पर एक ऐसी घरेलू अर्थव्यवस्था तैयार करना ज़रूरी है जिसमें ज़मीन और संपत्ति के बाज़ार बेरोक-टोक चल रहे हों (दुनिया की सबसे ताक़तवर वित्तीय कंपनियां लगातार इस बात की मांग करती रही हैं कि संपदाओं के हस्तांतरण की व्यवस्था को आसान बनाया जाए ताकि उन्हें भारी-भरकम मुनाफ़े पर कभी भी ऊंची बोली लगानेवालों को बेचा जा सके)। इस तरह के असंतुलित आर्थिक विकास की 'सांयोगिक क्षतियां' गांव-देहात की विशाल बहुसंख्या को झेलनी पड़ती हैं : वे दूर कहीं बंद कमरों में लिये गए फ़ैसलों और ताक़तों के साये में जीते हैं। ये दूरियां अक्सर देश की सीमाओं से भी लंबी होती हैं और इन ताक़तों के फ़ैसलों में इस ग़रीब आबादी की फ़िक्र के लिए कोई जगह नहीं होती। हाल के समय में आर्थिक वृद्धि को गति देने

के नाम पर जो विशाल विस्थापन हुआ है, उसको अभी ठीक से मापना भी संभव नहीं हो पाया है।

यहां इस बात पर ज़ोर देना ज़रूरी है कि राष्ट्र की उन्नति के लिए चलाई जा रही खनन एवं महापरियोजनाओं, जिनके नाम पर पिछले छह दशकों के दौरान इतने बड़े पैमाने पर विस्थापन हो चुका है, का उन लोगों और समुदायों से कोई मतलब नहीं होता जिनको उन परियोजनाओं की आड़ में जबरन उजाड़ा जाता है। इन परियोजनाओं से जो लाभ मिलते हैं, वे भी आमतौर पर इस जनता तक नहीं पहुंचते (चाहे बिजली हो या पानी या कोई और सुविधा हो)। न ही उन्हें इन परियोजनाओं में नौकरी मिलती है। इस तरह की आधुनिक परियोजनाओं के लिए बेहद कुशल और शिक्षित लोगों की ज़रूरत होती है जो आमतौर पर दूसरे इलाक़ों से मंगाए जाते हैं।

यह याद रखना भी ज़रूरी है कि ऐसी परियोजनाओं के लिए ज़मीन की ज़रूरतों को भी अक्सर बढ़ा-चढ़ाकर पेश किया जाता है। किसी भी औद्योगिक परियोजना के लिए जितनी ज़मीन की ज़रूरत होती है उससे कहीं ज़्यादा ज़मीन का अधिग्रहण कर लिया जाता है।

जिन स्थानों पर निजीकरण और एनक्लोज़र/बाड़ेबंदी की वजह से ग्रामीण समुदायों को साझा भूमि संसाधनों तक पहुंच नहीं मिलती, वहां सबसे ज़्यादा नुक़सान समाज के हाशियाई तबक़ों—ख़ासतौर से औरतों और भूमिहीन वर्गों—को ही झेलना पड़ता है। जब एक साझी आर्थिक जीवन शैली नष्ट हो जाती है तो ग्रामीण समाज विकास के टुकड़ों के लिए एक दूसरे से होड़ में मुब्तिला लोगों के समूह में तब्दील हो जाता है। बहुत सारे ग़रीब, हाशियाई वर्ग इस दौड़ में पीछे छूट जाते हैं और ग्रामीण समाज वर्गों में पहले से भी ज़्यादा ध्रुवीकृत हो जाता है। नतीजतन, विकास की प्रक्रिया से स्थानीय स्तर पर मिलनेवाले थोड़े-बहुत फ़ायदों पर भी गांव के संपन्न वर्गों का क़ब्ज़ा हो जाता है। इस मद में उन्हें इक्का-दुक्का ठेके मिल सकते हैं या मोटा मुआवज़ा मिल सकता है जिससे वे नया कारोबार शुरू कर सकते हैं। मिसाल के तौर पर, दिल्ली में नई कैब सर्विसेज़ (भाड़े की गाड़ियाँ/टैक्सी सेवाएँ) आमतौर पर दिल्ली देहात के पुराने रईस भूस्वामियों की देख-रेख में ही चल रही हैं। जो दलित अब तक खेत मज़दूरी किया करते थे, वे बेरोज़गार हो चुके हैं या उन्हें रोज़ाना काम पर पहुंचने के लिए यात्रा पर ही अच्छा-ख़ासा ख़र्चा करना पड़ता है।

भूमि अधिग्रहण के हक़ में अक्सर यह दलील दी जाती है कि कृषि के स्थान पर वानिकी या उद्योगों के लिए ज़मीन के इस्तेमाल से उसकी क़ीमत रातोरात बढ़ जाती है, ख़ासतौर से अगर वह ज़मीन किसी शहर के आसपास हो। लिहाज़ा, बताया जाता है कि ज़मीन की इस बेहिसाब ऊंची क़ीमत की वजह से किसानों को उससे भी कहीं

ज़्यादा मुनाफ़ा मिल जाता है जितना उन्हें खेती में मिलता। सेज़, उद्योग, बुनियादी ढांचे और खनन परियोजनाओं के लिए भूमि अधिग्रहण की हिमायत में अक्सर यही दलील दी जाती रही है।

इस लेन-देन में गंवानेवालों और पानेवालों की सोच में ज़मीन-आसमान का फ़र्क़ रहता है। उदाहरण के लिए, आदिवासियों के लिए और देश के बहुत सारे दूसरे सामाजिक समूहों के लिए ज़मीन ही सामाजिक-आर्थिक सुरक्षा का एकमात्र और सबसे बड़ा साधन है। यह उनके लिए सिर्फ़ आजीविका का नहीं बल्कि सामाजिक हैसियत का भी ज़रिया है। यह एक वास्तविक संपदा है जो अपने विनिमय मूल्य से स्वतंत्र रहते हुए अपने आपमें उत्पादनशील बनी रहती है। यहां तक कि ग़ैर-मौद्रिक आदान-प्रदान अर्थव्यवस्था में भी इसका आजीविका संबंधी उद्देश्यों की पूर्ति के लिए इस्तेमाल किया जा सकता है (और किया जा रहा है)। यह अपने इलाक़े के अहसास, सांस्कृतिक पहचान और सामाजिक सुरक्षा का केंद्रक होती है। संपन्न ख़रीदारों के लिए ज़मीन सिर्फ़ एक निवेश का ज़रिया है, या हद से हद ऐसी परियोजनाओं के लिए एक 'साइट' होती है जिनका आर्थिक मूल्य ज़मीन की जुताई से पैदा नहीं होता। और तो और, जिन लोगों की ज़मीन छीनी जाती है, अक्सर उनके पास इन भारी-भरकम रक़मों को संभालने के लिए ज़रूरी कौशल और अनुभव तक नहीं होते जो आमतौर पर निजी कंपनियों और सरकार द्वारा मुआवज़े के रूप में उनको थमा दी जाती हैं।

किसी भी बदलाव के मामले में बुनियादी सवाल यह होना चाहिए कि क्या लोगों को उन संसाधनों तक पहुंच मिलती रहेगी जो फ़िलहाल उनके पास हैं या उन्हें कोई व्यावहारिक विकल्प मिलेगा अथवा नहीं या क्या इस बदलाव से उनकी आजीविका के विकल्प फैल जाएंगे या और संकुचित हो जाएंगे। विस्थापन के अभी तक के अनुभवों से पता चलता है कि जब एक बार लोग ज़मीन, पानी या जंगलों पर अपनी पहुंच गंवा देते हैं तो उनके सामने आजीविका के साधन और विकल्प हमेशा पहले से कम रह जाते हैं।

हमारे देश में औद्योगिक या अन्य उद्देश्यों के लिए जिस तरह से ज़मीन का अधिग्रहण किया जाता है, उस तरीक़े में सत्ता की ऐतिहासिक असमानताएं प्रतिबिंबित होती हैं। जिनको राष्ट्र की उन्नति और विकास के लिए हटना है, वे हमेशा ग़रीब और सत्ताहीन लोग होते हैं (मिसाल के तौर पर, अगर दिल्ली की ज़मीन में आला दर्जे के लोहे के विशाल भंडार मिल जाएं तो भी यहां के ताक़तवर नेता और नौकरशाह उजड़नेवाले नहीं हैं)। अंग्रेजों के ज़माने में बना भूमि अधिग्रहण अधिनियम, 1894 ब्रिटिश साम्राज्य के फ़ायदों को ध्यान में रखकर बनाया गया था। इस क़ानून के तहत 'जनहित' के नाम पर सरकार अपने 'एमिनेंट डोमेन' (यानी 'जनहित' में ज़मीन के अधिग्रहण के लिए राज्य का विशेषाधिकार) का इस्तेमाल करके ग़रीब

और सत्ताहीन लोगों से उनकी ज़मीन का अधिग्रहण कर सकती है ताकि वह 'विकास' परियोजनाओं को लागू कर सके जो कि मूलत: ठेकेदारों, डेवलेपर्स, उद्योगपतियों, नौकरशाहों, राजनेताओं, शहरी मध्य वर्ग और ग्रामीण आभिजात्य वर्गों से मिलकर बनी शक्तिशाली लॉबी के मुनाफ़े के लिए लागू की जा रही हैं।

अंग्रेज़ों के ज़माने से क़ायम चलन के मुताबिक़ आज़ादी के बाद भी भारत सरकार ने अपनी इन भेदभाव भरी शक्तियों को नहीं छोड़ा है जो कि भूमि बाज़ारों को बुरी तरह तहस-नहस कर देती हैं, संपदाओं की क़ीमतों को सट्टेबाज़ी के लिए खोल देती हैं। हमारे देश में भ्रष्टाचार का यह संभवत: सबसे बड़ा स्रोत है। अगर भारतीय पूंजीवाद को अक्सर 'क्रोनी' पूंजीवाद कहा जाता है तो इस इल्ज़ाम के लिए सबसे ज़्यादा भूमि बाज़ार या इसके कर्ताधर्ता ही ज़िम्मेदार हैं।

अध्याय 3

जलता घर

वैश्वीकरण और भारत में इसके पारिस्थितिकीय नतीजे

वैश्वीकरण का सूत्रपात करनेवाली नई आर्थिक नीतियों के लागू होने के कुछ ही समय बाद 1992 में तत्कालीन केंद्रीय वित्त मंत्री मनमोहन सिंह ने दिल्ली में पर्यावरणीय आयामों पर एक भाषण दिया था। उनका मुख्य तर्क यह था कि पर्यावरण सुरक्षा के लिए संसाधनों की ज़रूरत पड़ती है और नई नीतियों से ये संसाधन आसानी से पैदा हो पाएंगे। मगर जैसा कि हम आगे देखेंगे, बाद का घटनाक्रम वैसा नहीं रहा है जैसा मनमोहन सिंह ने उम्मीद बंधाई थी। भारत में आर्थिक वैश्वीकरण के बहुत गंभीर पारिस्थितिकीय प्रभाव पड़े हैं। ऐसे करोड़ों लोगों की ज़िंदगी पहले से भी बदतर हो गई है जो अपनी आजीविका और अस्तित्व के लिए सीधे प्रकृति पर निर्भर रहते हैं। इस मुद्दे को वैश्विक स्तर पर देखना ज़रूरी है—सिर्फ़ इसलिए नहीं क्योंकि इससे इतनी विशाल आबादी प्रभावित हो रही है या भारत की जैव-विविधता या प्राकृतिक संसाधनों का बहुत भारी वैश्विक महत्त्व है बल्कि इसलिए भी क्योंकि भारतीय अर्थव्यवस्था की अंतर्राष्ट्रीय भूमिका दिन-पर-दिन बढ़ती जा रही है।

जैसा कि पीछे ज़िक्र किया गया था, 1991 में शुरू की गई आर्थिक वैश्वीकरण की नीतियों में यह भी शामिल था कि आत्मनिर्भरता के एक आत्मकेंद्रित मॉडल की बजाय निर्यात और आयात पर पहले से ज़्यादा ध्यान दिया जाएगा, विभिन्न आर्थिक क्षेत्रों को विदेशी निवेश के लिए खोला जाएगा, नियमन व्यवस्था का उदारीकरण किया जाएगा और निजी क्षेत्र में निवेश की जगह निजीकरण को बढ़ावा दिया जाएगा। इनके नतीजे नीचे देखे जा सकते हैं जिन पर बाद में और विस्तार से चर्चा की जाएगी :

1. अर्थव्यवस्था के तेज़ विकास के लिए बुनियादी ढांचे का भारी-भरकम विस्तार और संसाधनों का खनन ज़रूरी था। यह भी ज़रूरी था कि अमीरों के विलासिता भरे उपभोग को बढ़ावा दिया जाए। अर्थव्यवस्था

मांग केंद्रित होती गई है और इस बात की कोई परवाह नहीं की जा रही है कि कितनी (और किस मक़सद के लिए) मांग को जायज़ और वांछनीय माना जाए। फलस्वरूप, ऐसी परियोजनाओं और प्रक्रियाओं में भारी इज़ाफ़ा हुआ है जिनकी पारिस्थितिकीय और सामाजिक लागतें बहुत नुक़सानदायक हैं।

2. व्यापार (आयात और निर्यात) के उदारीकरण से दो नतीजे सामने आए हैं : विदेशी मुद्रा कमाने के चक्कर में प्राकृतिक संसाधनों का तेज़ी से दोहन हुआ है और भारत में उपभोक्ता वस्तुओं और कचरे की ज़बर्दस्त आमद हुई है। इससे कचरे के निपटारे और स्वास्थ्य के मामले में गंभीर समस्याएं पैदा हुई हैं, वानिकी, मछुवाही, चरवाही, खेती, स्वास्थ्य और हस्तकौशलों पर आधारित परंपरागत आजीविकाएं तहस-नहस हुई हैं।
3. पर्यावरणीय मानकों और नियमों में या तो भारी ढील दे दी गई है या उनको नज़रअंदाज़ कर दिया गया है ताकि घरेलू और विदेशी, दोनों तरह की कंपनियों के लिए निवेश का और 'दोस्ताना' माहौल बनाया जा सके। सरकार ज़्यादा से ज़्यादा प्राकृतिक पर्यावासों और बेहद उपजाऊ ज़मीनों को व्यावसायिक उद्यमों के लिए मुहैया कराती जा रही है। इसी के नाम पर समता के उद्देश्यों को भी तिलांजलि दे दी गई है। मिसाल के तौर पर, औद्योगिक विस्तार को बढ़ावा देने के लिए भूमि हदबंदी के क़ानूनों को शिथिल बना दिया गया है।
4. विदेशी निवेश के लिए अर्थव्यवस्था को खोलने से ऐसी-ऐसी कंपनियां भी भारत में आने लगी हैं जिनका इतिहास बताता है कि उनके द्वारा अपनाए गए रास्ते-तरीक़े पर्यावरण और समाज के लिए कितने ख़तरनाक साबित हुए हैं। पर्यावरण या सामाजिक मुद्दों पर-बहुत ख़तरनाक ट्रैक रिकॉर्ड रहा है। उनकी ज़रूरतों को ध्यान में रखते हुए पर्यावरण तथा सामाजिक समता के प्रावधानों को और ज़्यादा कमज़ोर करने की मांग की जा रही है। विदेशी कंपनियों के साथ साझेदारी में या ख़ुद अपने बूते पर काम कर रही घरेलू कंपनियों की ताक़त और आकार में भी ज़बर्दस्त इज़ाफ़ा हुआ है और अब वे भी यही मांग करने लगी हैं।
5. विभिन्न क्षेत्रों के निजीकरण से कुछ हद तक कुशलता तो आई है मगर इससे पर्यावरणीय मानकों के हनन या शिथिलता को भी बढ़ावा मिला है और ग़रीबों के लिए आवश्यक सामाजिक सेवाओं और वस्तुओं की जमकर उपेक्षा होने लगी है।

अगर मनमोहन सिंह का दावा वाक़ई कारगर साबित होता तो अब तक हमारे पास देश के पर्यावरण की रक्षा के लिए न जाने कितने उपाय और कार्यक्रम होते। अफ़सोस, पारिस्थितिकीय संकट और तीखा हुआ है। (इस अध्याय में हम यह दिखाने की कोशिश करेंगे कि) यह वैश्वीकरण की प्रक्रिया का एक अपरिहार्य और अंतर्निहित नतीजा है। जिस तरह 'बूंद-बूंद लाभ' (ट्रिकल डाउन) का सिद्धांत ग़रीबों को फ़ायदा नहीं पहुंचा पाता उसी तरह 'निवेश के लिए संसाधनों के बंदोबस्त' का दावा पर्यावरण के लिए बेमानी साबित होता है।

दो कैफ़ियतें

यहां दो स्पष्टीकरण ज़रूरी हैं। पहली बात यह है कि अगले पन्नों में हमने जिन क्षेत्रों और गतिविधियों पर बात की है, उनकी आलोचना का मतलब यह न निकाला जाए कि हम इन क्षेत्रों या इन गतिविधियों के ख़िलाफ़ हैं। हम यह नहीं कह रहे हैं कि खनन न किया जाए, फूलों की खेती न हो, मछुवाही न हो, आयात-निर्यात बंद कर दिया जाए। हम सिर्फ़ इतना कह रहे हैं कि हमें न केवल यह पूछना चाहिए कि इन गतिविधियों की ज़रूरत है या नहीं बल्कि हमें यह भी पूछना होगा कि हमें इनकी किस हद तक ज़रूरत है, किसलिए ज़रूरत है और किन शर्तों पर ज़रूरत है। वैश्वीकरण के तहत अपनाए गए 'विकास' के मौजूदा मॉडल ने इन सवालों को सीधे-सीधे दरी के नीचे धकेल दिया है।

दूसरी बात, नीचे जिन रुझानों का ज़िक्र किया गया है उनमें से बहुत सारे रुझान सिर्फ़ मौजूदा वैश्वीकरण का नतीज़ा नहीं हैं। उनमें से बहुत सारे घटनाक्रमों की जड़ें पिछले 5-6 दशकों के दौरान अपनाए गए विकास के हमारे मॉडल में या अभिशासन, सामाजिक-आर्थिक असमानता आदि समस्याओं में निहित हैं। मगर, वैश्वीकरण के मौज़ूदा दौर ने इन रुझानों को और सघन बना दिया है। इसने ऐसे नए तत्त्वों को जन्म दिया है जो भारत की आबोहवा और लोगों के लिए इस मॉडल के ख़तरों को और ज़्यादा बढ़ाते जा रहे हैं।

बुनियादी ढांचा और सामग्री : मांग ही देवता है

दो अंकों वाली आर्थिक वृद्धि दर की एकांगी चाह में दिन-प्रतिदिन बढ़ती मांग ही एक ऐसी परम सत्ता का स्थान ले लेती है जिस पर सवाल नहीं उठाया जा सकता। आज बुनियादी ढांचे या कच्चे माल या व्यावसायिक ऊर्जा की ज़रूरत इस बात से तय नहीं हो रही है कि मानव कल्याण और सामाजिक समता के लिए क्या ज़रूरी है, यह मांग आर्थिक वृद्धि दर के लक्ष्यों से तय हो रही है भले ही कई मौक़ों पर इस वृद्धि दर का इंसानी ख़ुशहाली से कोई सहसंबंध न हो।

लिहाज़ा, पिछले कुछ दशकों के दौरान नए बुनियादी ढांचे (हाइवे, पोत और बंदरगाह, शहरी बुनियादी ढांचा, बिजली घर वग़ैरह) के निर्माण में ज़बर्दस्त इज़ाफ़ा हुआ है। इसका मतलब यह है कि दिन प्रतिदिन भूमि प्रयोग में बदलाव आ रहे हैं और इन परियोजनाओं के लिए अक्सर जंगलों और समुद्री तटों की या खेती और चरागाहों की ज़मीनों को ही बलि चढ़ा दिया जाता है।

खनिज पदार्थों की कहानी सकते में डाल देनेवाली है। 1993-94 से 2008-09 के बीच भारत के खनिज उत्पादन में 75 प्रतिशत इज़ाफ़ा हो चुका था। आज भारत बेराइट्स, क्रोमाइट, टेल्क/स्टीएटाइट/पाइरोफिलाइट, कोयला/लिग्नाइट, बॉक्साइट, लौह अयस्क, कायनाइट/सिलिमेनाइट, मैंगनीज़ अयस्क और कच्चे स्टील के मामले में दुनिया के सबसे बड़े उत्पादकों में से एक है। यह निश्चय ही गर्व की बात होंनी चाहिए थी बशर्ते हम इस बात को नज़रअंदाज़ कर पाते कि जिन खनिज पदार्थों की हम बात कर रहे हैं वे जंगलों या ग़रीब ग्रामीण इलाक़ों से निकाले जा रहे हैं। ये ऐसे इलाक़े हैं जहां जैव विविधता बहुत समृद्ध है और वहां रहनेवाले समुदाय अपने इलाक़े के संसाधनों पर ही आश्रित हैं। अगर दशक-दर-दशक खानों में तब्दील किए गए जंगलों के क्षेत्रफल को देखें तो साफ़ पता चलता है कि वैश्वीकरण ने खनिज पदार्थों की मांग बेतहाशा बढ़ा दी है। सरकार भी इस मांग को पूरा करने के लिए हर हद तक जाने को तैयार है। 1981 (जब यह अनिवार्य कर दिया गया था कि वन भूमि के ग़ैर-वन प्रयोग के लिए केंद्र सरकार से मंजूरी लेना अनिवार्य होगा) से अब तक लगभग 14.9 लाख हेक्टेयर वन भूमि को खनन उद्योग के हवाले किया जा चुका है। इसमें से 1981-92 के बीच केवल 13,000 हेक्टेयर (यानी 8.7 प्रतिशत), 1992-2002 के बीच लगभग 57,000 हेक्टेयर (38.2 प्रतिशत) और 2002-2011 के दौरान लगभग 79,000 हेक्टेयर (यानी 53 प्रतिशत) ज़मीन खनन उद्योग के हवाले कर दी गई थी।

इस घटनाक्रम के पारिस्थितिकीय एवं सामाजिक प्रभाव रोंगटे खड़े कर देते हैं। अरावली और शिवालिक पर्वत मालाओं की विस्फोटों से उड़ा दी गई चूना पत्थर और संगमरमर की पहाड़ियां, गोवा, मध्य प्रदेश और उड़ीसा में लौह अयस्क या बॉक्साइट की खुदाई, पूर्वी भारत में दहकती कोयले की खदानें और झारखंड की रेडियोधर्मी यूरेनियम पट्टी, ये सारे इलाक़े इस बात के गवाह हैं कि आर्थिक 'विकास' का मौजूदा रास्ता किस तरह की तबाही फैला सकता है। इन इलाक़ों की दसियों हज़ार हेक्टेयर ज़मीन पूरी तरह बंजर और अनुपजाऊ हो चुकी है। यहां महज़ थोड़ी-बहुत ज़मीन ही ऐसी बची है जिस पर दोबारा खेती की जा सकती है (मुट्ठी भर शानदार पेड़ लगाकर इस ज़मीन को बहाल करने का दावा तो किया जा

रहा है मगर इसके बावजूद ये इलाक़े कहीं भी अपनी मूल स्थिति के आसपास नहीं पहुंचे पाए हैं)।

1991 से दुनिया की कुछ सबसे बड़ी खनन कंपनियां भारत में निवेश कर रही हैं। इनमें रियो टिंटो ज़िंक (यूके), बीएचपी (ऑस्ट्रेलिया), एलकेन (कनाडा), नॉर्स्क हाइड्रो (नॉर्वे), मेरीडियन (कनाडा), डी बियर्स (दक्षिण अफ़्रीका), रेथियॉन (अमेरिका) और फेल्प्स डॉज (अमेरिका) प्रमुख हैं। इनमें से बहुत सारी कंपनियों का पर्यावरणीय एवं सामाजिक रिकॉर्ड भारत की खनन कंपनियों की तरह बहुत ही भयावह रहा है।

नीतिगत बदलावों की दिशा खनन कंपनियों का रास्ता आसान बनाने पर केंद्रित रही है। इस सिलसिले की शुरुआत 1993 में मंजूर की गई राष्ट्रीय खनिज नीति से हो गई थी। 1996 में सरकार ने नए दिशा-निर्देश जारी किए और निजी कंपनियों को खनिज पदार्थों के अन्वेषण के लिए 25 वर्ग किलोमीटर की बजाय 5000 वर्ग किलोमीटर तक के इलाक़ों का लाइसेंस देने के प्रावधान किए गए। 2001 में खनन उद्योग में 100 प्रतिशत विदेशी प्रत्यक्ष निवेश (एफडीआई) को मंज़ूरी दे दी गई। 2000 से 2009 के बीच खनिज अन्वेषण के लिए जारी किए गए परमिटों के अंतर्गत आनेवाला इलाक़ा 53,000 वर्ग किलोमीटर से बढ़कर 4,66,556 वर्ग किलोमीटर तक पहुंच चुका था। 2006 में योजना आयोग द्वारा गठित की गई एक उच्चस्तरीय समिति ने सुझाव दिया कि अन्वेषण परमिट के बाद खनन लाइसेंस जारी करने की प्रक्रिया को 'निर्बाध' बनाया जाए। 2008 में नई खनिज नीति जारी की गई जिसका मक़सद यह था कि नियमन वातावरण को 'निवेश और प्रौद्योगिकीय प्रवाह के लिए और अनुकूल' बनाया जाए। नई खनिज नीति अधिकाधिक मशीनीकरण, निजीकरण और विदेशी निवेश पर केंद्रित है। यह इस बात का संकेत है कि अब सरकार के लिए पर्यावरण नियमन केवल स्वैच्छिक प्रावधान रह गए हैं और कंपनियों को निर्बाध हस्तांतरण सुनिश्चित कर दिया गया है।

खनन उद्योग में नियमन का अभाव भारत और बाक़ी दुनिया के लालच को पूरा करने पर आमादा मांग आधारित अर्थव्यवस्था का अपरिहार्य परिणाम था। यह बात ग़ैरक़ानूनी खनन के बारे आ चुकी बहुत सारी भंडाफोड़ ख़बरों से समझी जा सकती है। 2006 से 2009 के बीच अकेले कर्नाटक में ही ग़ैरक़ानूनी खनन के 11,896 मामले पाए गए थे। इसी दौरान आंध्र प्रदेश में इस तरह के 35,411 मामले सामने आए। स्थिति इस क़दर क़ाबू से बाहर जा चुकी थी कि केंद्र सरकार को पूरे मामले की जांच का ज़िम्मा केंद्रीय जांच ब्यूरो (सीबीआई) को सौंपना पड़ा। कुछ राज्य सरकारों को बदनामी के डर से बहुत सारी ग़ैरक़ानूनी खानों को बंद करना पड़ा और संबंधित अधिकारियों की गिरफ़्तारियां हुईं।

निर्यात : हमारे भविष्य की नीलामी

भारतीय अर्थव्यवस्था के वैश्वीकरण का नतीजा यह हुआ है कि प्राकृतिक संसाधनों को घरेलू और विदेशी, दोनों तरह की मांगों की पूर्ति के लिए खोल दिया गया है। इस घटनाक्रम को जायज़ ठहराने के लिए तर्क दिया जा रहा है कि इससे घरेलू आर्थिक विकास दर पर सकारात्मक असर पड़ेगा। लिहाज़ा, 2003-04 से अब तक वार्षिक निर्यात दर 35 प्रतिशत की रफ़्तार से बढ़ती रही है और 2011-12 में 300 अरब डॉलर तक पहुंच चुकी थी। निर्यात पर आश्रित आर्थिक विकास का मॉडल अपने आपमें वांछनीय है या नहीं यह अलग लेख का विषय है। फ़िलहाल अगर हम यह मान लें कि कुछ हद तक निर्यात वांछनीय या अनिवार्य है तो भी एक ज़िम्मेदारी भरी नीति में कम से कम निम्नलिखित सिद्धांतों पर ध्यान ज़रूर दिया जाना चाहिए :

- निर्यातित वस्तुओं के निर्यात से घरेलू बाज़ार में उनकी कमी या क़ीमतों में इज़ाफ़े के कारण देश के नागरिकों की उन उत्पादों तक पहुंच प्रभावित न हो;
- उन उत्पादों के खनन या निर्माण से पारिस्थितिकीय स्थिरता पर असर न पड़े;
- जिन इलाक़ों से संसाधन निकाले जा रहे हैं, वहां रहनेवाले समुदायों के अधिकारों का सम्मान किया जाए;
- स्थानीय समुदायों को सबसे प्राथमिक लाभान्वितों की श्रेणी में रखा जाए।

दुर्भाग्यवश, वैश्वीकरण के दौर में निर्यात की प्रक्रिया इन सारे सिद्धांतों के ख़िलाफ़ जारी रही है। यह हैरानी की बात नहीं है क्योंकि निर्यात के लक्ष्य विकास के मौद्रिक आंकड़ों के स्तर पर तय किए जा रहे हैं, न कि प्रभावों की गुणवत्ता के आधार पर। खनन उद्योग (जिसका एक बड़ा हिस्सा निर्यातोन्मुखी है) के तेज़ इज़ाफ़े पर पहले ही चर्चा की जा चुकी है। समुद्री मछुवाही इसी तरह का एक और उदाहरण है।

समुद्री उत्पादों का निर्यात 1990-91 में 1,39,419 टन था जो 2008-09 में बढ़कर 6,02,835 टन हो गया था। हालांकि 1991 से पहले भी इस निर्यात में बहुत भारी इज़ाफ़ा हुआ था (जो 1961-62 में मात्र 15,732 टन हुआ करता था) मगर वैश्वीकरण का दौर कई मायनों में ज़्यादा अहमियत रखता है। जिन देशों को पहले भारत निर्यात नहीं करता था, अब उन देशों को भी भारत निर्यात करने लगा है। नई प्रौद्योगिकियों के आने से भी समुद्री उत्पादन और निर्यात में लगातार इज़ाफ़ा हुआ है। पहले केवल चंद चीज़ों का लगभग एक दर्जन देशों को निर्यात किया जाता था

जबकि अब 90 देशों को लगभग 475 तरह के समुद्री उत्पादों का निर्यात किया जा रहा है।

सवाल यह है कि इसकी इज़ाफ़े की लागत क्या रही है? आज हमारा मुल्क मात्रा और मूल्य, दोनों के लिहाज़ से दुनिया में दूसरा सबसे बड़ा एक्वाकल्चर उत्पादक देश बन चुका है। मगर यह भी सच है कि इसके एवज में हम भारी पारिस्थितिकीय क्षति से जूझ रहे हैं और परंपरागत मछुवारों व किसानों की आजीविका अस्त-व्यस्त होती जा रही है। एक अध्ययन से पता चला है कि आंध्र प्रदेश और तमिलनाडु में श्रिम्प (झींगा) एक्वाकल्चर की पर्यावरणीय लागतें इसकी आमदनी से 3.5 गुना ज़्यादा रही हैं (सालाना नुक़सान : 6,728 करोड़ रुपए; सालाना आय : 1,778 करोड़ रुपए)। जैसे-जैसे नए-नए इलाक़ों को श्रिम्प फार्मिंग में तब्दील किया जा रहा है मुलेट (mugilidae) और पर्ल स्पॉट (Etroplus suratensis) जैसी स्थानीय मछलियां ख़त्म होती जा रही हैं जो इन इलाक़ों के समुदायों का मुख्य आहार थीं।

वर्ष 2008 में जब समुद्री मछलियों का शिकार 30 लाख टन के नज़दीक पहुंच गया था तब से ही तटीय समुद्र में मछलियों के अतिशिकार के साक्ष्य दिखाई देने लगे थे। कई प्रजातियों की समुद्र में भारी कमी दिखाई देने लगी थी (जेम्स एवं किट्टो 2008)। दसवीं पंचवर्षीय योजना के लिए तैयार की गई वर्किंग ग्रुप ऑफ़ फिशरीज़ की रिपोर्ट के मुताबिक़ इसकी मुख्य वजह यह है कि तटीय समुद्र को 'खुली पहुंच' का इलाक़ा मान लिया गया है जहां परंपरागत मछुवाही समुदायों के भी कोई अधिकार तय नहीं हैं (मैथ्यू 2003)। मछुवाही की प्रौद्योगिकियों में भी भारी बदलाव आए हैं। अब बॉटम ट्रालिंग एक आम चलन बनती जा रही है। फलस्वरूप मछली पकड़ने के जालों में पाई जानेवाली परंपरागत विविधता तथा समुद्र में मछलियों का संतुलन बनाए रखने के लिए आवश्यक परंपरागत ज्ञान तेज़ी से ख़त्म होता जा रहा है।

सरकार का दावा है कि नई नीतियों के तहत बड़े ऑपरेटरों को केवल गहरे समुद्र में ही मछली पकड़ने की इजाज़त दी जाएगी जहां परंपरागत मछुवारे नहीं जा पाते। मगर अभी तक के अनुभवों से तो यही पता चलता है कि बड़े-बड़े ट्रॉलर भी अक्सर तट के आसपास ही मछली ज़्यादा पकड़ते हैं। ये ट्रॉलर मछलियों के प्रजनन काल में मछलियां पकड़ने से भी बाज़ नहीं आते जबकि ऐसा करना ग़ैरक़ानूनी है। इन्हीं वजहों से ट्रॉलर मालिकों और स्थानीय मछुवारों के बीच अक्सर मारपीट होती रहती है।

आयात उदारीकरण : कूड़ेदान में तब्दील होता मुल्क

निर्यात उदारीकरण के साथ-साथ भारतीय अर्थव्यवस्था को तरह-तरह के आयातों के लिए भी खोल दिया गया है। जो नीतियां या कार्यक्रम घरेलू खेती और उत्पादन

तथा पर्यावरण एवं उपभोक्ता सुरक्षा को प्राथमिकता देती हैं उन्हें लगभग ताक पर रख दिया गया है।

पिछले तक़रीबन एक-डेढ़ दशक के दौरान भारत औद्योगिक देशों में पैदा होनेवाले ख़तरनाक और विषैले कचरे का मुख्य आयातक बन गया है। अब हमारे यहां 100 से भी ज़्यादा क़िस्म के कचरे का आयात किया जा रहा है। इसमें से दर्जन भर क़िस्म का कचरा बहुत ख़तरनाक पाया गया है। हर साल कई मिलियन टन धातु कचरा भारत में आयात किया जा रहा है। 1996-97 में कचरे का चूरा और पीसीबी स्क्रैप का महज़ 33 टन आयात हुआ करता था जो 2008-09 में बढ़कर 12,224 टन तक पहुंच गया था। 2003-04 में प्लास्टिक कचरे का आयात 101,312 टन हुआ करता था जो 2008-09 तक चार गुना से भी ज़्यादा बढ़कर 465,921 टन हो चुका था। इसके पीछे अक्सर विशाल कॉरपोरेट घरानों का हाथ रहा है। पेप्सिको कंपनी अपनी प्लास्टिक बोतलें भारत भेज रही है (इन बोतलों की रीसाइक्लिंग बहुत मुश्किल होती है); हिंदुस्तान लीवर लिमिटेड (युनिलीवर की सहायक कंपनी) तमिलनाडु की एक बस्ती के पीछे पारायुक्त कचरा फेंकने की दोषी पाई जा चुकी है। स्थानीय समुदाय द्वारा किए गए विरोध के फलस्वरूप तमिलनाडु प्रदूषण बोर्ड ने कार्रवाई की और कंपनी को आदेश दिया कि वह इस तरह फेंके गए 416 टन कचरे को फ़ौरन वहां से हटाए।

आयातित कचरे का एक बड़ा हिस्सा कम्प्यूटर और इलेक्ट्रॉनिक उद्योग से संबंधित है। कचरे से संबंधित मुद्दों पर काम करनेवाली स्वैच्छिक संस्था टॉक्सिक्स लिंक की एक जांच से पता चला है कि दिल्ली की रीसाइक्लिंग इकाइयों में आनेवाला लगभग 17 प्रतिशत इलेक्ट्रॉनिक कचरा औद्योगिक देशों से भारत में आया है। टॉक्सिक्स लिंक ने पाया कि एटेरो नामक कंपनी को 2009 में 8,000 टन इलेक्ट्रॉनिक कचरे के आयात की अनुमति दी गई थी।

उपभोक्तावाद और कचरा

आडंबरपूर्ण उपभोक्तावाद की मौजूदा लहर एक बहुत छोटे आभिजात्य तबक़े में विदेशी उपभोक्ता उत्पादों की प्यास से पैदा हो रही है। 1980 के दशक से पहले यह तबक़ा विदेशों से इन उत्पादों को मंगाता था और इसके लिए अच्छा-ख़ासा सीमा शुल्क चुकाता था (या उन उत्पादों को तस्करी के ज़रिए भारत में लाया जाता था)। अस्सी के दशक में तत्कालीन प्रधानमंत्री राजीव गांधी ने आयात क्षेत्र को खोलना शुरू किया। मगर उपभोक्तावाद को सबसे बड़ा उछाल नब्बे के दशक में शुरू हुए आर्थिक 'सुधारों' से मिला जिसने घरेलू स्तर पर भी ऐश्वर्यपूर्ण उत्पादों का एक विशाल उद्योग खड़ा कर दिया है।

विलासिता की वस्तुओं के उत्पादन में तेज़ इज़ाफ़े के चलते संसाधनों के दोहन (खनन, पेड़ों की कटाई आदि) से लेकर उत्पादन (प्रदूषण, कामकाजी ख़तरे आदि) तक ज़बर्दस्त पारिस्थितिकीय दुष्परिणाम सामने आने लगे हैं। इस तरह के उपभोक्तावाद और पर्यावरण के संबंधों पर अभी मुकम्मल अध्ययन नहीं हुए हैं मगर यह रुझान किस दिशा में जा रहा है, इसके इशारे साफ़ दिखाई देने लगे हैं। सीएसओ तथा एनसीएईआर द्वारा किए गए अस्सी और नब्बे के दशकों के सर्वेक्षणों के आधार पर दि एनर्जी रिसर्च इंस्टीट्यूट (टेरी) ने बताया है कि इस दौरान ग़ैर-पुनर्नवीकरणीय पदार्थों (जैसे खनिज पदार्थों), औद्योगिक उपभोक्ता वस्तुओं (जिनमें सीएफ़सी के सहारे चलनेवाले रेफ़्रिजरेटर और एयरकंडीशनर जैसे उपकरण भी शामिल हैं जो पर्यावरण पर सीधा असर डालते हैं), और वाहनों के इस्तेमाल में बहुत तेज़ी से इज़ाफ़ा हुआ है। यह सिर्फ़ बढ़ती आबादी का नतीज़ा नहीं है बल्कि हमारी बदलती जीवन शैली की भी देन है। उदाहरण के लिए, अब उपभोक्ताओं की पसंद-नापसंद बदल रही है। खुली वस्तुओं की जगह डिब्बाबंद वस्तुओं को प्राथमिकता दी जाने लगी है। टेरी का अनुमान है कि पैकेज्ड काग़ज़ का उपभोग 1997 के 2.7 किलोग्राम प्रति व्यक्ति, प्रतिवर्ष से बढ़कर 2047 तक सालाना 13.5 किलोग्राम प्रति व्यक्ति तक बढ़ जाएगा। इसका मतलब है कि अकेले पैकेजिंग के लिए 231 लाख टन काग़ज़ का इस्तेमाल होगा। इससे ठोस कचरे में इज़ाफ़ा भी निश्चित है। आज ख़तरनाक कचरे की मात्रा रोंगटे खड़े कर देनेवाली है। 2006 में हमारे यहां लगभग 44 लाख टन ख़तरनाक कचरा पैदा हो रहा था। इलेक्ट्रॉनिक कचरा महज़ दो-ढाई दशकों की परिघटना है। 2005 में यह कचरा 146,180 टन था।

भारतीयों के जीवन में प्लास्टिक पदार्थों की आज जैसी घुसपैठ का दो दशक पहले अंदाज़ा भी नहीं लगाया जा सकता था। 1991 से अब तक भारत में विभिन्न प्रकार के प्लास्टिकों की उत्पादन क्षमता 10,00,000 टन से बढ़कर 50,00,000 टन से भी ऊपर जा चुकी है। 2000/2001 में प्रति व्यक्ति वर्जिन प्लास्टिक्स का उपभोग 3.2 किलोग्राम प्रतिवर्ष था (अगर रीसाइकिल की गई प्लास्टिक को भी जोड़ लें तो 5 किलोग्राम) जबकि 1990/91 में यह उपभोग केवल 0.8 किलोग्राम प्रतिवर्ष था। सन् 2000-01 तक भारत में हर रोज़ 5,400 टन प्लास्टिक कचरा पैदा होने लगा था—यानी हर साल लगभग 20,00,000 टन कचरा (बाद के आंकड़े अभी उपलब्ध नहीं हैं)।

उपभोग असमानताएं

2007 में ग्रीन पीस इंडिया ने भारत में वायुमंडलीय परिवर्तन से संबंधित मुद्दों पर एक रिपोर्ट तैयार की थी। इसमें दिखाया गया था कि भारत की आबादी का एक बहुत छोटा-सा हिस्सा सबसे ज़्यादा कार्बन उत्सर्जन के लिए ज़िम्मेदार है। यह

सच्चाई इस तथ्य से छिपी हुई थी कि भारत के अधिकांश लोग बहुत कम कार्बन उत्सर्जन करते हैं जिसकी वजह से प्रति व्यक्ति आंकड़ा काफ़ी नीचे रहता है। इस रिपोर्ट में पाया गया था कि भारत की सबसे अमीर आबादी (जिसकी आमदनी 30,000 रुपए माहवार से ज़्यादा है) ग़रीबों (जिनकी आमदनी 3,000 रुपए माहवार से कम है और यह आबादी भारत की आधी से ज़्यादा आबादी है) के मुक़ाबले 4.5 गुना (प्रति व्यक्ति) ज़्यादा कार्बन उत्सर्जन की ज़िम्मेदार है। 8000 रुपए माहवार से ज़्यादा कमानेवाले 15 करोड़ भारतीय पहले ही 2.5 टन प्रति व्यक्ति की वैश्विक सीमा से ऊपर जा चुके हैं जिसे वैज्ञानिक तापमान वृद्धि को 20 ब् से नीचे रखने के लिए ज़रूरी मानते हैं।

कार्बन उत्सर्जन में इस ज़बर्दस्त फ़र्क़ की क्या वजह है? ग्रीन पीस ने पाया है कि सबसे बड़ा फ़र्क़ बिजली से चलनेवाले घरेलू उपकरणों के इस्तेमाल में देखा जा सकता है। हालांकि अब बल्ब, पंखे और टेलीविज़न जैसे उपकरण लगभग सभी वर्गों में पहुंच चुके हैं (हालांकि अभी भी इनका इस्तेमाल अमीरों में ही ज़्यादा है), मगर कई उपकरण मुख्य रूप से केवल अमीर परिवारों में ही मिलते हैं : एयर कंडीशनर्स, बिजली के गीज़र, वॉशिंग मशीन, बिजली या इलेक्ट्रॉनिक किचन उपकरण, डीवीडी प्लेयर्स, कंप्यूटर आदि। दूसरी बात, जीवाश्म ईंधनों से चलनेवाली गाड़ियों, जिनमें ग़ैस से चलनेवाली कारें और हवाई जहाज़ भी शामिल हैं, का सबसे ज़्यादा इस्तेमाल भी अमीरों द्वारा ही किया जा रहा है।

कार्बन उत्सर्जन उपभोग असमानताओं का सिर्फ़ एक पैमाना होता है। अगर हम सबसे अमीर वर्गों द्वारा उपभोग किए जा रहे सारे उत्पादों और सेवाओं को जोड़ लें और इस वर्ग द्वारा पैदा किए जा रहे कुल कचरे को जोड़ लें तो पूरी संभावना है कि उनका कुल पारिस्थितिकीय प्रभाव सबसे निर्धन वर्गों के मुक़ाबले उससे भी कहीं ज़्यादा भयानक होगा जितना ऊपर दिखाई दे रहा था।

आंतरिक उदारीकरण : खुला खेल फर्रूखाबादी!

दुनिया के तमाम औद्योगिक देश पर्यावरण मानकों में सख़्ती और औद्योगिक व विकास परियोजनाओं पर कड़े नियंत्रणों की ओर बढ़ते रहे हैं। इसकी वजह यह है कि परियोजना अधिकारी और कॉरपोरेट घराने अपने आप पर्यावरणीय अथवा सामाजिक उत्तरदायित्व भरा व्यवहार नहीं करते। भारत में यह प्रक्रिया उलटी दिशा में चल रही है।

1994 में पर्यावरण सुरक्षा अधिनियम, 1986 के तहत एक अधिसूचना जारी करके यह अनिवार्य घोषित किया गया था कि निश्चित परियोजनाओं के लिए पर्यावरण प्रभाव आकलन (ईआईए) आवश्यक होगा। भले ही यह अधिसूचना काफ़ी कमज़ोर थी और क्रियान्वयन संबंधी तमाम समस्याओं से ग्रस्त थी, फिर भी

उसने विकास योजनाओं में एक हद तक पर्यावरण संवेदनशीलता का अंश ज़रूर पैदा कर दिया था। उद्योगपति, राजनेता और बहुत सारे विकास अर्थशास्त्री इसे सिर्फ़ एक सिरदर्द मानते थे। इसी परेशानी को ध्यान में रखते हुए भारत सरकार ने एक कमेटी का गठन किया जिसने सुझाव दिया कि पर्यावरणीय 'रुकावटों' को कम किया जाए। पर्यावरण अभिशासन का आकलन करने के लिए विश्व बैंक द्वारा जारी किए गए एक अध्ययन में भी इस प्रावधान तथा अन्य नियमन प्रावधानों में 'सुधार' यानी उनको 'कमज़ोर' करने का सुझाव दिया गया। इस तरह, 2006 में नागर समाज के भारी विरोध के बावजूद सरकार ने इस अधिसूचना को बदल दिया। इस संशोधन के बाद उद्योगों और विकास परियोजनाओं के लिए पर्यावरणीय स्वीकृति पाना बहुत आसान बना दिया गया और अनिवार्य जनसुनवाई के प्रावधान को तो बहुत ही कमज़ोर कर दिया गया। इस अधिसूचना से पर्यटन को भी ऐसी परियोजनाओं की सूची से हटा दिया गया जिनके लिए पर्यावरणीय स्वीकृति की ज़रूरत होती है जबकि इस आशय के साक्ष्य बड़ी मात्रा में मौजूद थे कि बहुत सारे इलाक़ों में यह व्यवसाय क़ाबू से बाहर जा चुका है।

इन बदलावों (तथा इस अध्याय में उल्लिखित अन्य बदलावों) का कुल नतीजा यह हुआ है कि पर्यावरणीय स्वीकृति चाहने और पानेवाली परियोजनाओं की संख्या में दिन दूना, रात चौगुना इज़ाफ़ा हुआ है जिसकी वजह से केंद्रीय पर्यावरण एवं वन मंत्रालय के लिए इन परियोजनाओं के निहितार्थों की बारीक़ी से जांच कर पाना या उनके नतीजों पर नज़र रख पाना लगभग नामुमकिन हो चुका है। 2009 की शुरुआत में ही पर्यावरण एवं वन मंत्रालय के पास 6,000 से ज़्यादा परियोजनाएं थीं जिन पर निगरानी की ज़रूरत थी जबकि इस काम के लिए मंत्रालय के पास सिर्फ़ 20 कर्मचारी थे। जिन परियोजनाओं को पर्यावरणीय स्वीकृति दी जा चुकी है, उन पर 3-4 साल में सिर्फ़ एक बार नज़र रखी जा रही थी।

पर्यावरण नियमन पर वैश्वीकरण के प्रभाव सबसे ज़्यादा वन संरक्षण अधिनियम, 1980 (जिसके तहत वन भूमि के सभी प्रकार के ग़ैर-वन प्रयोग के प्रस्तावों को केंद्र सरकार की मंज़ूरी की ज़रूरत होती है) की पड़ताल करने पर सामने आते हैं। व्यवहार के धरातल पर यह क़ानून वन संरक्षण अधिनियम की जगह वन सफ़ाया अधिनियम बन चुका है। जैसा कि खनन उद्योग के प्रसंग में पीछे इशारा किया गया था, वैश्वीकरण के दौर में वन भूमियों के सफ़ाए में लगातार इज़ाफ़ा हुआ है। 1980-81 के बाद जितने जंगलों का ग़ैर-वन योजनाओं के लिए इस्तेमाल किया गया है उनमें से लगभग आधे जंगलों को 2001-02 के बाद ही ग़ैर-वन इस्तेमाल के लिए उपलब्ध कराया गया है।

जो इलाक़े वन्य जीवन सुरक्षा और जैव विविधता के लिए चिह्नित किए गए हैं

उनको भी सरकार ने नहीं बख़्शा। पिछले दो दशकों के दौरान राष्ट्रीय पार्कों और अभयारण्यों में ज़मीन के डाइवर्जन के असंख्य प्रस्ताव आए हैं और उनमें से बहुतों को मंज़ूरी भी दे दी गई है। ऐसे कुछ भू-भागों को तो सीधे-सीधे डीनोटिफाई या डीगजेट भी कर दिया गया है। मिसाल के तौर पर, सुधारों की प्रक्रिया के शुरू होने के कुछ ही समय बाद दरलाघाट अभयारण्य (हिमाचल प्रदेश), नारायण सरोवर अभयारण्य (गुजरात), ग्रेट हिमालयन नेशनल पार्क (हिमाचल प्रदेश) के कई सौ वर्ग किलोमीटर क्षेत्रफल को अनारक्षित घोषित कर दिया गया था ताकि वहां खनन, औद्योगिक एवं बांध परियोजनाओं को शुरू किया जा सके। यह सिलसिला आगे भी जारी रहा है और कई दर्जन दूसरे आरक्षित और संरक्षित क्षेत्रों को भी इस तरह की परियोजनाओं के लिए उपलब्ध करा दिया गया है।

पर्यावरण संरक्षण अधिनियम, 1986 के तहत 1991 में तटीय नियमन क्षेत्र (सीआरज़ेड) अधिसूचना जारी की गई थी। इसका मक़सद पारिस्थितिकीय एवं आजीविका हितों के लिए हानिकारक गतिविधियों को नियमन के दायरे में लाना था। इस अधिसूचना में कई बड़ी ख़ामियां थीं और ज़्यादातर राज्यों ने इसके क्रियान्वयन में उदासीनता ही दिखाई है, फिर भी इस अधिसून्चना से बहुत सारे तटीय इलाक़ों और वहां रहनेवाले मछुवारों को कुछ हिफ़ाज़त ज़रूर मिली थी। इसी वजह से यह अधिसूचना औद्योगिक एवं व्यावसायिक हित समूहों की आंख का कांटा बनी हुई थी। आख़िरकार उनके दबाव में सरकार ने मूल अधिसूचना के लगभग 20 प्रावधानों में भारी ढील दे दी। इसके बाद, 2005-06 में सरकार ने अधिसूचना को पूरी तरह बदलने की प्रक्रिया शुरू की। सरकार ने एक ऐसी व्यवस्था का सुझाव रखा जिसमें राज्य सरकारें यह तय कर सकें कि तटीय इलाक़ों में कहां किन चीज़ों को स्वीकृति दी जा सकती और किन चीज़ों को नहीं दी जा सकती। नागर समाज संगठनों और मछुवारों के समुदायों (नेशनल फ़िशवर्कर्स फ़ोरम जैसे नेटवर्कों के ज़रिए) ने इस प्रस्ताव की कड़े शब्दों में आलोचना की है। उनका कहना है कि यह प्रस्ताव व्यावसायिक और औद्योगिक हितों के सामने घुटने टेकने का बेशर्म उदाहरण है। इसके जवाब में पर्यावरण एवं वन मंत्रालय हाथ पर हाथ धरे बैठा रहा और सीएमज़ेड मसविदा अधिसूचना का समय ख़त्म हो गया। इस रिपोर्ट के लिखे जाने के समय तक नई अधिसूचना के लिए नियत व्यापक सलाह-मशवरे का वक़्त भी गुज़र चुका था।

वैश्वीकरण के दौर में पर्यटन उद्योग को ज़बर्दस्त बढ़ावा मिला है। 1996 में लगभग 14 करोड़ घरेलू पर्यटक होते थे जबकि 2007 में यह संख्या बढ़कर 52.7 करोड़ तक पहुंच गई थी। इसी दौरान विदेशी सैलानियों की तादाद भी 22.9 लाख से बढ़कर 50.8 लाख हो गई। भारत के कई इलाक़ों में पहले सैर-सपाटे की इजाज़त नहीं थी। पिछले कुछ सालों के दौरान ऐसे बहुत सारे इलाक़ों को भी पर्यटन

उद्योग के लिए खोल दिया गया है। इनमें पारिस्थितिकीय, सांस्कृतिक एवं रक्षा की दृष्टि से संवेदनशील इलाक़े आते हैं जिनमें लद्दाख, अंडमान और निकोबार द्वीप समूह, लक्षद्वीप और पूर्वोत्तर भारत के बहुत सारे हिस्से प्रमुख हैं। पहले ही वैश्वीकरण की भेंट चढ़ चुके दूसरे इलाक़े बेहिसाब, अनियंत्रित पर्यटन गतिविधियों की वजह से त्रस्त हैं। पिछले कुछ सालों के दौरान पर्यटन उद्योग द्वारा क़ानूनों के उल्लंघन की सैकड़ों घटनाएं सामने आ चुकी हैं। तटीय इलाक़ों में बने रिज़ॉर्ट्स (होटल) खुलेआम सीआरज़ेड अधिसूचना की धज्जियां उड़ा रहे हैं। क़ानूनों के उल्लंघन के 1500 से ज़्यादा मामले अकेले केरल के कोवलम बीच इलाक़े में दर्ज किए जा चुके हैं। कान्हा, बांधवगढ़, कॉर्बेट, पेरियार, रणथंभौर, बांदीपुर और नगरहोल जैसे टाइगर रिज़र्व और अन्य संरक्षित इलाक़े भी रिज़ॉर्ट्स से घिर चुके हैं जिनकी वजह से इन स्थानों के कर्मचारियों और सुविधाओं पर ज़बर्दस्त दबाव पैदा हुआ है। नतीजतन, पर्यटन के नकारात्मक प्रभावों पर अंकुश लगाने के लिए बनाई गई व्यवस्था का खुलेआम उल्लंघन हो रहा है और इन संरक्षित जंगलों की सार-संभाल के लिए कोई बंदोबस्त नहीं है।

सरकार हालात से भली-भांति परिचित है फिर भी उसने पर्यटन उद्योग पर नकेल कसने के लिए कोई क़दम नहीं उठाया। इसके विपरीत, सरकार अब कई क्षेत्रों को विशेष पर्यटन क्षेत्र (एसटीज़ेड) घोषित करने की सोच रही है। ये ऐसे क्षेत्र होंगे जहां पर्यटन उद्योगपतियों को ज़बर्दस्त सुविधाएं दी जाएंगी। उदाहरण के लिए, ऐसे इलाक़ों में उद्यमियों को दस साल तक 100 प्रतिशत कर रियायत और एकमुश्त स्वीकृति की व्यवस्था होगी। ये इलाक़े काफ़ी बड़े होंगे और उनमें होटलों के 2,000 से 3,000 कमरों तक का बंदोबस्त होगा।

2009 में गठित नई सरकार में नवनियुक्त पर्यावरण एवं वन राज्य मंत्री ने पर्यावरणीय निगरानी के लिए कुछ स्वागत योग्य क़दम उठाए थे। परंतु तेज़ क़ानूनी कार्रवाई के लिए राष्ट्रीय पर्यावरण ट्राइब्यूनल के रूप में एक नई संस्था का गठन और एक स्वतंत्र नियमन निकाय के रूप में राष्ट्रीय पर्यावरण सुरक्षा प्राधिकरण बनाने का प्रस्ताव स्वागत योग्य मगर बहुत सीमित प्रयास हैं क्योंकि क़ानून में पहले ही बेहिसाब ख़ामियां हैं और 'विकास' परियोजनाओं और प्रक्रियाओं के पर्यावरणीय टिकाऊपन के सवाल पर सरकार का रवैया अभी भी बदला नहीं है।

पर्यावरण अभिशासन पर इस हमले के साथ-साथ भारतीय समाज के कुछ बेहद संवेदनशील तबक़ों को दी गई सामाजिक सुरक्षाओं को भी कमज़ोर या नज़रअंदाज़ करने की कोशिशें की जा रही हैं। भूमि अधिग्रहण अधिनियम, 1894 अंग्रेज़ों के ज़माने का क़ानून है। यह सबसे विनाशकारी क़ानूनों में से एक है जो 'जनहित' के नाम पर सरकार को किसी भी ज़मीन के अधिग्रहण की छूट प्रदान कर देता है। 1984 में संशोधन करके इसे और सख़्त बनाया गया था जबकि 2013 में

तैयार किए गए नए संस्करण में तो इसे राज्य और निजी निकायों द्वारा ज़मीन पर क़ब्ज़े का साधन ही बना दिया गया है।

भारत के आदिवासी इलाक़ों, जहां देश के कुछ सबसे संवेदनशील समुदाय और सबसे बेहतरीन जंगल हैं, में ज़मीन के विशाल भूभाग या तो खनन, स्टील प्लांट और अन्य उद्योगों के लिए औद्योगिक घरानों को सौंप दिए गए हैं या उनको सौंपने के प्रस्ताव पर विचार किया जा रहा है। मगर, आदिवासियों के प्रतिरोध और कथित 'नक्सल' या 'माओवादी' संगठनों के प्रभाव की वजह से इनमें से ज़्यादातर योजनाएं लागू नहीं हो पा रही हैं। हां, इतना ज़रूर हुआ है कि 'नक्सलवाद' से लड़ने के नाम पर राज्य सरकारों ने आदिवासियों को ही एक-दूसरे के ख़िलाफ़ खड़ा कर दिया है। 'सलवा जुडूम' ('शांतिपूर्ण शिकार') नाम की इस मुहिम से कई इलाक़ों में गृहयुद्ध जैसी स्थिति पैदा हो गई है जिसमें हज़ारों ग्रामीणों को या तो जबरन उनके गांव-घरों से उजाड़ दिया गया है या वे भागकर दूसरे इलाक़ों में चले जाने के लिए विवश हो गए हैं। केंद्रीय ग्रामीण विकास मंत्रालय द्वारा गठित की गई एक उच्चस्तरीय समिति ने अपनी मसविदा रिपोर्ट में यह संकेत दिया था कि एसआर और टाटा जैसे कॉरपोरेट घराने 'कोलंबस के बाद आदिवासी ज़मीनों पर सबसे बड़े क़ब्ज़े' में लिप्त हैं मगर अंतिम रिपोर्ट में से इन घरानों के नाम और इस निष्कर्ष, दोनों को हटा दिया गया। इसी बीच, भारतीय उद्योग एवं वाणिज्य परिसंघ (फिक्की) द्वारा नवंबर 2009 में जारी की गई एक रिपोर्ट 'राष्ट्रीय सुरक्षा एवं आतंकवाद' में लगभग खुलकर यह मांग की गई है कि मध्य भारत को कंपनियों द्वारा दोहन के लिए खोल दिया जाए। इसमें कहा गया है कि 'खनिज भंडारों से भरे ग्रामीण इलाक़ों की विशाल पट्टियों में बढ़ता माओवादी उग्रवाद औद्योगिक निवेश योजनाओं को गहरी चोट पहुंचा सकता है'... 'जब भारत को अपने औद्योगिक तंत्र को और पुख़्ता करना है और जब विदेशी कंपनियां यहां आ रही हैं, उसी समय नक्सलवादी गुट खनन एवं स्टील कंपनियों को टक्कर दे रहे हैं जबकि ये भारत की दीर्घकालिक सफलता के लिए बहुत अनिवार्य हैं।'... 'ख़तरे की घंटी बजाने का एक कारण यह है कि कॉरपोरेट जगत् और नक्सलवादियों के जंगली इलाक़े लगातार एक-दूसरे के नज़दीक आते जा रहे हैं...। भारत के संपन्न शहरी उपभोक्ता ऑटो, उपकरण एवं घर ख़रीद रहे हैं; उन्हें देश की सड़कों, पुलों और रेल मार्गों में सुधार की ज़रूरत है। भारतीय मैन्यूफ़ैक्चरिंग में तेज़ी लाने और उपभोक्ताओं को संतुष्ट करने के लिए देश को सीमेंट, स्टील और बिजली की रिकॉर्ड मात्रा चाहिए...। इस राष्ट्रीय चुनौती को पूरा करने के लिए एक उपयुक्त सामाजिक एवं आर्थिक वातावरण ज़रूरी है। मगर, नक्सलवादियों के साथ टकराव बढ़ता जा रहा है...। छत्तीसगढ़, जो कि नक्सलवादी गतिविधियों का गढ़ बना हुआ है, वहां देश के 23 प्रतिशत लौह अयस्क भंडार और बेहिसाब कोयला ज़मीन में दबा है। छत्तीसगढ़ सरकार ने टाटा

स्टील और आर्सेलर मित्तल (एमटी), डी बियर्स कन्सॉलिडेटेड माइंस, बीएचपी बिलिटन (बीएचपी) और रियो टिंटो (आरटीपी) जैसी बड़ी-बड़ी कंपनियों के साथ खरबों रुपए मूल्य के समझौते किए हैं। देश की दूसरी राज्य सरकारों ने भी इसी तरह के समझौतों पर दस्तख़त किए हुए हैं। कैटरपिलर (सीएटी) जैसी अमेरिकी कंपनियां पूर्वी भारत में खुदाई कर रही खनन कंपनियों को अपने उपकरण बेचना चाहती हैं।'

ग़ैर-टिकाऊपन की तरफ़ सीधी छलांग

हमारे देश में पिछले कुछ दशकों के दौरान पर्यावरण के साथ जिस तरह का बर्ताव किया गया है, उसे देखते हुए पर्यावरणवादी और सामाजिक कार्यकर्ता बार-बार आगाह करते रहे हैं कि हम 'विकास' के एक ऐसे रास्ते पर चल पड़े हैं जो टिकाऊ नहीं है। प्रेक्षणों और अनुभवों पर आधारित इस निष्कर्ष की ग्लोबल फुटप्रिंट नेटवर्क (जीएफ़एन) तथा कॉन्फ़िडरेशन ऑफ़ इंडियन इंडस्ट्रीज (सीआईआई) की एक रिपोर्ट में भी तस्दीक हो चुकी है। 2008 में जारी की गई इस रिपोर्ट में कहा गया था कि—

- अमेरिका और चीन के बाद भारत के पारिस्थितिकीय फुटप्रिंट यानी पदचिह्न सबसे बड़े हैं;
- भारत के लोग उससे लगभग दो गुना प्राकृतिक संसाधनों का दोहन कर रहे हैं जितना कि हमारे देश की क्षमता है, (यानी अपनी 'जैवक्षमता' से दोगुना);
- भारतीयों के उपभोग को संभाल पाने की प्रकृति की क्षमता पिछले चार दशकों के भीतर तेज़ी से घटकर लगभग आधी ही रह गई है।

टेरी ने भी 1990 के दशक के आख़िर में एक अध्ययन में यह निष्कर्ष दिया था कि कृषि उत्पादन में गिरावट, जंगलों के स्तर में गिरावट की वजह से लकड़ी के मूल्य में कमी, प्रदूषित वायु एवं जल प्रदूषण के कारण बढ़ती स्वास्थ्य लागतों और घटते जल संसाधनों की वजह से भारत की पर्यावरणीय लागतें पहले ही जीडीपी के 10 प्रतिशत से ऊपर जा चुकी हैं। इसके अलावा, मिट्टी के क्षरण की वजह से जो आर्थिक नुक़सान हो रहा है वह सालाना कृषि उपज के 11-26 प्रतिशत तक पहुंच चुका है।

भारत के ऊर्जा परिदृश्य पर तैयार की गई एक रिपोर्ट में कुछ सकारात्मक विश्लेषण मिलता है : 'भारतीय अर्थव्यवस्था में अल्पकार्बन वृद्धि के कुछ ठोस पहलू हैं जिनकी वजह से यहां की ऊर्जा एवं कार्बन डाइऑक्साइड सघनता चीन से कम है और अमेरिका के समकक्ष बैठती है।' मगर रिपोर्ट का निष्कर्ष है कि 'इन आशावादी लक्षणों के बावजूद, भारत किसी भी लिहाज़ से टिकाऊ विकास के रास्ते पर नहीं चल रहा है।' इसकी वजह यह है कि यहां विकास असमान रहा है, आबादी

का एक बहुत बड़ा तबक़ा पीछे छूट गया है; और ऊर्जा क्षेत्र की कार्बन सघनता अभी भी दुनिया में सबसे ज़्यादा है क्योंकि यह अभी भी अकुशल कोयला प्रौद्योगिकी और वितरण प्रणालियों पर आश्रित है।

वायुमंडलीय परिवर्तन : प्रभाव और प्रतिक्रिया

1980 के दशक में जब दक्षिण के देशों पर आर्थिक वैश्वीकरण की नीतियां थोपने का सिलसिला शुरू हुआ था, तब से अब तक वायुमंडलीय परिवर्तन को जन्म देनेवाले उत्सर्जनों में भी ज़बर्दस्त इज़ाफ़ा हुआ है। 1985 से अब तक वैश्विक व्यापार में ज़बर्दस्त उछाल (जिसके लिए वस्तुओं और लोगों की आवाजाही की ज़रूरत पड़ती है) कुछ प्रमुख दक्षिणी अर्थव्यवस्थाओं (दक्षिण-पूर्व एशिया, चीन, भारत) के उभार, जो कि जीवाश्म ईंधनों पर आश्रित है, तथा विकास एवं व्यापार संबंधी प्राकृतिक संसाधन क्षरण (ख़ासतौर से जंगलों की कटाई) के फलस्वरूप 1985 से अब तक कार्बन डाइऑक्साइड उत्सर्जन लगभग दोगुना हो चुका है।

भारत को कई तरह के प्रभावों का सामना करना है। बाईसवीं शताब्दी की शुरुआत तक समुद्री जलस्तर में लगभग एक मीटर का इज़ाफ़ा हो जाएगा जिससे लगभग 5,764 वर्ग किलोमीटर ज़मीन समुद्र के पेट में समा जाएगी। इस क्षेत्रफल में रहनेवाले 70 लाख से ज़्यादा लोग विस्थापित होंगे। वर्षा रुझानों में बदलाव से वर्षा जल की मात्रा में तो इज़ाफ़ा होगा मगर बहुत सारे इलाक़ों में मात्रा और बारिश की अवधि, दोनों घट जाएगी जिससे ऐसे सूखे और बाढ़ों की स्थिति पैदा होगी जिनका अभी तक मानव सभ्यता ने कभी सामना नहीं किया था। इसके साथ ही, ज़्यादातर आकलनों के मुताबिक़, तापमान वृद्धि से खाद्यान्न उत्पादन में कमी आ जाएगी। कुछ फ़सलों में यह गिरावट 20 प्रतिशत तक होगी हालांकि कुछ लोगों का कहना है कि उत्पादन बढ़ भी सकता है। हिमालय के ग्लेशियरों के तेज़ी से पिघलते जाने (जिसकी रफ़्तार गंभीर वैज्ञानिक बहस का विषय बन गई है मगर इस बात पर कोई असहमति नहीं है कि ग्लेशियर पिघलते जा रहे हैं) से पूरे उत्तरी भारत में नदी आधारित आजीविकाओं पर ख़तरा पैदा हो जाएगा। समुद्री पानी के तापमान में बदलाव से समुद्र की उत्पादकता पर भी फ़र्क़ पड़ेगा, समृद्ध शैवाल व्यवस्थाएं मरने लगेंगी और मछलियों की आवाजाही के रुझानों में बदलाव आएंगे जिनका सामना करना मछुवारों के लिए मुश्किल होगा।

हालांकि भारत की वैश्विक मुद्रा उत्तरी देशों से जवाबदेही मांगने की रही है मगर उसकी अपनी घरेलू नीतियां कमज़ोर और अस्थिर रही हैं। 2009 में नेशनल एक्शन प्लान ऑन क्लाइमेट चेंज (एनएपीसीसी) जारी किया गया था जिसमें कुछ सकारात्मक तत्त्व दिखाई पड़ते हैं। जैसे, सौर ऊर्जा पर विशेष रूप से ज़ोर दिया गया है और ऊर्जा कुशलता की बात की गई है। मगर इन प्रावधानों के साथ अवधारणात्मक

और क्रियान्वयन संबंधी समस्याएं भी बनी हुई हैं (जैसे, अगर आप सिर्फ़ सौर ऊर्जा पर फ़ोकस रखते हैं और दूसरी पुनर्नवीकरणीय ऊर्जाओं पर ध्यान नहीं देते हैं तो क्या होगा, विकेंद्रीकृत ऊर्जा उत्पादन पर ध्यान नहीं दिया गया है, ऊर्जा कुशलता के मामले में कई क्षेत्र नदारद हैं)। बहुत सारे दूसरे तत्त्व (जैसे टिकाऊ खेती और पानी पर अलग-अलग मिशनों की स्थापना) पुरानी तथा दकियानूसी सोच में ही डूबे हुए हैं और नई सोच दिखाई नहीं देती। वाटर मिशन में बड़े बांधों पर निर्भरता का ही राग अलापा जा रहा है जबकि उनकी बेहिसाब पारिस्थितिकीय एवं सामाजिक लागतों पर चुप्पी साध ली गई है। खेती के क्षेत्र में रासायनिक उर्वरकों (जो भारत में 6 प्रतिशत वायुमंडलीय उत्सर्जनों के लिए ज़िम्मेदार हैं) के अंधाधुंध इस्तेमाल से जैविक इनपुट्स की तरफ़ बढ़ने का हम एक बहुत अच्छा मौक़ा गंवा चुके हैं (इस मिशन की स्थापना का काम अभी जारी है)। इस बात का लगभग न के बराबर उल्लेख है कि भारत की आबादी के अलग-अलग हिस्सों की 'वायुमंडलीय परिधि' में कितनी असमानता है और देश के महाधनी तबक़े किस तरह के भौंडे उपभोक्तावाद का जीवन जी रहे हैं। एनएपीसीसी का मसविदा तैयार हो चुका है और अलग-अलग मिशनों के ज़रिए इस पर काम चल रहा है मगर इसमें जनता की राय और पारदर्शिता के लिए लगभग कोई जगह नहीं है। कुल मिलाकर यह दस्तावेज़ भी 'विकास' और तरक़्क़ी के उस मॉडल की बुनियादी ख़ामियों को चुनौती नहीं देता जिनकी वजह से वायुमंडलीय संकट पैदा हो रहा है।

संकट-दर-संकट : भोजन, पानी, रोज़गार

भारत की आबादी का एक बहुत बड़ा हिस्सा गंभीर और कई संकटों से जूझ रहा है। उसके सामने खाद्य असुरक्षा, पानी की कमी, ईंधन की अनुपलब्धता और रोज़गारों के छिन जाने का संकट पैदा हो गया है मगर विकल्प कोई नज़र नहीं आ रहा है। ये सारे संकट वैश्वीकरण के इस दौर से पहले और यहां तक कि 'विकास' के आधुनिक रूपों से पहले भी मौजूद थे। मगर सवाल यह है कि 'विकास' और वैश्वीकरण को तो इसीलिए शुरू किया गया था कि वे इन संकटों को दूर कर देंगे। विडंबना यह है कि उन्होंने इन संकटों को दूर करने की बजाय और घना कर दिया है।

आइए, पहले खाद्य सुरक्षा की बात करें। नब्बे के दशक की शुरुआत में ऐसी आबादी 24 प्रतिशत थी जिसके पास दो वक़्त की रोटी का इंतज़ाम नहीं था। 2004-06 में यह संख्या 22 प्रतिशत रह गई थी, यानी उसमें मामूली गिरावट आई थी। इससे भी ज़्यादा सकते में डाल देनेवाली बात यह है कि आज दुनिया के सबसे ज़्यादा कुपोषित लोग भारत में ही हैं : खाद्य एवं कृषि संगठन (एफ़एओ) का अनुमान है कि 2004-06 के दौरान 25.1 करोड़ यानी देश की लगभग एक-चौथाई आबादी कुपोषित थी।

हमारे पास भोजन की कमी नहीं है, भारतीय खाद्य निगम (एफ़सीआई) के गोदाम लगातार भरे हुए हैं—इसके बावजूद एक-चौथाई हिंदुस्तानियों का पेट ख़ाली है। ये वे लोग हैं जिनके पास न तो अनाज ख़रीदने के लिए पैसे हैं और न ही सरकार की कल्याण योजनाओं की पहुंच में आ पा रहे हैं। अनाज की महंगी क़ीमतों से स्थिति और ख़राब हो गई है। जैसे-जैसे करोड़ों लोग पारिस्थितिकीय तंत्र और छोटी खेती पर आधारित आजीविका विकल्पों से वंचित होते जा रहे हैं, वैसे-वैसे वे बाज़ार अर्थव्यवस्था की चपेट में आते जा रहे हैं जहां भोजन केवल पैसे से ख़रीदा जा सकता है जो कि उनके लिए एक दुर्लभ संसाधन है। परंपरागत अनाज और दलहन अथवा जंगलों व आर्द्र भूमियों में पैदा होनेवाले जंगली और अर्द्धजंगली भोजन जैसे पोषण के महत्त्वपूर्ण स्रोत कम होते जा रहे हैं और इन खाद्य पदार्थों को ख़रीदना भी मुश्किल होता जा रहा है (नब्बे के दशक की शुरुआत से अब तक प्रति व्यक्ति दलहन उपलब्धता में 26 प्रतिशत गिरावट आ चुकी है)।

जल असुरक्षा भी उतना ही गंभीर रूप ले चुकी है। ग्रामीण और शहरी, दोनों इलाक़ों के लाखों लोगों के पास पीने के लिए भी पानी नहीं है। आर्द्र भूमियों तथा भूमिगत जलधाराओं का कुप्रबंधन, वर्षा जल का संचय करनेवाले इलाक़ों का क्षरण, बार-बार आनेवाले सूखे, आबादी का अतिसंकेंद्रण (शहरों में) सतही और भूमिगत जल स्रोतों का प्रदूषण आदि इसके मुख्य कारण हैं। इन समस्याओं की जड़ में नीतियों की विफलता सबसे प्रमुख है (आर्द्र भूमि एवं भूमिगत जल संरक्षण एवं प्रबंधन, प्रदूषण तथा पानी के मूल्य से संबंधित नीतियां)। इसके अलावा जल संसाधनों पर महाकाय कॉरपोरेशनों और आभिजात्य तबक़े का क़ब्ज़ा भी एक मुख्य कारण है (उदाहरण के लिए, देश के बहुत सारे भागों में कोका कोला के बॉटलिंग संयंत्रों ने स्थानीय समुदायों को सुरक्षित भूमिगत पानी से भी वंचित कर दिया है)।

भूमिगत पानी एक सबसे गंभीर चिंता का विषय बन गया है। खेती, उद्योगों एवं शहरी ज़रूरतों के लिए पानी का दोहन देश के कई भागों में इस स्तर पर पहुंच चुका है कि भूमिगत जलधाराएं बहुत तेज़ी से सूखती जा रही हैं। ग्रामीण भारत में आधी से ज़्यादा भूमिगत जलराशियों की भरपाई उतनी तेज़ी से नहीं हो पा रही है जितनी तेज़ी से उनका दोहन हो रहा है। संसद में एक सवाल के जवाब में सरकार ने भी कहा है कि देश के एक-तिहाई ज़िलों में भूमिगत पानी पीने के लायक़ नहीं है क्योंकि उसमें लोहे, फ़्लोराइड, आर्सेनिक और खारेपन की मात्रा बहुत ज़्यादा है। भारत में पानी का कुल इस्तेमाल (लगभग 750 अरब घन मीटर) अभी भी उपलब्ध जल भंडारों (लगभग 1969 अरब घन मीटर) से कम है मगर अनुमान लगाया जा रहा है कि 2025 तक हमारे जल भंडार और हमारा इस्तेमाल, दोनों बराबर हो जाएंगे और 2050 तक पानी का उपयोग उपलब्ध पानी की मात्रा से ऊपर जा चुका होगा। यह स्थिति तो तब है जब हम पानी के केवल मानवीय प्रयोग की बात करते हैं। अगर हम प्राकृतिक

पारिस्थितिकीय तंत्र तथा दूसरी प्रजातियों के लिए पानी की ज़रूरतों का भी हिसाब जोड़ दें तब तो हम पहले ही संकट में पहुंच चुके हैं।

और आख़िर में, रोज़गारों का संकट तो सबके सामने है ही। जैसे-जैसे पारिस्थितिकीय तंत्र अस्त-व्यस्त हो रहे हैं और ज़मीन/पानी का नाश बढ़ रहा है, या प्राकृतिक संसाधनों तक पहुंच घट रही है, ऐसे समुदाय संकट में फंसते जा रहे हैं जो परंपरागत रूप से स्वरोज़गार में रहे हैं (मसलन किसान, शिकारी-संग्राहक, मछुवारे, चरवाहे, दस्तकार आदि)। अभी तक विकास की इस प्रक्रिया में कितने आजीविका और रोज़गार नष्ट हो चुके हैं इसका हमारे पास कोई मुकम्मल हिसाब नहीं है जो अपने आपमें इस बात का संकेत है कि सरकार इस सवाल को कितना अनावश्यक मानती है।

घुमंतू समुदायों पर सबसे बुरा असर पड़ा है। उनकी मौसमी आवाजाही के रास्ते अस्त-व्यस्त हो गए हैं, उनकी जीवन शैली और संस्कृतियां हाशिए पर चली गई हैं। उनके बारे में या तो ग़लतफ़हमियां व्याप्त हैं या उनकी अपनी नई पीढ़ियां भी तमाम प्रभावों की वजह से अपने समुदायों से दूर जाने की कोशिश कर रही हैं। एंथ्रोपोलॉजिकल सर्वे ऑफ़ इंडिया का अनुमान है कि भारत में कम से कम 276 ग़ैर-चरवाही घुमंतू व्यवसाय (शिकारी-संग्राहक और बहेलिए, मछुवारे, दस्तकार, खेल-तमाशे वाले, कथावाचक, ओझा, आध्यात्मिक और धार्मिक प्रस्तोता अथवा प्रैक्टिशनर, सौदागर वग़ैरह) हैं। इनमें से ज़्यादातर व्यवसाय ख़तरे में पड़ चुके हैं। कुछ ख़त्म हो चुके हैं या लगभग ख़त्म होनेवाले हैं। इन आजीविकाओं से जो लोग बेदख़ल हुए हैं उनको या तो असुरक्षित, सम्मानरहित, अल्पवेतन और शोषण भरे असंगठित क्षेत्र रोज़गारों में धकेल दिया गया है या वे बेरोज़गार और बेसहारा छूट गए हैं। यही स्थिति देश के चार करोड़ से ज़्यादा घुमंतू चरवाहों में से बहुतों की दिखाई दे रही हैं।

क्या राष्ट्रीय नियोजन में पर्यावरण को शामिल किया गया है?

जैसा कि इस अध्याय की शुरुआत में ज़िक्र किया गया था, 1991 में वैश्वीकरण केंद्रित सुधारों की शुरुआत में तत्कालीन वित्त मंत्री मनमोहन सिंह ने कहा था कि भारत को पर्यावरण की रक्षा के लिए ज़रूरी संसाधन जुटाने के वास्ते अपनी आर्थिक विकास दर बढ़ानी होगी। जो कुछ नष्ट हो चुका है, उसे वापस नहीं लाया जा सकता है (उदाहरण के लिए ऐसे लाखों हेक्टेयर प्राकृतिक वन जो बांधों या खदानों की वजह से नष्ट हो चुके हैं या जिनकी उद्योगों का पेट भरने के लिए कटाई की जा चुकी है), यह मान लें तो भी मनमोहन सिंह के बयान की रोशनी में एक सवाल तो बनता ही है : क्या वैश्विक 'विकास' की वजह से पैदा हुई समस्याओं के अनुपात में पर्यावरणीय संरक्षण और टिकाऊपन के लिए फ़ंडिंग भी

उसी अनुपात में बढ़ी है? और क्या पर्यावरण हमारी योजना प्रक्रिया का एक केंद्रीय तत्त्व बन पाया है?

हालांकि केंद्र सरकार की ओर से पर्यावरण एवं वन मंत्रालय के लिए निर्धारित आवंटित राशि नब्बे के दशक की शुरुआत से लगातार ऊपर गई है (1995-96 में लगभग 370 करोड़ रुपए से बढ़कर 2009-10 में 1500 करोड़ रुपए) मगर कुल बजट में उसका हिस्सा अभी भी वैसा का वैसा दयनीय ही है। हक़ीक़त यह है कि पर्यावरण एवं वन मंत्रालय के नाम पर होनेवाला आवंटन आज तक कभी भी बजट के 1 प्रतिशत के आसपास भी नहीं पहुंच पाया है। बल्कि कुल बजट में इसका हिस्सा 2004-05 से लगातार घटता जा रहा है और 2009-10 में तो यह केवल 0.36 प्रतिशत रह गया था। इस दौरान (1995-96 से 2009-10 के बीच) कुल बजट में पांच गुना इज़ाफ़ा हुआ है मगर पर्यावरण एवं वन मंत्रालय के बजट में सिर्फ़ चार गुना इज़ाफ़ा हुआ है। यानी, अब जबकि सरकार के पास कुल मिलाकर ज़्यादा पैसा है तब भी सरकार पर्यावरण के मद में उचित अनुपात में पैसा ख़र्च करने को तैयार नहीं है।

बजट के दूसरे संबंधित क्षेत्रों की क्या स्थिति है? एक स्पष्ट संकेत ग़ैर-परंपरागत ऊर्जा स्रोतों के लिए आवंटित धन में देखा जा सकता है। 1992-93 में कुल ऊर्जा बजट का लगभग 0.8 प्रतिशत इस मद में आवंटित किया गया था जो 2008-09 तक बढ़कर भी मात्र 1.28 प्रतिशत ही हो पाया था। बाक़ी ऊर्जा बजट का ज़्यादातर हिस्सा ताप विद्युत (थर्मल पावर) पर ख़र्च हुआ जिसे बेहद प्रदूषक माना जाता है और वायुमंडलीय परिवर्तन को जन्म देनेवाली गैसों का सबसे बड़ा स्रोत है। बजट का एक बहुत बड़ा हिस्सा जल विद्युत पर गया है और उसका भी अधिकांश हिस्सा सामाजिक और पर्यावरणीय रूप से विनाशकारी बड़े बांधों पर ख़र्च हुआ है।

व्यापक योजना प्रक्रिया में पारिस्थितिकीय मुद्दों को कितना महत्त्व दिया जाता है, इसको आंकने का एक तरीक़ा यह है कि भारत सरकार द्वारा अर्थव्यवस्था के प्रमुख रुझानों की समीक्षा करने और आनेवाले साल की संभावनाओं को समझने के लिए किए जानेवाले वार्षिक आर्थिक सर्वेक्षण का अध्ययन किया जाए। नब्बे के दशक की शुरुआत से इस सर्वेक्षण में एक खंड पर्यावरण पर भी शामिल किया जाता रहा है जो पहले नहीं था। फिर भी अभी तक यह खंड कुल मिलाकर सिर्फ़ एक औपचारिकता रहा है जिसके लिए 200 पन्ने की रिपोर्ट में महज़ एक या हद से हद दो पन्ने मिलते हैं। इस खंड में जंगल, ज़मीन, पानी और प्रदूषण के मद में बहुत भयावह तस्वीर पेश की जाती रही है मगर उसे कभी भी साल के प्रमुख आर्थिक घटनाक्रमों के साथ जोड़कर पेश नहीं किया गया। उदाहरण के लिए, सर्वेक्षण से जुड़े लोग इस बात का विश्लेषण नहीं करते कि इन घटनाक्रमों का

प्रभाव पारिस्थितिकी तंत्र के लिए हानिकारक था या लाभदायक। न ही इस बात की पड़ताल की जाती है कि पर्यावरणीय विखंडन से भावी आर्थिक विकास पर क्या प्रभाव पड़ेंगे।

'टिकाऊ विकास' की बार-बार दुहाई देने के बावजूद यह आंकने के लिए न तो कोई कसौटी है और न ही संकेतक, कि हम इस लक्ष्य की तरफ़ बढ़ पा रहे हैं या नहीं।

2008-09 के सर्वेक्षण में संभवत: पहली बार इस बात का ज़िक्र किया गया है कि वायुमंडलीय परिवर्तन के प्रसंग में 'उपभोग संबंधी मुद्दों' पर ध्यान भी देना ज़रूरी है और 'भारत के विकास का रास्ता' पारिस्थितिकीय रूप से टिकाऊ भी होना चाहिए। यह भविष्य के आर्थिक आकलनों में पर्यावरण को एक मुकम्मल जगह दिलाने की शुरुआत हो सकती थी मगर फ़िलहाल यही दिखाई दे रहा है कि भारतीय अर्थव्यवस्था के कर्ता-धर्ताओं को इसमें ख़ास दिलचस्पी नहीं है।

क्या वैश्वीकरण से पर्यावरण को कुछ भी फ़ायदा हुआ है?

बेशक, वैश्वीकरण से कई पर्यावरणीय लाभ पैदा हुए हैं। पुनर्नवीकरणीय ऊर्जा, प्रदूषण नियंत्रण, कुशलता आदि के लिए कई आधुनिक प्रौद्योगिकियां सामने आई हैं जो वैश्वीकरण के व्यापक आप्रवाह का हिस्सा रही हैं। इलेक्ट्रॉनिक और संचार उछाह ने भी सूचनाओं और विचारों के ज़्यादा तेज़ आदान-प्रदान को सुगम बना दिया है जिससे विभिन्न विरोध अभियानों के समन्वय की संभावना दुनिया भर में पुख़्ता हुई है। यह भी कहा जा सकता है कि बहुत सारी बहुराष्ट्रीय कंपनियां और भारत की अपनी महाकंपनियों के पास विभिन्न प्रक्रियाओं के लिए पारिस्थितिकीय स्तर पर बेहतर प्रौद्योगिकियां विकसित करने के लिए पहले से ज़्यादा संसाधन आ गए हैं।

फिर भी, ऐसा क़तई नहीं लगता कि वैश्वीकरण के ये सारे लाभ इसके नुक़सानों के किसी भी तरह से बराबर पड़ते हों। अभी तक मात्रात्मक या गुणात्मक, जो भी संकेत उपलब्ध हैं उनसे तो यही लगता है कि पूरा देश पारिस्थितिकीय अस्थिरता की तरफ़ बढ़ रहा है। कम से कम आंशिक रूप से इसकी वजह यह है कि आर्थिक वैश्वीकरण की शक्तियों को केवल पर्यावरण के लिए अनुकूल प्रौद्योगिकियों का इस्तेमाल करके या उपयुक्त सूचनाओं का तेज़ी से प्रसार करके संतुलित नहीं किया जा सकता है। इन रास्तों पर चलकर ज़्यादा से ज़्यादा आप आर्थिक वैश्वीकरण के कारण पैदा होनेवाले पारिस्थितिकीय ध्वंस और सामाजिक उथल-पुथल को कुछ समय के लिए टाल सकते हैं और आपको एक बेहतर समाज की कल्पना करने की मुहलत मिल सकती है। मगर यह समाज कैसा होगा? आर्थिक वैश्वीकरण का क्या विकल्प हो सकता है? इस सवाल पर हम अगले अध्याय में चर्चा करेंगे।

अध्याय 4

बूंद-बूंद विकास

लाल फीता : असमानता-केंद्रित, पर्यावरण-विनाशी एकतरफ़ा विकास

मुख्यधारा के अर्थशास्त्रियों में यह धारणा काफ़ी प्रचलित है कि आर्थिक विकास के शुरुआती चरणों में असमानता बढ़ती ही है। दलील यह दी जाती है कि उस अर्थव्यवस्था की भावी सेहत के लिए ऐसा ज़रूरी है क्योंकि तभी अमीर तबक़े की बचत बढ़ती है और वह अपनी आय का एक ज़्यादा बड़ा हिस्सा अर्थव्यवस्था में निवेश कर पाता है। इस तरह निवेश में इज़ाफ़ा होता है, विकास को गति मिलती है, रोज़गार बढ़ने लगते हैं, कर वसूली ऊपर जाती है और ग़रीबों व हाशियाई तबक़ों के लिए कल्याण कार्यक्रमों को लागू करना संभव हो पाता है। इस प्रकार, वह असमानता कम होने लगती है जो शुरुआती दौर में पैदा हुई थी। कुछ औचित्यों के साथ यह भी कहा जाता है कि संपन्न देशों में आर्थिक तरक़्क़ी और विकास का यही अनुभव रहा है। इसे अर्थशास्त्रियों ने मशहूर 'कुज़नेट्स कर्व' के ज़रिए दिखाने की कोशिश की है। लुब्बेलुबाब यह है कि फ़िलहाल हम अमीरों को खुलकर मनमानी करने दें ताकि कल ग़रीबों को भी कुछ निवाले मिल जाएं।

पढ़े-लिखे तबक़ों में लगभग हर व्यक्ति ने यह मान लिया है कि जब से हमारे देश में आर्थिक सुधारों की शुरुआत हुई है तभी से ग़रीबी तेज़ी से घटती जा रही है और अब तक़रीबन चौथाई आबादी ही ग़रीब रह गई है। यानी अब ग़रीबी इतनी ज़्यादा नहीं है कि उसे संभाला न जा सके। इस विश्वास के मुताबिक़, आर्थिक तरक़्क़ी के ज्वार ने पीछे छूट गई सारी डोंगियों को अपने आगोश में ले लिया है। अभी तक की सोच यही है। 2007-08 के सरकारी आर्थिक सर्वेक्षण में दावा किया गया है कि कुल आबादी में ग़रीबों का अनुपात 1993-94 में 36 प्रतिशत था जो 2004-05 में 27.5 प्रतिशत रह गया था। विश्व बैंक भी कुछ समय पहले तक यही मानता था। उसकी नज़र में, एक डॉलर प्रतिदिन से ज़्यादा आमदनीवालों को ग़रीब नहीं माना जा सकता है। बेशक, सुधारों की शुरुआत के बाद सबसे ज़्यादा अरबपति अमेरिका के बाद भारत में ही पैदा हुए हैं। मगर, सवाल यह है कि मुख्यधारा के आर्थिक सिद्धांत के हिसाब से क्या इन अरबपतियों ने अपने निवेशों

के ज़रिए भारत में ग़रीबी पर अंकुश लगाने में कोई योगदान दिया है? क्या उनके निवेश से ग़रीबों के लिए नए रोज़गार पैदा हुए हैं? जैसा कि हम पीछे देख चुके हैं, इन सवालों का जवाब 'नहीं' है।

अगर अब तक पेश किए गए साक्ष्यों के आधार पर इसके विपरीत स्थिति सामने आ रही हो तो आप क्या कहेंगे? अगर यह पाया जाए कि पिछले दो दशकों के दौरान हमारा देश आर्थिक विकास की जिस प्रक्रिया से गुज़रा है उसने वास्तव में तीन-चौथाई आबादी को पीछे छोड़ दिया है—या बल्कि उसको और चोट पहुंचाई है—तो आप क्या कहेंगे? फ़िलहाल यह कहना ही काफ़ी होगा कि ग़रीबी—भले ही हम यह मान भी लें कि वह संभवत: गिर रही है—उतनी तेज़ी से नहीं गिर रही है जितना हमें यक़ीन दिलाने की कोशिश की जा रही है। न ही वह उतनी तेज़ी से गिर रही है जितना कि किसी दूसरे विकासशील देश में गिर सकती थी।

अगर आर्थिक विकास का मक़सद ग़रीबी पर निर्णायक प्रहार करना ही है तो 8-9 प्रतिशत सालाना की ज़बर्दस्त रफ़्तार से बढ़ रही अर्थव्यवस्था के लिए यह ग़रीबी अभी भी बहुत भारी है। पीछे हमने जिन अनुमानों का ज़िक्र किया था, उनके मुक़ाबले हाल के सालों के सरकारी अनुमान ख़ुद योजना आयोग द्वारा जारी किए गए हैं। इनमें सबसे ताज़ा अध्ययन में पूरे देश में ग़रीब आबादी 38 प्रतिशत बताई गई है। सेनगुप्ता कमेटी ने बताया था कि भारत के 77 प्रतिशत लोग प्रतिदिन 20 रुपए या उससे भी कम ख़र्चा कर पाते हैं। कई दूसरे आंकड़े इस निष्कर्ष की पुष्टि करते हैं जो हम पीछे देख चुके हैं। हमारे देश में कुपोषण लगातार ऊंचा रहा है और देश के कुछ भागों में बढ़ रहा है (जैसे झारखंड, मध्य प्रदेश और यहां तक कि केरल में भी)। इस दौरान ख़ून की कमी से ग्रस्त बच्चों और प्रजननशील महिलाओं की संख्या काफ़ी ऊपर गई है। पिछले कुछ दशकों के दौरान भारत के विकास की रफ़्तार से ग़रीबों को वाक़ई फ़ायदा हुआ होता तो शायद हमें ऐसी परिघटना देखने को नहीं मिलती।

शहर-गांव की खाई भी बढ़ती जा रही है। प्रति व्यक्ति शहरी एवं ग्रामीण आय का अनुपात 1993-94 और 1999-2000 के बीच 2.34 की जगह 2.85 तक पहुंच गया है। अगर 'सामुदायिक, सामाजिक एवं अन्य सेवाओं' (स्वास्थ्य, शिक्षा आदि) की स्थिति को देखें तो सरकारी आंकड़ों के हिसाब से इस श्रेणी में कुल सरकारी व्यय का 42 प्रतिशत ही 1993-94 में ग्रामीण इलाक़ों में गया था जबकि 1999-2000 में ग्रामीण इलाक़ों को सिर्फ़ 29 प्रतिशत हिस्सा मिला—यह स्थिति तब है जबकि देश की 70 प्रतिशत से ज़्यादा आबादी गांवों में रहती है।

ऊपरी तबक़ों की संपत्ति में इज़ाफ़े और उसके बरक्स असमानता में इतनी तेज़ वृद्धि को देखकर आईएमएफ़ के एक हालिया पर्चे में भी आगाह किया गया है कि :

'सुधारों की रफ़्तार को क़ायम रखने की सरकार की सामर्थ्य जनसमर्थन पर निर्भर करती है। अगर आबादी का एक विशाल हिस्सा पीछे छूट जाता है, भले ही वह सापेक्ष अर्थों में हो, तो भावी सुधारों की संभावना ख़तरे में पड़ जाएगी।'

इसमें यह भी बताया गया है कि :

'कुल मिलाकर 1990 के दशक में उपभोग असमानता में इज़ाफ़ा हुआ है, ख़ासतौर से शहरी इलाक़ों में... जबकि अस्सी के दशक में शहरी भारत में असमानता स्थिर थी और ग्रामीण भारत में कम हो रही थी। नब्बे के दशक में यह रुझान उलट गया... शहरी-ग्रामीण खाई और चौड़ी हो गई है... लगभग सभी राज्यों में नब्बे के दशक का विकास समानता को बढ़ानेवाला साबित नहीं हुआ है... भारत की निचली आधी आबादी की ग़रीबी में पिछले दशक के दौरान ज़्यादा गिरावट आई थी।'

आईएमएफ़ दस्तावेज़ का निष्कर्ष यह है कि :

'विकास की तेज़ रफ़्तार और इसके समावेशी होने के बीच कोई स्पष्ट सहसंबंध दिखाई नहीं देता।'

भारतीय अर्थव्यवस्था की पिछले कुछ दशकों की विकास प्रक्रिया को कैसे समझा जाए? यहां कौन सी मुख्य प्रक्रियाएं काम कर रही हैं?

ऐसा लगता है कि ऊंची विकास दर ग़ैर-बराबरी को और बढ़ा रही है। विकास की प्रक्रिया ने संपन्न और अमीर वर्गों में मांग को और गहराई प्रदान कर दी है जबकि सभी वर्गों में मांग को और विस्तार देने पर ध्यान नहीं दिया गया है। विभिन्न आय समूह अपनी अलग-अलग ज़रूरतों के लिए बिल्कुल अलग-अलग क़िस्म के बाज़ारों में जा रहे हैं। संपन्न तबक़े के लोग अपनी ज़रूरत की चीज़ें ख़रीदने मॉल और सुपर बाज़ारों में जाते हैं। जो ज़्यादा संपन्न नहीं हैं वे किराना दुकानों में जाते हैं। सबसे ग़रीब तबक़े के लोग या तो राशन की दुकानों की क़तारों में मिलते हैं या अनौपचारिक अर्थव्यवस्था के सहारे अपनी ज़रूरतें पूरी करते हैं। जैसे-जैसे असमानता बढ़ी है, अमीरों और मध्यवर्ग की क्रयशक्ति बढ़ती गई है, और यह तबक़ा शहरी इलाक़ों और महानगरों में सबसे बड़ी संख्या में मौजूद है।

हमारी चाह-ऐसी वस्तुओं और सेवाओं (इस मद में आप आयातित सौंदर्य प्रसाधनों और उपकरणों, शॉपिंग मॉल्स, ऐश्वर्यपूर्ण होटलों और रेस्टोरेंट, आयातित कारों, हवाई यात्रा और छुट्टियों के लिए विदेश यात्रा को ले सकते हैं) के लिए बढ़ रही है जो तेज़ी से 'चाहत' से 'ज़रूरतों' की श्रेणी में तब्दील हो रही हैं। इसके पीछे आक्रामक विज्ञापन उद्योग और सामाजिक रूप से प्रतिस्पर्धी, ईर्ष्यापूर्ण उपभोग का सबसे ज़्यादा हाथ है। इनमें से बहुत सारी चीज़ों को या तो आयात करना पड़ता है या उनको विशालकाय, बहुधा बहुराष्ट्रीय, कंपनियों द्वारा भारत में तैयार किया जाता

है। सस्ते उपभोक्ता क़र्ज़ों के चलते इन वस्तुओं की मांग अमीरों की आय वृद्धि दर से ज़्यादा तेज़ी से बढ़ी है क्योंकि अधिक से अधिक लोग अपने भविष्य को दांव पर लगाकर उपभोग की दौड़ में दौड़ रहे हैं।

इस प्रकार, ऐश्वर्यपूर्ण वस्तुओं और सेवाओं की बढ़ती मांग उपभोग और कॉरपोरेट औद्योगिकीकरण के एक ख़ास रुझान को पुख़्ता करती है जो ग्रामीण कारीगरों और छोटे उत्पादकों के कौशल और प्रतिभा को ही नहीं बल्कि छोटे उद्योगों के सीमित उत्पादन को भी लगातार अप्रासंगिक बनाता चला जाता है। इतना ही नहीं, औद्योगिकीकरण (सेज़ आदि के ज़रिए), बुनियादी ढांचे और खनन प्रक्रियाओं को सुगम बनाने के लिए खेती और किसानों की ज़मीन छीन ली जाती है जिससे समाज में ग़ैर–बराबरी और बढ़ने लगती है। इससे शहरी इलाक़ों की तरफ़ पलायन का दबाव भी और बढ़ जाता है। सुप्रसिद्ध अर्थशास्त्री अमित भादुड़ी ने इस प्रक्रिया को समझने का एक सरल तरीक़ा बताया है :

> *'विकास दर में इज़ाफ़े और बढ़ती असमानता की प्रक्रियाएं समानांतर चलने लगती हैं। अमीरों के लिए चीज़ें तैयार करने के वास्ते बड़े–बड़े निगमों की ज़रूरत होती है और इस प्रक्रिया में वे ग़रीब देशों के ऐसे तबक़े को मोटी तनख़्वाह वाले रोज़गार मुहैया कराते हैं जो उनके बढ़ते बाज़ार के उपभोक्ता बनेंगे। यह कॉरपोरेट संपदा रचने की एक विनाशकारी प्रक्रिया बन जाती है जिसमें दक्षिण से लेकर वाम तक एक नई राजनीतिक साझेदारी उभरने लगती है। 'औद्योगिकीकरण के ज़रिए प्रगति' इस रास्ते की पहचान बन जाती है। मध्य वर्ग के जनमत निर्माता और मीडियाकर्मी एकजुट हो जाते हैं और केवल कभी–कभार ही बेदख़ल किए गए लोगों के लिए 'जायज़ मुआवज़े' की हल्की–फुल्की आवाज़ें उठाते हैं। वे यह नहीं समझ पाते कि औद्योगिकीकरण के नाम पर होनेवाले ज़बर्दस्त विस्थापन और तबाही के हालात में सम्मानजनक वैकल्पिक रोज़गार कैसे पैदा किए जाएं?*

भादुड़ी आगे बताते हैं :

> *'धीरे–धीरे अमीरों के पक्ष में एक ऐसी उत्पादन संरचना पुख़्ता होती चली जाती है जिसको फिर वापस नहीं मोड़ा जा सकता। ऐश्वर्यपूर्ण वस्तुओं के उत्पादन के लिए तैयार की गई ख़ास पूंजीगत वस्तुओं में निहित निवेश को फ़ौरन बुनियादी ज़रूरत की चीज़ों के उत्पादन के लिए रूपांतरित नहीं किया जा सकता (मसलन लग्ज़री होटल या स्पा को किसी प्राथमिक स्वास्थ्य केंद्र में तब्दील नहीं किया जा सकता)। इसके बावजूद, बाज़ार का तर्क यही रहता है कि 'संसाधनों का कुशल आवंटन' सुनिश्चित करने के लिए निवेश हमेशा अर्थव्यवस्था के सबसे उत्पादनशील और लाभदायक क्षेत्रों की तरफ़ ही जाता है। मूल्य निर्धारण की*

प्रक्रिया इस आवंटन को दिशा देती है मगर निर्णायक क़ीमतें मोटे तौर पर समाज में बढ़ती असमान आय का परिणाम होती हैं। जब आमदनी का वितरण सही नहीं होता तो बाज़ार एक घातक नियंता बन जाता है।'

समाज के एक बहुत छोटे से तबक़े की विलासिता वस्तुओं की बढ़ती चाह से संचालित औद्योगिकीकरण की यह प्रक्रिया पर्यावरण के हानिकारक शोषण पर आश्रित रहती है क्योंकि इस प्रक्रिया के लिए पानी, ऊर्जा और ग़ैर-पुनर्नवीकरणीय संसाधनों की भूख ख़त्म नहीं होती। ग्रामीण इलाक़ों से शहरी इलाक़ों की तरफ़ संसाधनों के इस हस्तांतरण में हर बार ग्रामीण भारत को ही नुक़सान उठाना पड़ता है। महानगर ग्रामीण इलाक़ों से निचोड़ी जा रही पारिस्थितिकीय रियायतों पर पलने लगते हैं।

यह शक्तिशाली प्रक्रिया औद्योगिकीकरण या किसी भी दूसरी प्रक्रिया को अकल्पनीय बना देती है। वैश्विक स्तर पर चलनेवाला यह मॉडल शक्तिशाली सरकारों, अंतर्राष्ट्रीय वित्तीय संस्थानों और डब्ल्यूटीओ की देखरेख में चलता है। इधर, सनसनी फैलानेवाले, कॉरपोरेट नियंत्रण में चलनेवाले मीडिया की बेहिसाब अतियों से जनता की बौद्धिक और नैतिक कल्पनाशीलता भी नष्ट होती जाती है। इसी के चलते हमारे आभिजात्य तबक़ों में 'विकास' के नाम पर एक सार्वभौमिक सहमति सी बन चुकी है। आबादी का ऊपरी तबक़ा, जिसने कभी पहले इतनी संपदा नहीं देखी थी, उपभोक्तावाद के जश्न में डूबा हुआ है। अब इस तबक़े के लोग सफ़ारी के लिए अफ़्रीका जा सकते हैं, केनबरा या कोपनहेगन में सम्मेलन के लिए जा सकते हैं। मालदीव में जन्मदिन की पार्टियां मना सकते हैं और डियॉडोरेंट ख़रीदने के लिए सिंगापुर में शॉपिंग कर सकते हैं। यह 'बहेलियानुमा तरक़्क़ी' अपनी आजीविका और ज़मीनों को बचाने के लिए जूझ रहे किसानों और आदिवासियों की ज़िंदगी और रोज़गारों को नष्ट करके या ख़तरे में डालकर संपन्न हो रही है। यह प्रक्रिया ठेकेदारी अर्थव्यवस्था में भीषण शोषण का शिकार हो रही महिला कामगारों की मेहनत पर फल-फूल रही है, यह सोचकर ही कंपकंपी छूट जाती है। ऐश्वर्य और उपभोग के नशे में डूबे वर्गों को सच्चाई की किसी भी तरह की गंध से दूर रखने के लिए चौबीसों घंटे चलनेवाले मीडिया में क्रिकेट, बॉलीवुड तथा सूचना के नाम पर पेश किया जा रहा मनोरंजन काफ़ी है। गांधी ने कहा था, 'आप उस शख़्स को जगा सकते हैं जो सो रहा है; जो सोने का बहाना कर रहा है उसे कैसे जगाओगे!'

इस तरक़्क़ी की बूंदें कभी नीचे नहीं जातीं

अगर बहुत सारे नेकनीयत कारोबारी और नीति निर्माता चाहें तो भी पिछले एक-डेढ़ दशक के दौरान हुई इस अप्रतिम आर्थिक तरक़्क़ी के फ़ायदे बूंद-बूंद रिसकर उन लोगों तक नहीं पहुंच सकते जिनको इस तरक़्क़ी की सबसे ज़्यादा ज़रूरत है। यह

व्यवस्था 'क्लब मेंबरशिप' के ढर्रे पर चल रही है इसलिए यह लगातार उन्हीं तबक़ों को समृद्धि देती जाएगी जो पहले से ही अमीर हैं; यह ग़रीबी पर चोट नहीं कर सकती। जब तक अर्थव्यवस्था की इस दिशा को आमूल रूप से, सोच-समझकर, सामूहिक रूप से, पारिस्थितिकीय स्तर पर संवेदनशील और लोकतांत्रिक राजनीतिक प्रक्रियाओं के ज़रिए बदला नहीं जाएगा तब तक तरक़्क़ी की यह प्रक्रिया केवल सीमित तबक़े के लिए ही बनी रहेगी और दिन-प्रतिदिन और ज़्यादा बेरोज़गारी को जन्म देगी। यह प्रक्रिया विनाशकारी सामाजिक तनावों को पुख़्ता करेगी, भ्रष्टाचार, अपराध और उग्रवाद को बढ़ावा देगी। यह एक स्वस्थ बच्चे के फलने-फूलने की बजाय मरती जा रही कैंसर कोशिकाओं को पुनर्जीवित करने जैसी प्रक्रिया है जिससे संभवत: भारतीय राष्ट्र की छवि का अंग-भंग सबसे संभावित दिखाई दे रहा है।

ऐसा क्यों है? दिनोदिन निजीकरण के रास्ते पर चल रहे पूंजीवादी समाज में समावेशी विकास की सबसे पहली शर्त यह है कि ग़रीबों को क्रय शक्ति मिले और वे अपनी ज़रूरत की चीज़ें ख़रीद पाएं। इसके साथ-साथ निम्नलिखित में से भी कुछ शर्तों का पूरा होना ज़रूरी है : (1) संगठित क्षेत्र में रोज़गार वृद्धि दर कामकाजी आबादी की वृद्धि दर के आसपास होनी चाहिए। (2) संगठित क्षेत्र में रोज़गार वृद्धि के अप्रत्यक्ष रोज़गार प्रभाव (अनौपचारिक अर्थव्यवस्था में) ठोस रूप में सामने आएं और संगठित क्षेत्र में पर्याप्त रोज़गार न पैदा होने की भरपाई कर सकें। अनौपचारिक अर्थव्यवस्था में पैदा होनेवाले ये रोज़गार कम से कम न्यूनतम सुरक्षा ज़रूर प्रदान करें क्योंकि भीषण शोषण से संरचनात्मक ग़रीबी को और बढ़ावा ही मिलेगा। (3) अगर विकास के लाभ मुख्य रूप से अमीरों तक ही सीमित रहते हैं तो सरकार के पास ऐसी क्षमता और इच्छा होनी चाहिए कि वह उपयुक्त राजकोषीय नीतियों के ज़रिए इस विकास के एक उल्लेखनीय हिस्से को ग़रीबों तक पहुंचाने का बंदोबस्त कर सके। विकास अर्थशास्त्रियों को भी उम्मीद की यही एक किरण दिखाई देती है। बाक़ी संभावनाएं उनके लिए ख़ास मायने नहीं रखतीं क्योंकि वे असमानता पैदा करनेवाले विकास की प्राय: यह कहकर हिमायत करते रहे हैं कि इस विकास के व्यापक लाभों का समतापरक वितरण तो कराधान के ज़रिए कभी भी किया जा सकता है।

पीछे हमने जो साक्ष्य पेश किए थे उनको देखते हुए उपरोक्त में से पहली या दूसरी शर्त का पूरा होना गहन संदेहास्पद लगने लगा है। हम यह देख चुके हैं कि संगठित क्षेत्र में विकास कुल मिलाकर रोज़गारविहीन विकास रहा है। हम इस बात के भी साक्षी रहे हैं कि संगठित क्षेत्र और शेष अर्थव्यवस्था के बीच जो भी थोड़े-बहुत संबंध हैं वे खेती और अनौपचारिक अर्थव्यवस्था में काम करनेवाले असंख्य ग़रीबों के लिए कोई उल्लेखनीय और स्थायी लाभ पहुंचाने में विफल रहे हैं। (मुख्यधारा की अर्थव्यवस्था घरेलू अनौपचारिक अर्थव्यवस्था की बजाय वैश्विक अर्थव्यवस्था के साथ ज़्यादा घनिष्ठता से गुंथती जा रही है।) दूसरी तरफ़, मुख्यधारा

की अर्थव्यवस्था से शेष अर्थव्यवस्था और आबादी पर जो दबाव पैदा हो रहा है उसके चलते जो बेदख़ली और नकार के इतने तीखे रुझान सामने आए हैं वे देश की बहुसंख्यक ग़रीब आबादी की भौतिक स्थितियों को और ख़राब कर देंगे। ग़रीबी कोई प्राकृतिक स्थिति नहीं होती बल्कि शोषण की ऐतिहासिक एवं सामयिक सामाजिक-आर्थिक प्रक्रियाओं का एक संचयी परिणाम होती है। ये ऐसी प्रक्रियाएं हैं जो उपनिवेशवाद के ज़माने से ही हमारे जीवन को निर्धारित करती आ रही हैं। मुख्यधारा की विकास नीतियों के चलते ग़रीबी, बेदख़ली, विस्थापन या अन्य विनाशकारी प्रक्रियाओं से पीड़ित लोगों (मसलन, विस्थापन के बाद मिलनेवाले अस्थायी रोज़गार जो अंतत: हाथ से चले ही जाते हैं) की विशाल संख्या को देखते हुए यह कहने में कोई हर्ज नहीं है कि विकास की यह प्रक्रिया ग़रीबी को कम करने की बजाय उसको नए, आधुनिक रूपों में और हवा देती जा रही है।

अब सवाल यह उठता है कि संगठित क्षेत्र में जो तरक़्क़ी हुई है उससे अनौपचारिक क्षेत्र में पैदा हो रहे द्वितीयक रोज़गारों की स्थिति क्या है? इस बारे में भरोसेमंद आंकड़े ढूंढ़ना अभी मुश्किल है। फिर भी, अगर हम यह मान लें कि 1991 से 2006 के बीच संगठित निजी क्षेत्र में पैदा हुई हर नई नौकरी के बरक्स दस नए रोज़गार पैदा हुए होंगे (सार्वजनिक क्षेत्र के प्रभावों को नज़रअंदाज़ करते हुए, जहां नौकरियों की संख्या वास्तव में निजीकरण के बढ़ने के साथ घटती चली गई है) तो नतीजा यह निकलता है कि इस डेढ़ दशक के दौरान संगठित क्षेत्र में उछाह के फलस्वरूप असंगठित क्षेत्र में 1.1 करोड़ (सकल) नई नौकरियां पैदा हुई हैं। करोड़ों बेरोज़गार और अल्पबेरोज़गार लोगों के रहते भारत की श्रम शक्ति में केवल सालाना इज़ाफ़ा भी इस दौरान तक़रीबन इतना ही रहा है!

यहां हम खनन व्यवसाय, औद्योगिक या अवरचनागत परियोजनाओं के लिए विभिन्न समुदायों के संसाधन आधार हस्तगत कर लिये जाने और फलस्वरूप परंपरागत आजीविकाओं (खेती, मछुवाही, जंगलों या अन्य क्षेत्रों में) के छिन जाने से पैदा हो रही बेहिसाब बेरोज़गारी, जबरिया मज़दूरी या शोषण भरे स्वरोज़गारों की बात नहीं कर रहे हैं। इस तरह के लोगों—जिनकी संख्या करोड़ों में पहुंच चुकी है—को मौद्रिक अर्थव्यवस्था के निचले सिरे पर कुछ बेहद शोषण भरे कामों में समाहित कर लिया गया है। इस तरह की प्रक्रियाओं के चलते लाखों किसान पाई-पाई को लाचार हो गए हैं और शहरों में बचे-खुचे अमानवीय काम करने के लिए विवश हैं।

अगर इससे कुछ तसल्ली मिलती हो तो यहां आईएलओ के एक ताज़ा अध्ययन का हवाला दिया जा सकता है। एशिया में रोज़गार एवं आर्थिक वृद्धि पर आईएलओ द्वारा किए गए एक अध्ययन में यह निष्कर्ष दिया गया है कि नब्बे के दशक के मध्य से चीन भी 'रोज़गार विरोधी विकास' की प्रक्रिया से ही गुज़र रहा है। और ज़्यादा तसल्ली के लिए हम पश्चिम की ओर भी रुख़ कर सकते हैं जहां पिछले दो-ढाई

दशक से रोज़गारविहीन और रोजगारनाशक विकास के ख़िलाफ़ बेचैनी दिनोदिन बढ़ती जा रही है।

अगर नौकरियां पैदा नहीं हो रही हैं तो क्या इसके लिए सरकारी नीतियों को ज़िम्मेदार ठहराया जा सकता है? जी हां, बशर्ते हम इस बात को ध्यान में रखें कि इन्हीं नीतियों ने वैश्विक विकास और तरक़्क़ी के उस नियमनमुक्त मॉडल को मंज़ूरी दी है जो संरचनात्मक रूप से बेदख़ली की सोच पर आधारित हैं। ये नीतियां इस उम्मीद में अमीरों को 'रिश्वत' देती जाती हैं कि एक दिन वे भी ग़रीबों के लिए नई नौकरियों और कल्याणकारी प्रावधानों का बंदोबस्त करेंगे। मगर यह उम्मीद निराधार है। अगर हम यह मान लें कि करों की आड़ में बचाए गए पैसे को वे उत्पादनशील ढंग से निवेश करेंगे तो भी वे नई नौकरियां पैदा नहीं कर सकते चाहे उनकी नीयत कितनी भी नेक हो क्योंकि लागतों में कटौती, गुणवत्ता सुधार और पूंजी सघन प्रौद्योगिकियों की दिशा में बढ़ रहे वैश्विक रुझानों को देखते हुए उनके सामने रोज़गारों में कटौती के अलावा और कोई चारा ही नहीं रहता। मज़दूरों की कमी से जूझ रही पश्चिमी अर्थव्यवस्थाओं में प्रौद्योगिकी का विकास ऐतिहासिक रूप से जिस तरह हुआ है, वह इस तरह की संभावनाओं के विरुद्ध जाता है। अगर आप विशाल हृदयवाले दयालु पूंजीपति होंगे—जो भारी-भरकम तनख़्वाह पर बहुत सारे मज़दूरों को नौकरी पर रखना चाहता है—तो बहुत जल्द ही आप अपने कठोर और कंजूस प्रतिस्पर्धियों के बाज़ार से बाहर धकेल दिए जाएंगे।

भारत में इस परिघटना के बहुत अचंभित करनेवाले नतीजे सामने आए हैं। सुधारों के पहले डेढ़ दशक के दौरान रोज़गार ठहराव का शिकार रहे, ग़ैर-कृषि अर्थव्यवस्था का वास्तविक उत्पादन (जिससे नई नौकरियां मुहैया कराने की उम्मीद की जाती है) कम से कम चार गुना बढ़ा है : जी हां, संगठित क्षेत्र कामगारों की संख्या में तो बहुत मामूली इज़ाफ़ा हुआ है जबकि उत्पादन प्रक्रिया के मशीनीकरण की वजह से उत्पादन में चार गुना इज़ाफ़ा हो गया है! यह एक हैरतअंगेज़ सच्चाई है। इसका मतलब यह है कि अगर हम असंगठित क्षेत्र में मामूली तनख़्वाह वाले रोज़गारों को ही लें तो भी संगठित क्षेत्र में ऐसी नौकरियां पानेवालों की आमदनी में औसतन 3-4 गुना इज़ाफ़ा हुआ होगा। अगर ऐसा नहीं होता है तो वे भी बूंद-बूंद टपकी तरक़्क़ी की उम्मीदों के साकार होने की प्रतीक्षा करने के लिए आज़ाद हैं। पिछले दो दशकों के दौरान देश भर में बढ़ी नाटकीय आर्थिक असमानताओं को समझने में यह फ़ासला निश्चय ही काफ़ी हद तक मदद दे सकता है।

अब हमारे सामने बूंद-बूंद टपकी तरक़्क़ी की सिर्फ़ एक संभावना बची है। क्या ऐसा हो सकता है कि कर वसूली में इज़ाफ़े से मिलनेवाले राजस्व को सरकार पानी, स्वास्थ्य, शिक्षा, आवास और रोज़गार संवर्धन जैसे उन क्षेत्रों में ख़र्च करने लगे जो फ़िलहाल उपेक्षित दिखाई दे रहे हैं? यह बात कुछ हद तक और कुछ

मामलों में सही मानी जा सकती है। 2009 के चुनावी नतीजों पर पड़े सकारात्मक प्रभावों के फलस्वरूप बेहद महत्त्वाकांक्षी एनआरईजीएस योजना के लिए सरकारी आवंटन में पिछले सालों के दौरान काफ़ी इज़ाफ़ा हुआ है। 2005–06 में इस योजना के मद में महज़ 11,000 करोड़ रुपए यानी सालाना सरकारी ख़र्चे का मात्र 2.1 प्रतिशत आवंटित किया गया था जो 2009–10 में 39,100 करोड़ रुपए (3.8 प्रतिशत) हो चुका था। साल में 100 दिन के लिए 100 रुपए की दिहाड़ी का मतलब है कि लगभग चार करोड़ ग्रामीण कामगार इस योजना का लाभ उठा सकते हैं जबकि योजना के पहले साल में इसके बजट से केवल 1.1 करोड़ मज़दूरों को ही रोज़गार मिल सकता था। मगर, एनआरईजीएस के मद में हुए आवंटन में इज़ाफ़े का एक मतलब यह भी है कि एफआरबीएम अधिनियम की कठिन शर्तों के चलते दूसरे सामाजिक कार्यक्रमों के लिए ज़्यादा पैसा उपलब्ध नहीं हो पाएगा। सरकारी टैक्स वसूली को सामाजिक मदों में ख़र्च करने का भारत सरकार का रिकॉर्ड आमतौर पर बहुत ही दयनीय रहा है।

मुट्ठी भर लोगों के लिए बेहिसाब संपदा और असंख्य लोगों के लिए चौतरफ़ा भुखमरी, कुपोषण, ग़रीबी और बेरोज़गारी के हालात अर्थशास्त्री और कूटनीतिज्ञ जॉन कैनेथ गॉलब्रेथ के तीक्ष्ण अवलोकन की याद दिलाते हैं। उन्होंने कहा था कि बूंद–बूंद टपकी तरक़्क़ी के सिद्धांत असल में घुड़दौड़ के लिए तैयार किए जा रहे घोड़ों को इस उम्मीद के साथ बेहतर चने खिलानेवाली बात है कि इससे भूखों मरनेवाली चिड़ियाओं को उनके गोबर में और ज़्यादा दाने मिल जाएंगे। राजनीतिक मनोवैज्ञानिक आशीष नंदी का कहना है कि 'विकास का मौजूदा मॉडल और चाहे जो कर सकता हो, यह ग़रीबी दूर नहीं कर सकता' क्योंकि, और चीज़ों के साथ–साथ 'यह राजनय को एक ऐसी अवस्था की तरफ़ धकेलने का प्रयास करता है जहां ग़रीबी चाहे कितनी भी गंभीर सामाजिक समस्या क्यों न बनी रहे, वह सार्वजनिक चेतना में अपना महत्त्व खो चुकी होती है।' 'विकासकेंद्रित व्यवस्था' हमें 'अपने आसपास की जीती–जागती दुनिया के प्रति सामाजिक बहरेपन और नैतिक अंधेपन का शिकार बना देती है।' ग़रीबी दूर करने के रास्ते में आज सबसे बड़ी रुकावट यही है कि हमारे समाज के शिक्षित वर्ग ग़रीबी के अस्तित्व को मानने के लिए ही तैयार नहीं हैं।

पिछले कुछ दशकों में विकास के सहारे ग़रीबी पर अंकुश लगाने के जो वैश्विक साक्ष्य दिखाई दे रहे हैं, उनसे क्या पता चलता है? लंदन स्थित न्यू इकोनॉमिक्स फाउंडेशन (एनईएफ़) ने विश्व बैंक द्वारा जारी किए गए डेटा का विश्लेषण करके अनुमान लगाया है कि 1990 से 2001 के बीच अगर दुनिया भर में प्रति व्यक्ति 100 डॉलर की आय वृद्धि हुई है तो उसमें से सिर्फ़ 0.60 डॉलर ही वास्तव में ऐसे लोगों तक पहुंची है जो एक डॉलर प्रतिदिन की ग़रीबी रेखा से कम स्तर पर जीवनयापन

कर रहे हैं। इसका मतलब यह है कि अगर आप ग़रीबी में एक डॉलर की कमी लाना चाहते हैं तो आपको दुनिया भर में कम से कम 166 डॉलर के अतिरिक्त उत्पादन और उपभोग का बंदोबस्त करना होगा—और इसके साथ जो पर्यावरणीय प्रभाव जुड़े हुए हैं, सो अलग। कहने का मतलब यह है कि अगर आप एक डॉलर प्रति व्यक्ति ग़रीबी कम करना चाहते हैं तो आपको पहले 165 डॉलर ग़ैर-ग़रीबों की जेब में डालना होगा! अगर 1981 से 2001 के साक्ष्यों को लें तो यह राशि 44 डॉलर बैठती थी। इसका मतलब है कि जैसे-जैसे समय बीत रहा है ग़रीबी पर अंकुश लगाने की कोशिशें ज़्यादा ख़र्चीली साबित होती जा रही हैं। एनईएफ़ का निष्कर्ष यह है : 'यह तरीक़ा आर्थिक और पारिस्थितिकीय, दोनों ढंग से हानिकारक है। अगर वैश्विक विकास ही अर्थशास्त्र की केंद्रीय रणनीति बना रहेगा तो इसकी ग़रीबी पर अंकुश और पर्यावरणीय टिकाऊपन के उद्देश्यों में तालमेल की संभावना बहुत ही कम है। इस मॉडल के लिए जिस पैमाने पर विकास की ज़रूरत है उसके लिए हमें बेहिसाब पर्यावरणीय लागतें भी चुकानी होंगी, सो अलग। और सबसे ज़्यादा खेद की बात यह है कि इन लागतों का भार भी सबसे ग़रीब तबक़ों पर ही सबसे ज़्यादा पड़ेगा और इस तरह यह उन्हीं को नुक़सान पहुंचाएगी जिनके फ़ायदे के लिए इसे शुरू किया गया है।' एनईएफ़ का कहना है कि 1981 से 2001 के बीच दुनिया भर में ग़रीबी पर अंकुश लगाने के लिए दुनिया की संपन्नतम 10 प्रतिशत आबादी की आय के मात्र 0.1 प्रतिशत का वार्षिक पुनर्वितरण ही काफ़ी था।

इसका एक मतलब यह भी है कि जनसंख्या वृद्धि वैश्विक पारिस्थितिकीय संकट का वास्तविक कारण नहीं है। अगर 1981-2001 के बीच कोई आर्थिक विकास नहीं होता और उपरोक्त आय पुनर्वितरण पर ध्यान दिया जाता तो भी अमीरों की अमीरी पर कोई ख़ास फ़र्क़ नहीं पड़ता जबकि ग़रीब निश्चित रूप से कुछ कम ग़रीब हो जाते और प्रकृति एवं हमारी आनेवाली नस्लें निश्चित रूप से बेहतर स्थिति में होतीं। इससे पता चलता है कि कम से कम पारिस्थितिकीय धरातल पर तो आर्थिक उन्नति की बजाय पुनर्वितरण का यह तरीक़ा ही ग़रीबी पर अंकुश लगाने के लिए कहीं ज़्यादा कारगर है।

जो युवा शोधकर्ता आंकड़ों के सहारे बात करना चाहते हैं उनके लिए एनईएफ़ द्वारा पूरी दुनिया के बारे में लगाए गए इन्हीं अनुमानों की तर्ज़ पर यह समझना एक अच्छा अभ्यास होगा कि 1991 से अब तक भारत अपनी आर्थिक प्रगति का कितना अंश सबसे ग़रीब 20-40 प्रतिशत आबादी तक पहुंचा पाया है। अगर यह गणना की जाए तो शायद यह जानकर थोड़ा संतोष मिल सकता है कि पूरी दुनिया के मुक़ाबले भारत में सबसे ग़रीब तबक़े तक पहुंचनेवाली आय का अंश थोड़ा ज़्यादा रहा है।

सवाल यह है कि क्या एक तरफ़ बेरोज़गारी और असमानता तथा दूसरी तरफ़ आय और वैभव के दोषपूर्ण वितरण से निर्धारित विकास की सीमाओं से निपटने का

कोई और तरीक़ा भी है? विकास की रोज़गार-केंद्रित रणनीति के सहउत्पाद के रूप में सामने आनेवाली समृद्धि के उदाहरण संख्या में आज कम दिखाई दे रहे हैं मगर इसकी अंतर्वस्तु और चरित्र, दोनों में भारी बदलाव आएंगे, यह तय है। इस तरह की व्यवस्था और ज़्यादा बोतलबंद पानी मुहैया कराने की बजाय हमारे नलों में कहीं ज़्यादा पानी की आपूर्ति का आश्वासन देगा। यह तरीक़ा प्रसंस्करित खाद्य पदार्थों और फास्ट फूड्स की जगह ज़्यादा पोषक जैविक भोजन मुहैया कराएगा। यह तरीक़ा क्रोम और कांच के दमकते शॉपिंग मॉल्स में बिकनेवाले डिज़ाइनर कपड़ों की जगह हमारे शहरों में सड़क किनारे बिकनेवाले ऐसे साधारण सूती कपड़ों में इज़ाफ़ा करेगा जिन्हें देश की ज़्यादातर आबादी ख़रीद सकती है। और, यह रास्ता मुट्ठी भर लोगों के लिए विलासितापूर्ण सायबान/पेंटहाउसेज़ बनाने की बजाय ऐसे लाखों ऊर्जा-कुशल मकान बनाने में मदद देगा जो फ़िलहाल धरती के अभागों की क़िस्मत में नहीं हैं।

विकास का यह नया मॉडल इन सारे परिणामों को जन्म दे सकता है और शायद हमारे संपन्न तबक़े में गहरी जड़ें जमा चुकी उपभोक्ता आदतों और निहित स्वार्थी रुझानों की वजह से इसको साकार करना भी आसान नहीं होगा। मगर यह भी सच है कि लंबे दौर में राजनीतिक और पर्यावरणीय दृष्टि से एकमात्र टिकाऊ रास्ता भी यही दिखाई देता है। मगर, यह रास्ता उससे कहीं ज़्यादा आसान है जितना बहुत सारे लोगों को लगता है।

ज़्यादातर अर्थशास्त्री आर्थिक विकास के लक्ष्य तथा समृद्धि से पैदा होनेवाले लाभों के वितरण, इन दोनों को अलग-अलग करके देखते हैं। उनका मानना है कि पहले हमें समृद्धि को बढ़ाना होगा, तभी हम उसके समतापरक वितरण के रास्ते ढूंढ़ सकते हैं। इस सोच में एक गंभीर ख़ामी है। मसला यह है कि कई दशकों तक पनपती रही असमानता ही मौजूदा वैश्विक संकट का असली कारण रहा है। आज यही असमानता हमें और ज़्यादा असमानताओं के भंवर में धकेलती जा रही है। पैसे की भरमार के ज़माने में तरक़्क़ी के आंकड़ों को बढ़ा-चढ़ाकर दिखाना ज़्यादा मुश्किल नहीं है। मामूली कमाई वाले कामगारों को भी ऐसी भारी-भरकम रक़में क़र्ज़ पर दी जा सकती हैं जो उनकी चुका पाने की क्षमता से ज़्यादा हों। इसका मक़सद यह है कि वे फटाफट आपके उपभोक्ता बन जाएं (पिछली एक पीढ़ी से अमेरिकी नीति नियंता बिल्कुल यही करते आ रहे हैं)। मगर जब संपदा, आय और मांग के वितरण की सीमाएं सामने आती हैं तो इस समृद्धि के बारे में फैला जोश तार-तार हो जाता है। अमेरिका में हम यह साफ़ देख सकते हैं। अब लगभग यही कहानी भारत में भी ख़ुद को दोहरा रही है। यहां समृद्धि सीमित है और उसका स्वरूप बदलता जा रहा है और हमारी व्यवस्था आय और संपदा के वितरण की समस्याओं को दूर करने में नाकाम हो चुकी है।

यह समृद्धि कैसे रची जा रही है, उसी से काफ़ी हद तक यह तय हो जाता है कि उसका बंटवारा कैसे होगा। अगर यह समृद्धि अतिवित्त पर आधारित है और ऐसी पूंजी सघन औद्योगिक तकनीकियों पर आधारित है जो संरचनात्मक रूप से असंख्य कामकाजी लोगों को बाहर धकेलती जाती है तो सरकार केवल करों और व्यय कार्यक्रमों के ज़रिए इन असमानताओं को दूर नहीं कर सकती। बुनियादी ढांचे, रक्षा, सुरक्षा, उच्च शिक्षा आदि चीज़ों के लिए और ज़्यादा कर वसूली की मांग पैदा होने लगती है और सामाजिक ख़र्चों के मुक़ाबले इन्हें ज़्यादा तरजीह दी जाने लगती है। अगर विकास का रास्ता रोज़गारोन्मुखी, सांस्कृतिक और पारिस्थितिकीय रूप से संवेदनशील होता और एक टिकाऊ अर्थव्यवस्था में लोगों की सृजनात्मक सहभागिता को विस्तार देता तो ऐसा विकास मांग और असमानता, दोनों को दुरुस्त कर सकता था। तब ग़रीबी को ख़त्म करना वाक़ई एक व्यावहारिक लक्ष्य हो सकता था।

रवींद्रनाथ टैगोर कोई अर्थशास्त्री नहीं थे। मगर इस साधारण सच्चाई को वह भी अच्छी तरह समझते थे। उनके लगभग विस्मृत कर दिए गए लेख 'दि रॉबरी ऑफ़ दि सॉइल' (धरती की लूट) की इस उक्ति को याद करना प्रासंगिक होगा :

> *'हममें से जो लोग ग़रीबी की समस्या पर सोचते-विचारते हैं, वे आमतौर पर सिर्फ़ उत्पादन बढ़ाने की ही सोचते हैं। हम भूल जाते हैं कि इससे साजो-सामान और इनसानियत, दोनों का और ज़्यादा दोहन होने लगता है। यह रास्ता बहुत सारे लोगों की ख़ुशहाली को दांव पर लगा कर मुट्ठी भर लोगों को मुनाफ़े के बेहिसाब अवसर मुहैया कराता है। हमारी ज़िंदगी पैसे से नहीं चलती, रोटी से चलती है; जीवन की परिपूर्णता हमें ख़ुशी देती है, लदी-भरी जेबों से ख़ुशी नहीं मिला करती। अगर आप सिर्फ़ भौतिक संपदा को बढ़ाते जाएंगे तो आप संपन्नों और विपन्नों की असमानता को और घना कर देंगे। इससे सामाजिक व्यवस्था पर इतनी गहरी चोट पहुंचती है कि आख़िरकार लगातार बहते ख़ून की वजह से देह ही दम तोड़ देती है।*

अध्याय 5

आत्मघाती अदूरदर्शिता : ऊंची आर्थिक दर की मूर्खतापूर्ण चाह

'हर वो चीज़ जो गिनी जा सकती है, गिनने के क़ाबिल नहीं होती। और, हर वो चीज़ जो शुमार के लायक़ है वो हमेशा शुमार नहीं हो पाती।'

—अल्बर्ट आइंस्टाइन

संसाधनों का बेहिसाब दोहन, प्रदूषण तथा अस्थिर होते जा रहे पारिस्थितिकी तंत्र वैश्वीकरण के युग में बेलगाम और प्रतिस्पर्धी आर्थिक समृद्धि के मार्ग का सीधा नतीजा हैं हालांकि पारिस्थितिकीय संकट की जड़ें इससे कहीं गहरी हैं और वैश्वीकरण के पहले तक जाती हैं। इस संगठित तबाही को बढ़ावा देनेवाली मुख्य संस्थागत प्रणाली बाज़ार ही है जिसका वैश्विक कॉरपोरेट आभिजात्य वर्ग के पक्ष में उदारीकरण करने के लिए दुनिया भर की सरकारें कमर कसे हुए हैं।

बढ़ते (पक्षपातपूर्ण) व्यापार का नतीजा यह है कि अंतर्राष्ट्रीय श्रम विभाजन में अपनी ऐतिहासिक रूप से लाभदायक स्थिति (जो बहुधा औपनिवेशिक काल से चली आ रही है) के फलस्वरूप संपन्न देश बहुत आसानी से अपने पर्यावरणीय अपराधों को ग़रीब देशों के कंधों पर धकेल सकते हैं। हो सकता है कि अमीर मुल्कों के बहुत सारे 'हरित' उपभोक्ता भी अपनी जीवन शैली के दूरगामी निहितार्थों के बारे में अनजान हों।

दूसरी बात यह है कि अस्सी के दशक में जब से वैश्वीकरण का मौजूदा दौर शुरू हुआ है तब से राष्ट्रीय सीमाओं के आर-पार भौतिक पूंजी (एफ़डीआई) में प्रत्यक्ष निवेश बहुत बढ़ गया है। विभिन्न कंपनियां अपनी उत्पादन इकाइयों को सापेक्ष निवेश अवसरों, बाज़ार तक पहुंच, संसाधनों की उपलब्धता, सस्ते कुशल श्रम, सुरक्षा, राजकोषीय, पर्यावरणीय एवं अन्य लाभों को ध्यान में रखते हुए दुनिया के अलग-अलग कोनों में स्थापित करती जा रही हैं। पर्यावरण की दृष्टि से देखें तो इससे आपूर्ति शृंखलाओं का भी वैश्वीकरण हुआ है जिसने विभिन्न वस्तुओं, कच्चे व तैयार माल के परिवहन में लगनेवाली ऊर्जा लागतों को कई गुना बढ़ा दिया है। हो

सकता है कैलिफ़ोर्निया में फ्रांसीसी कंपनी और फ्रांस में कैलिफ़ोर्नियाई कंपनी पानी बेच रही हो और दोनों कंपनियां भारी मुनाफ़ा कमा रही हों। अगर ऊर्जा की निजी, कॉरपोरेट लागतों में उसको पैदा करने की अप्रत्यक्ष लागतें (सामाजिक एवं पर्यावरणीय दृष्टि से देखने पर) प्रतिबिंबित नहीं होती हैं जो कि अभी का चलन है तो पर्यावरण के लिए यह विनाशकारी स्थिति है जो बहुत लंबे समय तक क़ायम रह सकती है और इससे हमारे वायुमंडल में ज़बर्दस्त बदलाव आएंगे। इस तरह का पारिस्थितिकीय एवं सामाजिक बेतुकापन कोई इत्तेफ़ाक़ की बात नहीं है बल्कि यह बेलगाम और संरचनात्मक रूप से पक्षपातपूर्ण बाज़ारों के ज़रिए वैश्विक कॉरपोरेट विस्तार का लगभग अपेक्षित नतीजा है।

तीसरी बात यह है कि सत्तर के दशक से पश्चिमी देशों में फ़ाइनेंस का जो विनियमन शुरू हुआ था और नब्बे के दशक से दूरसंचार/इंटरनेट के विस्तार में जो उछाल आया है, उसके चलते दुनिया भर में होनेवाले विशुद्ध वित्तीय लेन-देन में विस्फोटक वृद्धि हुई है। वैश्वीकरण का यह पहलू भारत जैसी अर्थव्यवस्थाओं के तेज़ वित्तीयकरण की स्थिति को जन्म दे रहा है। इससे सट्टा बाज़ारों में और अस्थिरता पैदा होगी तथा वास्तविक अर्थव्यवस्था के लिए भयानक दुष्परिणाम पैदा हो सकते हैं। पर्यावरण की दृष्टि से देखें तो अगर प्रकृति के प्रति उपकरणवादी और उपयोगितावादी रवैया अपनाने से दुनिया भर के आभिजात्य तबक़े के लिए पूंजी संचय और संपन्नता की विराट संभावनाएं पैदा हुई हैं तो अब दशकों और सदियों तक चले इस सिलसिले ने ऐसे हालात पैदा कर दिए हैं जिनमें धरती का तक़रीबन हर टुकड़ा अब वित्तीय पूंजी के लिए सिर्फ़ सट्टेबाज़ी का साधन बनकर रह गया है। नतीजा यह है कि प्रकृति के अंतर्निहित मूल्य की तो बात ही छोड़ दीजिए, पारिस्थितिकी तंत्र के प्रति संवेदनशीलता भी ख़त्म हो चुकी है। उदाहरण के लिए, कॉमोडिटीज़ (जैसे धातुओं) की बढ़ती सट्टेबाज़ी ने खनन उद्योग में पैसे के ज़्यादा बड़े लेन-देन को संभव बना दिया है। इसके चलते खनन कार्यों में और तेज़ी आ जाएगी (क्योंकि अब इन गतिविधियों के मार्फ़त पहले से कहीं ज़्यादा पैसा कमाया या गंवाया जा सकता है) और पर्यावरणीय मानकों की और ज़्यादा अनदेखी होगी।

पर्यावरण के मोर्चे पर वैश्विक बाज़ार की विफलता

प्रतिस्पर्धी पूंजीवादी अर्थव्यवस्था में चीज़ों को सस्ता करने और बाज़ार में अपनी जगह बनाने और बढ़ाने के दो तरीक़े होते हैं। एक तो यह है कि आप अपने उत्पादन की कुशलता बढ़ाएं (जिसके लिए आप कम—या सस्ता—श्रम इस्तेमाल कर सकते हैं या ज़्यादा उत्पादनशील मशीनों का इस्तेमाल कर सकते हैं)। दूसरा तरीक़ा यह है कि आप उत्पादन की लागतों को समाज पर, किसी दूसरे देश के निवासियों पर,

व्यापक विश्व पर या आनेवाली पीढ़ियों के कंधे पर धकेल दें। आप चाहें तो ये दोनों रास्ते भी अपना सकते हैं।

विभिन्न देशों के भीतर बहुत सारे ऐसे क़ानून और संस्थान होते हैं जो पर्यावरणीय क्षति का नियमन करते हैं। मगर देशों के बीच ऐसा कोई बाध्यकारी क़ानून नहीं है। अंतर्राष्ट्रीय स्तर पर सिर्फ़ कन्वेंशन होती हैं, जैसे—जैव विविधता कन्वेंशन अथवा टॉक्सिक ट्रेड (बेसल) कन्वेंशन आदि। हम अच्छी तरह जानते हैं कि इन कन्वेंशनों का पालन कम और उल्लंघन ज़्यादा होता है क्योंकि इन संधियों को सार्थक ढंग से लागू करने के लिए कोई अंतर्राष्ट्रीय या वैश्विक तंत्र नहीं है। लिहाज़ा, यह संयोग की बात नहीं है कि वैश्वीकरण के फलस्वरूप बहुत सारे देश अपने 'गंदे' उद्योगों को दूसरे देशों में स्थापित करने लगे हैं और विषैले पदार्थों के व्यापार में इज़ाफ़ा हुआ है। अगर वैश्वीकरण के इस चरण की शुरुआत से वायुमंडलीय परिवर्तन की रफ़्तार तेज़ हुई है तो इसका ज़िम्मा कम से कम एक हद तक पूंजी को फैलानेवाली उन बहुराष्ट्रीय ताक़तों के सिर पर जाता है जिनके पास बाहरी लागतों और जोखिमों को ऐसे क्षेत्रों में धकेलने की ताक़त है जहां पर्यावरणीय क़ानून कमज़ोर या नदारद हैं। इससे वैश्विक पर्यावरण की कुल स्थिति—जो कि स्वाभाविक रूप से एक सार्वभौमिक कॉमन्स है—और ज़्यादा नाज़ुक हो जाती है। ब्रिटेन के ऑफ़िशियल रिव्यू ऑन दि क्लाइमेट चेंज के लेखक निकोलस स्टर्न के मुताबिक़ :

> *वायुमंडलीय परिवर्तन की समस्या बाज़ारों की एक बुनियादी विफलता का नतीजा है : जो ताक़तें ग्रीनहाउस ग़ैसों का उत्सर्जन करके दूसरों को नुक़सान पहुंचा रही हैं, वे इस नुक़सान की क़ीमत नहीं चुकातीं...। वायुमंडलीय परिवर्तन विश्व इतिहास में बाज़ार की सबसे भयानक विफलता का नतीजा है। निष्क्रियता या विलंबित कार्रवाई की वजह से पैदा होनेवाले बहुत गंभीर जोखिमों के साक्ष्यों की भरमार हो चुकी है। हमने इतनी भयानक तबाही का जोखिम पैदा कर दिया है जो पिछली सदी में हुए दोनों विश्वयुद्धों की तबाही से भी ज़्यादा होगा। यह समस्या वैश्विक है और लिहाज़ा इसका जवाब भी, वैश्विक स्तर पर, मिलकर ही दिया जाना चाहिए।*

कुछ समय पहले विश्व बैंक के चीफ़ इकोनॉमिस्ट (और इस रिपोर्ट के लिखे जाने के समय बराक ओबामा के मुख्य आर्थिक सलाहकार का पद संभाल रहे) लैरी समर्स ने एक आंतरिक पत्र में बाहरी लागतों को (संपन्न राष्ट्रों से) दूसरे देशों में निर्यात करने की दलील दी थी। उनका कहना था कि 'गंदे' (प्रदूषक) उद्योगों को ग़रीब देशों में स्थानांतरित कर देने की कम से कम तीन ठोस वजहें हैं। पहली बात तो यह है कि इससे ग़रीब देशों में मृत्यु दर (और रुग्णता) बढ़ने से आय का जो नुक़सान होगा वह ज़्यादा नहीं होगा क्योंकि वहां के लोग पहले ही ग़रीब हैं। दूसरी

बात, कुछ देश (समर्स के ज़हन में अफ़्रीका का उदाहरण था) औद्योगिक देशों के मुक़ाबले 'बहुत ही ज़्यादा अल्प प्रदूषित' हैं। उनका अंतिम तर्क यह था कि अब संपन्न तबक़ा न केवल अपने पैसे के बूते पर बल्कि 'उच्चतर सौंदर्यात्मक संवेदना' के चलते एक ज़्यादा स्वच्छ पर्यावरण चाहता है। यानी एक स्वच्छ और सुंदर पर्यावरण अमीरों का एक सांस्कृतिक विशेषाधिकार है।

समर्स का निष्कर्ष यह था : 'मेरा ख़याल है कि न्यूनतम वेतन वाले किसी देश में विषैले कचरे को फेंकने का आर्थिक औचित्य अकाट्य है और हमें उसे निभाने के लिए तैयार रहना चाहिए।' लुब्बेलुबाब यह कि व्यावहारिक आर्थिक समझ के तहत ग़रीबों को ज़हर पिलाना लाज़िमी है।

समर्स का कहना था कि उनके सुझाव पर नैतिक और तकनीकी प्रतितर्क दिए जा सकते हैं मगर इस तरह के तर्क तो 'उदारीकरण के लिए विश्व बैंक द्वारा सुझाए गए तमाम नुस्ख़ों' पर भी उतनी ही गंभीरता से लागू होते हैं। यहीं अपनी बात ख़त्म करते हुए उन्होंने स्पष्ट किया कि विश्व बैंक द्वारा ग़रीब देशों के लिए सुझाई जा रही सोच और नीतियों में निहित मामूली कमियों को और बढ़ाना ज़रूरी है ताकि विश्व अर्थव्यवस्था की कुशलता और 'कल्याण' का ख़याल रखा जा सके।

विडंबना देखिए कि दि इकोनॉमिस्ट ने पहले तो 'उनको प्रदूषण फांकने दो' के व्यंग्यात्मक शीर्षक के तहत समर्स के इस मीमो को छापा और अगले ही अंक में उसने समर्स के तर्क पर अपनी सहमति भी व्यक्त कर दी। अख़बार के मुताबिक़, 'अगर स्वच्छ प्रगति का मतलब धीमी प्रगति है, जैसा कि अक्सर होगा तो इसकी मानवीय लागत ग़रीबी की वजह से कुम्हला जानेवाली ऐसी ज़िंदगियों के रूप में दर्ज की जाएगी जिनके सामने अगर इस रास्ते पर चलने की बाध्यता न होती तो उनको बचाया जा सकता था।' पत्रिका का कहना था कि जो पर्यावरणवादी विशेषज्ञ समर्स की दलील पर सवाल खड़ा करते हैं, वे 'दुनिया की ग़रीब आबादी के लिए ज़बर्दस्त चोट पहुंचाने के ज़िम्मेदार हैं भले ही उनकी नीयत कितनी भी नेक हो।'

समर्स ने ग़रीबी के प्रति जो रवैया दिखाया है, वह न केवल नैतिक दृष्टि से घिनौना है बल्कि यह तर्क के धरातल पर भी नाकाफ़ी, साक्ष्यों के स्तर पर दोषपूर्ण और पारिस्थितिकी तंत्र के मामले में अदूरदर्शिता की मिसाल है। ग़रीबों के पास स्वास्थ्य बीमा नहीं होता इसलिए उनके पास प्रदूषण के स्वास्थ्य संबंधी दुष्परिणामों से जूझने के लिए कोई साधन और सहारा भी नहीं होता। अगर नैतिक दृष्टि से सोचें तो यह एक अच्छी वजह है जिसके चलते प्रदूषक उद्योगों को विशेष रूप से संपन्न आबादियों के ही आसपास स्थापित किया जाना चाहिए (क्योंकि इस तबक़े के लोग ज़्यादा आसानी से प्रदूषण के स्वास्थ्य संबंधी दुष्परिणामों का सामना कर सकते हैं)। और सबसे अच्छा नुस्ख़ा तो यही है कि इस तरह के उद्योगों को क़तई

पनपने न दिया जाए, ख़ासतौर से इसलिए क्योंकि अब ग़ैर-प्रदूषक प्रौद्योगिकियां बहुतायत में उपलब्ध हैं।

समर्स की सोच इस मान्यता पर आधारित है कि बड़े पैमाने पर प्रदूषण फैलानेवाला औद्योगिकीकरण ही दुनिया की आर्थिक ख़ुशहाली का एकमात्र रास्ता है। कल्पना कीजिए कि अगर यह पता चले कि यह रास्ता टिकाऊ ही नहीं है (ख़ासतौर से तब जबकि हम तेल के अधिकतम दोहन स्तर पर पहुंच चुके हैं और वायुमंडलीय परिवर्तनों की गति तेज़ होती जा रही है) तो क्या होगा? अगर दूसरे रास्ते भी उपलब्ध हों, जो विकेंद्रीकृत उत्पादन और उपभोग को प्राथमिकता देते हों, जो लाभदायक रोज़गारों पर ज़ोर देते हों, जो प्रकृति की सीमाओं के प्रति संवेदनशील तथा प्रत्येक समुदाय और प्रत्येक व्यक्ति के अधिकारों के प्रति संजीदा हों, और जो कुछ लोगों को सुविधाएं देने के लिए दूसरों की सुविधाएं छीनने की वकालत न करें—तो आप क्या करेंगे? अगर ऐसा होता है तो समर्स ने जोखिम में फंसती जा रही पृथ्वी पर पड़ रहे प्रदूषण के भार को समतल करने के लिए जो दलील दी है वह और भी भोथरी दिखाई पड़ने लगती है।

अगर हम समर्स के हिसाब से चलें (जैसा कि दि इकोनॉमिस्ट ने किया है) तो इसका मतलब यह होगा कि ओडिशा के किसी आदिवासी की ज़िंदगी वॉल स्ट्रीट के किसी फ़ाइनेंसियर की ज़िंदगी के आधे से बहुत कम मोल की होगी, अफ़्रीकी मुल्कों को पश्चिम की औद्योगिक मूर्खताओं और अतियों को दोहराना होगा और स्वाभाविक है कि वे न तो अपनी सेहत की फ़िक्र करने की स्थिति में होंगे और न ही अपने पर्यावरण की वैसी फ़िक्र कर पाएंगे जैसी अमीर लोग कर सकते हैं। इस दलील के हिसाब से पर्यावरण सुरक्षा का कारोबार केवल अमीरों के हाथ में छोड़ दिया जाना चाहिए। बहरहाल, समर्स की दलील को ज़हन में रखते हुए अमीर देशों के बड़े-बड़े निगम तो पहले ही अपने गंदे उद्योगों को दक्षिण के देशों में निर्यात करना शुरू कर चुके हैं—और वे ठीक उसी मक़सद से वहां जा रहे हैं जिसका समर्स ने ज़िक्र किया था—लागतों में कटौती के लिए। असल में बाज़ार अर्थव्यवस्था की मूल्य प्रणाली के इसी संरचनात्मक दोष की वजह से कई दशक पहले पर्यावरणवादी अर्थशास्त्री के. विलियम कैप ने कहा था कि 'पूंजीवाद को ग़ैर-चुकता लागतों की अर्थव्यवस्था माना जा सकता है।'

समर्स की यह बेतुकी सोच आज दुनिया भर के नीति निर्माताओं के दिलोदिमाग़ पर हावी हो चुकी है। वे संसाधनों पर उन्हीं लोगों को नियंत्रण देना चाहते हैं जिनके पास विकास संबंधी फ़ैसले लेने के लिए पूंजी है। यह नियंत्रण उन समुदायों से छीना जा रहा है जो परंपरागत रूप से इन संसाधनों के साथ जीते, रहते आए हैं। इसका मतलब यह है कि वित्तीय पूंजी, खनन और उद्योग, यही पृथ्वी के प्रभु और स्वामी बन चुके हैं, वही अपनी फ़ौरी लाभकेंद्रित गणनाओं के हिसाब से

संसाधनों के दोहन की रफ़्तार और ढंग क़ायम कर रहे हैं। पूरी धरती को एक वैश्विक जुआख़ाने में तब्दील कर दिया गया है जहां प्रकृति का एक-एक अंश निवेशकों और सट्टेबाजों की बिसात पर एक मुनाफ़े या घाटे की नुमाइंदगी कर रहा है। इस तरह की ग़ैर-ज़िम्मेदाराना सोच और नीतिगत फ़ैसलों से न केवल लंबे दौर में देशी समुदाय भारी नुक़सान उठाते हैं बल्कि यह सोच और ऐसे फैसले विषैले कचरे के संचय, वायुमंडलीय परिवर्तन और जैव विविधता की क्षति जैसी समस्याओं को भी जन्म दे रहे हैं जिनसे अंततः पूरी सभ्यता का जीवन ख़तरे में पड़ता जा रहा है।

वैश्विक सार्विक पहुंच वाले कॉमंस (जैसे गोचर-भूमि या आम-जंगल या आम-तालाब) की त्रासदी लागतों की बहुत विकृत जोड़-घटा का नतीजा है। लागतों में यह विकृति या तो इसलिए पैदा हुई है क्योंकि बहुराष्ट्रीय कंपनियों ने पर्यावरणीय लागतों को सिरे से नज़रअंदाज़ कर दिया है या इसकी वजह यह है कि ये लागतें ग़रीब देशों (या समुदायों) के ऊपर धकेल दी गई हैं या इसकी वजह यह है कि उत्पादन प्रक्रिया उन देशों या क्षेत्रों से बहुत दूर चल रही है जहां उपभोग किया जा रहा है या जिससे परिवहन की ऊर्जा लागतें बढ़ जाती हैं।

अगर संकीर्ण कॉरपोरेट हितों की पूर्ति के लिए लागू की जा रही वैश्विक कृषि नीतियों के चलते भारत को ऑस्ट्रेलिया, अमेरिका और कनाडा से खाद्य पदार्थ आयात करने के लिए बाध्य किया जाता है तो इन खाद्य पदार्थों की परिवहन लागतें ढुलाई कंपनियों के लिए फ़ौरी मुनाफ़े का सबब हो सकती हैं। मगर यदि आप समूची इंसानियत की समझ से देखें तो भला इसको कौन नज़रअंदाज़ कर पाएगा कि इस तरह के व्यापारिक समझौतों—जिनका मुक्त व्यापार से कोई लेना-देना नहीं है—में कितना गहरा सामाजिक बेतुकापन और पारिस्थितिकीय अदूरदर्शिता छिपी हुई है। जिन इलाक़ों में कल तक भोजन की भरमार थी और वे आत्मनिर्भर थे, वहां खाद्य पदार्थों का आयात करना न केवल पारिस्थितिकीय धरातल पर बेतुकी बात है बल्कि यह उस मुक्त व्यापार सिद्धांत के सापेक्ष लाभ के बुनियादी सिद्धांत की भी अवहेलना है जिस पर यह सिद्धांत टिका हुआ है!

मुख्यधारा की आर्थिक सैद्धांतिकी की तर्कशीलता तो पृथ्वी ग्रह से एक निरंतर युद्ध में मुब्तिला और विजयोन्मत्त उद्योगवाद की रोशनी में और साफ़ हो जाता है। अगर संसाधनों के सर्वश्रेष्ठ वितरण के इसके सुविदित सिद्धांत को संजीदगी से लिया जाए और उसे वास्तविक दुनिया पर लागू किया जाए (जैसे आईएमएफ़ प्रायः करता रहा है) तो पता चलता है कि वह एक बेहद सनक भरी दलील पर आधारित है जो भयानक पर्यावरणीय ख़तरों का रास्ता खोलती जा रही है।

हक़ीक़त की ज़मीन मुख्यधारा की आर्थिक सैद्धांतिकी से बहुत दूर होती है। अगर ग्रीनविच, कनेक्टिकट के रईस बाशिंदों के उपयोग वाले प्लास्टिक उत्पादों

के लिए पॉलिमर्स बनानेवाले प्रदूषक पेट्रोरसायन संयंत्रों को ग्रीनविच के आस-पास ही स्थापित किया जाए तो संक्रमणकालीन विकल्पों पर ज़रूर ग़ौर किया जाएगा क्योंकि इससे उपभोग में गिरावट आ जाएगी। मगर वास्तव में इन संयंत्रों को चीन के दक्षिण-पूर्वी तट या मैक्सिको की किसी ग़रीब बस्ती के बग़ल में ही स्थापित किया जाएगा, भले ही उसके उत्पाद कनेक्टिकट में इस्तेमाल होते हों। इससे उन इलाक़ों की हवा और लोगों की सेहत पर बहुत गहरा असर पड़ेगा जो कि आर्थिक और राजनीतिक रूप से इतने लाचार होंगे कि इस सड़न को नहीं रोक पाएंगे। इसके बाद इन उत्पादों को समुद्र के रास्ते वहां भेजा जाएगा जहां उनका उपभोग किया जाएगा। इसके लिए मध्य-पूर्व की ज़मीनों से खोदकर निकाले गए तेल का इस्तेमाल किया जाएगा, ऐसे इलाक़ों से जो कि साम्राज्यवादी युद्धों का मैदान बने हुए हैं।

जब औद्योगिक विस्तार के पर्यावरणीय प्रभाव अप्रत्यक्ष होते हैं और एक फ़ासले पर घटते हैं तो उन लोगों को वे दिखाई नहीं देते जो उन दुष्प्रभावों को जन्म दे रहे हैं (और उनसे तात्कालिक लाभ ले रहे हैं)। जहां इन प्रक्रियाओं से सीधा नुक़सान हो रहा है, वे कुछ हद तक इन लागतों को समझ सकते हैं।

प्राइस सिगनलिंग की मार्केट प्रणाली 'टिपिंग प्वाइंट्स'—जो विभिन्न पारिस्थितिकीय तंत्रों में शायद पहले ही पार हो चुके होते हैं—से तब तक प्राय: अनजान ही रहती है जब तक उन लोगों को बाज़ार में अपनी आर्थिक आवाज़ व्यक्त करने का मौक़ा नहीं दिया जाता जो इसके नुक़सानों, लागतों और जोखिमों को सबसे ज़्यादा झेलते हैं। उदाहरण के लिए, काग़ज़ के उत्पादक और उपभोक्ता, दोनों का ही हित इस बात में है कि वे जल प्रदूषण की (बाहरी) पर्यावरणीय लागतों (जिन्हें अर्थशास्त्री एक्सटर्नेलिटीज़ या अवांछित लागत के नाम से संबोधित करते हैं) को नज़रअंदाज़ करते रहें। इससे काग़ज़ की क़ीमत कम रहेगी, भले ही उसकी वास्तविक लागत काफ़ी ज़्यादा हो। इस संबंध में पर्याप्त साक्ष्यों से लैस विशेषज्ञों के अलावा काग़ज़ उत्पादन की बाहरी लागतों से अवगत एकमात्र समुदाय उन लोगों का होता है जो उस प्रदूषित पानी के आसपास रहते हैं जहां काग़ज़ बनाया जा रहा है।

दिलचस्प बात यह है कि सिर्फ़ अर्थशास्त्रियों में ही नहीं बल्कि आम जनता में भी यह धारणा काफ़ी पुख़्ता है कि पर्यावरणीय समस्याओं को हल करने के लिए बाज़ार को और फैला देना ही सबसे अच्छा तरीक़ा है—मसलन, संसाधनों को प्रदूषित करने या उनका दोहन करने का बाज़ार गढ़कर। एक उदाहरण के सहारे इसे आसानी से समझा जा सकता है कि यह रास्ता केवल अंतर्निहित समस्याओं को औरों के ऊपर धकेलने और टालने का साधन भर है। कार्बन उत्सर्जनों पर अंकुश की चेष्टाओं से इस बात को भली-भांति समझा जा सकता

है। कार्बन उत्सर्जन पर अंकुश की कोशिशों में एक बाज़ार पैदा किया गया है जिसमें प्रदूषण फैलानेवालों को प्रदूषण फैलाने की छूट मिलती चली जाती है और यह भ्रम पैदा होता है कि इसके बदले में दूसरे लोगों को आर्थिक फ़ायदा हो रहा है और लिहाज़ा कार्बन क्रेडिट्स के ज़रिए इस समस्या को हल कर लिया गया है। बेशक, कार्बन क्रेडिट्स की ख़रीद से प्रदूषकों को कुछ लागत वहन करनी पड़ती है मगर उतनी नहीं जितनी वह लागत होनी चाहिए—क्योंकि इस तरह की अवांछित लागत/एक्सटर्नेलिटी का बहुत सारा भार या तो अजन्मी पीढ़ियों पर, दूर-दराज के आर्थिक रूप से वंचित समुदायों पर या ग़ैर-मानवीय प्रकृति पर धकेल दिया जाता है। ऊपर से, प्रदूषण के भार को मापने का ज़िम्मा उन अधिकारियों के पास रहता है जो कैप-एंड-ट्रेड (कार्बन उत्सर्जनों पर अंकुश की ऐसी व्यवस्था जिसमें उत्सर्जन की सीमा तो तय कर दी जाती है मगर यह तय नहीं किया जाता है कि उनका अनुपालन कैसे किया जाएगा) व्यवस्था में गहरी आस्था रखते हैं। इस तरह के 'समाधानों' पर इस निर्भरता के सहारे आप प्रलय को केवल और पीछे ही धकेल सकते हैं।

प्रतिस्पर्धी लागत कटौती के गुणा-भाग से तय होनेवाली कॉरपोरेट बाज़ार की तर्कशीलता पारिस्थितिकीय तर्कशीलता से अवधारणात्मक स्तर पर भिन्न होती है। लिहाज़ा, अगर गंभीर पर्यावरणीय चुनौतियों पर अंकुश लगाने का ज़िम्मा कॉरपोरेट बाज़ार की तर्कशीलता पर छोड़ दिया जाए तो भयानक आपदाओं को रोकना असंभव हो जाएगा। बाज़ार आनेवाली पर्यावरणीय उथल-पुथल को पहचानने में विफल हो जाएंगे क्योंकि उनके पास सामाजिक-पारिस्थितिकीय पेचीदगियों की पर्याप्त समझ नहीं है—ग़रीब लोग, अजन्मी भावी पीढ़ियाँ और ग़ैर-मानवीय इकाइयां उनकी नज़र के दायरे में नहीं आ पातीं। इसी असंगति ने बाज़ार अर्थव्यवस्था को आज के पर्यावरणीय एवं वायुमंडलीय विज्ञान के विरुद्ध खड़ा कर दिया है।

पर्यावरणीय सूचनाओं का अर्थशास्त्रीकरण

इस मौक़े पर मुक्त व्यापार के पक्ष में दिए जानेवाले सबसे प्रभावशाली तर्क का उल्लेख करना प्रासंगिक रहेगा। यह तर्क नोबेल पुरस्कार विजेता उदारवादी अर्थशास्त्री फ़्रैड्रिक हायेक ने दिया है। हायेक का कहना है कि संसाधनों के आवंटन की कोई भी व्यवस्था (जैसे समाजवादी नियोजन), जो सचेत मानवीय योजना से पैदा होती है, मुक्त बाज़ार का स्थान नहीं ले सकती क्योंकि मुक्त बाज़ार की व्यवस्था सभ्य मानव समाजों से यानी निजी संपत्ति पर आधारित 'स्वतःस्फूर्त व्यवस्था' से पैदा होती है। पॉलान्यी ने जो कहा था, उसके विपरीत हायेक का विश्वास यह है कि कोई भी व्यक्ति बाज़ारों को सोच-समझकर नहीं रच सकता।

इसके अलावा, हायेक की नज़र में बाज़ार की ख़ूबसूरती इस तथ्य में भी निहित है कि वह प्रासंगिक आर्थिक सूचनाओं के संग्रह और प्रयोग को एक 'स्वाभाविक' ढंग से विकेंद्रीकृत कर देता है। किसी केंद्रीय नियोजन बोर्ड से यह उम्मीद नहीं की जा सकती कि उसके पास जानकारियों की वह विविध शृंखला और मात्रा उपलब्ध होगी जो बाज़ार अपने दैनिक क्रिया-कलापों में प्रयोग करते हैं, रचते हैं और पुनः प्रयोग करते हैं।

अगर आप केंद्रीय नियोजन के बरक्स रखकर देखें तो हायेक के तर्क में निश्चय ही कुछ औचित्य मिल जाएगा। मगर, पारिस्थितिकीय दृष्टि से जोखिमों के युग में हमें पर्यावरणीय सूचनाओं की विशद सूचना और मात्रा पर भी ज़रूर ध्यान देना पड़ेगा। जैसा कि सभी जानते हैं, संसाधन दुर्लभ होते जा रहे हैं और उनका इस्तेमाल प्रदूषण और वायुमंडलीय परिवर्तन जैसे नकारात्मक प्रभावों को जन्म दे रहा है। हम पहले ही देख चुके हैं कि नियंत्रण मुक्त बाज़ार अवांछित लागतों/ एक्सटर्नेलिटीज की परिघटना की बदौलत इस तरह की महत्त्वपूर्ण सूचनाओं का सदुपयोग करने में नाकारा साबित हुए हैं।

ऐसे में सवाल यह उठता है कि फिर प्रासंगिक पर्यावरणीय सूचनाओं (ख़ासतौर से लागत संबंधी सूचनाओं) को कैसे इकट्ठा किया जाए? इस किताब के भाग दो में जो दलील दी गई है, उसकी पृष्ठभूमि तैयार करते हुए हमारे विचार में केवल एक रेडिकल यानी आमूलचूल परिवर्तनयुक्त पारिस्थितिकीय लोकतंत्र ही इस तरह की अनिवार्य सूचनाओं का संकलन और सदुपयोग कर सकता है। यह ऐसा लोकतंत्र होगा जो विकेंद्रीकृत और सहभागी होगा, जिसमें ऐसे स्थानीय और क्षेत्रीय संस्थान होंगे जो पारदर्शिता और उत्तरदायित्व सुनिश्चित करेंगे। जटिल फीडबैक प्रक्रियाएं स्थानीय स्तर पर स्थानीय नागरिकों द्वारा चलाई जाएंगी जो ज़रूरत पड़ने पर दूसरे विशेषज्ञों और एजेंसियों से मदद ले सकते हैं। अगर व्यापक सकारात्मक परिणाम प्राप्त करने हैं तो स्थानीय पारिस्थितिकीय नियोजन (और राशनिंग) अनिवार्य है। आज के बाज़ार (और सरकारें) बहुत ज़्यादा केंद्रीकृत हो चुकी हैं और वे अपनी ज़िम्मेदारियों का निर्वाह करने में सक्षम नहीं हैं।

सदैव आर्थिक बढ़ोत्तरी

जिसे हम पूंजीवाद के नाम से जानते हैं, वह व्यवस्था 200 साल से भी ज़्यादा समय से वित्तीय पूंजी के निस्सीम विस्तार की आधारशिला पर खड़ी है। मगर, भले ही वित्तीय पूंजी अमूर्त हो, इसके फैलाव को मौद्रिक स्तर पर संख्याओं में मापा जा सकता है इसलिए स्वाभाविक रूप से यह किसी ऐसी चीज़ की नुमाइंदगी करती है जो अमूर्त नहीं बल्कि ठोस है। इतना ही नहीं, यह पूंजी एक बेहद पेचीदा मगर सुविकसित, परिष्कृत धन एवं ऋण व्यवस्था के ज़रिए वास्तविक संपदा को भी फैलाती जाती है।

इसी बिंदु पर विकास की पहेली सामने आती है। पूंजी का मालिक अपने मुनाफ़े को बढ़ाने के लिए क़र्ज़ा देता है। पूंजी का क़र्ज़ा लेनेवाले के लिए ज़रूरी है कि वह इसे उत्पादक क्रियाओं में लगाए ताकि वह अपना मुनाफ़ा बढ़ा सके। वास्तविक उत्पादन वास्तविक प्राकृतिक संसाधनों के सहारे संपन्न होता है जिसमें ऊर्जा भी शामिल है। औद्योगिक क्रांति के बाद दो सदियों तक मानव समाज उत्पादन को संभव बनाने के लिए ग़ैर-पुनर्नवीकरणीय जीवाश्म ईंधनों पर आश्रित रहा है। कोयले या तेल जैसी चीज़ें सदाप्रवाही नहीं होतीं; उनके भंडार सीमित हैं। जब तक इस तरह के भंडार विशाल मात्रा में मौजूद थे—फ़ौरी और केवल फ़ौरी उद्देश्यों की पूर्ति के लिए—और मनुष्य जल चक्र या ऋतुओं के हेर-फेर जैसी प्राकृतिक सीमाओं के पार जाने में सक्षम था, तब तक औद्योगिक उत्पादन को लगभग बेहिसाब बढ़ाया जा सकता था। प्रौद्योगिकी के क्षेत्र में आए ज़बर्दस्त बदलावों से उत्पादन में निश्चय ही नाटकीय इज़ाफ़ा हुआ है। इसके अलावा, खेती के विपरीत उद्योग अपने उत्पादन को बढ़ाने के लिए तीन-तीन पालियों में भी चलाए जा सकते हैं।

जब ग़ैर-पुनर्नवीकरणीय संसाधन और ऊर्जा स्रोत ख़त्म होने लगते हैं, जैसा कि आज दिखाई दे रहा है, तो हालात नाटकीय रूप से बदल जाते हैं। अचानक ही, ठोस पक्ष (वास्तविक संपदा का उत्पादन) अमूर्त पक्ष (वित्तीय पूंजी के अपेक्षित विस्तार) से रफ़्तार में पिछड़ने लगता है। इसके अलावा, अगर आप पुनर्नवीकरणीय ऊर्जा स्रोतों की तरफ़ बढ़ना चाहें तो पूंजी की बढ़त पर प्राकृतिक सीमाएं पैदा हो जाती हैं (मसलन, सौर ऊर्जा को किस स्तर पर और किन रूपों में जमा किया जा सकता है या बायोमास भंडारों की भरपाई कैसे की जा सकती है)। अगर इस बात पर ध्यान दिया जाए कि इस तरह की ऊर्जाओं के संचय के लिए आवश्यक उपकरण और सामग्री भी ग़ैर-पुनर्नवीकरणीय होते हैं और संभवत: ऊर्जा भंडारण के ये तरीक़े इतने कुशल नहीं हैं जितने कोयले और तेल के भंडार होते थे तो हमारी समस्या और भी पेचीदा दिखाई देने लगती है।

तब ऐसा लगने लगता है मानो हम सदियों से विश्वसनीय मानव निर्मित अमूर्तनों के एक कमोबेश कृत्रिम विश्व में रह रहे हैं। वे इसलिए विश्वसनीय दिखाई दे रहे हैं क्योंकि अभी तक के वित्तीय आश्वासन वास्तविक संपदा में वृद्धि की वजह से सच्चे साबित होते रहे हैं।

तेज़ी से ख़त्म होते ग़ैर-पुनर्नवीकरणीय ऊर्जा स्रोतों के परिप्रेक्ष्य में अमेरिकी उपभोग मानकों की नक़ल करने पर आमादा दुनिया में यह संभावना अब ज़्यादा विश्वसनीय दिखाई नहीं देती। यहां तक कि पुनर्नवीकरणीय ऊर्जा स्रोतों (जैसे जैव विविधता और मछुवाही) का प्रवाह भी पिछले पचास साल की तरक़्क़ी से बुरी तरह अस्त-व्यस्त हो चुका है। दुनिया के सबसे विश्वसनीय वैश्विक पर्यावरण सर्वेक्षण (जो विशेषज्ञों के एक अंतर्राष्ट्रीय दल द्वारा हर चार साल में किया जाता है), संयुक्त

राष्ट्र के मिलेनियम इकोसिस्टम असेसमेंट (जिसमें दिल्ली स्थित इंस्टीट्यूट फॉर इकोनॉमिक ग्रोथ भी शामिल था) ने पाया है कि :

> *पिछले पचास साल के दौरान मनुष्य ने पारिस्थितिकीय तंत्रों को इतनी तेज़ी से और इतने व्यापक पैमाने पर बदल डाला है जितना कि मानव इतिहास में इतनी कम अवधि में पहले कभी नहीं हुआ था। यह सब कुछ भोजन, पीने के पानी, लकड़ी, रेशे और ईंधन की दिन-पर-दिन बढ़ती ज़रूरतों को पूरा करने के लिए किया गया है। इससे पृथ्वी पर जीवन की विविधता का उल्लेखनीय और काफ़ी हद तक स्थायी नाश हुआ है। इसके अलावा, जिन 60 प्रतिशत (24 में से 15) पारिस्थितिकी तंत्र सेवाओं का अध्ययन किया गया, वे सभी या तो नष्ट होती जा रही हैं या उनका ग़ैर-टिकाऊ ढंग से इस्तेमाल किया जा रहा है। इनमें ताज़े पाने के स्रोत, मछली पकड़ने के इलाक़े, वायु एवं जलशोधन तथा क्षेत्रीय एवं स्थानीय वायुमंडल का नियमन, प्राकृतिक ख़तरे और खर-पतवारों का अध्ययन भी शामिल है।*

हमारी मुश्किल यहीं ख़त्म नहीं होती। सत्तर के दशक में जब फाइनेंस का ज़माना शुरू हुआ था, तभी से वास्तविक संपदा में एक समानांतर (या लगभग समानांतर) विस्तार का दावा करनेवाले मौद्रिक और वित्तीय समझौतों का एक निस्सीम विस्फोट भी शुरू हुआ। संपदा और सत्ता के लिए चल रही वैश्विक खोज समस्या को और गंभीर बना देती है जिसने हरेक को बेसब्र और लिहाज़ा पारिस्थितिकीय धरातल पर अदूरदर्शिता का शिकार बना दिया है।

मौजूदा पारिस्थितिकीय एवं वित्तीय (और आर्थिक) संकट, दोनों ही गंभीर बाज़ार विफलताओं के परिणाम हैं। सकते में डाल देनेवाली बात यह है कि हम इन स्वाभाविक रूप से दिखाई देनेवाले तथ्यों के अंतर्संबंधों को पहचानने में नाकाम साबित हो रहे हैं।

आर्थिक बढ़ोत्तरी के प्रसंग में सापेक्ष और निरपेक्ष दुर्लभता

अर्थशास्त्र की दुनिया में निस्सीम प्रगति को ही सबसे वांछनीय माना जाता है मानो मानवीय क्रिया-कलापों पर प्रकृति की कोई सीमा ही न हो। दूसरी तरफ़, अर्थशास्त्र को अभावों का विज्ञान भी कहा जाता रहा है। लायॅनेल रॉबिन्स द्वारा दी गई अर्थशास्त्र की एक शास्त्रीय परिभाषा के मुताबिक़ यह 'ऐसा विज्ञान है जो मानव व्यवहार को उद्देश्यों तथा ऐसे विरल संसाधनों के संबंधों के रूप में देखता है जिनके अन्य इस्तेमाल भी किए जा सकते हैं।'

ज़ाहिरा विरोधाभास का हल तब निकलता है जब हम इस बात पर ग़ौर करते हैं कि अर्थशास्त्री वास्तव में निरपेक्ष विरलताओं का नहीं बल्कि सापेक्ष विरलताओं का अध्ययन करते हैं। उपरोक्त परिभाषा में रॉबिन्स ने वैकल्पिक उद्देश्यों के लिए विरल संसाधनों के आवंटन का ज़िक्र किया है। यानी ये माइक्रोइकोनॉमिक धरातल

पर लिये गए फ़ैसले होते हैं—मसलन सेब और संतरे के बीच, हवाई यात्रा या रेल यात्रा के बीच चुनाव का फ़ैसला—जो सापेक्ष मूल्यों की संरचना को निर्धारित करते हैं जिसका अध्ययन करने में अर्थशास्त्री दिन-रात लगे रहते हैं। यहां समग्र आर्थिक प्रसंग पर तो विचार ही नहीं किया जा रहा है मानो आर्थिक प्रगति अपने आपमें एक लक्ष्य हो और संसाधनों की निरपेक्ष विरलता का कोई सवाल ही न हो।

इस विषय की माइक्रोइकोनॉमिक समझदारी मैक्रोइकोनॉमिक समझदारी के ख़िलाफ़ पड़ती है। पारिस्थितिकी अर्थशास्त्री हरमन डेली ने कहा है कि जहां एक तरफ़ माइक्रोइकोनॉमिक समझदारी यह बताती है कि आपको 'कहां जाकर रुकना' है जबकि मैक्रोइकोनॉमिक समझदारी ऐसा कोई सहारा नहीं देती। ऐसा लगता है कि इस बारे में लगभग एक सहमति बन चुकी है कि आर्थिक प्रगति हमेशा के लिए जारी रह सकती है और इसका जारी रहना लाज़िमी है।

यह उन्नति को लगातार 'ग़ैर-किफ़ायती' बनाते जाने का तरीक़ा है : हम प्रकृति का उससे कहीं ज़्यादा दोहन करते जा रहे हैं जितना उस दोहन से हम संपदा पैदा कर पाते हैं। आइए देखें कि डेली क्या कहना चाहते हैं। विश्व अर्थव्यवस्था जितनी फैलती जाती है, जितना यह पूरी पृथ्वी को अपने आगोश में लेती जाती है उतना ही वह पृथ्वी के व्यवहार के अधीन भी आती जाती है। भले ही अर्थव्यवस्था के उपतंत्र एक खुली व्यवस्था के रूप में फैल रहे हों (ज़मीन से कच्चा माल निकालना और उसमें बेतहाशा कचरा फेंकते जाना), वे हैं तो पृथ्वी के पारिस्थितिकी तंत्र के भीतर ही। और, पृथ्वी गुणात्मक बढ़त की तो छूट देती है मगर अंतहीन मात्रात्मक बढ़त को छूट नहीं देती। जहां एक तरफ़ ग्रोथ 'एक जैसी चीज़ों' की मात्रा में इज़ाफ़ा है, वहीं उच्चतर वस्तुओं की समान मात्रा को विकास कहा जाता है। भौतिकी के नियम—ख़ासतौर से थर्मोडायनेमिक्स के नियम—पहले वाले को संभव बनाते हैं, कम से कम अंतहीनता के मामले में।

डेली ने इस बात को रेखांकित किया है कि बचा-खुचा प्राकृतिक जगत् एक बढ़ती अर्थव्यवस्था के भार को तो छोड़ ही दीजिए, पहले ही अपनी हदों से ज़्यादा फैल चुकी अर्थव्यवस्था के भार को वहन करने में भी सक्षम नहीं है। अर्थशास्त्रियों ने अर्थव्यवस्था की 'संचारी (सरक्युलेटरी) प्रणाली' का तो अध्ययन ख़ूब किया है मगर वे 'पाचक तंत्र' (डाइजेस्टिव ट्रेक) की परवाह कभी नहीं करते जबकि उसकी खाज-कोढ़ छिपाए नहीं छिप पा रहे हैं। जब प्राकृतिक जगत् मानव अर्थव्यवस्था से एक हद तक 'ख़ाली' था तो इस गुनाह को माफ़ किया जा सकता था। आज जब प्राकृतिक जगत् मानव अर्थव्यवस्था से लबालब 'भर' चुका है तो यह अपराध अक्षम्य हो चुका है।

अब मानव अस्तित्व इस बात पर निर्भर करता है कि विश्व अर्थव्यवस्था अपने भौतिक उत्पादन को पृथ्वी द्वारा तय की गई प्राकृतिक सीमाओं के अनुरूप कम

करके एक 'स्थिर अवस्था' की तरफ़ बढ़ पाती है या नहीं। आज जैसी स्थिति है, उसमें ग्रोथ इसलिए घाटे का सौदा बन गई है क्योंकि आर्थिक उपव्यवस्था का मात्रात्मक विस्तार अपने उत्पादन लाभों के मुक़ाबले पर्यावरणीय एवं सामाजिक लागतों को कहीं ज़्यादा तेज़ी से बढ़ाता जा रहा है जिसके चलते हम अमीर की बजाय और ग़रीब होते जा रहे हैं (हालांकि डेली का कहना है कि अभी इस बारे में विश्वासपूर्वक कुछ कहना मुश्किल है क्योंकि हम अपने राष्ट्रीय खातों में लागतों और लाभों में भेद नहीं करते। बल्कि उनको जीडीपी की गणना में 'गतिविधि' के खाने में एक साथ रख दिया जाता है।) इस तरह, एक प्रकार से हम भविष्य की क़ीमत पर अपना वर्तमान जी रहे हैं। जहां एक तरफ़ बाज़ार के द्वारा मापा जानेवाला उत्पादन बढ़ रहा है, वहीं दूसरी तरफ़ पारिस्थितिकीय उत्पादन (और परिवार के सदस्यों द्वारा एक दूसरे को 'दी जानेवाली सेवाओं' जैसे सामाजिक उत्पादन) निश्चित रूप से घटता जा रहा है। एक ज़माने में यह दुनिया हमसे और हमारे फर्नीचर से ख़ाली थी और तमाम दूसरी चीज़ों से भरी हुई थी। अब यह हमसे और हमारी चीज़ों से भर चुकी है और वो चीज़ें ख़ाली हो चुकी हैं जो पहले उसमें भरी हुई थीं।'

डेली का कहना है कि—थर्मोडाइनेमिक्स के नियमों की तर्ज़ पर—जो अर्थशास्त्री यह मानने लगे हैं कि पृथ्वी का पारिस्थितिकी तंत्र अर्थव्यवस्था का उपभार है, वे यथार्थ को वास्तव में उलटकर देखने के आदी हो गए हैं। आर्थिक प्रगति लाज़िमी तौर पर कुछ बेहद मूल्यवान चीज़ों—ग़ैर-पुनर्नवीकरणीय संसाधनों से लेकर साफ़ हवा और पानी तक—को विरल बनाती जाती है। मगर यदि हम और समृद्ध हों तो क्या सारी समस्याओं को हल करना तुलनात्मक रूप से आसान नहीं हो जाएगा? उनका कहना है कि हां, ग़रीबी, बेरोज़गारी, पर्यावरणीय ध्वंस जैसी समस्याओं को सिद्धांतः ज़्यादा आसानी से संबोधित किया जा सकता है बशर्ते हम समृद्ध हों। मगर मसला यह है ही नहीं, मसला यह है कि क्या जीडीपी में होनेवाला इज़ाफ़ा वाक़ई हमें अमीर बनाता है? या, यह हमें और ग़रीब बनाता जा रहा है? जैसा कि पीछे ज़िक्र किया गया था, इन सवालों का सीधा जवाब देना आसान नहीं है मगर यह मान लेना भी ख़ालिस शेखी बघारनेवाली बात होगी कि हरित क़िस्म के प्रौद्योगिकीय सुधार विश्व अर्थव्यवस्था के भौतिक दोहन और उत्पादन को उतनी तेज़ी से कम करते जा रहे हैं कि हम एक ऐसी टिकाऊ और स्थिर अवस्था की तरफ़ बढ़ सकें जो कि पृथ्वी की क्षमता के भीतर हो। हमारे पास यह मानने का ठोस कारण है—भारत और चीन जैसे विशाल देशों की जीवाश्म ईंधनों पर केंद्रित ग्रोथ को देखते हुए—कि यह दोहन और उत्पादन असल में बढ़ता जा रहा है। ध्यान रखें कि जब प्राकृतिक जगत् में टिपिंग प्वाइंट का सवाल आता है तो हम प्रति व्यक्ति आंकड़ों के आधार पर बात नहीं कर सकते बल्कि कुल योग ही मायने रखता है। चीन और

भारत का कुल कार्बन उत्सर्जन ही है जिससे यह तय होगा कि पृथ्वी के वायुमंडल पर क्या असर पड़ रहा है। भले ही उनका प्रति व्यक्ति कार्बन उत्सर्जन अभी भी बहुत कम हो।

इसके अलावा, इस हक़ीक़त को भी नज़रअंदाज़ नहीं किया जा सकता कि बहुत तीखे सामाजिक एवं आर्थिक प्रतिस्पर्धा की दुनिया में संसाधनों या ऊर्जा की बचत करनेवाली कोई भी पद्धति संसाधनों के उपभोग में कमी लाने की बजाय उसको और बढ़ा देती है क्योंकि लोग—उपभोक्ताओं के रूप में (अपने पास ज़्यादा आय आ जाने के कारण) और उत्पादक कंपनियों (ज़्यादा कमाई आ जाने के कारण), दोनों के रूप में—प्रौद्योगिकीय सुधारों से मिले लाभ के सहारे अपने प्रतिस्पर्धियों से आगे निकलने की होड़ में लग जाते हैं। जेवॉन्स विरोधाभास के नाम से अर्थशास्त्रियों में मशहूर यह आनुभविक तत्त्व पारिस्थितिकीय समस्याओं के विशुद्ध तकनीकी समाधानों की दलीलों पर विराम चिह्न लगा देता है। ऑटोमोबाइल उद्योग जेवॉन्स विरोधाभास का एक बढ़िया उदाहरण है। दुनिया भर में नई प्रौद्योगिकियों और नियमन की वजह से प्रति कार पैदा होनेवाले धुएं में कमी आती जा रही है। मगर यदि आप पूरी दुनिया के स्तर पर देखें तो गाड़ियों से निकलनेवाला धुआं बढ़ता जा रहा है क्योंकि प्रति कार प्रदूषण में कटौती के मुक़ाबले कारों की ख़रीद और इस्तेमाल में इज़ाफ़े की रफ़्तार कहीं ज़्यादा है। जहां प्रतिस्पर्धी सामाजिक संबंध ही हावी हों, वहां ऐसा विशुद्ध आपूर्ति आधारित समाधान काफ़ी नहीं हो सकता। न्यूनतम स्तर पर, सरकारों और नागर समाज द्वारा हस्तक्षेप करना लाज़िमी हो चुका है।

डेली का प्रस्ताव है कि अमीर देशों (और अमीर वर्गों) को अपने उपभोग में इज़ाफ़े पर अंकुश लगाना चाहिए ताकि ग़रीबों के लिए भी कुछ संसाधन और पारिस्थितिकीय गुंजाइश बची रह सके। इन देशों और वर्गों को तकनीकी सुधारों के ज़रिए गुणात्मक विकास पर ज़ोर देना चाहिए ताकि ग़रीबों को भी उसका लाभ मिल सके और वे भी आर्थिक उन्नति के लाभ ले सकें जो उनके लिए अब तक निषिद्ध रहे हैं।

बेशक, ऐसे भी अर्थशास्त्री और विशेषज्ञ हैं जो भौतिकी के नियमों को चुनौती नहीं देते और इस बात को मानते हैं कि पदार्थ या ऊर्जा की मात्रा में अंतहीन इज़ाफ़ा महत्त्वपूर्ण नहीं है बल्कि संपदा की मायावी इकाई, मूल्य ही ज़्यादा महत्त्वपूर्ण है जिसे आजकल पैसे के रूप में गिना जाता है। ऐसे अर्थशास्त्रियों को डेली का जवाब यह है : 'ठीक है, अगर ऐसा है तो पदार्थ और ऊर्जा के दोहन और उत्पादन के प्रवाह को रोककर देखते हैं। आप प्रौद्योगिकी के साथ खेलते रहिए और उस स्थिर प्रवाह पर आधारित मूल्य को चिरकाल तक बढ़ने दीजिए। तब मैं आपके लिए तालियां बजाऊंगा। मैं भी ख़ुश रहूंगा और आप भी ख़ुश रहेंगे।' कहने का मतलब यह है कि

जो अर्थशास्त्री यह मानते हैं कि मूल्य में अंतहीन वृद्धि पदार्थ या ऊर्जा के और ज़्यादा दोहन और उत्पादन के बिना संभव हो सकती है, उनकी यह साबित करने की ज़िम्मेदारी बनती है कि कोई अर्थव्यवस्था केवल मौजूदा संसाधनों (जो वास्तव में घटते जा रहे हैं) को नए-नए ढंग से इस्तेमाल करके केवल नई प्रौद्योगिकियों के सहारे मूल्य में इज़ाफ़ा करती जा सकती है। और चीज़ों को छोड़ दें तो भी यह बिल्कुल साफ़ नहीं है कि इस तरह की दिनोदिन 'ज्ञान आधारित' होती जा रही अर्थव्यवस्था में मूल्य का क्या मतलब होगा।

मूल्यों पर एक अंतिम टिप्पणी : बाज़ार तुम्हें आज़ादी दे देगा?

यह किताब सिर्फ़ बाज़ार पूंजीवाद के ख़िलाफ़ एक तर्क नहीं है जिसमें बहुराष्ट्रीय कंपनियां राजनीतिक प्रभाव और आर्थिक प्रभुत्व के लिए एक दूसरे से प्रतिस्पर्धा कर रही हैं। हम राजकीय समाजवाद के भी उतने ही विरोधी हैं जिसमें राष्ट्र राज्य आर्थिक प्रभाव और राजनीतिक प्रभुत्व के लिए एक दूसरे से होड़ करते हैं। औद्योगिक आधुनिकता की प्रतिस्पर्धी परिस्थितियों में एक समाजवादी यूटोपिया की तरफ़ जानेवाली घुड़दौड़ ने भी नव-उदारवादियों द्वारा रचे गए स्वर्ग के मुक़ाबले कहीं कम पारिस्थितिकीय आतंक पैदा नहीं किया था। 1990 में साम्यवाद के अधिकृत ख़ात्मे के बाद उसने अपने पीछे पारिस्थितिकीय ध्वंस का जो कचरा छोड़ा है, वह इस तर्क की पुष्टि करता है। अगर कोई समाज और उसके नेता अपने प्रभुत्व को ही क़ायम करने और बनाए रखने पर आमादा रहेंगे तो उनके लिए सत्ता ही सबसे पहला मक़सद बन जाएगी और न्याय व टिकाऊपन उसकी बलिवेदी पर क़ुर्बान कर दिए जाएंगे। संकटग्रस्त आबादियां—देश के भीतर और बाहर—अक्सर इसकी क़ीमत चुकाती रही हैं, कई बार अपनी जान देकर।

इसके बावजूद आज सबसे प्रभुत्वशाली सोच यही है कि अगर बाज़ारों को आज़ाद कर दिया जाए तो हम भी आज़ाद हो जाएंगे। इस दावे की पड़ताल करना ज़रूरी है। अक्सर कहा जाता है कि बाज़ार के अदृश्य हाथ का कोई फिंगरप्रिंट (उंगलियों की छाप) नहीं छूटता। यानी, बाज़ारों का आकर्षण ही इस तथ्य में निहित है कि वे आज़ादी और स्वत:स्फूर्तता का एक विश्वसनीय अहसास दिलाते हैं। मगर इस अहसास के विपरीत बाज़ार लोगों को आज़ादी नहीं दे सकते क्योंकि वे सत्ता का प्रसार और विकेंद्रीकरण नहीं करते। वे संपन्न निगमों और उपभोक्ताओं के हाथ में सत्ता को संकेंद्रित करते जाते हैं। ये समृद्ध निगम और उपभोक्ता बाज़ार को संचालित करनेवाले प्रत्यक्ष हाथ बन जाते हैं। दूसरे हाथ की भूमिका राज्य अदा करता है।

समाज पर बाज़ार की विजय से मानव मूल्यों पर बहुत गहरे असर पड़े हैं। बाज़ार समाज में विनिमय मूल्य तमाम दूसरे मूल्यों पर हावी हो जाता है। खेत-

खलिहान और जंगल, पानी और हवा, नज़ारे और तजुर्बे, मोहब्बत और रूमान, दोस्ती और वफ़ादारी, इज़्ज़त और ईमानदारी : मायावी इश्तहार उद्योग हर मूर्त और अमूर्त चीज़ को उपभोक्तावादी सुख के लिए नीलामी पर रख देता है। जैसे-जैसे लोग अपनी विकृतियों की आज़ादी को अपनी आज़ादी मानना शुरू कर देते हैं, मानव मूल्यों का धराशायी होना अपरिहार्य होता चला जाता है। यह सुबह की ख़बरों और चारों तरफ़ फैले भ्रष्टाचार में साफ़ देखा जा सकता है। अगर भारत के एक भूतपूर्व मुख्य न्यायाधीश की राय मानें तो यह स्थिति एक लोकतांत्रिक राज्य के सबसे पवित्र अंग, स्वयं न्यायपालिका को भी ख़तरे में डालती जा रही है।

> *'उच्च शिक्षा, पेशेवर क्षमताएं, उच्च प्रौद्योगिकी और महाकाय फ़ैक्ट्रियां, सारी संपदा अमीरों के पास है। वही देश के संसाधनों, पुलिस बल और जेलों को नियंत्रित करते हैं। अगर यह उच्च वर्ग न्यायिक सत्ता भी हासिल करने में कामयाब हो जाता है तो संभवत: भारतीय क़ानून की भी व्याख्या क्रीमी लेयर और लुटेरों के पक्ष में होने लगेगी। अगर क़ानून उच्च वर्गों के हाथों में रहे तो कमज़ोर तबक़े के लिए क़ानून दुश्मन बन जाएगा।'*

इसी तर्ज़ पर एक वैश्विक व्यावसायिक प्रतिष्ठान के मध्य से सुनाई पड़नेवाली एक और राय ग़ौर करनेवाली है :

> *'लोग पैसे को ही मूल्य की कसौटी मानने लगे हैं। जो ज़्यादा महंगा है, वही बेहतर मान लिया गया है...। जो कभी विनिमय का माध्यम हुआ करता था उसी ने बुनियादी मूल्य का स्थान हथिया लिया है...। जो पहले प्रोफ़ेशन हुआ करते थे वे अब बिज़नेस बन गए हैं...। सफलता की प्रतिमा ने सिद्धांतों में विश्वास को परे धकेल दिया है। समाज अपना लंगर खो चुका है।*

यह बात अरबपति वित्तीय पूंजीपति जॉर्ज सॉरोस ने 1997 में 'दि कैपिटलिस्ट थ्रैट' नामक अपने एक लेख में कही थी।

बाज़ार से मिलनेवाली सुविधाओं में इज़ाफ़ा सबसे पहले निजी और व्यक्तिगत हितों की पूर्ति करता है। एक अच्छे, सभ्य समाज में व्यक्तिगत स्वतंत्रताओं का अभी भी स्थान है। यह आधुनिक उदारवादी लोकतंत्रों की एक महत्त्वपूर्ण उपलब्धि है जिसने इस स्तर का राजनीतिक मूल्य अर्जित कर लिया है। मगर, जब व्यक्तिगत आज़ादी उपभोग के साथ अंतरंग और प्राय: एकतरफ़ा तौर पर गुंथ जाती है (बिक्री में दिलचस्पी रखनेवाले निगमों के लिए यह कोई मामूली उपलब्धि नहीं है) और मानव समुदाय व समाज से अपने नाभि-नाल संबंध को भुला देती है तो इसे ग़ैर-ज़िम्मेदाराना व्यवहार ही कहा जाना चाहिए और अंतत: यह आज़ादी लालच और सत्ता की ताक़तों की ख़ुराक बनकर रह जाती है।

बाज़ार सामूहिक आवश्यकताओं पर ध्यान नहीं देता मानो सारी इंसानी ज़रूरतें सिर्फ़ व्यक्तिगत ज़रूरतें ही होती हों। वह इस बात से भी इनकार कर देता है समुदाय का अंतनिर्हित और उपकरणवादी, दोनों तरह का मूल्य होता है जिसका स्थान बाज़ार कभी नहीं ले सकता। समाज और व्यक्ति की यह धारणा कितनी बनावटी है, यह बात मौजूदा वैश्विक आर्थिक मंदी की शुरुआत में वित्तीय बाज़ारों के धराशायी होने के समय बहुत साफ़ महसूस की जा सकती थी। उस समय यह साफ़ हो गया था कि वैश्विक स्तर पर विशालकाय वित्तीय पूंजी की दुनिया में भी, जहां निर्मम स्वार्थ ही सब कुछ है, वहां भी कुछ सामूहिक (व्यवस्थागत) ज़रूरतें होती हैं जिनको एक 'मुक्त' बाज़ार पूरा नहीं कर सकता। बाज़ार वित्तीय व्यवस्था की स्थिरता की ज़मानत नहीं दे सकता। इसीलिए, जब व्यवस्था में भरोसा टूटने लगा तो लोगों का भरोसा बहाल करने के लिए सरकारों को दख़ल देना ही पड़ा।

अगर इसका सिर्फ़ एक कारण देना हो कि क्यों बाज़ार कभी भी पारिस्थितिकीय संकट को हल करने में समर्थ नहीं हो पाएंगे तो वो यह है कि वे समुदायों को और उनके अच्छे-बुरे की सामर्थ्य को नज़रअंदाज़ करते हैं। जब समुदाय का सवाल आता है तो मानव संबंधों का सुख अपने आपमें एक लक्ष्य बन जाता है जो कि निस्सीम संपदा की चाह से भी ज़्यादा मायने रखता है। ग़रीब समुदायों को देखकर आप बड़ी आसानी से यह सीख सकते हैं कि कैसे साधनहीन लोग भी भौतिक, सांस्कृतिक, भावनात्मक स्तर पर एक-दूसरे को मदद देते हैं और ये सारे पहलू बाज़ार की चौहद्दी से बाहर पड़ते हैं। सिर्फ़ कुंदज़हन अर्थशास्त्रियों का गुट ही यह सोच सकता है कि बाज़ार अर्थव्यवस्थाओं में ही सारी अर्थव्यवस्थाओं का सकल समुच्चय समाया रहता है। लोगों के बीच जो आर्थिक संबंध बनते हैं, वे अक्सर प्यार-मोहब्बत, यारी-दोस्ती, मदद, लेन-देन, वफ़ादारी, हमदर्दी, लगाव और एकजुटता जैसी न जाने कितनी इंसानी भावनाओं और संबंधों पर आधारित होते हैं। वेंडल बैरी के मुताबिक़ इस तरह की आजीविका स्तरीय अर्थव्यवस्था 'औद्योगिक अर्थव्यवस्था तथा फाइनेंसरों की काग़ज़ी अर्थव्यवस्था के लिए नुक़सानदेह हो सकती हैं; मगर उस जीती-जागती अर्थव्यवस्था के लिए बहुत अच्छी है जिसमें लोग जीते हैं, खाते-पहनते हैं।' जैसा कि आइंस्टाइन ने हमें आगाह करते हुए कहा था, यह मान लेना नादानी होगी कि जिसे राष्ट्रीय आर्थिक लेखांकन की दृष्टि से मापा नहीं जा सका है (या जिसे मापना शायद संभव ही नहीं है) वह महत्त्वहीन या अप्रासंगिक होता है!

एक डूबते जहाज़ पर कारों की दौड़

दो दशक पहले जब कॉरपोरेट वैश्वीकरण की रफ़्तार तेज़ होने लगी थी तो दुनिया के सारे मुल्कों को आर्थिक प्रभुत्व के लिए एक-दूसरे के साथ होड़ में धकेल दिया गया था। टैगोर ने तक़रीबन सौ साल पहले 'राष्ट्रवाद की इसी संगठित स्वार्थ भावना' का

ज़िक्र किया था। इस तरह की दौड़ राजनीतिक प्रभुत्व को बढ़ावा देती है और उसी से ख़ुराक लेती है इसलिए आर्थिक तरक़्क़ी के लिए सैन्यवाद एक ज़रूरी साधन बन जाता है और बन गया है। आज कोई भी शक्तिशाली राष्ट्र सिर्फ़ विशाल जीडीपी वाला राष्ट्र नहीं होता बल्कि उसके पास एक विशाल सेना भी होनी चाहिए जो उसकी हिफ़ाज़त भी कर सके और उसे बेरोक-टोक फैलने की सुविधा दे सके। इसीलिए जीडीपी किसी राज्य की आर्थिक ताक़त का तो बहुत अच्छा पैमाना है मगर किसी मानव समाज के कल्याण का बहुत कारगर पैमाना नहीं है।

आज स्थिति यह है कि चीन या भारत जैसे विशाल देश भी पूरी पृथ्वी की वहन क्षमता को आत्मघाती हद तक चुनौती दिए बिना पश्चिमी जगत् के औद्योगिकीकरण और जीवन स्तर के आसपास नहीं पहुंच सकते। इनमें से प्रत्येक देश में समूचे औद्योगिक विश्व—अमेरिका, यूरोपीय संघ, जापान, ऑस्ट्रेलिया और न्यूजीलैंड—की कुल आबादी से भी ज़्यादा लोग रहते हैं। गांधी ने एक बार कहा था, 'ख़ुदा करे भारत कभी पश्चिम की तर्ज़ पर औद्योगिकीकरण के चक्कर में न पड़ जाए... । अभी तो एक छोटा सा द्वीप-देश (ब्रिटेन का) ही पूरी दुनिया को आर्थिक साम्राज्यवाद की ज़ंजीरों में जकड़े हुए है। अगर तीस करोड़ की आबादी का एक पूरा मुल्क ही इसी तरह के आर्थिक शोषण की राह पर चल पड़ा तो वह दुनिया को टिड्डी दल की भांति कुतर-कुतर कर ख़त्म कर देगा।'

भारत और चीन में मुट्ठी भर लोगों ने पहली दुनिया की जीवन शैली तो अपना ली है, मगर उसको पूरी आबादी के लिए मुहैया नहीं कराया जा सकता। हर हिंदुस्तानी (या चीनी) के पास एक कार, एक आलीशान अट्टालिका और एक स्वीमिंग पूल हो, ऐसा नहीं हो सकता। शायद उनको ज़रूरत भी नहीं है। एक हद के बाद आज़ादी का उपभोग से कोई मतलब नहीं बचता। रवींद्रनाथ टैगोर ने लिखा था : 'गाड़ी मुझे आवाजाही की आज़ादी नहीं देती; यह तो केवल एक मशीन है। अपनी आज़ादी को साकार करने के लिए गाड़ियों का इस्तेमाल तो मैं तभी कर सकता हूं जब मैं ख़ुद आज़ाद हूं।'

जब तक दुनिया भर के नीति-निर्माता ज़्यादातर अर्थशास्त्रियों की तरह सोचते रहेंगे और महज़ कुछ हितों पर ध्यान देते रहेंगे और बाक़ी सारे हितों को नज़रअंदाज़ करते रहेंगे तब तक अवांछित लागतों/एक्सटर्नेलिटीज़ का बढ़ते चले जाना तय है। इसी संकुचित सोच की वजह से आज हमें ये दुर्दिन देखने पड़ रहे हैं। यही सोच हमें सामाजिक और पारिस्थितिकीय यथार्थ की एक मुकम्मल तस्वीर देखने से रोक देती है। जब तक हम सिर्फ़ ज़्यादा से ज़्यादा मुनाफ़ा कमाने या ज़्यादा से ज़्यादा स्टील और एल्यूमीनियम पैदा करने में लगे रहेंगे तब तक हमारे तालाब, नदियां और चश्मे सूखते रहेंगे। और यह एकतरफ़ा मक़सद तब तक क़ायम रहेगा जब तक हम दूसरे मुल्कों और उनकी दानवाकार कंपनियों के साथ होड़ की ज़िद नहीं छोड़ेंगे।

आज की पारिस्थितिकीय चुनौतियों से निपटने के लिए ज़रूरी है कि इस प्रतिस्पर्धा को ख़त्म किया जाए और इतने बड़े पैमाने पर आपसी सहयोग का रास्ता अपनाया जाए जैसा संभवतः इतिहास में पहले कभी नहीं हुआ होगा। किताब के भाग II में हमने इन्हीं मूल्यों पर चर्चा की है।

भाग-II

भोर की किरणें

विकल्पों की कमी नहीं है

भूमिका II

जगह की पारिस्थितिकीय अहमियत

छोटे लोगों की बड़ी जीत?

गांव-देहात और वहां के लोगों के साथ आमना-सामना होने पर तथाकथित वैश्विक अर्थव्यवस्था के पैरोकार इन उसूलों पर चलते हैं : उनको लगता है कि एक खेत या जंगल वैसा ही होता है या उसे होना चाहिए जैसा कोई कारख़ाना होता है; कि ज़मीन के इस्तेमाल में फ़िक्र करने की कोई ज़रूरत नहीं है कि ज़मीन से किसी तरह के लगाव की कोई ज़रूरत नहीं है; कि तमाम व्यावहारिक उद्देश्यों की पूर्ति के लिए मशीन और मनुष्य दोनों में कोई फ़र्क़ नहीं होता; कि उत्पादन, कुशलता और मुनाफ़े के औद्योगिक मानक ही ज़रूरी मानक होते हैं; कि धरती की ऊपरी सतह निर्जीव और निष्क्रिय होती है; कि मिट्टी के जीवविज्ञान की जगह मिट्टी के रसायन शास्त्र को आसानी से स्थापित किया जा सकता है; कि किसी भी जगह की प्रकृति या पारिस्थितिकी का उसके इस्तेमाल से कोई लेना-देना नहीं होता; कि इंसानी समाज या मोहल्लेदारी का कोई मोल नहीं होता; और, कि प्रौद्योगिकीय तरक़्क़ी से सिर्फ़ सुखद नतीजे ही पैदा होते हैं।

—वेंडेल बैरी

जंगलों में रहनेवाले, फलों और फ़सलों पर बसर करनेवाले, झूम खेती करनेवाले, वन भूमि पर दोबारा खेती करनेवाले, अपने रेवड़ों के साथ यहां-वहां भटकनेवाले -दुनिया भर के वनों को आबाद करनेवाले हम लोग सदियों से इस ज़मीन पर रहते आए हैं। हम एक स्वर में और बुलंद आवाज़ में एलान करते हैं कि भविष्य के बारे में अब कोई शुबहा न रखा जाए : जंगल हमसे हैं और हम जंगल से हैं। हमारा वजूद एक-दूसरे के ऊपर ही मुनहस्सर है। आज हमारे जंगलों और हमारे पर्यावरण के सामने जो संकट पैदा हुआ है, वह हमारे बिना और घना ही होनेवाला है।

—देहरादून डिक्लेरेशन,
दि नैशनल फोरम फॉर फॉरेस्ट पीपुल्स एंड फॉरेस्ट वर्कर्स, जून 2009

केवल किसी समाज के औद्योगिकीकरण और मशीनीकरण से प्रदूषण, संसाधनों के क्षरण और सामाजिक तनावों की उन समस्याओं का समाधान ढूंढ़ने की उम्मीद नहीं की जा सकती जो आज की औद्योगिक व्यवस्था के सोये हुए भूत हैं। हो सकता है आनेवाली नस्लें उन समस्याओं का कोई ग़ैर-पश्चिमी जवाब मुहैया करा दें जिनके बीज पश्चिमी जगत ने ही बोए थे।

—आरनॉल्ड टॉयनबी, *ए स्टडी ऑफ़ हिस्टरी*

डोंगरिया कोंड क़बीले के लोगों ने ओडिशा की नियामगिरी पहाड़ी को लेकर चल रहा संघर्ष आख़िरकार जीत लिया है। यहां के मूल निवासी और यहां की प्राकृतिक संपदा के रखवाले यही लोग हैं। नियामगिरी वो जगह है जहां वेदांता नाम की महाकाय खनन कंपनी बॉक्साइट खोदने की परियोजना पर काम कर रही थी। यह लड़ाई अभी ख़त्म नहीं हुई है और किसी को भी इस कामयाबी की उम्मीद नहीं थी। इस बात को ध्यान में रखते हुए डोंगरिया कोंड क़बीले के एक व्यक्ति ने अपने द्वंद्व को इस तरह व्यक्त किया है :

भारत सरकार की तो ख़ैर हमें आदत पड़ चुकी थी। लेकिन वेदांता सरकार ने तो आते ही यहां के समुदायों को तबाह कर दिया है। ये लोग हमें चैन से जीने नहीं देंगे। वे पहाड़ से इन चट्टानों को निकाल ले जाना चाहते हैं। लेकिन अगर वे इन चट्टानों को लेकर चले गए तो हम कैसे जिएंगे। इन्हीं की वजह से तो बूंदें आती हैं, जाड़ा आता है, हवा चलती है, पहाड़ से इतना सारा पानी निकलता है। अगर वे इन चट्टानों को लेकर चले गए तो हम तो मर जाएंगे। हमारी आत्मा हमसे छिन जाएगी। नियामगिरी ही हमारी आत्मा है।

ध्वंस के मध्य उठ रही इस हताशा भरी पुकार में ब्रह्मांड के केंद्र में प्रकृति की पावनता की एक छोटी सी मगर ऐसी पुख़्ता झलक मिलती है जो औद्योगिक आधुनिकता की उपयोगितावादी गणनाओं के लिए एक अबूझ पहेली है। बहुत सारे सुसंस्कृत, तर्कशील और शहरी दिमाग़ों को इस ब्रह्मांडिकी में सिर्फ़ यह बालसुलभ अंधविश्वास ही दिखाई पड़ता होगा कि चट्टानों से बूंदें आती हैं। शहरी दिमाग़ के साथ यही समस्या है। वह उपमाओं और रूपकों को तथ्यवत् मान लेता है और जीवन सींचनेवाली ब्रह्मांडिकी के गहरे अंतर्संबंधों को नज़रअंदाज़ कर जाता है। अगर पास से देखें तो इस जनजातीय अभिव्यक्ति में हमें एक बहुत ही परिष्कृत और उन्नत पारिस्थितिकीय समझ के दर्शन होते हैं जो संभवत: ऐसे बहुत सारे लोगों को भी समझ में नहीं आ पाती जो पारिस्थितिकीय विषयों की लंबी-चौड़ी पढ़ाई कर चुके हैं।

डोंगरिया कोंड क़बीले का आदमी जिन चट्टानों की बात कर रहा है वे बॉक्साइट की चट्टानें है। इन पहाड़ियों की ऊपरी सतह के ठीक नीचे बॉक्साइट की

जो परत दबी हुई है वही पूरे साल वर्षा जल को सोखे रहती है। यह परत बारहमासी जलधाराओं के रूप में थोड़ी-थोड़ी मात्रा में इस पानी को छोड़ती जाती है जिससे लोगों को ज़रूरत का पानी मिलता है। अगर बॉक्साइट निकाल लिया गया तो पानी के ये सोते सूख जाएंगे। ऊपर से, अगर इन 'चट्टानों को निकाल लिया गया' तो जल्दी ही यहां मृदा स्खलन होने लगेगा जिससे जंगल भी ख़त्म होते जाएंगे और स्थानीय वर्षा चक्र अस्त-व्यस्त हो जाएगा। तब खनन गतिविधियों के कारण पैदा हुआ जल संकट और गंभीर रूप ले लेगा। लिहाज़ा, इन चट्टानों में बॉक्साइट का बचे रहना ज़रूरी है। इसीलिए डोंगरिया कोंडों के लिए ये पहाड़ 'पावन' हैं। यह आधुनिक इंजीनियरिंग के व्यग्र, तकनीकीशाही अंधविश्वासों की गंभीर व्याधि बन गई है कि वे पारिस्थितिकी तंत्र के ऐसे स्पष्ट सत्यों को मानना ही नहीं चाहते और सिर्फ़ अपनी जेबें भरने के लिए एक पहाड़ को कचरे के ढेर में तब्दील कर देना चाहते हैं। यह मानना भारी नादानी और बचपना होगा कि कोई भी रक़म इस तरह की खनन गतिविधियों से होनेवाले पारिस्थितिकीय और सांस्कृतिक नुक़सानों की भरपाई कर सकती है।

आज अपनी ज़मीन और संसाधनों के लिए जूझ रहे सैकड़ों भारतीय जनजातीय समुदाय पारिस्थितिकीय संतुलन के इन्हीं सरल सिद्धांतों का पालन कर रहे हैं। इसी से उन्हें एक ऐसा जीवन मिला है जिसमें टिकाऊपन के सवालों से जूझने की तब तक ज़रूरत नहीं पड़ती जब तक आबादी में कृत्रिम इज़ाफ़ा नहीं होता या समुदाय में उपभोग के आधुनिक शौक़ पैदा नहीं होते। इस तरह की ताक़तें न केवल विश्व दृष्टिकोणों को अस्त-व्यस्त कर देती हैं बल्कि पारिस्थितिकीय तौर-तरीक़ों को भी बदल डालती हैं जिसके चलते अक्सर समुदाय उन स्थितियों से बहुत दूर पहुंच जाता है जिनमें वह सुचारु रूप से अपना जीवन चला सकता था। लद्दाख से लेकर पूर्वोत्तर तक असंख्य स्थानों पर ऐसा हो चुका है।

दुनिया भर में देशी समुदाय अधिकांशत: पारिस्थितिकीय संतुलन के एक सहज बोध के साथ जीते रहे हैं। वे अपने जन्मस्थान के प्रति खरे होते हैं। यह बात घुमंतू क़बीलों के बारे में भी उतनी ही सच है। वे भी उस पारिस्थितिकीय तंत्र की लय और चक्र का पूरा मान करते हैं जिसका उन्हें इस्तेमाल करना है और जिसमें वे रहते हैं। इस तरह के समुदायों से निश्चय ही पर्यावरण पर कुछ नकारात्मक प्रभाव भी पड़ते रहे हैं मगर कभी भी वे इस तरह के नहीं रहे कि उनकी भरपाई न की जा सके। और उनका स्तर तो वैसा क़तई नहीं रहा जैसा आधुनिक औद्योगिक अर्थव्यवस्थाओं के नकारात्मक पर्यावरणीय प्रभावों का रहा है। यह सिर्फ़ इत्तेफ़ाक़ की बात नहीं है कि आधुनिक समाज जिन तथाकथित 'जंगली इलाक़ों' को 'राष्ट्रीय पार्कों' या 'संरक्षित क्षेत्रों' के रूप में बचाए रखना चाहते हैं, उनमें से ज़्यादातर इलाक़े ऐसे ही समुदायों के निवास स्थल रहे हैं। अगर वे लोग हमारे जितने विनाशकारी होते तो उनके ये

निवास स्थान वन्य जीव या जैव विविधता के लिहाज से शायद कब के निरर्थक हो चुके होते।

सभी मानव संस्कृतियां प्रकृति को रहने लायक बनाने के लिए उसको बदलती और रूपांतरित करती जाती हैं। मगर ऐसे हस्तक्षेपों के स्तर में ज़बर्दस्त फ़र्क़ रहता है। औद्योगिक आधुनिकता के वैश्विक, मानव निर्मित हार्डवेयर (और सॉफ़्टवेयर) में सतत प्रौद्योगिकीय सुधार ही अंततः मानव समाजों को प्रकृति की बंदिशों में जीने से आज़ाद कर सकता है, मानव संस्कृति को पूरी तरह बायोस्फीयर/जीवमंडल से स्वायत्त बना सकता है। ऐसा लगता है मानो प्रकृति को अप्रासंगिक बनाना ही आधुनिक उद्यमशीलता का अंतिम लक्ष्य है। असंख्य लोग सारी 'प्रगति' को इसी कसौटी पर मापते हैं कि उसका प्रकृति से फ़ासला कितना है—मानो मानव व्यवस्था कभी भी उससे आज़ाद हो सकती हो!

इस तरह का नज़रिया न केवल देशी संस्कृतियों के बचे-खुचे ज्ञान को मूर्खता घोषित कर देता है बल्कि ख़ुद को भी प्राकृतिक विज्ञान के तथ्यों से एक मारक संघर्ष में जूझता हुआ पाता है जैसा कि वायुमंडलीय संकट हमें हर क़दम पर बता रहा है। इस तरह की किताब के ज़्यादातर पाठक बेहद प्रसंस्करित मानव निर्मित परिवेशों में रह रहे होंगे; वहां से देखने पर ऐसा लग सकता है मानो मानव समाज प्रकृति के बाहर फल-फूल रहा है। यह अहसास कितना मायावी है, इसके लिए सिर्फ़ पल भर का चिंतन ही काफ़ी होगा।

जैसे-जैसे आधुनिक मीडिया, प्रौद्योगिकी, उद्योग, व्यापार और वित्त व्यवस्थाएं पृथ्वी के सुदूर कोनों तक घुसपैठ बनाती जा रही हैं, दुनिया के अधिकाधिक हिस्से एक-फ़सली इलाक़े बनते जा रहे हैं। जैव विविधता की उन सारी पूर्वशर्तों को नज़रअंदाज़ किया जा रहा है जिन्होंने अभी तक पृथ्वी पर नाना प्रकार के जीव रूपों को जन्म दिया और पाला-पोसा था।

बहरहाल, पिछली कुछ सदियों के अनुभवों के बाद अमूर्तन की ताक़त के बारे में कोई संदेह बाक़ी नहीं बचा है। यह कहने में कोई हेठी नहीं होगी कि आज भी आधुनिक मानवीय अनुभव को उपयोगिताावादी अमूर्तन—विज्ञान और गणित से लेकर अर्थशास्त्र और वित्त तक—ही तय कर रहे हैं। साइबरस्पेस के लोभों से भरे आज के डिजिटल युग में यह बात और भी ज़्यादा सच है।

मगर इसके साथ ही यह भी सच है कि मानवीय सौंदर्यात्मक अनुभव केवल ऐसे ख़ास स्थानों के ठोस यथार्थ में ही अपने सबसे वास्तविक रूप में सामने आता है जो मानव संस्कृतियों के जीने और फलने-फूलने का माहौल दे सकते हैं। स्थानों के भीतर एक नैसर्गिक शक्ति होती है जो मानव निर्मित भवनों में कभी नहीं हो सकती। पारिस्थितिकी तंत्र के अनुकूल चलनेवाली संस्कृति लगभग ख़ुद-ब-ख़ुद इस सच्चाई को पहचान लेती है।

हमारे जैसे वैश्विक युग में इस बात की फ़ौरन ज़रूरत है कि हम अपनी नज़र को ज़मीन से जोड़ें, अपनी दृष्टि को प्राकृतिक, पार्थिव यथार्थों की कसौटी पर कसें। जैसा कि हम देख चुके हैं, विकास की आधुनिक दृष्टि में आकार की विशालता ही सब कुछ है। निश्चय ही कुछ परियोजनाओं और प्रक्रियाओं को केवल विशाल पैमाने पर ही सोचा और गढ़ा जा सकता है मगर उपलब्ध आकलनों से तो यही संकेत मिल रहा है कि ये सारी परियोजनाएं और प्रक्रियाएं पहले ही मानव समाज को उस सीमा के पार ले जा चुकी हैं जितना पृथ्वी सोखने और देने की क्षमता रखती है।

इसके विपरीत, हमें इस बात का अहसास भी होता जा रहा है कि जो लघु है, जो छोटा है वह सिर्फ़ सुंदर ही नहीं होता, संभवत: वही एकमात्र इकाई है जो टिकाऊ पारिस्थितिकी तंत्र और मानव मुक्ति की आकांक्षाओं के ज़्यादा अनुकूल है। मिसाल के तौर पर, अगर आप लोकतंत्र की व्यावहारिकता के बारे में सोचते हैं तो मोहल्लों में होनेवाली सभाएं इसके लिए ज़्यादा अनुकूल रहती हैं बामुक़ाबले ग़ैर-टिकाऊ थोक उत्पादन पर आश्रित अतिविकसित अट्टालिकाओं में रहनेवाले तकनीकसंपन्न जनसमाजों की सभाओं के। क्षेत्रीय और स्थानीय स्तर पर स्थितियों के अनुसार बनाई गई अर्थव्यवस्थाएं—वैश्विक नेटवर्कयुक्त अर्थव्यवस्थाओं के विपरीत—इसी तरह के ज़मीनी लोकतंत्र की पूर्वशर्त और परिणाम, दोनों हो सकती हैं।

मानवीय अर्थव्यवस्थाओं को अंतत: प्राकृतिक अर्थव्यवस्थाओं में ही पनाह लेनी होगी। आज दुनिया का एक बहुत छोटा सा तबक़ा शक्तिशाली प्रौद्योगिकियों के सहारे समूचे ग्रह के संसाधनों और ऊर्जा भंडारों को सोखता जा रहा है। इससे असंख्य प्रजातियों और पारिस्थितिकी तंत्रों का जीवन ख़त्म होता जा रहा है। अरबों लोगों (मौजूदा और आनेवाली पीढ़ियों तक) की जीवन संभावनाएं ख़तरे में पड़ती जा रही हैं। जीवन का यह ढर्रा इसलिए संभव हो पाया है क्योंकि इसने हमारे काम करने और रहने की जगहों से बहुत दूर स्थित नाज़ुक, मरते पारिस्थितिकी तंत्रों पर मानव समुदायों की बेइंतहा निर्भरता को हमारी आंखों से ओझल कर दिया है।

हम जिन विकल्पों की कल्पना कर रहे हैं, उनमें स्थान के प्रति नई प्रतिबद्धता आवश्यक है। केवल इस तरह की प्रतिबद्धता ही हमारी जीवन शैली की दिनोदिन बढ़ती पारिस्थितिकीय लागतों का हमें ज़्यादा अच्छी तरह अहसास करा सकती है और हमारे सामने मौजूद चुनौतियों को संबोधित करने में मदद दे सकती है। इसके लिए मानवता का 'प्रकृतीकरण' लाज़िमी है। जब तक हम इठलाती जलधाराओं और उन्हें ऊपर से निहारते पहाड़ों से दोस्ती नहीं गांठेंगे, जब तक हम उनकी गोद में रहनेवालों को दोस्त नहीं बनाएंगे, हम अपनी उन्हीं तमाम मूर्खताओं को दोहराने

के लिए अभिशप्त रहेंगे जिनकी वजह से हम आज के हालात में पहुंचे हैं और करोड़ों दूसरे लोगों को भी अपनी बेहद ग़ैर-टिकाऊ जीवन शैलियों की नक़ल करने के लिए आकर्षित करते रहेंगे। अगर हम पृथ्वी पर मौजूद उन आख़िरी समुदायों को भी मर जाने देंगे जो अच्छी तरह जानते हैं कि प्रकृति के साथ किस तरह से संतुलन में रहा जा सकता है तो शायद हम कुछ समय के लिए अपनी इन विकृतियों और लतों की आज़ादी का सुख ले सकते हैं। लेकिन आख़िरकार इस तरह की संकुचित सोच हमें सिर्फ़ एक त्रासद पारिस्थितिकीय ध्वंस की तीखी खाई में ही धकेलती जाएगी—एक ऐसा ध्वंस जो हम सबको लील लेने पर आमादा है।

अध्याय 6

विकल्पों की ओर : प्राकृतिक स्वराज की कल्पना

प्राकृतिक स्वराज (रेडिकल इकोलॉजिकल डेमोक्रेसी) : एक झलक

अगर मानव समाज का असली मक़सद ख़ुशहाली, आज़ादी और उन्नति ही है तो धरती और अपने आपको ख़तरे में डाले बिना और आधे से भी ज़्यादा मानव समाज को पीछे छोड़े बिना इस लक्ष्य को हासिल करने के बहुत सारे वैकल्पिक रास्ते मौजूद हैं। यह बात भारत के लिए भी उतनी ही खरी है जितनी किसी दूसरे देश के लिए हो सकती है हालांकि अलग-अलग परिवेश में विकल्पों के पहलू वहां के पारिस्थितिकीय, सांस्कृतिक, आर्थिक और राजनीतिक हालात की वजह से अलग-अलग हो सकते हैं। आगे के पन्नों में हम बहुत संक्षेप में एक ज़्यादा टिकाऊ, समतापरक और न्यायसंगत भारत के मुख्य आयामों की रूपरेखा पेश करेंगे। हम कुछ ऐसे प्रयासों की छोटी सी झलक भी देंगे जो इस रूपरेखा के एकाधिक आयामों को साकार करने में सफल हो रहे हैं।

हमने इसे प्राकृतिक स्वराज (रेडिकल इकोलॉजिकल डेमोक्रेसी—रेड) का नाम दिया है। यह एक ऐसी सामाजिक, राजनीतिक और आर्थिक व्यवस्था है जिसमें सभी नागरिकों के पास पारिस्थितिकीय टिकाऊपन और मानव समानता के दो सर्वोपरि सिद्धांतों के आधार पर निर्णय प्रक्रिया में हिस्सा लेने का पूरा अधिकार और मौक़ा होगा।

पारिस्थितिकीय टिकाऊपन का मतलब है पारिस्थितिकीय तंत्रों तथा उन सभी पारिस्थितिकीय प्रक्रियाओं को लगातार अक्षुण्ण बनाए रखना जिन पर समूचा जीवन आश्रित है (जिनमें हाइड्रोलॉजिकल, रासायनिक और भौतिक प्रक्रियाएं भी शामिल हैं जिनसे हमें जीवन के लिए अत्यावश्यक हवा, पानी और मिट्टी मिलती है)। इसमें जीवन की चूल के रूप में जैव विविधता को बनाए रखना तथा मनुष्यों के क्रियाकलापों से विभिन्न प्रजातियों की सुरक्षा सुनिश्चित करना भी शामिल है।

इंसानी समता, अवसरों की समानता, सभी के लिए निर्णयकारी मंचों तक पूरी पहुंच (जिसमें विकेंद्रीकरण और सहभागिता के सिद्धांत शामिल हैं), मानव

क्रियाकलापों के लाभों के वितरण और उपयोग में समता (सभी जातियों, वर्गों, आयु, जेंडर, नस्ल और दूसरे विभेदों से परे रहते हुए) तथा सांस्कृतिक सुरक्षा का मिश्रण शामिल है।

इनके साथ कुछ बुनियादी मूल्य भी जुड़े हुए हैं जिनका सम्मान करना ज़रूरी है :

- **विविधता और बहुलवाद** : पृथ्वी पर जीवन पद्धतियों (संस्कृतियों, आजीविकाओं, राजनीतिक एवं अभिशासन व्यवस्थाओं और उनके इर्द-गिर्द नाना पारिस्थितिकीय तंत्रों) की भारी बहुलता रही है और सौभाग्य से इक्कीसवीं सदी के भारत में भी यह विविधता बची हुई है और वैश्वीकरण की समरूपीकरण की प्रवृत्ति के विपरीत, इनमें से किसी भी जीवन पद्धति को 'मुख्यधारा' नहीं माना जा सकता।
- **परस्पर सहयोग और 'कॉमन्स'**: वैश्वीकरण जिस गलाकाट प्रतिस्पर्धा और निजीकरण से ख़ुराक लेता है, उसके विपरीत सामूहिक सहयोग के आधार पर और उत्तरजीविता के लिए संसाधनों को सहेजते हुए यानी साझी विरासत के रूप में देखते हुए जीवनयापन करना।
- **अधिकारों के साथ ज़िम्मेदारियां** : सामुदायिक एवं व्यक्तिगत मानवाधिकारों की पूरी शृंखला जिसमें एक स्वस्थ और संतोषप्रद पर्यावरण का अधिकार भी शामिल है। इसके साथ नैतिक नागरिकता का पूरा दायित्व, जिसमें व्यक्ति और समूह एक दूसरे की ज़रूरतों और अधिकारों का तथा ग़ैर-मानवीय प्रकृति की ज़रूरतों और अधिकारों का सम्मान करते हों।
- **श्रम का सम्मान** : केवल बौद्धिक श्रम को सम्मान देने की मौजूदा प्रथा के विपरीत बौद्धिक और शारीरिक, दोनों तरह के श्रम में समानता।
- **आजीविका स्तरीय जीवन शैलियां** : ऐसी जीवन पद्धतियां जो केवल मुनाफ़े की चाह पर आधारित न हों, जिनके पारिस्थितिकीय फुटप्रिंट यानी पदछाप छोटे हों तथा जिनमें समुदायों और नागरिकों का ज़्यादा नियंत्रण मिल सके।
- **सरल जीवन और सुख की गुणात्मक चाह** : भौतिक वस्तुओं के निस्सीम संग्रह को ही केंद्रीय इंसानी मक़सद मानने की बजाय ज्ञान, सुख और संतोष के लिए सांस्कृतिक एवं सामाजिक आदान-प्रदान करना जिसमें सादा (जिसका मतलब अनिवार्यतः मितव्ययी नहीं है) जीवन शैली एक मूल्य और चलन बन जाए।
- **रीति-रिवाज और सामाजिक क़ायदे-क़ानून** : सभी प्रकार के मानव व्यवहार को व्यवस्थित करने के लिए कूटबद्ध नीतियों और क़ानूनों के साथ-साथ लिखित और अलिखित रीति-रिवाजों और सामाजिक मूल्य-

मान्यताओं पर निर्भरता जो वर्ग, जाति और जेंडर तथा दूसरे भेदभावों से मुक्त हों।

- **अहिंसा** : सहोदर मनुष्यों (जिनमें भावी पीढ़ियों के सदस्य भी शामिल हैं) से लेकर ग़ैर-मनुष्यों तक किसी को भी चोट न पहुंचाना। इसमें 'विकास' के मौजूदा मॉडल तथा वैश्वीकरण में निहित हिंसा से दूर जाने की ज़रूरत भी शामिल है।
- **सहभागिता** : स्थानीय स्तर से लेकर वैश्विक स्तर तक हमारे जीवन को प्रभावित करनेवाले सभी विषयों पर सहभागिता के मंचों और विकल्पों की रचना।

अगर इन सारे सिद्धांतों (जिनमें कुछ और सिद्धांत भी जोड़े जा सकते हैं) को एक साथ लिया जाए तो रेड वास्तव में मनुष्यों के बीच तथा मानव समाज और शेष प्रकृति के बीच एक सतत और परस्पर सम्मान भरे संवाद की प्रक्रिया है। यह कोई समाधान या ब्ल्यूप्रिंट नहीं है बल्कि समाधानों की एक विशद विविधता का समुच्चय है। सबसे पहले हमें जिस ग़लती को दुरुस्त करना है, वह यह है कि आज हम भारत में मौजूद निस्सीम पारिस्थितिकीय एवं सांस्कृतिक विविधताओं पर केवल एक सर्वव्यापी आर्थिक मॉडल, बल्कि अभिशासन, शिक्षा, स्वास्थ्य और पर्यावरण प्रबंधन, सबका केवल एक ही मॉडल थोपने पर आमादा रहते हैं।

इस विविधता में वे व्यवस्थाएं भी शामिल हैं जिन्हें कभी मूल्यवान माना जाता था मगर अब पुरानी और 'आदिम' मान लिया गया है : आजीविका स्तरीय अर्थव्यवस्थाएं, वस्तु-विनिमय अर्थव्यवस्थाएं, हाट व्यापार, मौखिक ज्ञान, काम और मनोरंजन का मिश्रण, मशीन को मालिक की बजाय सिर्फ़ एक औज़ार की जगह देखना, इलाज और देखभाल की स्थानीय परंपराएं, हथकरघे, मां-बाप और बड़े-बुजुर्गों के साथ करते हुए सीखना, फ़िज़ूलख़र्ची और आडंबर से दूर रहना आदि। इसका मतलब परंपराओं को बिना शर्त मान लेना नहीं है। परंपरागत भारत में भी बहुत कुछ है जिसकी हमें ज़रूरत नहीं है। जब हम अतीत के साथ नए ढंग के सोच-विचार पर आधारित संबंधों, भुला दिए गए मूल्यवान व्यवहारों को बहाल करने और परंपरा के श्रेष्ठतम तत्त्वों के सहारे आगे बढ़ने की बात करते हैं तो हम उस क़िस्म के पुनर्जागरण की दुहाई नहीं दे रहे हैं जिसकी बात भारत के हिंदू अस्मितावादी दक्षिणपंथी संगठन देते हैं। उलटे, ऐसे लोगों से तो हमें अपनी परंपराओं को बचाना है क्योंकि वे इनका धर्मांध उद्देश्यों के लिए इस्तेमाल करना चाहते हैं।

स्थानीयकरण

स्थानीयकरण वैश्वीकरण का विलोम है। यह इस मान्यता पर आधारित है कि जो लोग संसाधनों (वन, समुद्र, तट, खेत, शहरी संयंत्र, आदि) के सबसे निकट रहते

हैं उन्हीं के पास उन संसाधनों को संभालने का सबसे ज़्यादा अधिकार होना चाहिए और प्राय: उन्हीं के पास उनको संभालने का सबसे अच्छा ज्ञान होता है। फिर भी, हमेशा ऐसा नहीं होता और भारत में तो बहुत सारे समुदाय हैं जो पिछले दो सौ साल की सरकारी नीतियों के चलते अपनी यह सामर्थ्य गंवा भी चुके हैं। उनकी संस्थाएं, परंपरागत क़ायदे-क़ानून और अन्य क्षमताएं अस्त-व्यस्त हो चुकी हैं। फिर भी, अगर आप समुदायों को नागर समाज और सरकार की सहायता का हकदार बनाना चाहते हैं तो आवश्यक उत्पादन, उपभोग और व्यापार तथा स्वास्थ्य, शिक्षा और अन्य सेवाओं के स्थानीयकरण की ओर बढ़ना ही होगा। इस अध्याय में जो थोड़े से उदाहरण दिए गए हैं वे गांवों और शहरों में विकेंद्रीकरण, जल संरक्षण, जैव विविधता संरक्षण, अभिशासन, खाद्य एवं वस्तु उत्पादन, ऊर्जा उत्पादन, कचरा प्रबंधन आदि क्षेत्रों में विकेंद्रीकरण की हज़ारों भारतीय कोशिशों में से सिर्फ़ कुछ कोशिशें हैं।

यहां दिए गए उदाहरण सिर्फ़ नागर समाज संगठनों द्वारा शुरू किए गए प्रयास नहीं हैं। अगर 73वें और 74वें संविधान संशोधन अधिनियमों (जिनमें ग्रामीण एवं शहरी समुदायों में अभिशासन के विकेंद्रीकरण का निर्देश दिया गया है) को तार्किक परिणति तक पहुंचाया जाए तो दरअसल उनमें भी स्थानीयकरण की ही बात की जा रही है। उत्तर-पूर्व स्थित नागालैंड सरकार शिक्षा, स्वास्थ्य और अन्य सेवाओं के 'समुदायीकरण' (यानी अधिकाधिक स्थानीय नियंत्रण की व्यवस्था) को सफलतापूर्वक आज़मा चुकी है।

कृषि रूपांतरण : डेक्कन डेवलेपमेंट सोसायटी की कहानी

ज़हीराबाद, आंध्र प्रदेश के इलाक़े में बारिश ज़्यादा नहीं होती। इसी संकट के आलोक में यहां के 75 गांवों की दलित महिलाओं ने एक कृषि क्रांति का सूत्रपात कर दिया है। डेक्कन डेवलेपमेंट सोसायटी के बैनर तले गठित किए गए महिला संघों ने जैविक खेती और चरवाही, परंपरागत बीज विविधता, पानी के किफ़ायती इस्तेमाल, सामुदायिक अनाज भंडारों, सार्वजनिक वितरण प्रणाली, जैविक रेस्टोरेंट्स के ज़रिए उपभोक्ताओं के साथ संवाद, सांस्कृतिक आयोजनों और कार्यक्रमों में जैव विविधता के उत्सव, स्थानीय संचार माध्यमों के ज़रिए प्रचार और नाना दूसरे तरीक़ों का इस्तेमाल किया है। इससे इन गांवों में भोजन के स्थायी अभाव, बेरोज़गारी और शासन पर निर्भरता को दूर करने, ख़ासतौर से दलित महिलाओं और अन्य वंचित तबक़ों को आत्मनिर्भरता, सम्मान और अपने जीवन पर अपनी पकड़ की ओर रूपांतरित करने में मदद मिली है।

इसी तरह की कोशिशें कर्नाटक में सक्रिय ग़ैर-सरकारी संगठन ग्रीन फाउंडेशन और नवदान्या के जैव पंचायत नेटवर्क द्वारा भी शुरू की गई हैं।

स्थानीयकरण को सफल बनाने के लिए ज़रूरी है कि हम अपनी जाति व्यवस्था, अंतर्धार्मिक संबंधों और जेंडर संबंधों में छिपे सामाजिक-आर्थिक शोषण पर ज़रूर ध्यान दें। डेक्कन डेवलेपमेंट सोसायटी की गतिविधियों से दलित महिलाओं को मिले सम्मान और गौरव के उदाहरण से इसके महत्त्व को बख़ूबी समझा जा सकता है। इसी प्रकार, तमिलनाडु के कुटम्बक्कम गांव के दलित और 'सवर्ण' दोनों पहले के मुक़ाबले ज़्यादा बराबरी के आधार पर एक-दूसरे के साथ काम करने लगे हैं और नर्मदा बचाओ आंदोलन की जीवनशालाओं में आदिवासी बच्चों का सशक्तीकरण हो रहा है। यह काम इसलिए और भी ज़रूरी हो गया है क्योंकि वैश्वीकरण ने जातिवाद, धार्मिक एवं अन्य जेंडर आधारित भेदभावों पर अंकुश लगाने की बजाय नए-नए प्रकार की असमानताओं को जन्म दे दिया है।

संरक्षण लोकतंत्र

जंगलों, गीले इलाक़ों, घसियल मैदानों, तटीय/समुद्री क्षेत्रों को बचाने और पुनर्जीवित करने के लिए देश भर में असंख्य सामुदायिक कोशिशें की गई हैं। वन्य जीवों की आबादी और विभिन्न प्रजातियों को बचाने के लिए भी कई सफल प्रयास किए गए हैं। इस तरह के 'समुदाय संरक्षित क्षेत्र' (सीसीए) प्राकृतिक पारिस्थितिकी तंत्रों और वन्य जीवन को घनी इंसानी आबादी के बावजूद बचाए रखने का मुख्य जरिया साबित हुए हैं। स्थानीय समुदायों द्वारा अभिशासन और प्रबंधन के लिए विकसित किए गए विविध नियम और संस्थान इन कोशिशों का एक महत्त्वपूर्ण आयाम रहे हैं। इस प्रबंधकीय संरचना में छोटे-छोटे युवा मंडलों से लेकर संपूर्ण ग्राम सभा तक नाना प्रकार के संस्थान आगे आए हैं। इसी तरह, नियम भी मौखिक से लेकर लिखित तक, परंपरागत या नए, सभी तरह के हो सकते हैं। इन नियमों के साथ आमतौर पर तरह-तरह की पाबंदियां और नियमों के उल्लंघन पर जुर्माने का बंदोबस्त भी शामिल रहता है।

धरती व्यवस्था के स्तर पर काम करना

स्थानीय और लघु स्तर पर काम करना ही पर्याप्त नहीं होगा। आज हम जो समस्याएं झेल रहे हैं उनमें से बहुत सारी समस्याएं कहीं ज़्यादा व्यापक पैमाने की हैं। ये ऐसी समस्याएं हैं जो समूचे लैंडस्केप (और सामुद्रिक व्यवस्था), देशों, क्षेत्रों और वास्तव में पूरी अर्थव्यवस्था को प्रभावित कर रही हैं। वायुमंडलीय परिवर्तन, विषैले पदार्थों का फैलाव और जंगलों का सफ़ाया इसके कुछ प्रत्यक्ष उदाहरण हैं। धरती व्यवस्था स्तरीय और सीमापार नियोजन व अभिशासन (जिसे 'जैव क्षेत्रवाद' या 'पारिस्थितिकी क्षेत्रवाद' आदि नामों से भी जाना जाता है) कई देशों और क्षेत्रों में आजमाई जा रही नई आशाजनक पद्धतियां हैं। भारत में अभी भी इन प्रयासों की जड़ें पुख़्ता नहीं हैं

मगर कुछ उदाहरण ज़रूर ग़ौर करने लायक हैं।

राजस्थान की अरवारी संसद में 72 गांवों के लोग जुटते हैं। यह संसद गांवों के आपसी सहयोग के ज़रिए 400 वर्ग किलोमीटर की नदी तलहटी को संभालने और बचाए रखने का ज़िम्मा संभाले हुए है। अरवारी संसद ने इस क्षेत्र की ज़मीन, खेती, पानी, वन्य जीव और विकास के लिए समेकित योजनाएं और कार्यक्रम भी तैयार किए हैं। यह सैकड़ों गांवों के एक सूखे इलाक़े में जल आत्मनिर्भरता का लक्ष्य हासिल करने की कोशिश है जिसके लिए विकेंद्रीकृत जल संरक्षण और पानी के संयमित इस्तेमाल पर ज़ोर दिया जा रहा है। यह प्रयास सामुदायिक एनजीओ तरुण भारत संघ ने शुरू किया था। महाराष्ट्र में जल प्रयोक्ता संघों की एक फेडरेशन को वाघड़ सिंचाई परियोजना चलाने का ज़िम्मा सौंपा गया है। यह पहला मौक़ा है जब किसी सरकारी परियोजना को पूरी तरह स्थानीय लोगों के नियंत्रण में सौंपा गया है।

धरती व्यवस्था के स्तर पर काम करने के लिए लाज़िमी है कि हम राजनीतिक और सांस्कृतिक विभाजक रेखाओं से ऊपर उठकर सोचें। राष्ट्रीय जैव विविधता रणनीति एवं कार्ययोजना के तहत देश भर में 'दस धरती व्यवस्थाओं' के लिए इसी तरह की योजना बनाई गई थी। इन योजनाओं में ये ज़रूरतें सामने आईं :

- समुचित पारिस्थितिकीय सीमाओं की निशानदेही की जाए, मसलन—पर्वतमालाओं, नदियों और तलहटियों, तटों आदि से परिभाषित होनेवाली सीमाएं।
- इन सीमाओं के भीतर विभिन्न पारिस्थितिकीय कारकों के गतिविज्ञान को समझा जाए।
- इन सीमाओं और आदान-प्रदानों को सामाजिक-सांस्कृतिक और राजनीतिक आदान-प्रदानों के बरक्स रखकर संभावित समन्वय के बिंदुओं को पहचाना जाए, मसलन—ऐसे स्थान जहां जिले या राज्य की सीमाएं जलागम क्षेत्र या पर्वत शृंखलाओं की सीमाओं से मिल रही हों।
- इस तरह से परिभाषित किए गए पर्यावरणीय क्षेत्रों के नियोजन व प्रबंधन की पद्धति पर विचार किया जाए और ज़मीनी स्तर पर ऐसे एकाधिक संस्थान गढ़े जाएं जो इस नियोजन व प्रबंधन का ज़िम्मा संभाल सकें।

विकेंद्रीकृत एवं लैंडस्केप स्तरीय अभिशासन व प्रबंधन के रास्ते पर आगे बढ़ते हुए और क्रमशः उसे ठोस आधार प्रदान करते हुए प्रत्येक जैव क्षेत्र, राज्य एवं पूरे देश के लिए एक तर्कसंगत भूमि प्रयोग योजना तैयार की जा सकती है। इस योजना में पारिस्थितिकीय एवं सामाजिक रूप से नाज़ुक या महत्त्वपूर्ण ज़मीनों को स्थायी रूप से एक प्रकार के संरक्षण की श्रेणी में रख दिया जाएगा (जहां सहभागिता का प्रावधान होगा और स्थानीय अधिकारों को सम्मान दिया जाएगा)। इस तरह की योजना में शहरों और क़स्बों पर भी इस बात का दायित्व होगा कि वे अपनी

सीमाओं के भीतर से ज़्यादा से ज़्यादा संसाधनों का बंदोबस्त करें—जल संरक्षण पद्धतियां अपनाएं, छतों और ख़ाली जगहों पर खेती करें, ऊर्जा उत्पादन का विकेंद्रीकरण करें। यह भी उम्मीद की जाएगी कि गांवों और शहरों के संबंध परस्पर लाभदायक हों, न कि शहर ही ग्रामीण इलाक़ों के सारे संसाधन छीनते रहें। ग्रामीण समुदायों के संसाधनों का क्या किया जाएगा, इस बारे में स्वयं समुदायों की राय का जितना ज़्यादा ख़याल किया जाएगा और जितना शहरवासी अपनी जीवन शैली के प्रभावों के बारे में जागरूक होंगे, यह पारस्परिक संबंध उतना ही प्रगाढ़ होगा।

टिकाऊ और लोकतांत्रिक शहर

अपनी सारी ज़रूरतों के लिए ग्रामीण इलाक़ों पर परजीवी की तरह आश्रित रहनेवाले शहरों के विपरीत कच्छ (गुजरात) के जिला मुख्यालय भुज में शहर को भी एक टिकाऊ और लोकतांत्रिक सांचे में ढालने की कोशिश की जा रही है। हुनरशाला, सहजीवन, कच्छ महिला विकास संगठन और एसीटीसी जैसे कंसल्टेंसी संगठनों और नागर समाज ने झुग्गीवासियों, महिला मंडलों और अन्य नागरिकों के साथ मिलकर जलागम क्षेत्रों को पुनर्जीवित किया है और एक विकेंद्रीकृत जल भंडारण एवं प्रबंधन व्यवस्था विकसित की है। इसके अलावा उन्होंने ठोस कचरे के प्रबंधन का बंदोबस्त किया है, ग़रीब महिलाओं के लिए रोज़गार पैदा किए हैं, साफ़-सफ़ाई की व्यवस्था विकसित की है और सभी के लिए सम्मानजनक आवास का बंदोबस्त किया है। इस प्रक्रिया में साझा इस्तेमाल की जगहों को भी बहाल किया गया है और 74वें संविधान संशोधन अधिनियम (शहरी विकेंद्रीकरण) की दृष्टि को साकार करने के लिए पूरी नियोजन प्रक्रिया में नागरिकों की सचेत सहभागिता को सुगम बनाया गया है।

एक शहर में सघन लोकतांत्रिक प्रक्रियाओं को साकार करने के लिए बंगलौर में भी जनाग्रह नामक नेटवर्क के नेतृत्व में प्रयास किया जा रहा है। यह नेटवर्क बंगलौर और उसके आसपास के इलाक़ों के अंतर्संबंधों को ध्यान में रखते हुए शहर को एक क्षेत्रीय दृष्टि से देखता है। इस सोच में स्थानीय नागरिकों (बच्चों और युवाओं सहित) को शहरी प्रक्रियाओं में अपने अधिकारों और भूमिकाओं के बारे में जानकारियों से लैस करना शामिल है ताकि नागरिकों और अधिकारियों के पास बेहतर शहरी नियोजन का कौशल भी हो और नागरिकों के प्रति शासन की सीधी जवाबदेही, ज़िम्मेदारी और पारदर्शिता भी सुनिश्चित की जा सके। दिल्ली में परिवर्तन नामक एनजीओ ने सरकारी दफ़्तरों तक लोगों की पहुंच बढ़ाने में मदद दी है। यह संगठन निम्नवर्गीय बस्तियों के लोगों को बेहतर सेवाएं हासिल करने में मदद दे रहा है। संगठन की मदद से लोगों ने राशन की दुकानों पर होनेवाली खुल्लमखुल्ला धांधलियों को चुनौती दी है और सरकार को विश्व बैंक के क़र्ज़े से शुरू होनेवाली

एक ऐसी परियोजना को रोकने के लिए बाध्य किया है जिसकी वजह से पानी की क़ीमत बहुत ज़्यादा बढ़नेवाली थी।

जैसे-जैसे स्थानीय स्तर पर अनुकूल विकास योजनाओं के ज़रिए गांव पुनर्जीवित होते जाएंगे, वैसे-वैसे गांवों से शहरों की तरफ़ होनेवाला पलायन भी कम होने लगेगा और संभव है इसकी दिशा उलट भी जाए। महाराष्ट्र के रालेगांव सिद्धि और हिवड़े बाज़ार गांवों तथा मध्य प्रदेश में समाज प्रगति सहयोग की सक्रियता वाले देवास जिले में ऐसा ही देखने में आ रहा है। तरुण भारत संघ की सक्रियता वाले राजस्थान के अलवर जिले में भी कुछ ऐसा ही रुझान सामने आ रहा है।

अभिशासन : स्थानीय से राष्ट्रीय स्तर की ओर

हरित स्वराज की आत्मा एक ऐसे लोकतांत्रिक अभिशासन में बसती है जो सबसे छोटी, सर्वाधिक स्थानीय इकाइयों से शुरू हो और उत्तरोत्तर बड़ी इकाइयों को अपने भीतर समाहित करता जाए। इस प्रसंग में तमाम राजनीतिक विचारधाराओं के भीतर लोकतंत्र व अभिशासन के असंख्य सिद्धांत प्रतिपादित किए जा चुके हैं। इन सभी सिद्धांतों और हरित स्वराज के सिद्धांत में अधिकारों और दायित्वों का समुच्चय निहित दिखाई देता है।

भारतीय संविधान में गांवों के अभिशासन का ज़िम्मा पंचायतों को और शहरों के अभिशासन का ज़िम्मा वॉर्ड समितियों को सौंपा गया है। ये ऐसी प्रातिनिधिक संस्थाएं हैं जो अब वैसी ही ख़ामियों और समस्याओं से ग्रस्त हो चुकी हैं जो समस्याएं लोकतंत्र के ऊपरी स्तरों को ग्रस रही हैं। लिहाज़ा ग्रामीण इलाक़ों में ग्राम सभाओं का और शहरों में क्षेत्र सभाओं (वार्डों के भीतर मौजूद छोटी इकाइयां अथवा अन्य समकक्ष निकाय) का सशक्तीकरण करना भी ज़रूरी है ताकि उस टोले या गांव या बस्ती के सभी वयस्क निर्णय प्रक्रिया में सुगमतापूर्वक हिस्सा ले सकें। स्थानीय प्राकृतिक संसाधनों या पर्यावरण से जुड़े सारे अहम फैसले इसी स्तर पर लिये जाने चाहिए और इसमें महिलाओं तथा अन्य वंचित तबक़ों की समान सहभागिता के लिए भी विशेष बंदोबस्त किया जाना चाहिए।

स्थानीय स्वशासन एवं नियोजन : मेंढा-लेखा

महाराष्ट्र में मेंढा-लेखा नामक गोंड आदिवासी गांव का बड़े बांधों और औद्योगिक वन सफ़ाए के ख़िलाफ़ चले जनांदोलनों में हिस्सेदारी का एक लंबा इतिहास रहा है। इस गांव के फ़ैसले सभी वयस्कों की मौजूदगी में लिये जाते हैं। इन फ़ैसलों के लिए गांव के लोग अभ्यासगट (अध्ययन चक्र, जिसमें सभी गांववाले इकट्ठा होते हैं और ज़रूरत पड़ने पर बाहरी विशेषज्ञों को भी बुलाया जाता है) में हासिल होनेवाली जानकारियों का इस्तेमाल करते हैं। यहां के लोग केवल सर्वसम्मति से

फ़ैसले लेते हैं ताकि क्रियान्वयन में सभी की हिस्सेदारी सुनिश्चित की जा सके। सरकारी विभागों को भी इस गांव में अपनी योजनाएं लागू करने के लिए ग्राम सभा की सहमति लेनी होती है। पिछले तीन दशकों के दौरान यह गांव भोजन, पानी, ऊर्जा एवं स्थानीय रोज़गारों की सारी ज़रूरतों को ख़ुद पूरा करने में सफल रहा है। इस गांव के लोग 1,800 हेक्टेयर वन भूमि को भी संभाल रहे हैं। अब चुनौती यह है कि इस साझा निर्णय प्रक्रिया और संरक्षण की चाह को नई पीढ़ियों को कैसे सौंपा जाए!

शहरी वार्ड स्तर पर नागरिकों को नियोजन प्रक्रिया में शामिल करने की एक चेष्टा देश के बहुत सारे शहरों (और बहुत सारे दूसरे देशों) में आजमायी जा रही सहभागी बजटिंग प्रक्रिया में देखी जा सकती है। सोच यह है कि स्थानीय नागरिक सार्वजनिक व्यय के लिए अपनी प्राथमिकताएं जमा कराएं। इसके बाद सरकारी एजेंसियों के अधिकारी या जनप्रतिनिधि उनको परियोजना प्रस्तावों में रूपांतरित करेंगे। इसके बाद ये योजनाएं वापस नागरिकों के समक्ष मतदान के लिए प्रस्तुत की जाएंगी और फिर उन्हें बजट एवं क्रियान्वयन योजनाओं में समाहित किया जाएगा। बंगलौर इस प्रक्रिया को शुरू करनेवाला पहला शहर था। इसके बाद हुबली-धारवाड़ और पुणे में भी यही रास्ता अपनाया गया। यह प्रक्रिया एक सघन और गहन लोकतांत्रिक शहरी नियोजन की दिशा में सिर्फ़ एक छोटा-सा मगर उल्लेखनीय क़दम है क्योंकि अनुदानों का आवंटन और इस्तेमाल अक्सर सत्ता में बैठे मुट्ठी भर लोगों के ही हाथ में रहता आया है।

बड़े स्तर की अभिशासन संरचनाएं बुनियादी रूप से इन्हीं आधारभूत इकाइयों से पैदा होनी चाहिए। इनमें एक जैसी पारिस्थितिकीय विशिष्टताओं वाले गांवों के समूह या फ़ेडरेशन, व्यापक लैंडस्केप स्तरीय संस्थान और दूसरी इकाइयां भी शामिल हैं जो किसी न किसी स्तर पर ज़िला एवं राज्यों की मौजूदा प्रशासकीय एवं राजनीतिक इकाइयों से जुड़ी रहती हैं। बेशक, अंतर्राज्यीय एवं अंतर्देशीय अभिशासन अलग तरह की चुनौतियां पेश करता है मगर नदी घाटी प्राधिकरणों जैसे विफल या आंशिक रूप से सफल प्रयासों से भी निश्चय ही काफ़ी कुछ सीखा जा सकता है।

ज्ञान की भूमिका

हरित स्वराज के लिए सबसे प्रासंगिक ज्ञान वह होगा जो पश्चिमी शिक्षा द्वारा 'भौतिक', 'प्राकृतिक', 'सामाजिक' विज्ञानों और इन 'विज्ञानों' तथा 'कलाओं' के बीच रच दी गई कृत्रिम सीमाओं से स्वतंत्र हो। पारिस्थितिकीय एवं मानवीय व्यवस्थाएं इस तरह के साफ़-साफ़ खानों में नहीं चलतीं। धरती पर मौजूद लैंडस्केप्स 'जंगली' और 'रिहायशी' तथा 'प्राकृतिक' और 'मानवीय' जैसी सरल सीमाओं

को नहीं मानते। जितना ज़्यादा हम ज्ञान को समग्र ढंग से सीखने, सिखाने और उसके संचरण की चेष्टा करेंगे, न केवल विशेषज्ञों बल्कि हरफ़नमौलाओं को भी सम्मान देंगे, उतना ही ज़्यादा हम प्रकृति और उसके भीतर अपने स्थान को समझ पाएंगे। भारत सहित बहुत सारे देशों के विश्वविद्यालय (जिन्हें क़ायदे से युनिवर्सिटी नहीं बल्कि 'मल्टीवर्सिटी' कहा जाना चाहिए) पहले ही इस तरह के अंतरानुशासनात्मक और परानुशासनात्मक अध्ययनों में संलग्न हैं। वहां विद्यार्थियों को विषयों और अनुशासनों की सीमाओं के पार जाकर काम करने के लिए प्रोत्साहित किया जा रहा है।

इससे भी बड़ी चुनौती यह है कि शिक्षा संस्थानों में परंपरागत और आधुनिक ज्ञानों को एक दूसरे में कैसे पिरोया जाए, कैसे परंपरागत ज्ञान के विशेषज्ञों को सम्मानजनक स्थान दिया जाए, विद्यार्थियों को सीखने-सिखाने की प्राचीन व्यवस्थाओं के माध्यम से 'आम' लोगों से सीखने के लिए भेजा जाए, वाचिक परंपराओं को कैसे पुनर्जीवित किया जाए। इस दिशा में भी बहुत सारे वैकल्पिक शिक्षा एवं शिक्षण प्रयास किए जा रहे हैं : आंध्र प्रदेश में सक्रिय डेक्कन डेवलेपमेंट सोसायटी के पाचासाले स्कूल, नर्मदा घाटी और उसके बाशिंदों को बड़े बांधों की आपदा से बचाने के लिए संघर्ष कर रहे नर्मदा बचाओ आंदोलन की जीवनशालाएं; तेजगढ़, गुजरात में सक्रिय आदिवासी एकेडमी जैसे कॉलेज; देहरादून, उत्तराखंड स्थित बीज विद्यापीठ जैसे मुक्त शिक्षा संस्थान इसके सटीक उदाहरण हैं।

रोज़गार और आजीविका

स्थानीयकरण और धरती व्यवस्था स्तरीय पद्धतियों के सम्मिश्रण से आजीविका के भी असंख्य नए अवसर पैदा हो सकते हैं जिससे भारत की सबसे बड़ी मौजूदा समस्या यानी बेरोज़गारी का हल निकाला जा सकता है। ज़मीन और जल स्रोतों को पुनर्जीवित करके उपज में इज़ाफ़ा होगा जिससे बड़े पैमाने पर रोज़गार पैदा हो सकते हैं और टिकाऊ आजीविकाओं के लिए स्थायी संपदाएं रची जा सकती हैं। संप्रग सरकार के महत्त्वाकांक्षी राष्ट्रीय ग्रामीण रोज़गार गारंटी क़ानून (नरेगा) और जवाहरलाल नेहरू राष्ट्रीय शहरी पुनर्नवीकरण मिशन (जेएनएनयूआरएम) जैसी योजनाओं को इस तरह के पर्यावरण-रोज़गार सम्मिश्रण की दिशा में मोड़ा जा सकता है। इन नए 'हरित रोज़गार' प्रस्तावों में श्रम सघन ग्रामीण उद्योगों व बुनियादी ढांचे पर नए सिरे से ज़ोर देना भी ज़रूरी है। इस क्रम में हमें हथकरघों और दस्तकारी, स्थानीय ऊर्जा परियोजनाओं, ग्रामीण सड़कों और ऐसे दूसरे साधनों व संपदाओं पर ज़ोर देना होगा जो लोगों के नियंत्रण में हों, जो उनके परंपरागत ज्ञान के आधार पर तैयार की गई हों या आसानी से अर्जित होनेवाले नए कौशलों पर आधारित हों।

संयुक्त राष्ट्र पर्यावरण कार्यक्रम तथा अंतर्राष्ट्रीय श्रम संगठन का अनुमान है

कि 'हरित रोज़गारों' के क्षेत्र में अभी भारी रोज़गार संभावनाएं बची हुई हैं। इन रोज़गारों को 'मानवोचित श्रम' के नाम से भी जाना जाता है। यह विकल्प हमारे सामने मौजूद पारिस्थितिकीय संकटों को संबोधित करने में काफ़ी मददगार साबित हो सकता है। उदाहरण के लिए, औद्योगिक रसायनों पर आधारित खेती के मुक़ाबले, जैविक, छोटे पैमाने की खेती में कहीं ज़्यादा लोगों को काम मिल सकता है। पुनर्नवीकरणीय ऊर्जा उत्पादन तथा ऊर्जा कुशलता अभी प्रारंभिक अवस्था में है मगर इनमें भी करोड़ों लोगों को काम मिल सकता है। हमारे देश में खेती और ऊर्जा (उत्पादन व कुशलता) तथा परिवहन और ऊर्जा कुशल भवन निर्माण, विकेंद्रीकृत मैन्युफ़ैक्चरिंग, रीसाइक्लिंग, वानिकी और अन्य क्षेत्रों में भी ज़बर्दस्त संभावनाएं बची हुई हैं। खेद की बात है कि अभी तक इन संभावनाओं पर कोई समग्र अध्ययन नहीं किया गया है।

आर्थिक लोकतंत्र

हरित स्वराज के लिए न केवल राजनीतिक अभिशासन की व्यवस्था में आमूल बदलाव आवश्यक है बल्कि उत्पादन और उपभोग के आर्थिक संबंधों को भी बदलना होगा। वैश्वीकृत अर्थव्यवस्थाएं उपभोग के लोकतंत्रीकरण पर तो ज़ोर देती हैं (हालांकि बहुधा उपभोक्ता के पास भी चुनने की आज़ादी सिर्फ़ एक छलावा होती है) मगर उत्पादन के लोकतंत्रीकरण को सिरे से नज़रअंदाज़ कर देती हैं। यह स्थिति एक आमूल बदलाव की मांग करती है जिसमें उत्पादकों के नियंत्रण में विकेंद्रीकृत उत्पादन पर ज़ोर दिया जाए और यह उत्पादन उपभोक्ताओं के नियंत्रण में और मुख्यत: स्थानीय उपभोग की आवश्यकताओं से जुड़ा हुआ हो।

लघु और विकेंद्रीकृत, गांव आधारित या 'कुटीर' उद्योगों का गांधीवादी प्रस्ताव दशकों से हमारे सामने है। इस तरह के उद्योग सबसे पहले और सबसे बढ़कर स्थानीय ज़रूरतों और उसके बाद राष्ट्रीय या अंतर्राष्ट्रीय ज़रूरतों की पूर्ति के लिए काम करेंगे। यह व्यवस्था एक ऐसी स्थानीय अर्थव्यवस्था का हिस्सा होगी जिसमें उत्पादक-उपभोक्ता को जोड़नेवाली कड़ियां मुख्य रूप से (हालांकि केवल नहीं) स्थानीय होंगी इसलिए ऐसे उत्पादन और मौजूदा पूंजीवादी उत्पादन में एक बुनियादी फ़र्क़ होगा : यह उत्पादन अपने तथा औरों के लिए होगा, मुख्यत: मुनाफ़े के लिए नहीं बल्कि मूलत: सेवा के रूप में होगा।

गांवों के समूह या गांवों और क़स्बों के समूह इस आर्थिक लोकतंत्र को बढ़ानेवाली इकाइयां हो सकती हैं। तमिलनाडु में कुटम्बक्कम गांव के दलित पंचायत प्रमुख रामास्वामी इलेंगो आसपास के 7-8 गांवों का 'मुक्त व्यापार क्षेत्र' बनाने की कोशिश कर रहे हैं। इस मुक्त व्यापार क्षेत्र में इन गांवों के बीच वस्तुओं और सेवाओं का व्यापार (परस्पर लाभदायक शर्तों पर) इस तरह किया जाएगा कि बाहरी बाज़ारों

और सरकार पर इन गांवों की निर्भरता कम होती जाए। इस तरह इन गांवों का पैसा गांवों में ही रहेगा और उसे स्थानीय विकास के लिए ख़र्च किया जा सकता है। दूसरी तरफ़ इससे गांववालों के आपसी संबंधों में भी और मज़बूती आएगी। गुजरात में भाषा नामक एनजीओ 'टिकाऊपन, पारिस्थितिकीय संवेदनशीलता तथा समुदायों की सांस्कृतिक जड़ों की एक अंतर्निहित समझ के आधार पर' दर्जनों जनजातीय गांवों को लेकर हरित आर्थिक क्षेत्र विकसित करने का प्रयास कर रहा है। मध्य प्रदेश स्थित नौगांग एग्रीकल्चर प्रोड्यूसर कंपनी लिमिटेड (एनएपीसीएल) तथा तमिलनाडु स्थित आहाराम ट्रेडिशनल क्रॉप प्रोड्यूसर्स कंपनी (एटीसीपीसी) किसानों के नेतृत्व में चलाई जा रही ऐसी कंपनियों के उदाहरण हैं जो उत्पादकों को सीधे अपने बाज़ारों से जोड़ने का प्रयास कर रही हैं।

इन सारे विनिमयों में भी आदान-प्रदान का मुख्य माध्यम तो संभवत: पैसा ही रहेगा मगर उसका नियंत्रण और प्रबंधन काफ़ी हद तक वैश्विक नेटवर्कों से जुड़े वित्तीय बाज़ारों के माध्यम से काम करनेवाली वैश्विक पूंजी की अमूर्त शक्तियों तथा अंतर्राष्ट्रीय वित्तीय संस्थानों की बजाय स्थानीय लोगों के नियंत्रण में होगा। ऐसी स्थिति में काफ़ी सारा स्थानीय व्यापार स्थानीय स्तर पर विकसित की गई मुद्राओं या वस्तु विनिमय पद्धतियों से भी हो सकता है। वैसे भी, अगर वस्तुओं और सेवाओं का मूल्य पैसे के रूप में ही तय किया जाता है तो भी वह किसी नियंत्रणरहित 'बाज़ार' की बजाय देने और लेनेवालों के बीच आपसी सौदेबाज़ी से ही तय होगा। दुनिया भर में पहले ही असंख्य मुद्राएं तथा व्यापार और सेवाओं के लेन-देन की ग़ैर-मौद्रिक व्यवस्थाएं अस्तित्व में हैं। ऊपर हमने जिन 'मुक्त व्यापार क्षेत्रों' और 'हरित आर्थिक क्षेत्र' का ज़िक्र किया था, वे इस बात के सिर्फ़ दो उदाहरण हैं कि स्थानीय लोकतांत्रिक व्यापारिक संबंध किस प्रकार के हो सकते हैं।

वित्तीय प्रबंधन का भी आमूल विकेंद्रीकरण करना होगा। इसे आज के बैंकों और वित्तीय संस्थानों की महासंकेंद्रित व्यवस्था से अलग करना होगा। वैश्विक संस्थान और उनकी सट्टेबाज़ी को दी गई खुली छूट ही ताज़ा वित्तीय संकट की असली जड़ है। दुनिया भर में पिछले कुछ दशकों के दौरान बहुत सारी स्थानीय, समुदाय आधारित बैंकिंग एवं फायनेंसिंग व्यवस्थाएं भी विकसित हुई हैं। क्या इस वैकल्पिक तस्वीर में बड़े उद्योगों के लिए भी स्थान होगा? संभवत: ऐसा हो सकता है लेकिन यह इस पर निर्भर करेगा कि आनेवाले युग के समाज, जो उत्पादन व उपभोग के पारिस्थितिकीय एवं सामाजिक प्रभावों के बारे में हमसे कहीं ज़्यादा सचेत होंगे, वे क्या पैदा करना चाहेंगे। इसके अलावा, तकनीक के चुनाव का सवाल भी खुली चर्चा और बहस का विषय होगा, न कि उसे शक्तिशाली निगमों द्वारा एकतरफ़ा ढंग से तय किया जाएगा। फिर भी, यदि बड़ी औद्योगिक इकाइयां वाक़ई लाज़िमी होंगी तो भी इस बात का ख़याल रखा जाएगा कि वे सिर्फ़ ऐसी

वस्तुओं के उत्पादन के लिए स्थापित की जाएं जिन वस्तुओं का उत्पादन लघु उद्योगों में संभव नहीं है।

राज्य की भूमिका

समुदाय (ग्रामीण एवं शहरी) वैकल्पिक भविष्यों का मूलाधार तो होंगे मगर कमज़ोर तबक़ों (मनुष्य और ग़ैर-मनुष्य, दोनों) के कल्याण की भूमिका का निर्वाह करने के लिए न केवल राज्य को बनाए रखना होगा बल्कि उसको और मज़बूती देनी होगी। ऐसी स्थितियों में राज्य समुदायों को ऐसे मामलों में सहायता भी देगा जिनमें समुदायों के पास अपनी क्षमता सीमित है। संसाधनों के उत्पादन, मालिकाना पट्टे जारी करने और स्वामित्व की सुरक्षा सुनिश्चित करने जैसे काम मुख्य रूप से राज्य को ही करने होंगे। राज्य ही ऐसे व्यावसायिक तत्त्वों या अन्य ताक़तों को अंकुश में रखेगा जो पर्यावरण या लोगों के प्रति ग़ैर-ज़िम्मेदाराना ढंग से बर्ताव कर रहे हैं। उसे संविधान के तहत प्रत्येक नागरिक को मिले विभिन्न मौलिक अधिकारों के ज़मानती के रूप में जवाबदेह बनाना होगा। इसके लिए सूचना अधिकार क़ानून जैसे उपयुक्त नीतिगत उपाय भी करने होंगे। और अंत में, समाजों और राष्ट्रों के बीच बननेवाले वृहत्तर वैश्विक संबंधों में भी उसकी अहम भूमिका बनी रहेगी।

अंतर्राष्ट्रीय संबंध

आर्थिक वैश्वीकरण की प्रक्रिया को उलटने का मतलब वैश्विक संबंधों की समाप्ति नहीं है! दुनिया भर में विचारों, व्यक्तियों, सेवाओं और वस्तुओं का आदान-प्रदान और प्रवाह हमेशा ही होता रहा है और आमतौर पर इससे मानव समाजों को और समृद्धि मिली है। स्थानीय अर्थव्यवस्थाओं तथा एक-दूसरे से सीखते हुए बढ़नेवाली नैतिक जीवन शैलियों पर केंद्रित हरित स्वराज वैश्विक स्तर पर विचारों और प्रयोगों के प्रवाह को वित्त और पूंजी के वर्चस्व से नियंत्रित होने की बजाय वाक़ई और ज़्यादा सार्थक बना देगा।

अपने साझा पारिस्थितिकीय, सांस्कृतिक और ऐतिहासिक संदर्भों को ध्यान में रखते हुए भारत को अपने पड़ोसी देशों के साथ भी कहीं बेहतर संबंध बनाने होंगे। सीमा पार तक फैली धरती व्यवस्था और समुद्रों का प्रबंधन इसका एक उदाहरण है। इसमें उन क्षेत्रों को 'शांति क्षेत्र' बनाने जैसे प्रयास भी शामिल हैं जहां अभी बेहिसाब टकराव के हालात बने हुए हैं (जैसे भारत और पाकिस्तान के बीच सियाचिन ग्लेशियर का इलाक़ा)। वैश्विक पटल पर शांति, अधिकारों और पर्यावरण संबंधी विभिन्न संधियों को मज़बूती देना भी एक मुख्य एजेंडा रहेगा।

ज़ाहिर है, इस बारे में अभी बहुत कुछ कहना और सोचना ज़रूरी है मगर यह किताब भावी विकल्पों के अंतर्राष्ट्रीय आयामों पर केंद्रित नहीं है।

क्या इस तरह का रूपांतरण संभव है?

हरित स्वराज का मतलब है कि अभिशासन में एक आमूल बदलाव लाया जाए। यह ऐसा बदलाव होगा जिसका मौजूदा राजनीतिक, कॉरपोरेट सत्ता केंद्र जमकर विरोध करेंगे। मगर हमारे देश में इस आशय के भी बहुत सारे संकेत मिलने लगे हैं कि ऐसा रूपांतरण अगले कुछ दशकों में आ सकता है। उदाहरण के लिए :

- नागर समाज की ताक़तें आर्थिक उन्नति के मौजूदा मॉडल का अलग-अलग स्तरों पर विरोध करने लगी हैं। विनाशकारी विकास परियोजनाओं के ख़िलाफ़, ख़ासतौर से विस्थापन या पर्यावरण ध्वंस से प्रभावित स्थानीय समुदायों में तथा नागर समाज संगठनों के नेतृत्व में शहरी इलाक़ों में विशाल जनांदोलन पैदा होने लगे हैं।
- नागर समाज मूलभूत आवश्यकताओं को पूरा करने में मदद दे रहा है : विभिन्न मोर्चों पर सरकार की अब तक की विफलताओं के चलते बहुत सारे नागर समाज संगठन (समुदाय आधारित संगठन या ग़ैर-सरकारी संगठन—एनजीओ) कई जगह न केवल लोगों को बुनियादी सुविधाएं और अवसर प्रदान कर रहे हैं बल्कि स्थानीय स्तर पर लोगों के सशक्तीकरण में भी योगदान दे रहे हैं। प्रस्तुत अध्याय में इसके कई उदाहरण देखे जा सकते हैं। मगर, हमें ध्यान रखना होगा कि नागर समाज संगठन लोगों की ज़रूरतें पूरी करने की चेष्टाओं में राज्य की भूमिका को ही नज़रअंदाज़ न कर दें।
- नीतिगत बदलाव और सुधार : नागर समाज द्वारा एडवोकेसी तथा सरकारी तंत्र के भीतर मौजूद प्रगतिशील व्यक्तियों के प्रयासों से कुछ ऐसे नीतिगत बदलाव और सुधार किए गए हैं जो आर्थिक वैश्वीकरण की सामान्य प्रवृत्ति के ख़िलाफ़ पड़ते हैं। सूचना अधिकार क़ानून, 2005, राष्ट्रीय ग्रामीण रोज़गार गारंटी क़ानून, 2006 तथा अनुसूचित जनजाति एवं अन्य परंपरागत वनवासी (वन अधिकार मान्यता) क़ानून, 2006 इसके महत्त्वपूर्ण उदाहरण हैं। ये सभी क़ानून जनता की पहलक़दमी के दबाव में पारित किए गए हैं। उदाहरण के लिए, सूचना अधिकार क़ानून (आरटीआई) राजस्थान, दिल्ली एवं अन्य राज्यों में चले स्थानीय संघर्षों का परिणाम है। यह आंदोलन मज़दूर किसान शक्ति संगठन (एमकेएसएस) जैसे संगठनों ने खड़ा किया था। इस आंदोलन का नेतृत्व कर रहे संगठन रोज़गार और वित्तपोषण संबंधी सरकारी दस्तावेज़ों तक जनता की पहुंच चाहते थे।
- प्रौद्योगिकीय बदलाव : बहुत सारे प्रौद्योगिकीय सुधार न केवल मानव जीवन को पहले के मुक़ाबले आसान बना रहे हैं बल्कि पारस्थितिकीय संतुलन के प्रति संवेदनशील भी हैं। ये प्रौद्योगिकियां औद्योगिक व कृषि

उत्पादन में, ऊर्जा, आवास व निर्माण उद्योग में, परिवहन उद्योग तथा घरेलू उपकरणों में भी देखी जा सकती हैं। बहुत सारी परंपरागत प्रौद्योगिकियों की प्रासंगिकता को भी एक बार फिर स्वीकार किया जाने लगा है। उदाहरण के लिए कृषि, कपड़ा उद्योग तथा अन्य मैन्युफ़ैक्चरिंग एवं दूसरे क्षेत्रों में परंपरागत प्रौद्योगिकियों पर नए सिरे से ध्यान दिया जाने लगा है। 'विकासशील' देशों के पास विनाशकारी औद्योगिक ऊर्जा एवं परिवहन प्रौद्योगिकियों से बचकर सीधे अत्यंत कुशल प्रौद्योगिकियों की दिशा में बढ़ने का अपरिमित अवसर है बशर्ते उन्हें औद्योगिक जगत ऐसा करने का अवसर और सहायता देने के लिए तैयार हो।

- वित्तीय उपाय : आर्थिक एवं राजकोषीय नीतियों में बहुत सारे सुधार किए गए हैं जो ज़्यादा टिकाऊपन की ओर बढ़ने में मदद दे सकते हैं। रासायनिक पदार्थों पर आश्रित खेती की जगह जैविक खेती जैसी टिकाऊ पद्धतियों को सब्सिडियां दी जाने लगी हैं जो कि बहुत सारे नागर समाज संगठनों की एक महत्त्वपूर्ण मांग रही है। शहरी एवं औद्योगिक स्तर के उपभोक्ताओं द्वारा प्राकृतिक संसाधनों के प्रयोग के एवज़ में उनसे जो कर वसूल किए जा रहे हैं वे न केवल पर्यावरण को हानि पहुंचानेवाले उपभोक्तावादी व्यवहारों को हतोत्साहित करते हैं बल्कि आय असमानता पर अंकुश भी लगाते हैं।
- जागरूकता, शिक्षा, क्षमता : पिछले दो-तीन दशकों के दौरान पारिस्थितिकीय एवं सामाजिक जागरूकता तथा संबंधित समस्याओं से निपटने की सामर्थ्य काफ़ी बढ़ी है। इसके बावजूद, निर्णयकारी निकायों और ऊपरी स्तर के व्यवसायियों में यह जागरूकता और क्षमता अभी भी बहुत कम है। हरित स्वराज की ओर बढ़ने के लिए हमें अपने सामने मौजूद नाना संकटों के बारे में और उनकी असली जड़ों के बारे में प्रचार करना होगा तथा सार्थक समाधानों की क्षमता पैदा करनी होगी।

हमारा देश हरित स्वराज की ओर रूपांतरण के लिए बहुत उपयुक्त स्थिति में है। इसकी कई वजहें हैं : हज़ारों साल लंबा इतिहास और ख़ुद को हालात के अनुसार ढालने की हमारी सामर्थ्य (जिसमें हमारी प्राचीन लोकतांत्रिक पद्धतियां भी शामिल हैं जो मशहूर कर दिए गए यूनानी गणराज्यों से भी संभवतः पुरानी हैं), हमारी पारिस्थितिकीय और सांस्कृतिक विविधता, असंख्य संकटों का सामना करने की हमारी सामर्थ्य, नाना जीवन शैलियों और विश्व दृष्टिकोणों का अस्तित्व जिनमें पारिस्थितिकीय तंत्रों के साथ संतुलन में रहनेवाले ऐसे समुदाय भी शामिल हैं जो अभी भी धरती पर बहुत संभलकर चलते हैं। एक तरफ़ हमारे पास बुद्ध और गांधी जैसे प्रगतिशील विचारकों की अद्‌भुत वैचारिक विरासत है तो दूसरी तरफ़ हमारे

पास मार्क्स जैसे चिंतकों के क्रांतिकारी विचारों को स्थितियों के अनुसार उपयोग करने का प्रचुर अनुभव भी है। हमने लोकतांत्रिक मूल्य-मान्यताओं और नागर समाज की सक्रियता की लगातार रक्षा की है और विरोध व निर्माण के असंख्य जनांदोलनों को जन्म दिया है। लेकिन, प्राकृतिक स्वराज को केवल इन अनुभवों और सामर्थ्यों के आधार पर साकार नहीं किया जा सकता। इसके लिए हमें दूसरे देशों और समुदायों से भी सीखना होगा और उनको साथ लेकर चलना होगा क्योंकि दूसरे बहुत सारे देशों के पास भी ये सारे अनुभव हैं और अब वे भी एक बिल्कुल नए और ज़्यादा कठिन हालात से गुज़र रहे हैं।

अध्याय 7

नया भारत, नई दुनिया

मेरी हमदर्दी उन लोगों से है जो राष्ट्रों के बीच आर्थिक पेचीदगियों को बढ़ाने की बजाय उन पर अंकुश लगाना चाहते हैं। विचार, विज्ञान, कला, मेज़बानी, यात्रा–ये ऐसी चीज़ें हैं जो अंतर्राष्ट्रीय होनी चाहिए। दूसरी तरफ़, जहां तक भी संभव हो, वस्तुओं को स्थानीय स्तर पर ही बनने दें। और सबसे बढ़कर, वित्त को तो मूल रूप से राष्ट्रीय सीमाओं के भीतर ही रहने दें।

—जॉन मेनार्ड कीन्स

डोर से डोर बांधना

बेलगाम वैश्वीकरण ने सामाजिक–आर्थिक, राजनीतिक, सांस्कृतिक और पारिस्थितिकीय प्रक्रियाओं की जो बेइंतेहा पेचीदा स्थिति पैदा कर दी है, उसे देखते हुए यह ज़रूरी है कि कम से कम कुछ रेशों को मज़बूती से पकड़कर रखा जाए।

इस किताब में हमने यह कहने का प्रयास किया है कि वैश्वीकृत हो रहा भारत अपने पारिस्थितिकीय और सामाजिक स्वास्थ्य के साथ बहुत गंभीर खिलवाड़ कर रहा है। नब्बे के दशक की शुरुआत के बहुत अस्वाभाविक हालात में आर्थिक सुधारों को जल्दबाज़ी में और अनावश्यक सख़्ती से लागू किया गया। देश के जीवन और स्वास्थ्य पर इन सुधारों के नाटकीय असर अब सामने आने लगे हैं। आर्थिक विकास की दर—ख़ासतौर से 2003 के बाद—ख़ासी प्रभावशाली रही है मगर यह विकास दर एक संरचनात्मक परिवर्तन से संचालित हो रही है जिसने देश के महानगरीय इलाक़ों को वैश्विक और भारतीय अभिजन के लिए उपयुक्त शर्तों के अनुसार वैश्विक अर्थव्यवस्था के साथ समेकित कर दिया है।

इससे ग्रामीण समाज की नियति तय करने में महानगरीय भारत को ज़बर्दस्त ताक़त मिल गई है जबकि दोनों का सांस्कृतिक फ़ासला लगातार बढ़ता चला जा रहा है। एक विशाल जनसंख्या इस प्रक्रिया से या तो बाहर है या उसे धकेलकर बाहर निकाल दिया गया है। जहां एक तरफ़ फ़ाइनेंस जैसे क्षेत्रों में मुट्ठी भर लोगों के लिए

फ़टाफट पैसे बनाने के नए अवसर पैदा हुए हैं वहीं दूसरी तरफ़ महंगाई, बेरोज़गारी और विकास के नाम पर हो रहे विस्थापन से असंख्य लोगों के जीवन अवसर भी ख़तरे में पड़ गए हैं। महाकाय बहुराष्ट्रीय कंपनियों के नेतृत्व में काम कर रही वैश्विक आपूर्ति श्रृंखला में भारत को समाहित करने से देश भर में कामकाजी लोगों के शोषण में और इज़ाफ़ा हुआ है। मेहनतकश आज भी मामूली तनख़्वाहों पर ही जीने को विवश हैं।

ऊपर से हम बहुत सारी पुरानी समस्याओं से भी आज़ाद नहीं हुए हैं। स्थायी भुखमरी और कुपोषण, चौतरफ़ा ग़रीबी और बेरोज़गारी, वर्ग, जाति और जेंडर की असमानताएं, ज़मीन और आजीविकाओं का नाश तथा तमाम क़िस्म के सामाजिक और राजनीतिक तनाव अभी भी बने हुए हैं। इस किताब में हमारे पास इन कठिन सवालों पर बात करने के लिए न तो पर्याप्त जगह है और न ही हमारे पास इतनी विशेषज्ञता है लिहाज़ा इन पर हमने कम चर्चा की है। समस्याओं की इस फ़ेहरिस्त में बिगड़ता पारिस्थितिकीय संतुलन और जुड़ गया है क्योंकि वैश्वीकरण की आपूर्ति श्रृंखला (और मांग श्रृंखला!) ऐसे फ़ैसलों को बढ़ावा दे रही है जो संसाधनों को 'पिछवाड़े' के रास्ते और दूर ले जा रहे हैं।

पश्चिम के बराबर पहुंचने और चीन जैसे देशों का मुक़ाबला करने के नाम पर औद्योगिकीकरण, शहरीकरण और आधुनिकीकरण की राह पर चलने का दबाव इतना भयानक है कि ओडिशा जैसा राज्य भी एक-दो नहीं बल्कि पूरे 45 नए इस्पात संयंत्रों की स्थापना के समझौतों पर दस्तख़त कर चुका है जबकि राज्य की खेती दिन-प्रतिदिन तबाह होती जा रही है। छत्तीसगढ़ जैसे राज्य भी दिन दूनी, रात चौगुनी रफ़्तार से नई औद्योगिक और खनन प्रक्रियाओं की मंज़ूरी देने में व्यस्त हैं। उत्तराखंड और अरुणाचल प्रदेश जैसे गंभीर भूकंप की आशंका वाले क्षेत्रों में सैकड़ों नए बांधों की योजना बनाई जा चुकी है। हिमाचल प्रदेश में रेणुका बांध से लेकर आंध्र प्रदेश में कोलावरम बांध तक विशाल विकास परियोजनाओं के ख़िलाफ़ लंबे समय से पहले ही आंदोलन जारी हैं। ताक़तवर कॉरपोरेट-राजनीतिक गठजोड़ की छत्रछाया में चल रही बेतहाशा और बेइंतहा ग़ैरक़ानूनी खनन गतिविधियां न केवल पर्यावरण को नष्ट करती जा रही हैं बल्कि करोड़ों लोगों की आजीविका का आधार भी छीनती जा रही हैं।

इस किताब में हमने पिछले दो दशकों के दौरान इन समस्याओं तथा वैश्वीकरण के तहत विकास के नाम पर लागू की गई नीतियों के संबंधों को समझने की कोशिश की है। इन संकटों को हल करने के लिए नागर समाज संगठनों और प्रगतिशील व्यक्तियों द्वारा किए जा रहे छोटे-छोटे प्रयास बहुत नाकाफ़ी हैं। विनाशकारी ताक़तें वर्चस्व की स्थिति में हैं इसलिए उनके पास बेहिसाब ताक़त है। लिहाज़ा, जब तक सरकारी नीतियों में आमूल बदलाव नहीं आएगा और शक्तिशाली वर्ग

लोकतांत्रिक संवाद, सहमति और समझौते के लिए तैयार (या विवश) नहीं होंगे तब तक पारिस्थितिकीय एवं सामाजिक धरातल पर हम बहुत बुरी तरह इन संकटों में फंसे रहेंगे।

इस बात को और स्पष्ट करना ज़रूरी है। सुधारों के लागू होने से पहले हमारे देश के संसाधनों (संपदा, संस्थागत और ज्ञान संसाधनों) का आवंटन दूर शहरों में बैठे नौकरशाहों द्वारा ऐसे राजनेताओं की देखरेख में किया जाता था जो अक्सर स्थितियों से अनभिज्ञ होते थे। अब ऐसी स्थिति नहीं है। सुधारों का सिलसिला शुरू होने के बाद इन संसाधनों का आवंटन काफ़ी हद तक बाज़ार की प्रक्रियाओं से तय हो रहा है जिन पर शक्तिशाली व्यावसायिक निगमों का दबदबा है और जिन्हें सरकार ने भी खुली छूट दे दी है (जो कि हाल के घोटालों की रोशनी में ख़ुद भ्रष्टाचार में डूबी दिखाई दे रही है)। मगर सरकारी नौकरशाही और विकास प्राधिकरणों की ताक़त में अभी भी कोई कमी नहीं आई है। हम इन दोनों प्रक्रियाओं की न केवल गंभीर सीमाओं को देख चुके हैं बल्कि हमने उनकी वजह से पैदा हो रही नई समस्याओं को भी भली-भांति समझ लिया है।

अब हमें पहली बार संसाधनों के लोकतांत्रिक आवंटन के नाम पर समुदायों और उनके संस्थानों को निर्मित और संगठित करने के लिए अपनी सामूहिक ऊर्जाओं का निवेश करना होगा। किसी भी स्थिति में संसाधनों के आवंटन के लिए (नीतियों की भांति) बाज़ार भी अपरिहार्य हो चुके हैं। एकमात्र सवाल यह है कि एक न्यायसंगत और टिकाऊ ढंग से कौन-सी और क्या चीज़ें उनको नियमन के दायरे में बांध सकती हैं। सरकारी नौकरशाही और कॉरपोरेट क्षेत्र इस काम में विफल हो चुका है। अब समय आ गया है कि समुदाय ख़ुद इन ज़िम्मेदारियों को अपने हाथों में संभाल लें। यह भारतीय संविधान के पाठ और भावना (उदाहरण के लिए, धारा 38 और 242, तथा ख़ासतौर से संविधान के भाग IV में दिए गए राज्य नीति के निर्देशक सिद्धांत) तथा उसमें किए गए ताज़ा संशोधनों, मसलन—ग्रामीण एवं शहरी विकेंद्रीकरण के लिए पारित किए गए क़ानूनों की भाषा और भावना के अनुरूप है।

यह मानने के बहुत ठोस कारण मौजूद हैं कि भारतीय अर्थव्यवस्था की मौजूदा विकास प्रक्रिया से जिन परिणामों (मसलन, ग़रीबी उन्मूलन की अपेक्षा) का आश्वासन दिया गया था, वे कभी पूरे होनेवाले नहीं हैं। पहली बात यह है कि उन्नीसवीं और बीसवीं शताब्दी में जब पश्चिमी जगत् तीव्र औद्योगिकीकरण के रास्ते पर चल रहा था तब न तो संसाधनों (जिनमें उपनिवेशों से आनेवाले संसाधन भी शामिल हैं) की कोई कमी थी और न ही प्रदूषण व वायुमंडलीय परिवर्तन की समस्या थी। आज पारिस्थितिकीय संकट बहुत गंभीर है जिसके चलते देर से औद्योगिकीकरण के रास्ते पर चलनेवाले देशों के लिए आधुनिक ऊर्जा-सघन औद्योगिकीकरण की बहुत भारी सीमाएं पैदा हो गई हैं। इन सीमाओं से पार निकलने

की मारामारी में औद्योगिकीकरण के रास्ते पर चल रहे देश (जैसे, भारत और चीन) अक्सर कम शक्तिशाली देशों, जैसे अफ़्रीकी देशों, के संसाधनों पर नियंत्रण हासिल करने की जद्दोजहद में मुब्तिला दिखाई देते हैं। दूसरी बात, जब पश्चिमी जगत् का औद्योगिकीकरण हो रहा था तब बाज़ार—संपन्न देशों के भीतर और बाहर, दोनों जगह—वास्तव में असीमित थे। आज न तो पश्चिम के बाज़ारों में फैलने की कोई गुंजाइश बची है और न ही विकासशील देशों के पास उपनिवेश हैं जहां वे अपने उत्पादों को बेचने के लिए 'साम्राज्यवादी प्राथमिकता' थोप सकें। बाज़ारों और संसाधनों, दोनों ज़रूरतों को पूरा करने के लिए आज के विकासशील देशों को ख़ुद अपना पेट काटकर ही आगे बढ़ना होगा। भारत जैसे देशों में निचली तीन-चौथाई आबादी की आमदनी स्थिर मूल्यों के हिसाब से ठहराव का शिकार हो गई है जबकि आधुनिक अर्थव्यवस्था द्वारा पैदा की जा रही वस्तुओं और सेवाओं का बाज़ार केवल ऊपरी एक-चौथाई आबादी तक ही सीमित है। मगर, जैसा कि हम पीछे देख चुके हैं, संसाधन बहुत सीमित हैं।

तीसरी बात, जब पश्चिम के औद्योगिक देश अपने किसानों और खेत मज़दूरों को देहात से उजाड़ रहे थे तो वे उनको खानों या शहरी उद्योगों में खपा सकते थे। बहुत सारे देश उन्हें अपने उपनिवेशों में जाकर भी बसा सकते थे। उस ज़माने की औद्योगिक तकनीक मज़दूरों को बड़ी तादाद में खपाने में सक्षम थी और लिहाज़ा गांवों से उजड़नेवाले लोगों को रोज़गार दे सकती थी। बीती एक सदी के तकनीकी बदलाव ज़्यादा पूंजी सघन दिशा में बढ़ते गए हैं। मशीनीकरण के चलते आधुनिक उद्योग व सेवा क्षेत्रों में विस्थापित ग्रामीण मज़दूरों को खपाने की गुंजाइश बहुत कम रह गई है। पूरी दुनिया में मज़दूरों का इस्तेमाल न हो पाना एक बढ़ता संकट हो गया है। 'संरचनात्मक या ढांचागत बेरोज़गारी' की अति को देखते हुए आज रोज़गारविहीन ही नहीं बल्कि रोज़गारनाशक विकास ही हक़ीक़त बन चुका है।

चौथी बात, आज के आधुनिक उद्योग और सेवा क्षेत्रों में बहुत ख़ास और सटीक क्षमता व कौशल वाले कामगारों की ज़रूरत होती है। विस्थापित आबादियों को दोबारा प्रशिक्षण देने के बाद भी ये लोग (जो अधिकांशत: खेती से आते हैं और निरक्षर होते हैं) उन उद्योगों एवं सेवा क्षेत्र में नहीं खप सकते। विस्थापितों में से बहुत थोड़े से लोगों को उन उद्योगों में नौकरी मिलती है जो उन्हीं की ज़मीनों पर खड़े किए जाते हैं। यह एक महत्त्वपूर्ण वजह है जिसके चलते भारत जैसे देशों में ज़मीन के अधिग्रहण का बहुत सख़्त विरोध किया जा रहा है।

अंतिम बात, जब पश्चिमी देश (जापान, रूस, एवं बाद में दक्षिण कोरिया और चीन भी) औद्योगिकीकरण कर रहे थे तो वहां पर्याप्त लोकतांत्रिक व्यवस्था नहीं थी। उनमें से कुछ देशों में अधिनायकवादी शासन व्यवस्थाएं थीं (और एक हद तक अभी भी हैं)। आज के औद्योगिक देश जब औद्योगिकीकरण और शहरीकरण की

दिशा में बढ़ रहे थे तब उनमें से किसी ने भी अपने नागरिकों को सार्वभौमिक मताधिकार नहीं दिया था। लिहाज़ा, उस समय की सरकारें ज़्यादा आसानी से करोड़ों लोगों को उनके गांव-घरों से जबरन उजाड़ सकती थीं। इसे अच्छा मानें या बुरा, आज का भारत एक ज़्यादा कोलाहल भरा, बेचैन लोकतंत्र है जहां मौजूद विशाल ग्रामीण आबादी सरकारी हुक्म को आंख मूंदकर मानने के लिए तैयार नहीं है। जब भी उद्योगों, खनन या अवरचनागत परियोजनाओं के लिए लोगों की ज़मीन छीनने का सवाल आता है तो लोग कमर कसकर सरकार के ख़िलाफ़ खड़े हो जाते हैं क्योंकि उन्हें इन बदलावों से तात्कालिक तौर पर या लंबे दौर में अपने लिए कोई फ़ायदा दिखाई नहीं देता। आजकल ज़मीन के अधिग्रहण की प्रक्रिया में जिन भारी कठिनाइयों का सामना करना पड़ रहा है, वह इसी प्रतिरोध का एक बहुत उम्दा साक्ष्य है। मध्य भारत की खनन पट्टियों में चल रहे माओवादी और दूसरे आंदोलनों से भी यह बात स्पष्ट हो जाती है हालांकि इन आंदोलनों के पीछे और भी वजहें रही हैं।

इन सारी बातों को ध्यान में रखते हुए ग्रामीण कृषि एवं संबंधित क्रियाकलापों से मज़दूरों के औद्योगिक या सेवा क्षेत्रों की तरफ़ बढ़ने की अपेक्षा संभवतः पूरी होनेवाली नहीं है। इसका मतलब यह है कि हमें ग्रामीण इलाक़ों में आजीविका के विकल्पों को क़ायम रखना होगा और वहां नई नौकरियां पैदा करनी होंगी क्योंकि देश की दो-तिहाई आबादी अभी भी इन्हीं इलाक़ों में रह रही है। अगर कृषि और संबंधित गतिविधियों (जैसे वानिकी, मछुवाही और चरवाही आदि) पर समुचित ध्यान दिया जाए (और सिर्फ़ लोगों के शोषण के ज़रिए निर्यात राजस्व बढ़ाने के संकुचित लक्ष्य पर ही ध्यान न दिया जाए) तो वे देश की एक बहुत विशाल कामकाजी आबादी को संभाल सकती हैं। इसके साथ-साथ, हमें गांवों में उद्योग और सेवा क्षेत्र में भी नई नौकरियां पैदा करनी होंगी।

बड़े पैमाने का पूंजी एवं संसाधन सघन औद्योगिकीकरण बेरोज़गारी के बढ़ते संकट से निकलने का कोई बढ़िया रास्ता नहीं है। इसकी बजाय हमें देश के विभिन्न भागों में सक्रिय सूती कपड़ा, रेशम, पुनर्नवीकरणीय ऊर्जा और असंख्य दूसरे क्षेत्रों में ऐसे लघु औद्योगिक प्रयासों पर ध्यान देना होगा जो टिकाऊ भी हैं और सम्मानजनक आजीविका मुहैया कराने में भी सक्षम हैं।

भारत ही नहीं बल्कि किसी भी देश में ऐसी नीतियां (और मौजूद नीतियों के विकल्प) होनी चाहिए जो वैश्विक अर्थव्यवस्था के धराशायी होने पर भी कारगर साबित हो सकें। जैसे-जैसे वैश्विक वित्तीय संकट के परिणाम तथा 'पृथक्करण/डीकपलिंग' की चाह बढ़ रही है, यह साफ़ होता जा रहा है कि भारत भी बाक़ी दुनिया की अर्थव्यवस्था के उतार-चढ़ावों से सुरक्षित नहीं है। अगर भारत पश्चिमी देशों में आई आर्थिक मंदी से कुछ हद तक ख़ुद को बचाने में कामयाब हुआ है (मसलन, यूरोपीय संघ के देशों के मुक़ाबले) तो इसके पीछे वित्तीय रूढ़िवाद (जिसके प्रति

नीति निर्माताओं का लगाव अब घटता जा रहा है) और विशाल घरेलू बाज़ार ही सबसे प्रमुख कारक रहे हैं। फिर भी, भारतीय नीतियां भविष्य में वैश्विक अर्थव्यवस्था के साथ स्वाभाविक गति से समाहित होने की अपेक्षा पर आधारित हैं। भविष्य की सारी संभावनाएं और विकास की योजनाएं इसी मान्यता पर आधारित हैं।

ज़्यादातर दूसरे औद्योगिक देशों (लैटिन अमेरिका के कुछ उल्लेखनीय अपवादों को छोड़कर) की तरह भारत भी अपने लोगों और अपने पर्यावरण को ताक पर रखकर आईएमएफ़-विश्व बैंक-डब्ल्यूटीओ के इशारे पर अपनी अर्थव्यवस्थाओं को शक्तिशाली कंपनियों के वास्ते खोलने के लिए मंजूरी दे चुका है। मगर भारत जैसे किसी भी देश को वैश्वीकरण के प्रति ज़्यादा सजग और चुनिंदा ढंग से क़दम उठाने होंगे। इस विषय में कुछ सिद्धांतों पर पिछले अध्यायों में चर्चा की जा चुकी है।

इसके अलावा, सरकार को मनरेगा (एनआरईजीएस) जैसे कार्यक्रमों को और फैलाना होगा तथा खेती जैसे क्षेत्रों में मज़दूरों का कृत्रिम अभाव पैदा किए बिना नए रोज़गार पैदा करने के लिए इन कार्यक्रमों को स्थानीय स्थितियों के अनुरूप ढालना होगा। स्थानीय किसानों को लेकर छोटे पैमाने पर ग्रामीण उद्यमशीलता की संभावनाएं पैदा करनी होंगी। मनरेगा को सालाना सरकारी फंडिंग पर आश्रित रखने की बजाय हमें उसको स्ववित्तपोषित बनाने का प्रयास करना होगा। रोज़गार संवर्धन के लक्ष्य को पर्यावरण संरक्षण और सुधार के लक्ष्य से जोड़ना एक बिल्कुल संभव प्रयास है। कई स्थानों पर इसके सकारात्मक परिणाम सामने आ चुके हैं। ग्रामीण रोज़गार गारंटी क़ानून की तर्ज़ पर शहरी रोज़गार गारंटी कार्यक्रम की भी भारी ज़रूरत है ताकि शहरों में बेरोज़गार भटक रहे लोगों को भी काम मिल सके।

किताब के भाग II में यह दलील दी गई है कि बाज़ार-नीत 'टीना' (देयर इज़ नो ऑल्टरनेटिव) मॉडल के स्थान पर नीति निर्धारण की एक पूरी वैकल्पिक रूपरेखा मौजूद है। इसे हमने हरित स्वराज का नाम दिया है। अगर आनेवाले दौर की सरकारी नीतियों में इसे जगह दी जाए, डब्ल्यूटीओ और आईएफ़आई संस्थानों के प्रभुत्व को नज़रअंदाज़ कर दिया जाए तो हरित स्वराज एक टिकाऊ और स्थिर भविष्य का मार्ग प्रशस्त कर सकता है।

हरित स्वराज की अवधारणा सांस्कृतिक और पारिस्थितिकीय विविधता की ज़मीनी हक़ीक़त पर आधारित जैवक्षेत्रीय अभिशासन के सिद्धांत पर केंद्रित है। यह अवधारणा न केवल भारतीय संविधान की भाषा और भावना के अनुरूप है बल्कि यह संभवत: एकमात्र ऐसी रूपरेखा है जो आधुनिक आर्थिक तरक़्क़ी की ग़ैर-चुकता पारिस्थितिकीय एवं सामाजिक लागतों के सटीक आकलन के सवाल पर फुसलावे भरी बाज़ार अर्थव्यवस्था का स्थान ले सकती है। ज़िले के योजना बोर्ड में आदिवासी औरत ही हमारी शहरी जीवन शैली की असली लागत के बारे में खुलकर बता सकती है क्योंकि वही है जिसे शहरी उपभोक्ताओं के लिए चलाई जा रही

खनन या दूसरी महापरियोजनाओं के कारण पैदा हुए पानी के संकट की वजह से साल-दर-साल लंबी-लंबी दूरियां तय करके पानी के लिए भटकना पड़ता है।

जब डब्ल्यूटीओ, आईएमएफ़ या संयुक्त राष्ट्र सुरक्षा परिषद जैसे अंतर्राष्ट्रीय मंचों पर या अमीर देशों के हाथों हमारे जैसे विकासशील देशों के साथ दोयम दर्जे का बर्ताव किया जाता है तो हम अपमान का घूंट पीकर रह जाते हैं। मगर उस समय हम यह भूल जाते हैं कि महानगरीय भारत में रहनेवाले हमारे जैसे लोग छोटे क़स्बों या ग्रामीण भारत या शहरी ग़रीब बस्तियों में रहनेवालों के साथ कैसा बर्ताव करते हैं। हम यह तो चाहते हैं कि अमीर देश अपने पारिस्थितिकीय पदछाप पर रोक लगाएं क्योंकि उससे हमें चोट पहुंच रही है मगर हम ख़ुद अपने पारिस्थितिकीय पदछाप में कमी नहीं लाना चाहते जबकि इससे हमारे ग्रामीण इलाक़ों में रहनेवाले लोगों या रेडियोधर्मी न्यूक्लियर रिएक्टरों के पास रहनेवाले लोगों की ज़िंदगी पर बहुत गहरे असर पड़ रहे हैं।

अगर हम चाहते हैं कि अमीर देश एक टिकाऊ दुनिया की रचना के लिए समायोजन की लागतों को वहन करते हुए हमारे साथ वाजिब बर्ताव करें तो निश्चय ही हमें अपनी आबादी के मामले में भी यही कसौटी अपनानी होगी। यह ज़रूरत तब और ज़्यादा महत्त्वपूर्ण हो जाती है जब हमारी सरकार अंतर्राष्ट्रीय मंचों पर बार-बार यह दावा करती है कि भारत को आर्थिक विकास के रास्ते पर चलने से नहीं रोका जाना चाहिए क्योंकि हमने करोड़ों लोगों को ग़रीबी रेखा से ऊपर ला दिया है। जो लोग भारत के पारिस्थितिकीय पदछापों को और फैलाते जा रहे हैं, जब वे लोग यह महसूस करने लगते हैं कि हमें 'विकास' के नाम पर तमाम पारिस्थितिकीय विलासिताओं का अधिकार है, तो यह 'ग़रीबों की आड़ में छिपने' की एक बहुत भोंड़ी चाल दिखाई देती है। अभी भी मौजूद सामंती तौर-तरीक़े और बढ़ते पूंजीवादी सुख-सुविधाओं का जगत् भारतीय ग़रीबों के पारिस्थितिकीय बजट पर मौज उड़ाने की साज़िश रचता चला जा रहा है। अगर हम अपने ही देश के ग़रीबों के प्रति ज़्यादा न्यायसंगत रवैया अपनाने को तैयार हों तो संभव है कि औद्योगिक विश्व भी 'हमारे' प्रति, यानी इस देश के अमीरों के प्रति न्यायसंगत रवैया अपनाने लगेगा। समुचित रूप से न्यायसंगत व्यवहार के बिना और बेहिसाब पाखंड के सहारे आज हम अंतर्राष्ट्रीय मंचों पर भारत के साथ होनेवाले दोयम दर्जे के बर्ताव के बारे में जो दलीलें देते रहते हैं, वही दलीलें देने का तब हमें ज़्यादा नैतिक अधिकार होगा।

वायुमंडलीय परिवर्तन की सबसे ज़्यादा मार भारत की सबसे निर्धन 20-40 प्रतिशत आबादी झेल रही है क्योंकि यह आबादी ऐसे इलाक़ों में रहती है जो पारिस्थितिकीय दृष्टि से बहुत नाज़ुक है। जिस तरह हमारी सरकार अमीर देशों को नैतिक स्तर पर इस बात का अहसास कराना चाहती है कि हमें उत्सर्जन मानकों में कटौती से छूट मिलनी चाहिए, उसी तरह क्या भारतीय ग़रीबों को भी सरकार से यह

मांग करने का अधिकार नहीं है कि वह उन महाधनियों से कार्बन टैक्स वसूल करे जिनकी जीवन शैली की भारी-भरकम लागतें यही ग़रीब चुका रहे हैं? हमें कुछ ख़ास उपभोग्य वस्तुओं को कोटा व्यवस्था के तहत लाना होगा और अगर उनकी पारिस्थितिकीय लागतें बहुत ऊंची हों (मसलन कुछ ख़ास तरह के प्लास्टिक पदार्थ) तो उन पर पूरी तरह पाबंदी लगानी होगी। भारत सरकार में किसी को इस बात की परवाह नहीं है। हमें नैतिक उसूल सिर्फ़ तभी याद आते हैं जब हमारा साबक़ा अपने से ज़्यादा ताक़तवर मुल्कों के साथ पड़ता है।

अगर शहरों (जहां सभी नहीं मगर ज़्यादातर धनी रहते हैं) और गांवों (जहां सारे ग़रीब नहीं हैं मगर ज़्यादातर ग़रीब हैं) के बहुत तनावपूर्ण संबंधों को दुरुस्त करना है तो शहरों को न केवल गांवों से अपनी उम्मीदों और मांगों को अंकुश में रखना होगा बल्कि इसका भी बंदोबस्त करना होगा कि वह ग्रामीण भारत को अपनी तरफ़ से उचित क़ीमत अदा करे और ग्रामीणों को रहने और काम करने का एक सम्मानजनक और आकर्षक माहौल दे। संपन्न नगरवासियों के लिए भी अंततः यही सबसे बढ़िया होगा। इस लक्ष्य को हासिल करने का एक तरीक़ा यह है कि गांवों में या शहरी झुग्गी-बस्तियों में रहनेवालों की बात और ज़्यादा ग़ौर से सुनी जाए।

केवल हरित स्वराज ही यह सुनिश्चित कर सकता है कि विकास की प्रक्रिया देश के भविष्य को दांव पर लगाकर वैश्विक शक्तिशाली कॉरपोरेशनों के मुनाफ़े की चाह से संचालित-केंद्रित होने की बजाय विकेंद्रीकृत, टिकाऊ और रोज़गार बढ़ानेवाली हो। अगर विकास का ख़ाका तेज़ी से आजीविकाएं पैदा नहीं कर पाता है तो सामाजिक उथल-पुथल और राजनीतिक प्रतिरोधों की वजह से वह जल्दी ही पटरी से उतर जाएगा। अगर राजनीतिक व आर्थिक पहलक़दमी तथा देश के आम लोगों की सहभागिता सुनिश्चित की जाए तो रोज़गार पैदा किए जा सकते हैं, विकास की प्रक्रिया का लोकतांत्रिकीकरण किया जा सकता है और उससे पैदा होनेवाली संपदा का ज़्यादा समतापरक वितरण किया जा सकता है। अभी तक कोई भी राजनीतिक दल चीज़ों को इस ढंग से देखने और सही मायनों में चुनौती का सामना करने के लिए तैयार दिखाई नहीं देता।

हरित स्वराज की असली ख़ूबी तभी सामने आ सकती है जब हम कृत्रिम राजनीतिक सीमाओं से ऊपर उठें और जैवक्षेत्रीय साझेदारियों को और ज़्यादा सम्मान दें। इसके लिए हमें मौजूदा राष्ट्र-राज्य व्यवस्था के प्रभुत्व पर भी सवाल उठाना होगा। यूरोपीय इतिहास की तर्ज़ पर पूरी दुनिया लंबे समय से इस व्यवस्था के वर्चस्व और चाह में दौड़ती रही है। पारिस्थितिकीय समस्याएं राष्ट्रीय भौगोलिक सीमाओं को नहीं मानतीं। वायुमंडलीय संकट इसका सबसे प्रत्यक्ष उदाहरण है। सही मायनों में वैश्विक विश्व के अनुकूल अंतर्राष्ट्रीय और क्षेत्रीय अभिशासन का एक प्रभावी, विकेंद्रीकृत मॉडल ही इस स्थिति का सामना कर सकता है। यह एक ऐसी

संरचना होनी चाहिए जिसमें विभिन्न निकाय अपने से नीचे के निकायों के प्रति उत्तरदायी हों और यह संरचना विशालकाय व्यावसायिक निगमों को अंकुश में रख सके। इस प्रसंग में राष्ट्र-राज्य अपने बूते पर कोई ख़ास असरदार दिखाई नहीं देते क्योंकि उनको आसानी से एक दूसरे से भिड़ाया जा सकता है।

एक टिकाऊ दुनिया की तरफ़ लंबे और कठिन संक्रमण में भारत के पास अपनी अद्भुत और अपरिमित सांस्कृतिक व पारिस्थितिकीय विविधता के चलते दुनिया के पारिस्थितिकीय प्रणेता की भूमिका अदा करने का एक अप्रतिम ऐतिहासिक अवसर है। टैगोर ने लिखा था, 'भारत की समस्या एक लघु विश्व की समस्या है।' अगर हम अपनी समस्याओं को हल करने में कामयाब हो जाएंगे तो हमारे समाधान पूरी दुनिया के लिए एक मिसाल बन सकते हैं। इस तरह के संक्रमण में आनेवाली कठिनाइयों को देखते हुए यही संभवतः हमारे सामने एक सबसे कठिन राजनीतिक चुनौती है।

इतना ही नहीं, भारत तथा शेष तथाकथित विकासशील विश्व पश्चिम के मुक़ाबले एक मायने में बेहतर स्थिति में दिखाई देते हैं। ग़ैर-टिकाऊ आधुनिक औद्योगिक व्यवस्था में आकंठ डूबे पश्चिमी देशों के मुक़ाबले दक्षिण के देशों में यह व्यवस्था अभी बहुत मज़बूत नहीं है। इसी वजह से पश्चिम के मुक़ाबले हमारे लिए पारिस्थितिकीय एवं ऊर्जा संक्रमण ज़्यादा आसान है। हम हरित प्रौद्योगिकियों को अपनाकर तेज़ी से 'भविष्य की ओर छलांग' लगा सकते हैं।

और अंत में, भारत (तथा सामान्य रूप से पूरा दक्षिण एशिया) दुनिया के ऐसे चंद इलाक़ों (मसलन—एशिया व लैटिन अमेरिका के कुछ भाग और अफ़्रीका) में से एक है जहां देशी समुदाय आज की औद्योगिक आधुनिकता के हमले के बावजूद जीवित बचे हुए हैं। अन्य स्थानों पर, जैसे पश्चिम में (और ख़ुद हमारे महानगरीय इलाक़ों में) समाज शक्तिशाली राज्यों के नियंत्रण में रहनेवाले पृथक् व्यक्तियों में खंडित हो चुके हैं (हालांकि इन राज्यों में भी देशी समुदाय अपनी जगह और पहचान बहाल करने के लिए नए सिरे से आवाज़ उठाने लगे हैं)। जब एक सामूहिक भावना होती है तो पर्यावरणीय चुनौतियों से निपटने के लिए परस्पर सहयोग हासिल करना आसान हो जाता है। अगर सामूहिक अधिकारों की रक्षा के लिए नीति और क़ानून बनाए जा सकें (सभी देशों के आधुनिक क़ानून में केवल व्यक्तिगत अधिकारों के प्रभुत्व के स्थान पर) तो एक हरित लोकतंत्र की रचना के लिए यह एक बहुत बड़ा योगदान होगा।

क्या वैश्वीकरण वाक़ई हो चुका है?

आज हम झूठी संज्ञाओं की महामारी के युग में जी रहे हैं। 'वैश्वीकरण' भी हमारे ज़माने का ऐसा ही एक झूठा नाम है। ग़ौर करें कि यह किताब वैश्वीकरण के

ख़िलाफ़ नहीं है। इसके विपरीत, हमने यह दलील दी है कि सही अर्थों में वैश्वीकरण—ऐसा वैश्वीकरण जो पृथ्वी के अलग-अलग समुदायों के बीच एक परिपक्व सांस्कृतिक समझदारी पर आधारित हो और हथियारों व गोली-बारूद के उद्योग को अप्रासंगिक बनाकर पूरी धरती पर लोगों की खुली आवाजाही को संभव बना सके—अभी हुआ ही नहीं है।

इसकी बजाय हम नियंत्रण मुक्त अंतर्राष्ट्रीय वाणिज्य एवं व्यवस्था के विरुद्ध हैं जिसे आज वैश्वीकरण का निराधार नाम दे दिया गया है। जैसे-जैसे यह व्यवस्था दुनिया के संपन्न वर्गों के लिए अपरिमित संपदा और दुनिया के ग़रीबों के लिए बेइंतहा क़र्ज़े पैदा करती जा रही है, इसने पृथ्वी के इस हिस्से के ज़्यादातर लोगों के सामने बहुत थोड़े जीवन अवसर छोड़ दिए हैं और पूरी मानव सभ्यता को एक पारिस्थितिकीय धमाके की कगार पर पहुंचा दिया है। आज हम जो कुछ देख रहे हैं वह साम्राज्यवाद का ही एक मुखौटा है। यह व्यवस्था इतनी परिष्कृत है कि इसने सभी देशों के आभिजात्य वर्गों को शोषण के लाभों में हिस्सेदारी की पूरी गुंजाइश छोड़ी हुई है। इससे भयानक पारिस्थितिकीय एवं सामाजिक दुष्परिणाम सामने आ रहे हैं और लिहाज़ा यह टिकाऊ स्थिति नहीं है।

वैश्वीकरण के मौजूदा स्वरूप ने एक अजीबोग़रीब दुनिया पैदा कर दी है। यह आम लोगों के लिए नहीं बल्कि अंतर्राष्ट्रीय व्यवसाय की दुनिया है। पूंजी दुनिया भर में बेरोक-टोक आ-जा सकती है, वैश्विक आपूर्ति शृंखला पूरी पृथ्वी पर फैल चुकी है और लिहाज़ा पहले से ज़्यादा ऊर्जा व संसाधनों का दोहन कर रही है। बहुराष्ट्रीय कंपनियों और शक्तिशाली सरकारों ने यह सुनिश्चित कर दिया है कि औद्योगिक समाजों के ज़्यादातर गंदे-घटिया काम (मूल्य शृंखला के प्रारंभिक चरणों के लिए आवश्यक संसाधनों का खनन और शारीरिक श्रम) संपन्न देशों की बजाय उन देशों में स्थानांतरित कर दिए जाएं जो अभी-अभी औद्योगिकीकरण के रास्ते पर चलना शुरू हुए हैं जबकि उनके उत्पादों का बाज़ार अभी भी मूल रूप से 'औद्योगिक' जगत् ही है। यही काम विभिन्न देशों के पूंजीपति वर्ग और सरकारें कर रही हैं : पारिस्थितिकीय लागतें ग़रीब इलाक़ों के ऊपर धकेली जा रही हैं जबकि बाज़ार मुख्यत: शहरों तक ही सीमित हैं। इस तरह लागत (मुख्य रूप से शारीरिक श्रम और पर्यावरणीय लागतें) अदा करनेवालों और आर्थिक विकास से लाभ उठानेवालों के बीच एक गहरी विभाजक रेखा खींच दी गई है। इसका मतलब यह है कि व्यावसायिक कंपनियों या उनके ठेकेदारों को अपने उत्पादों का बाज़ार पैदा करने के लिए विकासशील देशों में मजदूरों को उपयुक्त मेहनताना चुकाने की भी ज़रूरत नहीं है। उभरती अर्थव्यवस्था और वैश्विक आभिजात्य वर्ग तथा अमीर देशों के सेवा क्षेत्र में ऊपरी दर्जे की नौकरियां करनेवाले अभी भी उनके मुख्य उपभोक्ता हैं।

इसी वजह से पश्चिम के ब्ल्यू कॉलर कामगार यह देखकर परेशान हैं कि उनके देशों में नौकरियां ग़ायब हो रही हैं और दूसरी तरफ़ कल्याणकारी राज्य भी क्षीण होता जा रहा है। (आर्थिक मंदी की वजह से व्यावसायिक संस्थानों को सरकारों की तरफ़ से दी जा रही रियायतों और भारी-भरकम रक़मों की वजह से सरकारी बजटों पर और भी दबाव बढ़ गया है जिससे कल्याणकारी योजनाएं पहले से भी कमज़ोर होती जा रही हैं।) औद्योगिकीकरण के रास्ते पर जा रहे देशों के मज़दूरों को भले ही कम तनख़्वाह मिल रही हों मगर उनको इसी रास्ते से उम्मीद नज़र आती है। वजह सिर्फ़ यह नहीं कि उनके पीछे बेरोज़गारों की एक बहुत बड़ी क़तार खड़ी है। इसकी वजह यह भी है कि उनके पास पीछे लौटने के विकल्प अब नहीं हैं क्योंकि तीसरी दुनिया के देशों में 'विकास' नीतियां लगातार खेती की उपेक्षा करती रही हैं और लिहाज़ा ये मज़दूर स्थायी रूप से विस्थापित हो चुके हैं। इस तरह का रोज़गार कभी भी आज से ज़्यादा असुरक्षित और लाभरहित नहीं था।

पारिस्थितिकीय दृष्टि से भी हालात और बदतर नहीं हो सकते थे। जो लोग पर्यावरणनाशक विकास के लाभों का सुख ले रहे हैं, वे अधिकांशत: तबाही के बिंदुओं से बहुत दूर हैं या फिर वे यदा-कदा सामने आनेवाली आपदाओं का सामना कर सकते हैं (याद कीजिए कि 2005 में मुंबई में आई बाढ़ के समय अमीर परिवारों ने किस तरह उसका सामना किया था)। उन्हें अपने उपभोग की ग़ैर-चुकता लागतों में कोई दिलचस्पी नहीं है। ग़रीब देशों (या वहां के ग्रामीण इलाक़ों) में जो लोग इन ग़ैर-चुकता लागतों का बोझ उठाते हैं उनके पास न तो बाज़ार में इतनी ताक़त है और न राजनीतिक दमखम है कि वे अपनी तबाही के लिए ज़िम्मेदार सरकारों, निगमों और उपभोक्ताओं से किसी तरह की सौदेबाज़ी कर सकें। इसका कुल नतीजा यह है कि पर्यावरण लाज़िमी तौर पर तहस-नहस हो रहा है और यह नियमनमुक्त अंतर्राष्ट्रीय वाणिज्य का नतीजा है जिसे हम 'मुक्त बाज़ार' के मायावी नाम से जानते हैं।

वैश्वीकरण ने जो यह 'अजीबोग़रीब दुनिया' रच दी है, उसमें उपभोग की परछाईं समूचे महासागरों और महाद्वीपों से भी ज़्यादा व्यापक है। पूरी पृथ्वी को पहली दुनिया की जीवन शैलियों के लिए संसाधन आधार में तब्दील कर दिया गया है। पारिस्थितिकीय और सामाजिक लागतों को दूसरों के कंधों पर धकेल देना एक आसान रास्ता बन गया है। इससे हमेशा ग़रीबों, अजन्मी पीढ़ियों और बेआवाज़ ग़ैर-मानवीय प्रजातियों को ही नुक़सान होता है। लुब्बेलुबाब यह कि हमारी धरती रहने के लिए एक मुश्किल जगह बनती जा रही है और भले ही खाते-पीते तबक़ों को ऐसा लगता हो कि वे बेहतर स्थिति में हैं, कुल मिलाकर इस तबाही से किसी को फ़ायदा होनेवाला नहीं है।

कितना पुख़्ता है नियमनमुक्त कॉरपोरेट वैश्वीकरण ?

दुनिया की सबसे बड़ी महाशक्ति अपरिहार्यता की नई व्याख्याओं से खेल रही है। पिछले कुछ दशकों के दौरान अमेरिका के नेतृत्व में ताक़तवर तकनीकियों से लैस वैश्वीकरण का विस्तार इतना तीव्र रहा है कि धरती के सुदूर कोनों तक इसकी पैठ लगभग मुकम्मल हो चुकी है। इसके कुछ विरदावली गायक तो इसे गुरुत्वाकर्षण की तरह स्थायी मान लेने की बात करने लगे हैं। इन सारी घोषणाओं के बावजूद कोई भी देख सकता है कि इस तरह के वैश्वीकरण में कुछ भी 'कुदरती' नहीं है, दुनिया की आला ताक़तों ने दूसरे विश्वयुद्ध के बाद इसे सोच-समझकर लागू किया है ताकि दुनिया भर के मुट्ठी भर रईसों के ख़ास हितों की पूर्ति और अय्याशी के साधन जुटाए जा सकें।

लगातार ख़त्म होते जा रहे संसाधनों और धीरे-धीरे मगर यक़ीनी तौर पर वायुमंडलीय परिवर्तन की चपेट में आ रही इंसानियत को देखते हुए यह मान लेना नादानी होगी कि नियमनमुक्त वैश्वीकरण अब एक स्थायी परिघटना बना रहेगा। वैश्वीकरण की दो आज़माइशें (1870-1914 तथा 1945-73) आज जैसी गंभीर पर्यावरणीय चेतावनियों से पहले ही नाकाम हो चुकी थीं। पहली को महायुद्ध का बवंडर लील गया और दूसरी को महंगाई से पैदा हुई मंदी ने इतिहास के अंधेरों में गुम कर दिया। ग़ौर करें कि वैश्वीकरण की ताज़ा परियोजना पहले वाले प्रयोगों से भी कहीं ज़्यादा कठिन सीमाओं से जूझ रही है। यह न केवल प्रकृति की सीमाओं से जूझ रही है बल्कि इसके सामने मानव समाज की भी कठिन सीमाएं हैं।

वित्त के मोर्चे पर तीन-चौथाई सदी पहले जॉन मेनार्ड कींस ने जो चेतावनी दी थी, ठीक उसी तर्ज़ पर बाज़ारों के वैश्वीकरण ने एक के बाद एक कई महाविनाशों को जन्म दिया है। बेशक, मौजूदा वैश्विक मंदी अमेरिका में शुरू हुई थी मगर इसकी लहरें पूरी दुनिया में साफ़ दिखाई पड़ रही हैं। यूरोप के देशों से लेकर जापान, चीन और भारत सहित दूसरी 'उभरती' अर्थव्यवस्थाओं तक कोई इनसे अछूता नहीं है। तक़रीबन हर मुल्क में वित्तीय पूंजी की पूंछ ही वास्तविक अर्थव्यवस्था के कुत्ते को डुला रही है। सत्तर के दशक के बाद ये पूंछें और भी ज़्यादा आपस में गुंथ गई हैं। अब जब भी ये आपस में उलझी हुई पूंछें ज़ोर मारती हैं तो दुनिया भर की वास्तविक अर्थव्यवस्था उसके झटकों को झेलने के अलावा कुछ नहीं कर सकती। जब भी ये थिरकते वित्तीय बाज़ार ढहने लगते हैं तो पलक झपकते बड़े-बड़े क़र्ज़े डूब जाते हैं और इसके नतीजे हर समाज की वास्तविक अर्थव्यवस्था को झेलने पड़ते हैं, वह बढ़ती बेरोज़गारी और महंगाई की मार से कराहने लगती है।

आजकल अमेरिका और यूरोप की सरकारों को अपने डूबते बैंकों, वित्तीय संस्थानों और यहां तक कि कार कंपनियों को बचाने के लिए भी सरकारी ख़ज़ाने से बेहिसाब पैसा ख़र्च करना पड़ रहा है। इतिहास में पहले ऐसा कभी नहीं हुआ था। कुल मिलाकर

मुक्त बाज़ार बेहद निर्णायक ढंग से विफल साबित हो चुके हैं। राज्य नियंत्रित पूंजीवाद इस 'व्यवस्था' को बचाए रखने के लिए एक लाज़िमी शर्त बन गया है।

मानो इतना ही काफ़ी नहीं था, बेरोज़गारी, महंगाई, ख़राब कार्य परिस्थितियों और तेल की बढ़ती क़ीमतों के ख़िलाफ़ राजनीतिक विरोध भी दुनिया भर में बढ़ता जा रहा है। और तो और, चीन जैसे देश भी विशाल सामाजिक एवं राजनीतिक उथल-पुथल (मसलन, हड़ताल) से नहीं बच पा रहे हैं जबकि वहां तो औपचारिक रूप से लोकतंत्र भी नहीं है।

हमें वैश्वीकरण की इस शक्लोसूरत को विदा कहने के लिए तैयार रहना होगा। इसके ख़ात्मे की कल्पना करना फिर भी आसान है मगर यह कल्पना करना आसान नहीं है कि इसने हर गुज़रते दिन के साथ जो तक़रीबन असंभव पारिस्थितिकीय, वित्तीय और सामाजिक समस्याएं पैदा कर दी हैं उनसे आनेवाला समाज कैसे निपटेगा। स्थिति इस वजह से और ज़्यादा निराशाजनक दिखती है क्योंकि दुनिया भर की शक्तिशाली सरकारें अभी भी क़दम उठाने को तैयार नहीं हैं। सवाल यह है कि क्या हम उस लम्हे तक इंतज़ार ही करते रहेंगे जब यह संकट सारी हदें पार कर जाएगा। चौकस, पारिस्थितिकीय रूप से ज़िम्मेदारी भरी सामूहिक कार्रवाइयों के अभाव में हम आनेवाले दौर में ऐसे भीषण हालात के शिकार होकर रह जाएंगे जिनको अभी भी रोका जा सकता है—बशर्ते हम संकेतों को समझने के लिए तैयार हों। हो सकता है हमें अभी कई 'इनकन्वीनिएंट ट्रुथ्स' (अल गोर की वायुमंडलीय परिवर्तन पर बनाई गई प्रसिद्ध फ़िल्म जिसके लिए उन्हें नोबेल पुरस्कार भी दिया गया था) यानी 'कड़वी हक़ीक़तों' का सामना करना पड़े—विनाशकारी वायुमंडलीय परिवर्तन तो सिर्फ़ एक कड़वी सच्चाई है।

क्या इस महाविनाश से बचा जा सकता है? सबसे बुनियादी चुनौती यह है कि न केवल सरकारों, व्यवसाय और नागर समाज के रूप में बल्कि हर स्तर पर सामूहिक कार्रवाइयों पर आधारित आपसी सहयोग को कैसे बहाल किया जाए। इस तरह की गोलबंदी और एकजुटता पारिस्थितिकीय महाविनाश का दंश झेल रहे असंख्य मेहनतकश लोगों के लिए और भी ज़रूरी है। लेकिन इस मोर्चे पर स्थानीय से लेकर वैश्विक स्तर तक कठिनाइयां बहुत बड़ी हैं। फ़्रांसिसी समाजशास्त्री पीयरे बॉर्द्यू ने जो बात अपने देश के बारे में कही थी वह हर किसी देश के लिए खरी है :

> *'हमारे समाज के प्रभुत्वशाली लोग यात्राएं करते हैं; उनके पास पैसा है; वे बहुभाषी हैं; संस्कृति और जीवन शैली की कड़ियों से परस्पर जुड़े हुए हैं। दूसरे पाले में वे लोग हैं जो भौगोलिक रूप से बिखरे हुए हैं, भाषायी और सामाजिक विभाजक रेखाओं से बंटे हुए हैं। इन सारे लोगों को एक साथ लाना लाज़िमी भी है और बेहद मुश्किल भी।'*

बहरहाल, तमाम भारी-भरकम वित्तीय और पारिस्थितिकीय संकटों के बावजूद रईसों की महत्त्वाकांक्षाओं का जगन्नाथ रथ बढ़ा चला जा रहा है।

प्रतिस्पर्धी कॉरपोरेट राष्ट्रवाद की जानलेवा ग़लतफ़हमियां

कुछ पाठकों को ऐसा लग सकता है कि यह किताब मूल रूप से मुक्त बाज़ार में मीन-मेख निकालने के लिए ही लिखी गई है। मगर हमारी आपत्तियों की जड़ में दरअसल बाज़ार अर्थव्यवस्था नहीं है। हमारा मानना है कि अगर बाज़ार ठीक-ठाक काम करें तो उनके फ़ायदे भी कम नहीं हैं और इसका अर्थशास्त्री विस्तार से विश्लेषण कर चुके हैं। एक सामान्य बाज़ार या किसानों के बाज़ार में ख़रीदारों और बेचनेवालों की भीड़ सिर्फ़ देखने में ही अच्छी नहीं लगती बल्कि उसके आर्थिक फ़ायदे भी होते हैं। दिक़्क़त यह है कि भारत में—और चीन व बाक़ी दुनिया में भी—जो कुछ हम देख रहे हैं वह मुक्त बाज़ार है ही नहीं। वहां तो ग़रीबों की आजीविका, पर्यावरण और आनेवाली पीढ़ियों की क़ीमत पर सरकारें ताक़तवर कंपनियों के फ़ायदे में बाज़ार की ताक़तों पर अंकुश लगाए हुए हैं।

इसके अलावा, पारिस्थितिकीय और सामाजिक दृष्टि से सर्वाधिक विनाशकारी तो प्रतिस्पर्धी राष्ट्रवाद है जो आज के कॉरपोरेट गुटों को बढ़ावा देता है, ख़ासतौर से भारत और चीन जैसी 'उभरती अर्थव्यवस्थाओं' में। यह परिघटना किसी पूंजीवादी समाज के लिए भी उतनी ही विनाशकारी है जितनी किसी समाजवादी समाज के लिए रही है। सोवियत संघ का पतन और मौजूदा चीन की बढ़ती समस्याएं इस बात का साक्ष्य हैं। जब तक कि प्रतिस्पर्धा का तर्क ही राष्ट्रीय आर्थिक महत्त्वाकांक्षाओं को आगे धकेलता रहेगा तब तक पूंजीवादी और समाजवादी, इन दोनों ही मॉडलों से ज़्यादा उम्मीद नहीं की जा सकती।

काफ़ी लंबे समय से राष्ट्रवाद ही इंसानी समाजों में निर्णायक शक्ति रहा है। यहां तक कि इसके सामने तो 'प्रतिस्पर्धी' विशेषण भी लगभग निरर्थक लगने लगता है। पिछले सौ सालों के तक़रीबन सारे बड़े युद्धों की जड़ में इसी का हाथ रहा है। राष्ट्रवाद ही आधुनिक सैन्यवाद के लिए वह राजनीतिक चिकनाई है जो पूंजीवादी आर्थिक विस्तार को संभव बनाती है और क्रमशः उससे ख़ुराक लेती है। यह बात पूंजीवादी समाजों के लिए भी उतनी ही सच है जितना समाजवादी समाजों के लिए सच है।

फिर भी, आज जो कुछ हो रहा है वह अब तक के सारे उदाहरणों से भिन्न है। 1990 से पहले जब तक आधिकारिक साम्यवाद जीवित था तब तक दुनिया में एक शक्ति संतुलन बना हुआ था। नब्बे के दशक की शुरुआत में जब अमेरिका के प्रभुत्व में पूरी दुनिया एकध्रुवीय सांचे में ढलने लगी तो पहली बार एक वैश्विक बाज़ार सामने आया। दुनिया भर में लोगों की मुक्त आवाजाही को रोकनेवाले क़ानून सख़्त

होने लगे जबकि पूंजी को दुनिया भर में निर्बाध विचरण के लिए स्वतंत्र कर दिया गया। जहां भी निजी मुनाफ़े के अवसर दिखाई देते हैं वहां पूंजी का निवेश किया जा रहा है। पूरी दुनिया में लोगों की आवाजाही पर बंदिशें हैं जबकि पैसे और पूंजी को खुली छूट दे दी गई है। यह एक ऐसी विकृति है जो 'वैश्वीकरण' शब्द में एक ज़ाहिरा विडंबना का भाव पैदा कर देती है।

वैश्विक कॉरपोरेट सत्ता के उदय से राज्यों के व्यवहार पर बहुत गहरे असर पड़े हैं। हर राज्य—और हर राज्य के भीतर प्रत्येक प्रांतीय सरकार—अपने इलाक़े में निवेश आकर्षित करने के लिए कंपनियों को एक से बढ़कर एक रियायतें देने को तैयार है। इस प्रतिस्पर्धा में इन कंपनियों को एक प्रदेश को दूसरे प्रदेश से या एक देश को दूसरे देश से लड़ाने का पूरा मौक़ा मिला हुआ है। ये सरकारें सुनिश्चित बाज़ार और कर रियायतें देने के अलावा श्रम और पर्यावरणीय क़ानूनों को भी ढीला करती जा रही हैं तथा कंपनियों को सस्ते संसाधन, बुनियादी ढांचा और सबसे बढ़कर हर तरह की सुरक्षा मुहैया कराने के लिए तैयार हैं। इस तरह की 'रसातलमुखी दौड़' में कंपनियां स्वाभाविक रूप से उन इलाक़ों की तरफ़ भागने की कोशिश करती हैं जहां उन्हें सबसे ज़्यादा फ़ायदा दिखाई देता है (जैसे चीन, या भारत के भीतर ओडिशा जैसे राज्य जहां ज़्यादा रियायतें मिल सकती हैं)।

इसका स्वाभाविक परिणाम यह है कि सरकारें अपने हितों को दुनिया भर में गतिशील व्यावसायिक निगमों के हितों के समान मानने लगी हैं। वैश्वीकृत दुनिया में विश्वसनीय राजनीतिक इकाइयों के तौर पर क़ायम रहने के लिए उन्हें लगातार ऐसे निगमों को आकर्षित करते रहना होगा जो उनमें दिलचस्पी रखते हैं। उनकी आमदनी और राजकोषीय ताक़त कॉरपोरेट निवेश से पैदा होनेवाली आर्थिक शक्ति पर आश्रित हो चुकी है। इसके बदले में सरकारें यह सुनिश्चित करती हैं कि इन निगमों को निवेश के लिए सही वातावरण मिले—जिसमें उपरोक्त सारी चीज़ों का ख़याल रखना ज़रूरी है। ऐसे में यह हैरानी की बात नहीं है कि न केवल निवेशकों के लिए बल्कि सरकारों के लिए भी जीडीपी में इज़ाफ़ा ही तरक़्क़ी का सबसे महत्त्वपूर्ण पैमाना बन गया है।

सत्ता के लिए होड़ संभवत: हमेशा ही मानव व्यवहार की विशेषता रही है। वैश्वीकृत दुनिया में यह भावना राजसत्ता और कॉरपोरेट प्रभाव के मिश्रण का रूप ले लेती है। यह मेल आख़िर में बहुत विनाशकारी साबित होगा। जैसा कि फ़्रांसिसी चिंतक सिमॉन वेई ने एक बार लगभग पारिस्थितिकीय दूरदृष्टि के साथ कहा था, 'सत्ता के भौतिक आधार का लाज़िमी तौर पर सीमित स्वरूप और सत्ता के लाज़िमी तौर पर असीमित स्वरूप' का नतीजा यह है कि प्रत्येक 'दमनकारी व्यवस्था अपने भीतर अपनी मौत का बीज', एक हिंसक आंतरिक अंतर्विरोध लेकर ही अस्तित्व में आती है। आज हम जैसी सामाजिक तबाही और पारिस्थितिकीय ध्वंस देख रहे

हैं वह संभवत: आनेवाले दौर की और बड़ी तबाहियों का सिर्फ़ एक चेतावनी चिह्न भर है।

बाक़ी दुनिया की तरह भारत की व्यवस्था भी सामाजिक-आर्थिक न्याय सुनिश्चित करने की बजाय सत्ता के विस्तार की चाह से संचालित हो रही है। हम एक ऐसी भौतिकतावादी विचारधारा (जिसमें तमाम तरह के राजनीतिक दल और व्यावसायिक गुट, सभी की सोच एक जैसी है) से संचालित हो रहे हैं जिसे हम 'विकासवाद' (Developmentality) कह सकते हैं। हमारे प्रभुत्वशाली नीति निर्धारकों के राजनीतिक साझीदार कॉरपोरेट राष्ट्रवाद में दिखाई पड़ते हैं जिसकी विशेषता ही है आर्थिक उन्नति और सैन्यीकरण के ज़रिए सत्ता की चाह। राष्ट्रवाद को आमतौर पर व्यावसायिक हितों की बजाय राज्य के साथ जोड़कर ज़्यादा देखा जाता है। मगर भारत की मौजूदा राजनीतिक गति इतनी अजीबोग़रीब है कि कॉरपोरेट राष्ट्रवाद राजनीतिक राष्ट्रवाद से कहीं ज़्यादा सटीक शब्द लगने लगा है। यहां तक कि आईएमएफ़ के चीफ़ इकोनॉमिस्ट ने भी 'भारत में राज्य की अदृश्य शक्ति' द्वारा निजीकरण का उल्लेख किया है।

अंग्रेज़ों से आज़ादी मिलने के बाद भारत एक ऐसा समाज था जो राष्ट्र बनने की चेष्टा कर रहा था। आज भारत एक ऐसा राष्ट्र है जो एक व्यावसायिक निगम बनने की चेष्टा में संलग्न है।

दोनों स्थितियों का फ़र्क़ बहुत गहरा है। जब तक इंदिरा गांधी जीवित थीं, तब तक भारत का शासन एक ऐसे आभिजात्य तबक़े के हाथों में था जिसको अभी भी कुछ हद तक राष्ट्रवादी कहा जा सकता था। कम से कम स्वतंत्रता संघर्ष की विरासत अभी भी सांस ले रही थी। राजीव गांधी के शासनकाल से और ख़ासतौर से 1991 में शुरू हुए आर्थिक सुधारों के बाद भारत का राजनीतिक नेतृत्व कुल मिलाकर तकनीकीशाही और कॉरपोरेट चरित्र वाला रहा है। स्वतंत्रता सेनानियों की वह दृष्टि पूरी तरह नष्ट हो चुकी है। आज के राष्ट्रवाद की उस ज़माने के उपनिवेशवाद विरोधी राष्ट्रवाद से कोई समानता नहीं है। आज के बहुत सारे सांसद और मंत्री ख़ुद बड़े-बड़े व्यवसायी हैं और अनिवासी भारतीयों का वर्ग इतना प्रभावशाली हो चुका है कि एनआरआई मामलों के लिए अलग से एक मंत्रालय बना दिया गया है। सरकार में शीर्षस्थ पद अक्सर अरबपतियों को दिए जा रहे हैं जिनमें से कुछ ने तो कभी चुनाव तक नहीं लड़ा है।

जैसे-जैसे अर्थव्यवस्था भारी-भरकम विकास दर दर्ज करती जाती है और राज्य सैन्यीकरण के रास्ते पर बढ़ता जाता है—आंतरिक और बाहरी, दोनों स्तरों पर—वैसे-वैसे यह चर्चा भी ज़ोर पकड़ती जा रही है कि भारत जल्दी ही महाशक्ति बन जानेवाला है। यह सपना इस तथ्य से ख़ुराक ले रहा है कि कुछ समय से भारत दुनिया के सबसे अमीर निवेशकों का पसंदीदा ठिकाना बन गया है। इसी की

बदौलत अंतर्राष्ट्रीय मीडिया में हमें पहले के मुक़ाबले ज़्यादा सुर्ख़ियां भी मिलने लगी हैं।

आज भारत बहुराष्ट्रीय कंपनियों के लिए इसलिए अहमियत रखता है क्योंकि अगर इस देश की 20-25 प्रतिशत आबादी को भी वैश्विक उपभोक्ता अर्थव्यवस्था में घसीट लिया जाए तो यह आबादी भी 25 करोड़ से ऊपर बैठती है जो कि ब्रिटेन, फ़्रांस और जर्मनी की कुल आबादी से भी ज़्यादा और तक़रीबन अमेरिका की आबादी के बराबर है। भारत का उपभोक्ता वर्ग इतना बड़ा है कि बहुराष्ट्रीय कंपनियां इसको नज़रअंदाज़ नहीं कर सकतीं और लिहाज़ा हज़ारों कंपनियां भारत में निवेश कर रही हैं। मगर, यदि देश की आबादी का एक बहुत बड़ा हिस्सा इस तीव्र उन्नति और उपभोग की प्रक्रिया से बाहर छूट गया है और प्रायः अपने जीवन स्तर में गिरावट से परेशान है (क्योंकि उसे उसके संसाधनों या आजीविकाओं से वंचित किया जा रहा है) तो नई असमानताएं पैदा होना तय है जो कि सामाजिक रूप से निश्चय ही अस्थिरतावादी साबित होंगी। इस उथल-पुथल और अस्थिरता के लक्षण जगह-जगह पैदा हो रहे हिंसक विद्रोहों, जनांदोलनों और बंद व हड़तालों में देखे जा सकते हैं।

'वैश्विक भारतीयों' का वर्ग दुनिया भर में अपनी उपस्थिति दर्ज कराने में सफल रहा है। हम ऑस्ट्रेलिया और लैटिन अमेरिका में खानें ख़रीद रहे हैं। यूरोप के देशों में सॉफ़्टवेयर व कार बनाते और बेचते हैं। अफ़्रीका के तमाम देशों में गुलाबों के निर्यात के लिए सस्ती ज़मीन ख़रीद रहे हैं, धराशायी होती जा रही अमेरिकी अर्थव्यवस्था में नई नौकरियां पैदा कर रहे हैं। भारत की सांस्कृतिक उपस्थिति भी ग़ौरतलब है; अब हम हॉलीवुड के सितारों के साथ दिखाई देने लगे हैं।

इन सारे बदलावों से जुड़ा असली सवाल अक्सर अनबूझा रह जाता है : इन बातों से देश के आम आदमी की ज़रूरतों और हितों पर क्या असर पड़ रहा है? इस सफलता से भारत में रहनेवाले लोगों का कोई सामाजिक-आर्थिक संबंध नहीं है। जब हम संपन्न दुनिया में मान्यता और पहचान पाने की बात करते हैं तो वास्तव में हम एक बहुत छोटे से वर्ग की सफलता की बात करते हैं। इससे यह भी पता चलता है कि हमने अपने दिमाग़ों के अनौपनिवेशीकरण की चुनौती का सामना न करने की क़सम खा ली है; आज भी हम अपने लोगों की बजाय पश्चिम से मिली सराहना और सुर्ख़ियों के पीछे ज़्यादा भागते हैं।

किसी भी तार्किक कसौटी के हिसाब से आज भारत में ग़रीबों की संख्या आज़ादी के समय की कुल आबादी से दोगुनी हो चुकी है। यह एक ऐसी सच्चाई है जो आज़ादी के लिए बहादुरी से लड़नेवाले लाखों लोगों की नींद उड़ा देती मगर सौभाग्य से उन्हें यह दुर्गति देखने का मौक़ा नहीं मिला। टैगोर ने आगाह किया था कि 'भारत के लिए पश्चिमी सभ्यता की शर्तों पर उसके साथ प्रतिस्पर्धा करने से

कोई फ़ायदा नहीं होगा।' और इसके बावजूद हमारे नेता शक्तिशाली अंतर्राष्ट्रीय संस्थानों के साथ मिलकर हमें ठीक इसी रास्ते पर ले जा रहे हैं। इस किताब में मूल प्रश्न यह उठाया जा रहा है कि सामाजिक और आर्थिक न्याय सुनिश्चित करने की बजाय महाशक्तियों की नक़ल करना हमारा राष्ट्रीय लक्ष्य कब से और कैसे बन गया? क्या यह स्वाभाविक बात नहीं है कि अगर हम महाशक्ति बन जाते हैं तो हमें अपने संवैधानिक आश्वासनों को घूरे पर फेंक देना होगा? अमेरिका के लाखों बेरोज़गार इस बात की तस्दीक कर सकते हैं कि किसी देश के महाशक्ति बन जाने से न तो ग़रीबी ख़त्म होती है और न ही लोगों को न्याय मिलता है। उन्नीसवीं शताब्दी में जब ब्रिटेन अपने छोटे-छोटे बच्चों और औरतों को कोयला निकालने के लिए सुरंग जैसी खदानों में धकेल रहा था तब वह भी महाशक्ति ही था। अन्य 'महान' राष्ट्रों—रूस और चीन—के तजुर्बे भी इससे कुछ भिन्न नहीं हैं।

तकनीकी आधुनिकीकरण—मसलन, सेटेलाइटों का सफल प्रक्षेपण, अधुनातन ऑयल रिफाइनरीज़, दिनोदिन फैलते हवाई अड्डे, कांच और क्रोम के बने आलीशान दफ़्तर और विलासितापूर्ण होटल—के लिए तालियां पीटना एक बात है मगर यह कहना कि जिस प्रक्रिया से ये सारी सफलताएं मिली हैं वही प्रक्रिया एक दिन जादुई ढंग से देश की विशाल आबादी को कुपोषण और सदियों पुरानी वंचनाओं से मुक्त भी कर देगी, यह सिर्फ़ रईसों का भ्रम ही हो सकता है। यह सोच लोगों के साथ हुए इस ऐतिहासिक धोखे को जायज़ ठहराने का साधन भर है कि जिन्हें कोई अवसर नहीं मिला है कि वे भी अब देश की इस संपदा और उन्नति में हिस्सेदारी कर सकते हैं। तरक़्क़ी के लिए अपनाया जा रहा मौजूदा रास्ता पारिस्थितिकीय रूप से टिकाऊ है, यह मान लेना निश्चय ही अव्वल दर्जे की मूर्खता होगी।

जब अकादमिक अर्थशास्त्री भारत की ताज़ा सफलताओं को बाज़ार की सफलता कहकर उनका जश्न मनाते हैं तो वे आर्थिक परिवर्तन में राज्य सत्ता की भूमिका के प्रति अपनी अनभिज्ञता का प्रदर्शन करते हैं। जैसा कि हम देख चुके हैं, उनके उत्साह प्रदर्शन में इस बात की बहुत ज़बर्दस्त अज्ञानता दिखाई देती है कि वास्तविक भारतीय हालात में तथाकथित 'मुक्त बाज़ार' दरअसल कैसे काम करता है। यह एक ऐसा मुक्त बाज़ार है जो औद्योगिक और खनन सेठों के अंगूठे तले चलता है; यह ऐसा मुक्त बाज़ार है जिस पर असंख्य भूमाफियाओं और हवाला बाज़ारों का स्याह साया फैला हुआ है। यही लोग हैं जो शक्तिशाली आर्थिक पात्रों के लिए इस व्यवस्था को सुचारु बनाए रखते हैं।

ऐसे औद्योगिकीकरण और आर्थिक उन्नति का भला क्या लाभ जो उन्हीं लोगों के ख़ून और कंकालों की बुनियाद पर खड़ी हो जिनके नाम पर भव्य महत्त्वाकांक्षाओं को अंजाम दिया जा रहा था? शेयर बाज़ार के आसमान छूते सूचकांक भारत जैसी अर्थव्यवस्था की सेहत का आश्वासन नहीं दे सकते। वित्त

मंत्रालय के मुताबिक़, शेयर बाज़ारों में अभी भी देश के कुल जमा दो प्रतिशत लोग ही निवेश करते हैं। कुल मिलाकर हम देश की विशाल बहुसंख्या को पहली दुनिया की उपभोक्ता जीवन शैली का सपना बेचने की एक ज़बर्दस्त धोखाधड़ी में हिस्सेदार बनते जा रहे हैं।

हमें अच्छी तरह मालूम है कि यह रास्ता पारिस्थितिकीय दृष्टि से असंभव है। न केवल हमारे पास इसके लिए पर्याप्त साधन नहीं हैं बल्कि एक समाज के रूप में हमारे पास इस पैमाने के जोड़-घटा का ज्ञान और योग्यता भी नहीं है। (अभी तक हम वायुमंडलीय वार्ताओं में अपनी शर्तों को ज़रा सा भी मनवाने में सफल नहीं हो पाए हैं और न ही यूनियन कार्बाइड के लाखों पीड़ितों के लिए किसी तरह का न्याय दिला पाए हैं। एक राष्ट्र के रूप में हमें आज की दुनिया में अपनी सत्ता की सीमाओं को अच्छी तरह समझ लेना चाहिए।)

लिहाज़ा, सबसे पहले हमें अपने लोगों के साथ ईमानदारी और खरेपन से बात करनी चाहिए। हमें ध्यान रखना चाहिए कि उनमें से ज़्यादातर लोगों को वैसी जीवन शैली कभी नहीं मिलेगी जैसी इस किताब के ज़्यादातर पाठक आज जी पा रहे हैं। उदाहरण के लिए, उनमें से ज़्यादातर लोग (और उनके बच्चे) कभी हवाई जहाज़ का सफ़र नहीं कर पाएंगे और न ही ज़्यादातर को विदेशी शिक्षा का मौक़ा मिलेगा। कहने का मतलब यह नहीं है कि हम सामंती-पूंजीवादी क्लब व्यवस्था को और मज़बूत करना चाहते हैं बल्कि हम तो सिर्फ़ इतना रेखांकित करना चाहते हैं कि जब हम देश की बहुसंख्यक आबादी को अपने जैसी जीवन शैली का सपना दिखाते हैं तो दरअसल हम एक बहुत ही धूर्ततापूर्ण धोखाधड़ी में हिस्सेदार बन जाते हैं।

इससे भी ज़्यादा अफ़सोस की बात यह है कि बहुत सारे समुदायों को आधुनिकीकरण के मनोवैज्ञानिक दबाव का शिकार बनाया जा रहा है। आधुनिकीकरण के इसी मनोवैज्ञानिक दबाव का सहारा लेकर बहुत सारे समुदायों को या तो फुसलाकर या ज़बर्दस्ती उनके टिकाऊ और स्थिर जीवन साधनों से वंचित किया जा रहा है। हम सहज ही मान लेते हैं कि हमारे लिए और हमारे बच्चों के लिए हमारी जो महत्त्वाकांक्षाएं हैं वही उन समुदायों की भी महत्त्वाकांक्षाएं हैं जिन्हें हमारी आभिजात्य जीवन शैली को संभव बनाने के लिए उजाड़ा जा रहा है।

ग्रामीण और शहरी ग़रीब युवाओं का एक बड़ा तबक़ा जनसंचार माध्यमों के ज़रिए फैलाए जा रहे प्रचार के हमले का शिकार हो चुका है। मगर, जो लोग थोड़ा बालिग़ हो चुके हैं उन्हें इस बारे में कोई भ्रम नहीं है कि उनके सामने क्या संभावनाएं बची हुई हैं। उनमें से ज़्यादातर तो उससे ज़्यादा पाने की उम्मीद भी नहीं रखते जो उनके पास फ़िलहाल है। वे तो इसी में ग़नीमत समझते हैं कि बेरोज़गारी, महंगाई, प्रदूषण और ट्रैफ़िक की मारामारी में थोड़ी-बहुत कमी आ जाए तो बहुत है क्योंकि ये चीज़ें उनकी ज़िंदगी और आजीविका, दोनों को नष्ट करती जा रही हैं।

जैसा कि पिछले अध्यायों में हमने ज़िक्र किया था, हमें यह कल्पना करते हुए एहतियात बरतनी चाहिए कि हर हिंदुस्तानी का भविष्य सिर्फ़ शहरीकरण के रास्ते पर ही संभव है। यह बड़ी दुखद बात है कि प्राथमिक शिक्षा के दायरे में आते ही हमारे बच्चों को यह पाठ पढ़ाया जाने लगता है। वे बहुत जल्दी ही अपनी भाषा, अपने खान-पान, अपनी वेशभूषा, अपने संगीत, नृत्य और अपने ही परिवारों के उन लोगों से नफ़रत करने लगते हैं जो उनके जितने भाग्यशाली भी नहीं हैं। वे पश्चिमी चीज़ों की चाह में डूबते चले जाते हैं।

अपनी ही संस्कृति और सभ्यता के प्रति कमतरी का एक हद तक सोच-समझकर पैदा किया गया यह अहसास ही आज देशभक्ति की सबसे निर्णायक परिभाषा बन चुका है। न जाने कितने ही मुख्यमंत्री पिछले कुछ सालों के दौरान यह दावा कर चुके हैं कि वे अपनी राजधानियों को लंदन, पेरिस, सिंगापुर या शांघाई बना देंगे। क्या हम किसी गांधी या अंबेडकर से इस तरह की बेतुकी इच्छाओं की उम्मीद कर सकते थे? क्या हम इतने दिवालिया हो चुके हैं, क्या हमारा सांस्कृतिक स्वाभिमान इतना गिर चुका है कि हमारे पास अपनी स्थितियों के अनुरूप एक स्वतंत्र सोच और कल्पना भी नहीं बची है? इस रास्ते पर चलकर क्या हम ख़ुद को चीन, जापान और पश्चिम के साथ एक ऐसी होड़ में नहीं धकेल रहे हैं जिसमें हमारे जीतने की गुंजाइश न के बराबर है? उपनिवेशवाद का सूरज डूबे तो कई दशक बीत चुके मगर भारतीय संस्कृति पर उपनिवेशवाद का साया आज भी बरक़रार है।

वैश्विक अर्थव्यवस्था—ख़ासतौर से वैश्विक फाइनेंस—के साथ एकीकरण से हमारी नीतियों पर हमारी संप्रभुता भी कमज़ोर हुई है। इसने एक ज़बर्दस्त राजनीतिक विकृति को जन्म दिया है। इसी वजह से पिछले कुछ दशकों के दौरान चाहे भाजपा की सरकार हो या कांग्रेस की, जिस सरकार को अपने नीति निर्धारकों (आईएमएफ़, विश्व बैंक, एडीबी और सीआईआई जैसी विभिन्न कॉरपोरेट संस्थाओं) से जितने ज़्यादा अंक और सराहना मिली, चुनावों में उनकी उतनी ही बुरी गर्त हुई। 'शाइनिंग इंडिया' का नारा कब से धूल चाट रहा है। पिछली संप्रग सरकार इस प्रसंग में एक ग़ौरतलब अपवाद दिखाई देती है जो 'धारा के विरुद्ध' चलते हुए नरेगा, एफ़आरए और आरटीआई जैसे जनहितैषी क़ानूनों के दम पर दोबारा सत्ता में लौटने में कामयाब रही है। कई दशकों में यह पहली सरकार थी जो ऐसे लोकप्रिय क़ानूनों को पारित करने और लागू करने की राजनीतिक चतुराई के दम पर दोबारा सत्ता में लौट पाई थी।

भारत के लिए हमारे शिक्षित वर्गों पर हावी इस कल्पना से ज़्यादा ख़तरनाक और कुछ नहीं हो सकता कि 2020 तक हमारा देश एक महाशक्ति बन जाएगा। जब इस तरह के ख़्वाब हमें दिखाए जाते हैं तो इससे हमारे राष्ट्रीय अहं को तुष्टि मिलती है और हम अपने श्रेष्ठ और सबसे योग्य लोगों को दुनिया के शिखर पर देखने की

कल्पना करने लगते हैं। हम कभी इस बात पर ध्यान नहीं देते कि इस पृथ्वी पर और भी समाज हैं। लिहाज़ा, हमें अफ़्रीका के लोगों के साथ वही बर्ताव करने में ज़रा सा भी गुरेज़ नहीं होता जो उपनिवेशकारों ने हमारे साथ किया था। और तो और, हम ख़ुद अपने मेहनतकश लोगों और उनकी नेस्तनाबूद कर दी गई संस्कृतियों की भी फ़िक्र नहीं करते। हम प्रकृति की प्रचुरता—भारत में और बाहर, दोनों जगह—को सहज मानकर चलते हैं मानो यह सब कुछ सिर्फ़ इसलिए रचा गया है कि एक दिन हमारी मांगों और 'हकों' की पूर्ति कर सके। हम अपने साम्राज्यवादी उपनिवेशकारों की तमाम भीषण मूर्खताओं को दोहराते चले जा रहे हैं।

बाहरी वर्चस्व की चाह केवल भीतर दमन के ज़रिए ही पूरी की जा सकती है। जब हम ओडिशा के काशीपुर और कलिंग नगर में, बंगाल के लालगढ़ और आंध्र प्रदेश के श्रीकाकुलम जैसे इलाक़ों में हुई पुलिस फायरिंग की घटनाओं पर विचार करते हैं और राष्ट्र की 'उन्नति' के लिए जान दे चुके हज़ारों आदिवासियों, दलितों, किसानों और मछुवारों के विरोध पर ध्यान देते हैं तो यह साफ़ हो जाता है कि दुनिया के मंच पर अपनी उपस्थित दर्ज कराने की इच्छुक सत्ता सबसे पहले देश के भीतर किसी भी तरह के असंतोष और असहमति को बर्बरता से कुचलना चाहती है।

यह कोई संयोग की बात नहीं है कि भारतीय राज्य आज जनता की आलोचना के प्रति लगातार असहिष्णु होता जा रहा है। 'या तो तुम हमारे साथ हो या हमारे ख़िलाफ़ हो', इस उक्ति के घरेलू संस्करण के रूप में भारतीय राज्य ऐसे तमाम लोगों को 'माओवादी', 'नक्सलवादी', 'चरमपंथी', या 'आतंकवादी' घोषित करने पर आमादा है जो उसकी अन्यायपूर्ण आर्थिक नीतियों का विरोध कर रहे हैं। बाज़ार की शक्तियों के दबाव में हमारी नव-उदारवादी नीतियां संरचनात्मक रूप से ही एक ख़ास तबक़े को ध्यान में रखकर बनाई गई हैं इसलिए उनको लागू करने के लिए एक निरंकुशवादी राजनीति आवश्यक हो जाती है। वैश्वीकरण के इस अवतार में विकास अपरिहार्य रूप से आक्रामक चोला अख़्तियार करता जा रहा है और इस तरह लगातार मानवाधिकारों का हनन कर रहा है। 'मुक्त बाज़ार' और लोकतांत्रिक मूल्यों में इतना फ़ासला कभी नहीं था जितना आज दिखाई दे रहा है।

यह भी सिर्फ़ एक संयोग नहीं है कि भारत में लोकतंत्र की प्राणवायु संपन्न वर्गों से नहीं बल्कि वंचित और बेदख़ल कर दिए गए बहुसंख्यक ग़रीब तबक़े से आती है। संपन्न वर्गों का हित इसी में है कि यह व्यवस्था यथावत् चलती रहे। यह इस देश की एक अनूठी उपलब्धि है कि एक इतने ग़रीब और विविधतापूर्ण देश में इतने समय तक राजनीतिक लोकतंत्र क़ायम रह पाया है। जब मौजूदा अमीर देशों ने अपने लोगों को सार्वभौमिक मताधिकार दिया था, उस समय भी उनकी हालत आज के हिंदुस्तान से कहीं ज़्यादा बेहतर थी। और अगर हम दक्षिण कोरिया, ताइवान और चीन के अनुभवों को देखें तो इन सभी देशों में तो विकास की प्रारंभिक अवस्थाओं

में स्पष्ट तानाशाही व्यवस्था रही है। यह एक अहम वजह है जिसके चलते हम इस बात की उम्मीद रख सकते हैं कि भारत मानव कल्याण के लिए वैकल्पिक भविष्य ढूंढ़ने की क़तार में सबसे आगे रहेगा।

वैश्वीकृत विकास के परिणाम पर्यावरण के लिए भी और राजनीतिक लोकतंत्र के लिए भी समान रूप से सकते में डाल देनेवाले हैं। जब हम जल एवं खाद्य सुरक्षा तथा गुजरात में कच्छ और ओडिशा में खंदाधर जैसे दूर-दूर के इलाक़ों की तटरेखाओं और वर्षा वनों में पारिस्थितिकीय ध्वंस पर ध्यान देते हैं तो यह कहना न केवल सुरक्षित है बल्कि लाज़िमी दिखाई देने लगता है कि नियमनमुक्त कॉरपोरेट वैश्वीकरण इस उपमहाद्वीप के लोगों की हज़ारों साल पुरानी सभ्यता और कृषि-पारिस्थितिकीय आधारशिलाओं को तहस-नहस करने जा रहा है। विकास के मानक विश्लेषणों में इस बात पर ध्यान नहीं दिया जाता है कि मुख्यधारा की आर्थिक सैद्धांतिकी प्राकृतिक पर्यावरण और संसाधनों के बारे में क्या मान्यताएं रखती है। इन संसाधनों को सहज प्रदत्त मान लिया जाता है।

इस तरह के 'विकास' की बाहरी सामाजिक और आर्थिक लागतों को प्रायः कभी नहीं गिना जाता। यह उन अस्वीकृत मान्यताओं में से एक है जिनके आधार पर लंबे समय से भारत की नीतियां बनाई जा रही हैं। इसका नतीजा उस विनाशकारी विकास प्रक्रिया के रूप में सामने आ रहा जो आज हम देख रहे हैं।

जैसे-जैसे देश का सामाजिक-राजनीतिक ताना-बाना दबाव में चरमराता जा रहा है, भविष्य में किसी न किसी समय हमें इस बारे में तय करना ही होगा कि हम एक सभ्यता के रूप में क़ायम रहना चाहते हैं या एक मुकम्मल व्यावसायिक कंपनी बनने का जोखिम उठाने को तैयार हैं। यहां हमें मिलकर एक फ़ैसला लेना होगा। अगर हम कॉरपोरेट राष्ट्रवाद को इसी तरह जीतने देंगे तो हरित स्वराज की उम्मीद लगातार कमज़ोर ही पड़ती जाएगी। पुनः, हमें टैगोर के शब्दों को याद रखना होगा : 'मुझे पूरा विश्वास है कि मेरे देशवासी वास्तव में उस शिक्षा के विरुद्ध लड़कर ही अपना भारत पा सकते हैं जो उन्हें यह पाठ पढ़ाती है कि एक देश मानवता के आदर्शों से श्रेष्ठतर होता है।'

अनुभूति-शक्ति का जानबूझकर ख़ात्मा

आजकल हम महज़ कुछ सालों में इतना कुछ उपभोग कर जाते हैं जिसे रचने में धरती को लाखों साल लगते हैं। अगर पृथ्वी इंसानों के रहने लायक़ न रही तो इस तबाही से बच पाना किसी के लिए भी असंभव होगा। 'विकास' की विफलता के चलते अब हमें विकासवाद का पल्ला छोड़ देना चाहिए। मिथकों की ज़िंदगी तथ्यों पर आधारित नहीं होती। वे उम्मीदों और हताशाओं से पैदा होनेवाले आवेगों में सांस लेते हैं। भविष्य के मामले में हमें आशावादी या निराशावादी होने की ज़रूरत नहीं है

बल्कि बक़ौल प्रसिद्ध दार्शनिक विलियम जेम्स, हमें 'संभावनावादी' या संभवतः 'परिस्थितिवादी' होना चाहिए। इस किताब में हमने अंधे आशावाद के स्थान पर दो आंखों वाले यथार्थवाद और 'संभावनावाद' का रास्ता अपनाया है। आज हम ऐसी स्थिति में नहीं हैं कि अवसरवादी आचरण कर सकें। अब हम औरों की क़ीमत पर अपने अल्पकालिक भौतिक सुखों के पीछे नहीं दौड़ सकते। उद्दाम आशाएं निश्चय ही आवश्यक हैं मगर उनकी ज़रूरत ठीक वहीं पर है जहां उनकी ज़रूरत सबसे ज़्यादा है। अगर आज हम सस्ते दामों पर अपनी उम्मीदें ख़रीद लेंगे तो हम और हमारी आनेवाली पीढ़ियां कल बहुत भारी सूद पर इस पारिस्थितिकीय और सामाजिक क़र्ज़े को चुकाने के लिए अभिशप्त होंगी। हमें भूलना नहीं चाहिए कि प्रकृति और इतिहास तभी सबसे क्रूर होते हैं जब उनको भुला दिया जाता है। हम अपरिहार्य अपशकुनों के साक्षी तो हैं मगर क्या हम सुनने को तैयार हैं?

'विशेषज्ञों' सहित सबसे 'तालीमयाफ़्ता' लोग भी वैश्विक बाज़ार अर्थव्यवस्था या राजकीय सत्ता संरचना के आदेशों का पालन करने में इतना खो चुके हैं कि वे या तो गहराते संकट की अहमियत या दायरे को देख ही नहीं पा रहे हैं या उसको समझने में नाकाम हो गए हैं और इसे उस वैश्विक आर्थिक विस्तार का सीधा परिणाम मान चुके हैं जिसका भारत सिर्फ़ एक हिस्सा है।

हमारे सामने आज जो संकट पैदा हो रहे हैं, उनसे निपटने के रास्ते में संभवतः प्रचार तंत्र द्वारा फैलाए गए भ्रम ही सबसे बड़ी रुकावट हैं। भारत ही नहीं बल्कि दुनिया भर का शिक्षित वर्ग इन विश्वासों के नशे में झूम रहा है। ग़ौरतलब है कि प्रॉपेगेंडा मशीनरी औपचारिक शिक्षा व ज्ञान की सीधी, भरोसेमंद पटरियों से गुज़रे लोगों पर ही सबसे कारगर रहती है। ज़्यादातर राष्ट्रमंडल देशों में आज भी जो शिक्षा व्यवस्था चल रही है, उसके रचनाकार टॉमस बेबिंग्टन मैकॉले ने 200 साल पहले ही इस बात को समझ लिया था जब वह भारत में दिमाग़ों के आधुनिक कारख़ाने रच रहा था। बड़ी-बड़ी कंपनियों के स्वामित्व में और उनके लिए कार्यरत ज़्यादातर मीडिया संस्थान फंदे के जलते सिरे पर पर्दा डालने का काम कर रहे हैं ताकि उसकी रोशनी में विकास दर तथा स्टॉक बाज़ार जैसे केवल चुनिंदा आंकड़ों पर ही रोशनी डाली जा सके। दुनिया की एक खंडित तस्वीर प्रस्तुत करके यह मीडिया हमें मानव पीड़ा और उसकी संरचनात्मक वजहों के प्रति बेलौस करता जा रहा है। जनमत पर उसका नियंत्रण इस हद तक बढ़ चुका है कि चौतरफ़ा स्वसेंसरशिप ही यथास्थिति को क़ायम रखने का साधन बन गई है और हमारे दिमाग़ के महत्त्वपूर्ण हिस्से सुस्त पड़ते जा रहे हैं क्योंकि न तो कोई 'नकारात्मक' बात उठाई जा सकती है और न उस पर कोई चर्चा की जा सकती है। इस तरह का मीडिया आपदाओं को रिकॉर्ड करने और उनका फ़ोटो खींचने में ज़्यादा दिलचस्पी लेता है (जैसा कि *पीपली लाइव* फ़िल्म में बड़े सटीक ढंग से दिखाया गया था) मगर उसे उन

आपदाओं को रोकने में कोई दिलचस्पी नहीं है। बेशक इसके कई उल्लेखनीय और अप्रतिम अपवाद भी हैं जो एक स्वतंत्र मीडिया के बचे रहने की उम्मीद को कुछ हद तक ज़िंदा रखे हुए हैं।

आंकड़ों के लिहाज़ से भारतीय अर्थव्यवस्था अच्छी सेहत में हो सकती है मगर जैसा हमने पीछे देखा है, सामाजिक और पारिस्थितिकीय लिहाज़ से इसकी हालत बिल्कुल सही नहीं है। विकास दर ने अब तक के सारे रिकॉर्ड तोड़ दिए हैं और हम 'हिंदू' विकास दर से कहीं ज़्यादा आकर्षक 'ईसाई' या यहां तक कि 'कन्फ़्यूशियन' विकास दर तक जा पहुंचे हैं मगर विकास और उन्नति का फ़ासला दिन-प्रतिदिन बढ़ता ही जा रहा है। समाज के निचले तबक़ों तक बूंद-बूंद लाभ पहुंचने की उम्मीदें भी हवा हो चुकी हैं और बढ़ती महंगाई, बेरोज़गारी और ग़ैर-बराबरी के साथ-साथ लोगों की हताशा व ग़ुस्सा भी बढ़ता जा रहा है।

कॉरपोरेट थिंकटैंक, सरकारी बुद्धिजीवी और मुख्यधारा के अर्थशास्त्री विकास की इस बहेलिया प्रवृत्ति को नज़रअंदाज़ करके इसे स्वाभाविक ठहराने पर आमादा हैं और लिहाज़ा ख़त्म होती प्रजातियों, संस्कृतियों और भाषाओं को नज़रअंदाज़ करते जाते हैं। सूचनाओं के इस युग में आप पर्यावरणीय अनभिज्ञता का बहाना नहीं बना सकते। वैसे भी 1992 में पर्यावरण पर हुए रियो सम्मेलन में प्रिकॉशनरी प्रिंसिपल यानी एहतियाती सिद्धांत का प्रावधान किया गया था जिसमें सरकारों को यह सलाह दी गई थी कि जब भी उनके सामने कोई आशंका हो तो वे संसाधनों की लूट के लिए या जैव विविधता में गिरावट के लिए वैज्ञानिक सटीकता के अभाव की आड़ न लें। हमारे नीति निर्माता और फ़ैसले लेनेवाले शायद इस महत्त्वपूर्ण सिद्धांत को इतिहास के कूड़ेदान में फेंक चुके हैं...। इसमें जो थोड़ी-बहुत जान बची है, वह केवल नागरिकों की पहल और संघर्षों की बदौलत ही बची हुई है।

आख़िर में : एक और दुनिया लाज़िमी है

बेचैनी भरी हताशा के इस युग में हम सभी बेसब्री से उम्मीद की किरणें तलाश रहे हैं। हमारे मक़सद के लिए पूरे देश में ही नहीं बल्कि दुनिया भर में टिकाऊ जीवन शैली के जो हज़ारों प्रयोग किए जा रहे हैं और सामाजिक-आर्थिक व पारिस्थितिकीय न्याय के लिए जो असंख्य संघर्ष चल रहे हैं वे इसी भावना को व्यक्त करते हैं। चाहे झारखंड की संथाल औरतें हों जिन्हें अपनी परंपरागत रेशम खेती को पुनर्जीवित करने का मौक़ा मिला है या फिर आंध्र प्रदेश के हथकरघा बुनकर हों जो सूती कपड़ा बनाने की अपनी अंग्रेज़ों से पहले की परंपरा को जीवित करने में लगे हुए हैं या देश भर के वो हज़ारों किसान हों जो जैविक खेती की तरफ़ लौट रहे हों या हमारी जानकारी के बाहर चल रहे बहुत सारे दूसरे हज़ारों प्रयोग हों, ये सभी एक ही बात की तस्दीक कर रहे हैं—उम्मीद अभी ज़िंदा है।

एक विशाल आबादी का आर्थिक भविष्य पारिस्थितिकीय संतुलन में ही निहित है। यह भविष्य स्थानीय और क्षेत्रीय स्तर पर होगा और अतीत से ख़ुराक लेगा। इस भविष्य का अस्तित्व इस पर निर्भर करता है कि हम भारतीय संस्कृति के अवांछित तत्त्वों को ख़ारिज करके उसकी श्रेष्ठ परंपराओं को पुनर्जीवित करें। अतीत के इन सकारात्मक आयामों की बहाली के आधार पर ही एक टिकाऊ भविष्य की कल्पना की जा सकती है और सभ्यता व प्रजाति के उस ऐतिहासिक बिंदु पर उसका निर्माण किया जा सकता है जहां आज हम पहुंच गए हैं। यह 'जंगलों–पहाड़ों में लौटने' की बात नहीं है बल्कि 'प्रकृति से दोबारा जुड़ने' की बात है। पारिस्थितिकीय संकट को देखते हुए हमारे सामने इसके अलावा कोई चारा भी नहीं है। इसका मतलब यह नहीं है कि हम आधुनिक जीवन के सारे मूल्यों को त्याग दें, तकनीकी प्रगति व आविष्कारों की अपनी क्षमता को तिलांजलि दे दें। इसका मतलब यह है कि हम इसकी बेतुकी और ख़तरनाक अतियों (ख़ासतौर से तकनीकी अतियों सहित) की तरफ़ अपनी पीठ फेर लें और इसके साथ आनेवाले अहंकार को छोड़ दें।

वैसे भी, यही सामाजिक–आर्थिक और पारिस्थितिकीय संघर्ष हैं जिनके हाथों में हमारे लोकतंत्र का भविष्य है। लोकतंत्र सिर्फ़ फ़ैसले लेने की व्यवस्था नहीं है। इस बिंदु पर राजनीतिक आत्मश्लाघा का मतलब होगा सभी के लिए कॉरपोरेट योजनाओं और महत्त्वाकांक्षाओं को मान लेना। इसका मतलब होगा उस संरचनात्मक बेदख़ली और हाशियाकरण को मंजूरी दे देना जिसका हमने इस किताब में विश्लेषण किया है। इससे हम एक ऐसी स्थिति में पहुंच सकते हैं जिसमें एक पीढ़ी के बाद या उससे भी कम समय में बीसवीं शताब्दी का 'लोकतंत्र' इंसानी इतिहास की एक अजीबोग़रीब चीज़ दिखने लगेगा।

वंचितों की फ़िक्र करनेवाली सामाजिक, राजनीतिक और आर्थिक जीवन की चिंता के बिना, एक सतत आंदोलन के बिना लोकतंत्र का कोई मतलब नहीं है। लोकतंत्र सुनिश्चित करने का इससे बेहतर तरीक़ा कोई नहीं हो सकता कि लोगों के जीवन को प्रभावित करनेवाले मामलों और फ़ैसलों में उनकी सीधी हिस्सेदारी हो। जो लोग हमारे दौर की अतियों का खामियाजा भुगत रहे हैं, उनकी बात सुनना ही शायद इस मुक्त बाज़ार अर्थव्यवस्था की घातक संरचनात्मक ख़ामियों का एकमात्र विकल्प हो सकता है। ऐसी कोई भी संस्थागत प्रक्रिया जो इस बदलाव को साकार करे, स्वागत योग्य है। इसकी उम्मीद कम दिखाई देती है कि अगर ऐसा न किया गया तो भविष्य में लोकतंत्र जीवित रह पाएगा? और अगर लोकतंत्र जीवित नहीं रहेगा तो इसकी गुंजाइश कम ही होगी कि हम जीवित रह पाएंगे।

हम बहुत तेज़ी से उस क्षण की तरफ़ बढ़ रहे हैं जब हमें बहुत कठिन फ़ैसले लेने होंगे। हमें धरती और उसके बाशिंदों के साथ एक अनवरत युद्ध में संलग्न जोखिम भरी कॉरपोरेट तानाशाही को क़ानूनी वैधता देने या आम सहमति के आधार

पर प्राकृतिक स्वराज की स्थापना करने—इन्हीं दो विकल्पों में से एक को चुनना है। इन दो चरम स्थितियों के बीच का रास्ता अब संकरा होता जा रहा है।

हमने इस किताब में एक नई दुनिया का कोई समग्र ख़ाका नहीं पेश किया है। हमने तो सिर्फ़ कुछ सुझाव, उदाहरण और कुछ ऐसे सिद्धांत पेश किए हैं जिनके रास्ते पर चलते हुए एक नई दुनिया सोची और रची जा सकती है। ये सभी ऐसे पहलू हैं जिन पर खुलकर चर्चा होनी चाहिए ताकि वास्तविक प्रयोगों के आधार पर उनको और तराशा जा सके। इस चर्चा को आगे बढ़ाने और एक मानवोचित दुनिया की रचना करने का यह ज़िम्मा हमारे साथ-साथ हमारे पाठकों और समुदायों की कल्पना पर भी निर्भर है।